GUSTAVE RAMON

(DE LA SOCIÉTÉ DES ANTIQUAIRES DE PICARDIE)

LA

FORTERESSE DE PÉRONNE

ET

LA LIGNE DE LA SOMME

PENDANT LES PÉRIODES SUÉDOISE & FRANÇAISE DE
LA GUERRE DE TRENTE ANS

PÉRONNE

E. QUENTIN, IMPRIMEUR

MDCCCLXXXVIII

LA FORTERESSE DE PÉRONNE

ET

LA LIGNE DE LA SOMME

GUSTAVE RAMON

(DE LA SOCIÉTÉ DES ANTIQUAIRES DE PICARDIE)

LA
FORTERESSE DE PÉRONNE

ET

LA LIGNE DE LA SOMME

PENDANT LES PÉRIODES SUÉDOISE & FRANÇAISE DE
LA GUERRE DE TRENTE ANS

PÉRONNE

E. QUENTIN, IMPRIMEUR

MDCCCLXXXVIII

AVANT-PROPOS

On trouvera dans ce nouveau livre la narration des événements remarquables, survenus dans les limites du Santerre et du Vermandois, de même que les menus incidents de la vie municipale à Péronne, au cours de la seconde partie de la guerre de Trente ans. Ce fut surtout pendant la période française que notre Picardie — Fidelissima Picardorum natio, — devint le théâtre des opérations militaires. Des détails étendus sur les travaux considérables qui furent exécutés alors aux fortifications de Péronne ont rencontré leur place naturelle dans le travail qu'on va lire.

Bien qu'elles ne présentent pas l'attrait des récits de nos grandes histoires nationales, les annales intimes d'une petite ville, ses chroniques de clocher éclairent cependant, maintes fois, d'un jour nouveau, certains points qui se rattachent aux faits et aux caractères généraux d'une époque : « S'il est permis d'être minutieux, a dit Augustin Thierry (Dix ans d'études historiques, ch. X), c'est dans ce qui touche à la vérité de couleur locale qui doit être le propre de l'histoire... Il faut que la perspective de ce but diminue l'ennui des sentiers arides qu'on doit traverser pour l'atteindre. »

Aussi, bien que notre horizon soit borné et notre cadre restreint, nous osons espérer qu'on ne lira pas sans quelque intérêt les pages dans lesquelles sont retracées les manifestations au jour le jour de la vie péronnaise au XVIIe siècle, à côté des épisodes de la campagne de 1636 sur la ligne de la Somme, pendant cette « année de Corbie », où l'on faillit revoir « la grand' pitié quy estoit au royaulme de France » avant l'apparition de Jeanne d'Arc, aux plus mauvais jours de la lutte des Valois contre l'Anglais maudit.

Puisés aux sources les plus sûres, — dans ces registres mêmes où le Magistrat consignait, sans omettre le moindre détail, tout ce qui se passait sous ses yeux, — nos documents, joints aux fragments recueillis dans les mémoires contemporains, initieront le lecteur aux mœurs et aux coutumes de ses pères, en lui rappelant qu'il y eût autrefois une modeste cité, — cette petite patrie dans la grande, — dont le haut et glorieux renom doit mériter à jamais, de la part de ses enfants, en même temps qu'un filial hommage, le plus respectueux des souvenirs.

LA FORTERESSE DE PÉRONNE

ET

LA LIGNE DE LA SOMME

PENDANT LES PÉRIODES SUÉDOISE ET FRANÇAISE DE LA GUERRE DE TRENTE ANS

CHAPITRE Ier

1631 — 1634

Depuis le mémorable siège de 1536, la place de Péronne et la Haute Picardie avaient échappé aux brigandages et aux ruines de la guerre étrangère. Le Santerre et le Vermandois ne connurent pas davantage les horreurs de la guerre civile qui ensanglanta les trois règnes des fils de Henri II, ni les dissensions intestines qui marquèrent les jours agités de la régence de Marie de Médicis et les périodes palatine et danoise de la guerre de Trente Ans.

Vers la fin de juin 1629, la grande œuvre révolutionnaire que Richelieu s'était imposée à l'intérieur du royaume touchait à son terme : les huguenots avaient été domptés

1

dans la Rochelle; la puissance féodale n'était plus qu'un vain mot; le parlement de Paris, dépouillé de ses prérogatives politiques, avait dû s'agenouiller devant le trône, pour recevoir, de la bouche royale, l'ordre de se renfermer à l'avenir dans ses attributions judiciaires; des intendants, officiers de police, justice et finance, allaient être créés dans toutes les généralités, avec mission de mater la noblesse en la personne des gouverneurs militaires des provinces de la monarchie.

Le moment était venu d'abaisser l'orgueil de l'ennemi séculaire, la maison d'Espagne-Autriche, dont les ténébreuses intrigues et les sourdes menées divisaient, depuis la seconde moitié du XVIe siècle, la cour de France et le pays en deux camps ennemis. Le cardinal de Richelieu reprit les plans de Henri IV, et, prêtre de l'église romaine, n'hésita pas à signer, avec le protecteur des réformés d'Allemagne, Gustave-Adolphe, roi de Suède, un traité secret qui donnait à ce dernier, outre des subsides de guerre, un appui moral dont l'effet ne devait pas tarder à se manifester avec éclat. (24 décembre 1629).

Les vieux routiers de Waldstein, nouvel Attila soudoyé par le pharisaïque empereur Ferdinand II, promenaient depuis plus de dix ans le fer et le feu au cœur même de l'Allemagne protestante. A la nouvelle ligue catholique signée à Ratisbonne en 1630 par la diète du Saint-Empire germanique, Gustave-Adolphe répondit en débarquant sur les côtes de Poméranie. Celui que Ferdinand appelait avec dédain « le roi de neige » ne fondit pas au soleil du midi; mettant en action la nouvelle tactique qu'un français, le comte Jacques de La Gardie, lui avait enseignée, il chassa du nord de l'Allemagne avec sa petite armée, les bandes des Impériaux du général Tilly, qu'il écrasa à Breitenfeld et à Wurtzbourg, et défit les reîtres espagnols à Oppenheim (1631). Suivant l'expression de Richelieu, l'*Etoile polaire* brillait de la Baltique au Danube, et de la Vistule aux bords du Rhin. L'alliance du cardinal avec les réformés allemands portait ses premiers fruits : la glorieuse période, dite suédoise, de la guerre de Trente Ans, était ouverte.

Le théâtre des hostilités, de 1631 à 1635, resta borné à l'occident par le Palatinat. Aucun danger imminent n'était donc à redouter, à cette époque, pour nos frontières de Picardie. Cependant le voisinage des garnisons espagnoles de Cambrai, Arras et Bapaume, dont les incursions étaient fréquentes sur le territoire français, commandait une vigilance incessante de la part des gouverneurs et capitaines des forteresses qui

protégeaient les passages de la Somme (1).
Aussi, dès les années 1624-1625, la place de
Roye avait commencé ses préparatifs de défense, restauré ses remparts, et acheté des
munitions de guerre. Ces travaux furent con-
tinués jusqu'en 1633, par la construction d'un
corps de garde en briques et la réfection du
pont qui conduisait au faubourg Saint-Médard.
En 1627 (19 mars) les magistrats de Ham
avaient également rendu une ordonnance qui
affectait une partie des revenus de l'octroi
à l'entretien des fortifications de cette ville. De
son côté, la ville forte de Bray-sur-Somme,
dont l'importance était alors plus considérable que de nos jours, puisque sa citadelle
protégeait, du côté de Cappy, les abords de la
rive gauche du fleuve picard, allait suivre

(1) La paroisse de Combles, jusqu'au traité des
Pyrénées, était un village mixte, c'est-à-dire mi-
partie d'Artois (ou d'Espagne) et mi-partie de Picardie (ou de France). En 1698, l'intendant Bignon
constate encore que la partie nord de Combles,
dépendant des anciens Pays-Bas, comptait trois
cents habitants, qui jouirent jusqu'en 1789 des
franchises et privilèges de l'Artois, pays d'Etat,
tandis que le côté sud, appartenant à la Picardie,
était soumis au régime de l'Election, en vigueur
dans cette dernière province. (Contrat de vente
devant Lécrivain, notaire à Péronne, du 19 mars
1786, dans lequel comparaît Laurent De Bray,
brasseur, comme lieutenant de *Comble* — *partie
de Picardie*).

peu de temps après cet exemple, comme nous le verrons plus loin.

1631

Les mayeur et échevins de Péronne, soucieux avant tout de mettre à l'abri des injures de l'Espagnol une forteresse dont l'invincible résistance avait sauvé le pays, près d'un siècle plus tôt, avaient entrepris de bonne heure la mise en état de ses ouvrages défensifs. Ces petits-fils des vaillants bourgeois de 1536 voulaient se montrer dignes de leurs ancêtres; sujets toujours fidèles du roi de France, ils devaient mériter à leur tour les flatteuses louanges de leurs contemporains : « Cette ville de Péronne est d'autant plus jalouse de sa conservation, qu'elle se vante d'estre pucelle, car quoy qu'elle ait esté beaucoup de fois assiégée, elle n'a néantmoins jamais esté prise; aussy ne peut-elle endurer de gouverneur, si elle ne le connoist n'estre porté d'autre interest que de la garder contre les entreprises des ennemys, et d'y rendre tout service au Roy, duquel seul elle dépend, et luy veut obeyr en toutes choses, comme elle a tousjours fait jusques à présent.... » Et le sage écrivain ajoute : « une ville frontière, et quy est exposée à l'ennemy voisin, ne peut estre

trop bien gardée, et n'y a heure au jour ny
en la nuict, à laquelle il ne faille veiller sur
ceux qui y fréquentent, considérer leurs
actions et sçavoir le sujet pourquoy ils y
séjournent; il faut aussy prendre garde à
ceux qui y entrent et qui en sortent, fouiller
les charrettes et chariots qui y arrivent, pour
voir s'il n'y a rien de caché, qui puisse nuire
à la ville, comme venant de la part de l'ennemy, qui muguette tousjours la place frontière qui luy est proche, et employe tous les
artifices et stratagèmes pour tascher à la
surprendre.

» S'il y a des garnisons, il faut soigneusement espier leurs actions, voir avec quelles
personnes ils s'entretiennent, s'ils ont quelque familiarité avec les estrangers qui y
demeurent, ou qui y fréquentent, ne leur
faire connoistre les forces ny les magazins
de la ville, ny ne leur permettre aucune
chose outre ce qui regarde le fait d'une
garnison, ne se fier tellement en eux à la
conservation et à la garde qu'on n'y employe
encore quelqu'un du Corps de la Ville pour
voir aux lieux plus importans s'il y manque
quelque chose, et si cette garnison fait son
devoir en sa faction : ce sont les choses qui
sont à observer aux places frontières pour
les asseurer contre les entreprises des
ennemis.

» Que s'il y a ville frontière importante, et qui doive estre soigneusement
gardée, c'est celle de Péronne, clef de
France, lunette du pays d'Artois, et si
fort enviée de l'Espagnol, et de laquelle
plusieurs favoris de nos roys, notamment
les estrangers, ont tousjours essayé d'en
avoir le gouvernement, comme le feu mareschal d'Ancre, qui y vouloit entretenir une
garnison d'Italiens pour s'en asseurer, ce
que les habitans ne voulurent pas souffrir,
mais les chassèrent, et y appelèrent le duc
de Longueville.

» Et du depuis ils se sont tousjours maintenus dans le service du Roy... (1) »

Charles de Lorraine, duc d'Elbeuf, était
gouverneur général de Picardie depuis
le 9 janvier 1628. Bernard Potier de
Gesvres, chevalier, seigneur de Blérancourt, marquis d'Annebaut, comte de Mont-
fort et de Pont-Audemer, occupait le haut
emploi de gouverneur militaire et de grand
bailli de Péronne, Montdidier et Roye,
avec résidence à Péronne, capitale du San-

---

(1) *Relation de ce qui s'est passé en la ville de
Péronne sur le refus que les Habitans ont fait de
recevoir et d'ouvrir leurs portes au Mareschal
d'Hocquincourt, leur gouverneur.* — A Paris, chez
Jean Brunet, rue Saincte-Anne, MDCLII. — Pla-
quette inédite de six pages in-4°.

terre (1), ayant sous ses ordres en cette ville le chevalier Daniel d'Hangest, seigneur d'Argenlieu (2) ou d'Argencourt (3), et plus tard, M. de Rogles, comme lieutenant de roi; le sieur de Morancourt, capitaine d'une compagnie au régiment de Rambures-infanterie, remplissait les fonctions de major de la place, et, par intérim, celles de lieutenant de roi, en l'absence de ce dernier.

L'échevinage de la ville de Péronne, était ainsi composé au 24 juin 1631 (4) :

(1) Le gouverneur de Péronne, Montdidier et Roye, était alors indépendant du gouverneur général de Picardie. C'est seulement en 1636, comme on le verra ci-après, que des lettres patentes de Louis XIII, en envoyant le duc d'Hocquincourt succéder au sieur de Blérancourt, modifièrent l'ancien état de choses, et réunirent sous une seule main le commandement de la province entière.

(2) De Sachy, *Essais sur Péronne*, tableaux chronologiques, page 467.

(3) Registre aux résolutions de la ville de Péronne, 7 janvier 1632, et *passim*, cote BB–17.

(4) Bien que le présent travail ait avant tout pour objet le récit des événements qui se sont passés de 1631 à 1648 dans la Haute-Picardie, nous avons cru devoir retracer en même temps les plus intéressants épisodes de la vie municipale à Péronne dans la première moitié du XVIIᵉ siècle, en utilisant les documents inédits que nous avons extraits des registres aux résolutions de l'hôtel-de-ville (BB – 17 et 18), et d'autres pièces authentiques de l'époque.

MAYEUR : Me Robert CHOCQUEL, procureur
   du roy.

Lieutenant de maire : Me Adrien Ducroc,
   procureur au bailliage.

Echevins, suivant l'ordre de leur nomination par les prudhommes :

Mrs Arthur de Bouteville, grenetier.

   Anthoine Vaillant, lieutenant en
      l'élection.

   Hiérosme Dournel, controlleur au
      grenier à sel.

   François Pinchepré, advocat.

   Robert Le Père l'aîné, advocat.

   Louis Boitel, esleu.

   Louis Houbrel, marchand.

   Michel Galliot, advocat.

   Adrien Pieffort, procureur.

   Claude Merleu, marchand.

Dans la distribution des charges munici-
pales, MM. Vaillant et Pinchepré figurent en
qualité de *commis aux ouvrages;* les échevins
munitionnaires étaient MM. Le Père et
Galliot, qui avaient pour mission principale
d'assurer les vivres et le logement aux troupes
du roi.

Dès le 25 juillet 1631, et par exception (à
cause des travaux de la moisson), les portes
des faubourgs de Soibotécluze et de Bretagne
sont ouvertes à quatre heures du matin, et
fermées à dix heures du soir.

Défenses sont faites par l'échevinage aux portiers de laisser entrer, pendant la nuit, aucune personne, pour quelque cause que ce soit. Les cloches du guet « bondiront » pour annoncer plus d'une alerte, les magistrats tenant la main à ce que bonne et sûre garde soit faite d'une manière permanente au beffroi (1).

Le 1er août, le régiment de Thuraine est en garnison à Péronne : l'hôtellerie du *Chevallet* est affectée au logement de M. d'Horst, lieutenant de la compagnie du mestre de camp de ce régiment; la maison de feu M. Martine est billetée pour deux sergents.

Quelques jours plus tard (8 octobre), Messieurs de ville prennent les mesures suivantes : Réfection à neuf de la guérite établie au-dessus de l'arche des Bouchers, entre la petite rue Saint-Jean et la rue Puchotte; construction d'une guérite neuve

(1) La ville était pourvue de plusieurs cloches dites « du guet » au beffroi et aux portes de Sobotécluse, de Saint-Sauveur et de Bretagne. (V. ci-après, à la date du 26 juin 1633, la prestation de serment des guetteurs de ces portes). — Une résolution du 22 novembre 1633 porte que « l'arquebuze à crocq quy a esté crevée le jour de la foire sera baillée à Bon Mareschal, fondeur, pour le métail qu'il a fourny et pour ses peines d'avoir faict la cloche du guet du faubourg de Soibotecluze quy estoit cassée.

au coin du bastion de Humières, sur la
poterne. Les commis aux ouvrages feront
remplir les fossés et eaux qui sont dans la
plaine du faubourg de Bretagne. Jehan
Hugot reçoit l'ordre de combler sans délai
son four à chaux et de démolir la guérite
qui lui servait de magasin sur le bord du
fossé de ce faubourg. Signification est faite
au chapitre de Saint-Fursy d'avoir à nettoyer
et bourber ses eaux qui servent de fortifications à la ville, entre Péronne et Flamicourt ;
sinon, ce travail sera effectué à ses dépens.
Ceux qui prétendent avoir des hardines de
ce côté sont ajournés pour justifier de leurs
titres ; faute de quoi, le terrain sera trans-
formé en ouvrages de défense : « a été
ordonné que deux fortes portes de bon bois
seront construites à l'arcade de la poterne de
Humières avec deux chaisnes de fer. Comme
pareillement a esté ordonné que publication
sera faicte par la ville à toutes personnes indiffé-
remment de remettre en estat leurs chambres
aux gens d'armes tant de cheval que de pied.
Est ordonné aux commis aux ouvrages
d'achepter des arbres pour travailler aux
fortifications de ladite ville.... »

Le mayeur et les échevins Vaillant et
Pinchepré reçoivent, le 22 août, la mission
de s'aboucher avec les curé, marguilliers et
paroissiens de Saint-Quentin-en-l'Eau, pour

l'achat d'un fossé contigu au pré voisin de cette église.

La foire annuelle de la Saint-Michel est suspendue, à cause de la peste qui sévissait sur plusieurs points du pays.

A la fin d'octobre, le baron de Canisy arrive à Péronne, à la tête du régiment qui portait son nom ; celui de Praslin y séjournait déjà depuis quelque temps. La dépense faite pour le logement des soldats est acquittée par les soins de l'échevin Boitel, argentier (2 novembre). MM. Vaillant et Le Père sont envoyés en cour, « afin d'avoir soulagement des garnisons qui sont à présent en la ville. »

Le 11 décembre, et sur la recommandation de M. de Blérancourt, gouverneur, l'échevinage ordonne la construction d'une guérite au bas du bastion de Humières, d'un corps de garde à Naviage, d'un autre au Pas-de-Cheval « et d'une guérite emprès. » Il décide de supprimer l'entrée de la sentinelle, à Sainte-Claire, de placer une clôture entre le Pas-de-Cheval et le bout de la digue et d'ajouter « des ailes à la barrière » qui existait alors à ce même endroit, ainsi qu'une guérite à la tour aux Vachers. Il est enjoint aux habitants du faubourg de Bretagne (16 décembre) de monter une garde exacte de jour et de nuit, de « se trouver aux ouver-

tures des portes à sept heures du matin,
en attendant huict, et d'y demeurer jusques
après la porte de la ville fermée; et pour la
nuict, entrer en sentinelle à sept heures...
jusques au lendemain sept heures du matin
sans en bouger, à peine de soixante sols
d'amende...

« Ordonné qu'il sera faict un parapel le
long du bastion de Humières. »

Les commis aux ouvrages remettent, le
lundi 29 décembre, quatre mousquets aux
habitants de Halles et Sainte-Radegonde;
banlieue de la ville. Les lieutenants de ces
villages sont rendus responsables de la conservation de ces armes, qui, du reste, furent
réintégrées plus tard à l'hôtel-de-ville.

1632

Une alarme assez chaude marqua les premiers jours de l'an 1632. On voyait alors
des ennemis partout; du reste, les camisades
étaient fort au goût du temps. Le 6 janvier,
dans la nuit, et après la rentrée de la garde,
la cloche du beffroi se fit entendre : bourgeois et soldats s'étant précipités pêle-mêle
hors des maisons, une échauffourée s'en
suivit au milieu de l'obscurité. Le lendemain,
l'échevinage tint une conférence à ce sujet;
et le 9, « pour esviter les esmotions quy se
pourroient faire entre les habitants et soldatz

estans en garnison en ceste ville, de nuict
et à heure indue, par le moien du son de la
cloche que l'on sonne au cry d'une corne
que on est accoustumé sonner..., » MM. Pinchepré et Le Père, eschevins, sont députés
auprès de M. d'Argencourt, lieutenant du
gouverneur, et conviennent avec lui qu'à
l'avenir une patrouille serait faite « par
chacune nuict avant la ville par quatre habitans quy seront commandez avec quelques
capitaines quy seront à ce emploiez de la
part de M. de Camps... pour ensemble faire
ladite patrouille, et que deffenses seront
faictes au guesteur estant au belfroy de ne
plus sonner la cloche... et à tout habitant
de ne plus sortir après huit heures sans
lanterne. »

Le 24 janvier 1632, la peste qui. comme
nous l'avons dit plus haut, régnait depuis
plusieurs mois dans un certain nombre de
villes de la Picardie, éclata à Péronne (1).
Le 26, une résolution échevinale en fait
mention dans les termes suivants : « Sur
l'advertissement quy nous a esté donné que
une des filles de Me Simon Levesque, advocat,
estoit deceddée et une aultre quy estoit
encore agonisant à la mort, et que le bruit

_____

(1) V. dans nos *Chroniques péronnaises*, page
145 : *La Peste à Péronne.*

estoit qu'ils estoient atteints de la maladie
contagieuse pour aultant que paravant la
chambrière seroit déceddée devant une des
filles dudit Levesque aussy déceddée, c'est
pourquoy nous aurions mandé venir en la
chambre Mᵉ de Gauchin, chirurgien de lad.
ville, afin de se transporter en la maison dudit
Levesque pour en cognoistre la vérité et si
mestier estoit en faire la visitation et nous
en raporter ce qu'il en trouveroit. Suivant
quoy led. de Gauchin se seroit transporté en
la maison dudict Levesque auquel il auroit
parlé... et estant de retour nous a raporté
que ledict Levesque est tombé d'accord que
sa fille nouvellement déceddée estoit de la
maladie contagieuse et une autre fille quy
estoit malade estoit aussy de telle maladye,
pourquoy il n'estoit besoing d'en faire la
visitation ; attendu lequel rapport nous avons
ordonné que la maison dud. Levesque sera
fermée, fors qu'il pourra faire enterrer les
corps dans le cimetière et de nuict. »

Jusqu'au 25 mai de la même année, aucun événement digne de remarque n'est à
relever sur les registres de l'hôtel-de-ville.
Le 27, « une assemblée générale est faicte,
les portes ouvertes en la manière accoustumée, en laquelle sont comparus noble homme
Mᵉ Robert Choquel, mayeur, Mᵉ Adrien Ducroc, lieutenant, MM. Vaillant, Dournel,

Pincepré, Le Père, Boitel, Houbrel, Pieffort, eschevins, et pour l'antienne loy, messieurs De Lanchy, Vaillant, Parvillers, Aubé, Huet, Dorsye, Crestel, eschevins, et l'advocat de la ville.

» Sur ce que ledit sieur mayeur a représenté que depuis huict jours l'on avoit receu en garnison en ceste ville une compagnie de carabins (1) soubz la charge du sieur de Bederan, ensuitte des lettres de commandement du roy et de Monseigneur le duc d'Elbeuf, gouverneur général de ceste province de Picardie, par lesquelles aussy Sa Majesté mandoit qu'il avoit donné l'ordre de faire fournir de ses deniers les surtaux qu'il convenoit pour lesdits carabins et mondit seigneur le duc de Chevreuse avoit demandé que l'on advançât les deniers nécessaires pour ledit surtaux et qu'il les feroit rendre par M. de Lestocq, receveur des deniers communs de la ville d'Amyens vers lequel l'on avoit députté Mᶜ Claude Merleu, eschevin, avec pro-

(1) Les carabins combattaient tantôt à pied, tantôt à cheval, et portaient le casque carré et la cuirasse échancrée à l'épaule droite, ce qui leur permettait de manœuvrer le mousquet avec plus d'aisance. Ils étaient armés d'un fusil, d'un pistolet et d'un sabre. Louis XIII les enrégimenta en 1643, et Louvois les supprima en 1684, comme faisant double emploi avec les escadrons de dragons, d'institution alors récente.

curation pour recevoir lesdits deniers ; pourquoy et en attendant que ledit Merleu soit de
retour il estoit nécessaire d'adviser si l'on ad-
vanceroit les surtaux qu'il convient ausdits
carabins en attendant que l'on ait ordre du
roy pour éviter aux inconvéniens quy pourroient arriver par ce que ledit sieur de Bederan et les carabins de la compagnie pous-
soient grandement pour recevoir argent, et
à l'instant seroit arrivé ledit sieur Merleu eschevin, lequel ayant dict et raporté que ledit sieur de Lestocq, receveur des deniers
communs de la ville d'Amyens ne leur avoit
voulu bailler argent pour ledict surtaux, d'aultant qu'il n'y avoit aucun ordre du roy, laquelle remonstrance mise en délibération et
prins advis des assistans,

» A esté résolu et arresté que l'on payera
ausdits carabins leur surtaux pour trois jours
seulement, et ce, suivant la lettre de Mgr
le duc de Chevreuse en date du 19 présent
mois, mais qu'auparavant on leur deman-
dera qu'ilz aient à faire apparoir du surtaux
désigné par le roi ou Nosseigneurs, en son
conseil, et ce, sans tirer a conséquence. »

Une députation est envoyée vers Mgr de
Chevreuse, à Amiens, pour recevoir les
deniers de surtaux des carabins, et poursuivre la décharge de la garnison.

Le jeudi 3 juin, le roi Louis XIII, accompagné d'Anne d'Autriche et de toute la cour, fit son entrée à Chaulnes, et séjourna pendant quelques jours au magnifique château du maréchal de France Honoré d'Albert, duc de Chaulnes et frère de son dernier favori, le duc Charles d'Albert de Luynes (1). Dix compagnies du régiment de Navarre étaient cantonnées, le 5 juin, à Tincourt et Boucly, où Messieurs Houbrel et Merleu, échevins, furent délégués avec deux sergents à verge, pour leur distribuer les vivres, d'après un mandement royal.

La cour regagna Paris avant le 15 du même mois, sans visiter Péronne, bien que le roi y fut attendu ; car une résolution de l'échevinage, datée de ce jour, arrêta qu'il serait payé à Bon Le Bel, peintre, la somme de 60 livres, « pour avoir faict plusieurs armoiries quy debvoient servir à l'entrée du roy et avoir faict les peintures et dorures qui sont au belfroy... »

La place de Péronne était toujours accablée sous le poids des logements extraordinaires ; le 19 juin « sur la grande difficulté de loger M. le baron de Canisy, mestre de camp d'un

_____

(1) Louis XIII avait quitté Paris le jour même où le maréchal de Marillac fut décapité en place de Grève, pour se rendre à Calais, où il arriva le 15 mai. Ce fut à son retour qu'il s'arrêta au château de Chaulnes.

régiment estant en garnison en ceste ville,
attendu le grand nombre de personnes qu'il
a à sa suite, et sur l'offre faicte par vénérable et discrette personne Me Jehan Béchon,
presbtre chanoine de l'église Saint-Fursy, de
loger en sa maison scise sur le marché aux
fromages ledict sieur baron et tout'son train
et jusques à quand il seroit et demeureroit en
ceste ville, moïennant qu'à l'advenir il soit
exempt de loger, en ladicte maison et celle
qu'il a vers l'église Saint-Fursy... aucuns
gens de guerre soit capitaines ou soldatz ny
de leur fournir aucuns meubles esdites deux
maisons, se submettant néantmoings de
loger quelque grand seigneur venant en
ceste ville, lorsque l'occasion se présente-
roit... », les mayeur et échevins, à ce
contraints par une impérieuse nécessité,
durent condescendre à cette requête et établir
un regrettable antécédent, des privilèges de
cette nature n'étant jamais concédés qu'en
récompense de services tout-à-fait excep-
tionnels (1).

(1) Outre la surcharge écrasante que cette
affluence de militaires en garnison imposait aux
habitants, elle amenait encore des désordres dont
les conséquences étaient graves pour les coupables. En voici quelques exemples : « Sur l'advis
donné qu'une nommée Anne Polhaye estoit enceinte, et preste de faire sa couche, a esté arresté

Cet acte devait être le dernier de l'éche-vinage élu au jour de Saint-Jean 1631. La loi renouvelée le 24 juin 1632 amena sur les sièges municipaux les notables dont voici les noms :

Mayeur continué en charge : M° Robert CHOCQUEL.

Lieutenant : Claude Vaillant.

Echevins : François Caudron, Guislain de Driencourt, marchand, Louis de Parvillers avocat, Claude Yver, Louis Le Caron, avocat, Joachim Dorsye, seigneur de Courcelette,

qu'elle seroit mandée en la chambre ; laquelle y ayant comparue, a dict et déclaré que véritable-ment elle estoit enceinte, et que c'estoit du faict d'un soldat de ceste garnison, nommé Pierre Roger, de la compagnie du sieur de Brecqueville et non d'aultre ; suivant laquelle déclaration, Messieurs luy ont enjoinct de conserver son fruict et faire en sorte qu'il n'y en arrive aucun mal, à peine de la vie, et en outre luy a esté ordonné de soy bien gouverner, en attendant qu'il soit ordonné aultre-ment pour son subject. Ce faict, a esté ordonné que ladicte Polhaye sortira de la ville. » (Résol. du vendredi 14 janvier 1633). — « A esté ordonné que l'on fera sortir hors de la ville la fille Polhaye, la fille Lorain et la fille Jehandau, attendu qu'elles se comportent mal et qu'elles sont enceintes, et pour leur conduite, qu'il leur sera donné à cha-cune quarante solz sur la bourse des pauvres, et qu'il leur sera faict deffenses de rentrer dans la ville sans nostre permission à peine de fouët. » (Résol. du vendredi 28 janvier 1633).

président en l'élection, Charles Lescars, procureur, Henry Aubé, élu, Jehan Capperon, procureur, et Laurent Caudron, marchand.

Avocat de la Ville : Claude Fonchet.

Procureur fiscal : Jean Bertrand.

Selon le vieil usage, le dimanche qui suit les élections (autrement dit le jour des bans) les employés de la ville, chirurgien, avocat, procureur, greffier, les quatre sergents à verge, les gardes du beffroi et des portes, les capitaines des faubourgs remettent leurs charges entre les mains de l'échevinage, et sont ensuite réinstallés, après avoir « rafraischi leur serment. »

A la fin de juillet, la peste exerçait encore ses ravages dans la ville d'Amiens. Défense est faite par Messieurs de ville à tous habitants de communiquer avec la capitale de la province, pour quelque cause que ce soit, à peine de cent livres d'amende, et aux hommes qui sont commis aux portes de laisser entrer aucunes personnes venant de la ville d'Amiens jusqu'à ce que la maladie contagieuse ait disparu, ensemble aux marchands d'envoyer et recevoir aucunes marchandises venant de la même provenance à peine de pareille amende (30 juillet).

Le 18 août, à la suite d'une contestation survenue entre le mayeur Chocquel et le

major de la place, en l'absence du gouverneur et du lieutenant de roi, Louis XIII confirma le privilège anciennement octroyé au
premier magistrat de la cité, auquel seul
était dévolu, en pareille occurrence, le commandement militaire de la garnison péronnaise, et, par suite, le droit de donner le
mot du guet et de veiller à la sécurité de la
forteresse (1).

Une somme de cent douze livres dix sols
est remise, le 27 septembre, par l'échevi-

(1) Des lettres royales, dont voici la teneur,
avaient déjà coupé court, quelques années auparavant, à des difficultés de même nature : « Monsieur de Blérancourt, voulant mestre fin au
différend survenu en ma ville de Péronne entre
le lieutenant quy y commende en vostre absence,
le mayeur et les eschevins et les capitaines du
régiment de mes gardes quy y sont maintenant en
garnison sur l'ordre qui doibt estre tenu pour
donner le mot lorsque vous n'y serez pas, j'ay
résolu que en vostre absence ledict lieutenant
donnera le mot, et que vous et luy estans absens,
il sera donné par ledict mayeur de ladicte ville, et
vous escris ceste lettre pour vous advertir de ma
volonté afin que vous la fassiez entendre aux uns
et aux aultres, et donner l'ordre nécessaire pour
la faire exécuter. De quoy me reposant sur vous,
je prie Dieu qu'il vous ayt, Monsieur de Blérancourt, en sa saincte garde. Escript à Compiègne,
le 4 juin 1624. *Signé:* LOUIS, *et plus bas:*
POTTIER, » et cacheté aux armes de France. —
(Archives de Péronne, Reg. BB — 16).

nage à M. Despacquerie, lieutenant au régiment de Canisy, pour aller en poste trouver le comte de Soissons (1) et tâcher d'obtenir la décharge du logement du régiment de Plessis-Picquet.

Le 8 octobre, huit maisons du faubourg de Bretagne sont la proie des flammes. Onze années auparavant, (le 7 octobre 1621) trente maisons avaient été déjà réduites en cendres dans le même faubourg (2). L'incendie avait aussi ravagé toute la rue ou chaussée conduisant au Mont-Saint-Quentin, voie parallèle aux près du Glavion et à la grande rue qui traverse encore aujourd'hui cette annexe de la ville.

L'augmentation excessive de la garnison avait amené une hausse considérable dans les prix des denrées. Aussi, le 29 octobre,

(1) Louis de Bourbon, comte de Soissons et Clermont, né le 11 mai 1604, mort le 6 juillet 1641 au combat de la Marfée. — Nous le retrouverons en 1636 à la tête de l'armée royale qui opérait en Picardie contre les Impériaux.

(2) V. De Sachy, *op. cit.* pp. 284 et 287. — La résolution suivante, prise par l'échevinage le vendredi 14 janvier 1633 (Reg. BB.-17), fixe une autre date à cet incendie : « En considération de la requeste présentée par les pauvres habitants du faubourg de Bretagne quy ont esté bruslez *en la fin du mois d'octobre dernier*, Messieurs leur ont donné la permission de faire quester avant la ville tous ensemblement et par une seule fois. »

« sur requeste présentée par les hostellains
vendans vins, et attendu la charté du vin,
a esté ordonné que le meilleur vin se vendra
douze sols le lot à l'assiette (1), et unze solz
sans assiette, tant et jusqu'à ce qu'il soit
autrement ordonné. »

Pour satisfaire à la volonté du roi l'échevinage désigne, le 2 novembre, Mᵉ Joachim
Dorsye, échevin, assisté de Louis Caron, son
collègue, « à l'effet de recevoir et se charger
des deniers destinez au payement du prestz
aux soldalz des six compagnies, sçavoir :
trois du régiment de Champagne et trois de
celuy de Normandye estans en garnison en
ceste ville..., suivant l'ordre de Mᵍʳ Des
Noyers, conseiller d'Estat et intendant des
finances de Sa Majesté » (2).

L'année 1632 avait vu s'accomplir deux

(1) Le vin était vendu à l'assiette, lorsque le
tavernier ou maître d'hôtel donnait en même
temps à manger au consommateur. Il existait à
Péronne, sous l'ancien régime, sans compter les
« hostellains et taverniers, » quatre corporations
de marchands de viandes cuites, placées sous la
surveillance d'esgards particuliers : « les cuisi-
niers-paticiers, chaircuittiers, rôtisseurs et fabri-
cants de petits pâtés. »

(2) François Sublet des Noyers, le premier ad-
ministrateur de son temps, fondateur de l'imprimerie royale, né en 1578, mort au château de
Dangu, près Gisors, le 20 octobre 1645.

événements d'une importance capitale : le
supplice du maréchal duc de Montmorency,
le gouverneur rebelle du Languedoc, pris les
armes à la main au combat de Castelnaudary
et décapité à Toulouse le 30 octobre ; et la
mort glorieuse de notre allié Gustave-
Adolphe, qui venait d'écraser les Impériaux
de Waldstein dans les plaines désormais
historiques de Lutzen (16 novembre). Il
fallut bien que Richelieu se décidât à inter-
venir, pour se substituer au héros du Nord.
Tombé malade à Bordeaux, en revenant de
Toulouse, le cardinal ne put rentrer à Paris
que dans les premiers jours de janvier 1633.
Dans le mois d'avril suivant, il signait avec
la Suède et quatre cercles d'Allemagne un
traité d'alliance ; et, comme la Lorraine con-
tinuait à fournir des secours de toutes sortes
à l'Espagne, une armée française y pénétra
sous un prétexte quelconque, et Louis XIII
fit son entrée à Nancy, qui lui fut cédée par
le traité de Charmes (20 septembre). L'armée
du maréchal de la Force prit ensuite Epinal
et quelques places fortes de la région des
Vosges : la route de l'Allemagne était libre.

Pendant le cours de l'année 1633, on fit
en secret de grands préparatifs de guerre,
sur lesquels nous allons bientôt revenir :
c'est seulement l'année suivante que devait
avoir lieu la rupture officielle du roi de

France avec les cours d'Espagne et d'Autriche.

1633

A Péronne, aucun fait se rattachant aux affaires générales du royaume n'est à relater pendant la première période de l'an 1633. Il est bon, néanmoins, pour combler toute lacune dans notre histoire locale, de relever, sous forme de chronique, les incidents d'ordre intérieur dont les archives ont conservé le souvenir. Les infiniments petits ne sont jamais à dédaigner dans nos vieilles annales; à l'inverse du préteur romain, *de minimis curat historia.*

11 janvier. — A raison des circonstances, une résolution de l'échevinage prohibe, pour l'époque ordinaire du carnaval, les travestissements de la rue : « a esté ordonné que deffences seront faictes à toutes personnes d'aller en masques, et à tous habitants d'en recevoir aucuns en leurs maisons, à peine de dix livres d'amende, la moitié au dénonciateur. »

11 février. — Messieurs de ville confirment M⁰ Dehaussy dans sa charge de greffier de l'échevinage, par l'acte suivant : « M⁰ Jehan Dehaussy, advocat au parlement et greffier de la ville nous auroit dict et remonstré que le XXVII⁰ jour de may de

l'année 1626, sur la remise faicte par deffunct
M⁰ Jean Dehaussy, son père, vivant aussy
greffier de lad. ville entre les mains de Messieurs les mayeur et eschevins de lad. ville
en lad. année de l'office de greffier de ceste
ville tant en bas qu'en haut dans la chambre
du conseil pour y estre pourveu de la personne dud. Dehaussy, remonstrant ce que
dès lors luy auroit esté accordé et auroit esté
receu et admis en l'exercice de lad. charge
et presté le serment en tel cas requis comme
par acte dud. jour il faisoit aparoir sauf
néantmoings que de l'exercice dud. greffe de
lad. chambre du conseil que lesd. sieurs
mayeur et eschevins auroient octroyé à sond.
père sa vye durant à raison des grandz et
utiles services par luy rendus à lad. ville
que led. Dehaussy son père depuis naguère
seroit déceddé, résignant l'exercice dud.
greffe de haut. remis et réuny à celui d'en
bas ainsy qu'il est accoustumé; mais attendu
que led. remonstrant ne désire s'entremettre
en l'exercice dudict office de greffier d'en
haut qu'au préalable il n'ayt sur ce receu
ordonnance et confirmation il nous supplyoit
luy vouloir faire la faveur de luy accorder...
ordonné que led. Dehaussy est et demeurera
confirmé en la charge de greffier de lad. ville
tant du greffe d'en bas que de celuy de la
chambre du conseil, en l'exercice duquel il

entrera dès à présent pour en jouir par luy aux honneurs, authoritez et prérogatives aud. office attribuez et tout ainsy qu'en a jouy led. feu sieur Dehaussy son père et les aultres ses devanciers bien et deument (1). »

Vendredy 18 mars. — Le prix du blé est de 66 sols le setier.

Mercredy 13 avril. — « Il sera faict un drappeau neuf pour estre porté tant à la

(1) M⁰ Jehan Dehaussy est l'auteur de ces curieux manuscrits sur Péronne que la plupart des écrivains locaux ont mis si largement à contribution. Son *Journal de Péronne* — si l'on excepte quelques hors-d'œuvre relevant essentiellement du domaine de l'imagination — est un résumé fidèle des documents que nos archives possédaient encore de son temps et dont une notable partie a malheureusement disparu depuis. Chargé par l'échevinage de classer et transcrire, pour être réunis en une sorte de *Corpus juris civilatis* plus facile à compulser au besoin (et les difficultés avec le Chapitre de Saint-Fursy, les abbayes du Mont-Saint-Quentin et autres, la noblesse, les commandants militaires de la place, etc., étaient continuelles sous l'ancien régime) les volumineux dossiers comprenant les chartes, titres et pièces de l'Hôtel-de-Ville, Jehan Dehaussy commença son travail le 5 avril 1634 et termina le dimanche 10 juillet 1644 le premier tome, le seul qui nous ait été conservé, contenant 374 feuillets de texte in-4⁰ et 7 feuillets pour la table des matières, et intitulé : *Recueil des privilèges concédez et octroyez par les Roys de France aux*

procession du siège que aux occasions nécessaires, attendu que celuy quy est à présent
est vieil et usé. »

Mardy 3 May. — « Sur l'advis que Messieurs ont eu que le Père capucin quy a
presché dimanche dernier dans l'église Saint-
Jean a usé et tenu quelques paroles
contre l'honneur du magistrat, a esté
ordonné que le procureur de la ville se

*Mayeur, échevins et habitans de la ville de Péronne,
ensemble des droits et revenus appartenant à
ladicte ville, et de tout ce quy s'est faict et passé de
mémorable en icelle.* Les deux derniers registres,
dont un est resté inachevé, ont disparu depuis le
commencement de ce siècle. La somme de cent
dix livres fut payée, en 1666, par l'argentier de
la ville aux enfants et héritiers Dehaussy, pour
frais de copie de ces trois volumes que le fils du
greffier, Barthélemy Dehaussy, chanoine de Saint-
Fursy, qui en était détenteur, rendit alors à M.
Claude Vaillant, mayeur en charge. Il ne saurait
donc être ici question, comme l'a pensé M. Vallois
(p. VII de l'*Introduction* à son livre remarquable
sur *Péronne, son origine et ses développements*)
d'un don purement gracieux, mais bien de la
remise effectuée par le représentant d'un ancien
employé de la ville entre les mains du premier
magistrat de celle-ci, d'un manuscrit dont elle n'avait
pas cessé d'être propriétaire. C'est ce que prouve
surabondamment la dernière des quatre résolutions
que nous analysons ci-après :

Vendredy 11 aoust 1662. — Arrêté de payer aux
enfans de Me Jehan Dehaussy, vivant greffier de la
ville, tous et chacuns les jours qu'il a esté malade

transportera au couvent des Capucins et suppliera led. prédicateur de la part de Messieurs que doresnavant il se mesle de prescher son évangille et ne plus toucher sur l'honneur du magistrat et ne le mettre en mespris à l'endroict du peuple. »

Jeudy 23 juin. — Louis Quentin, hôte de Saint-Nicolas et auteur d'un journal manus-crit sur les événements de son temps, sou-

pendant et durant le temps qu'il a esté en la ville de Paris pour les affaires de la dite ville où il décedda de saditte maladie et jusques au jour du-dict décedz, et à raison de quatre livres par jour au par-dessus la taxe ordinaire qui se paye par jour à ceux qui sont députtez par lad. ville.... à compter du deuxiesme juillet jusques au 26 dud. mois dernier, jour du décedz dud. Dehaussy.

Lundy 18 septembre 1662. — Anthoine Poullain, procureur, est nommé greffier de la ville, au lieu de Jehan Dehaussy, décédé, et sur la requête de Jean Dehaussy fils, conseiller et advocat du roy au bailliage de Roye.

Lundy 9 avril 1663. — Réception de Louis Prévost l'aisné, comme greffier de la ville. Jehan Dehaussy, la veille de sa mort, avait donné sa procuration devant Lamothe et Monmez, notaires au Châtelet, à l'effet de résigner entre les mains du roy son office de greffier. Cette procuration, en date du 25 juillet 1662, fut passée à Paris « en la rue de la Licorne, en la maison où pend pour enseigne la *Pomme d'Orange*, paroisse Sainte-Geneviève des Ardennes, où se trouvoit le mori-bond qui a déclaré ne pouvoir aucunement écrire vent cité par nos anciens auteurs péronnais et notamment par le chanoine De Sachy, reprend, pour trois années restant à courir le bail des chevaux à louage ci-devant adjugé par la ville à Pierre Dassonvillé. Il s'engage à entretenir dix chevaux au plus et six au moins, moyennant dix livres par an.

ny signer quant à présent, à cause de la trop grande débilité et faiblesse de son bras droit...»

Vendredy 18 juin 1666. — M⁰ Barthélemy Dehaussy, chanoine de Saint-Fursy, fils de Jean Dehaussy, greffier, réclame la somme de cent dix livres, prix moyennant lequel ce dernier avait acquis de ses deniers de M⁰ Regnault Machecré, le 5 juillet 1638, une petite cour estant au dessous de la cuisine de la maison de ville occupée par le greffier d'icelle, et aujourd'hui annexée à ladite maison. Messieurs donnent l'ordre à l'argentier de rembourser cette somme aud. Dehaussy, ainsy qu'aux autres héritiers qui sont : M⁰ Jean Dehaussy avocat du roy au bailliage de Roye, et damoiselle Marie Dehaussy, vefve de M⁰ Simon De Genlis, en son vivant contrôleur au grenier à sel de Compiègne.

Par la même résolution, « MM. ont ordonné qu'il sera payé aud. sieur Dehaussy, tant pour luy que ses cohéritiers, pareille somme de cent dix livres pour les peines et vaccations dud. feu sieur Dehaussy d'avoir faict extraict et coppie de plusieurs tiltres et privilèges de la ville estant en deux tomes, et un troisième encommencé... *Au moyen de quoy ledict sieur Dehaussy a présentement remis sur le bureau lesd. extraicts quy ont esté mis dans les archives,* et a signé. » Résol. de la ville, reg. BB-20.

Vendredy 24 *juin*. — LOY RENOUVELÉE, et distribution des charges :

Mayeur : M° Anthoine VAILLANT, conseiller du roy et lieutenant des eslus.

Lieutenant : Louis Levesque, advocat, baillif de Saint-Lazare, commis au logement et fourniture des gens de guerre.

Echevins : Robert Le Père, advocat, baillif de Saint-Lazare, commis aux ouvrages.

Quentin François. grenetier, argentier.

Jean Lefebvre de Sormont, bourgeois, commis aux ouvrages.

Louis Le Caron, procureur, receveur de l'hostel-Dieu.

Jean Lefebvre, conseiller du roy, lieutenant au magasin à sel, commis aux gens de guerre, et aux pauvres.

Regnault Machecré, commis aux pauvres.

Louis Le Père, procureur du roy en l'eslection, receveur de Saint-Lazare.

Charles Vaillant, munitionnaire.

Claude Ducroc, procureur, receveur des pauvres.

Toussaint Leclerc, munitionnaire.

Dimanche 26 *juin*. — Jour des bans. L'assemblée a lieu à son de cloche, et les portes ouvertes. Au moment de la prestation

de serment des officiers de la ville, injonction est faite au garde du beffroi de ne recevoir personne dans la tour communale
sans le congé de Messieurs, et de s'abstenir
de prendre vin plus que de raison à peine
de privation de son emploi. Les guetteurs
du beffroi sont également « admonestés
de mieux faire leur debvoir. Les capitaine,
lieutenant et gardiens des portes de
Sobotécluze, le garde des clefs des chaisnes
des pillotz estans dans les eaux pour
la fortification de la ville », les capitaine,
lieutenant et les deux sergents de Bretaigne,
le guetteur et le garde de la porte Saint-
Sauveur remettent les clefs qui leur étaient
confiées, et les reprennent ensuite, après
avoir été maintenus dans leurs fonctions. Ce
fait, le procureur de la ville « représente
les affaires et procez quy estoient à l'encontre de la ville, qui n'estoient encore
vuidez et terminez, afin de pourveoir et d'y
donner ordre. » Enfin « l'on a proceddé à la
publication des monitions pour avoir et
recouvrer les tiltres et papiers de la ville,
hostel-Dieu, Saint-Lazare et pauvres, quy
sont esgarez et perduz, suivant quoy a esté
ordonné aud. procureur de poursuivre lesd.
monitions, et ensemble d'icelles obtenir la
fulmination de Messieurs de chapitre. »

3

Lundy 27 juin. — « A esté arresté que l'on fera un nouveau inventaire et description de tous les chartres, tiltres et papiers de la ville. Plus que l'on fera entrer et loger dans la ville les trois compagnies de soldatz quy sont logez dans les deux faulxbourgs. »

Vendredy 1ᵉʳ juillet. — « A esté arresté sur le bruit quy couroit que la maladie contagieuse estoit grande et augmentoit de jour en jour en la ville d'Amyens, paravant faire déffences à tous les habitans de lad. ville de venir et entrer en ceste ville que l'on envoira quelques exprès en lad. ville pour en cognoistre et sçavoir la vérité afin que suivant l'advis que l'on en aura adviser à ce qu'il y aura à faire.

« A esté arresté que l'on priera les capitaines de la garnison de commettre quelque officier pour empescher leurs soldatz de plus molester à l'advenir les gens de village et païsans quy apportent du beurre et autres denrées au marché pour la commodité des habitans et des soldatz, afin que par ce moien on puisse avoir le tout à meilleur marché et avec quantité. »

Mardy 5 juillet. — « Sur la plainte faicte par monsieur le mayeur que tous les habitans faisoient fort mal leur debvoir pour la garde

personnelle tant de jour que de nuict, a esté
ordonné que tous les habitans *de quelque
qualité et condition qu'ilz soient* assisteront
à l'assiette de la garde de nuict, et à l'appel
quy se fera à l'ouverture des portes, et feront
la garde personnellement, lorsquilz en seront,
à peine, pour chacune contravention, d'a-
mende arbitraire. »

Vendredy 15 juillet. — « A esté ordonné
que la chaussée de la rue du Noir-Lyon
allant du chasteau à Sainct-Fursy sera achevée d'estre pavée. »

Mardy 2 aoust. — MM. Robert Le Père et
Jean Lefebvre, échevins, sont députés pour
aller saluer de la part de la ville monsieur
le maréchal duc de Chaulnes, qui venait
d'être nommé gouverneur général de Picardie,
aux lieu et place du duc d'Elbeuf.

Mardy 9 aoust et vendredy 12 aoust. —
De nouvelles mesures de précaution contre
la peste sont prises par l'échevinage. Défense
est faite aux habitants d'aller à Amiens ni
d'en recevoir aucune personne chez eux;
comme aussi pour éviter l'infection de l'air,
d'avoir et tenir en leurs maisons porcqs, lapins, connilz et pigeons, à peine de dix
livres parisis d'amende.

Mardy 23 aoust. — « Le vendredy cinq, monsieur le mayeur avoit rapporté qu'il y avoit trois ou quatre jours il avoit condamné à l'amende Me Claude Cordelle, esleu à Péronne, pour avoir manqué à la garde... ayant donné ordre de mettre son ordonnance à exécution, les deux sergens de ville se seroient rendus en la maison dud. Cordelle pour réclamer l'amende. Celuy-cy fist réponse qu'il ne payeroit icelle et qu'il ne se soucioit dud. sieur mayeur ny du magistrat, et il auroit encore proféré plusieurs parolles injurieuses à l'honneur dud. sieur mayeur. » Procès-verbal en a été dressé, et Cordelle, mandé à comparoir en personne, est condamné par la ville : il interjette appel de la sentence.

« Est ordonné au procureur de la ville de se présenter à l'assignation donnée à la requeste de Cordelle, sur l'appel par luy interjetté par devant M. le lieutenant criminel de Péronne, du décret d'adjournement personnel à luy donné et soustenir que mal et incompétamment nous sommes appellez par devant ledict sieur lieutenant criminel pour le procès dont est question : vu que il s'agist de mot du guet et de la police sur icelluy pour avoir par ledict Cordelle négligé sa garde ni comparu à l'appel de l'assiette de lad. garde comme capitaine ; ensuitte de quoy, sur les commandemens faictz sur l'a-

mende en quoy il avoit esté condamné et en
mespris desd. commandemens il auroit dict
et proférez plusieurs injures contre notre
authorité, partant protester de nullité de
tout ce quy sera faict par led. lieutenant
criminel au cas qu'il en veuille cognoistre...
sinon appeller et le prendre à partie en son
nom privé.

« Il est escript à M. Fardrier, advocat au
conseil, pour obtenir lettres d'anticipation à
l'encontre de Me Claude Cordelle pour raison
des injures par luy dictes et proférées à
l'encontre de l'honneur de monsieur le
mayeur. »

Mercredy 31 aoust. — M. le mayeur
ayant fait prier, de la part de Messieurs, par
le procureur de la ville, Mes Romain Regnart,
conseiller du roy et président en l'eslection de
Péronne et Nicolas Demametz, aussy conseiller du roy et eslu en lad. eslection, « de
bailler leurs enfans pour estre capitaine et
lieutenant de la Jeunesse, afin d'aller au
devant de Monseigneur le duc de Chaulnes,
gouverneur général de ceste province de
Picardie quy doibt faire son entrée en ceste
ville » sur leur refus « a esté arresté qu'il
sera signiffié ausd. sieurs Regnart et Demametz de faire comparoistre en la Chambre de
la ville pardevant nous leurs enfans savoir :

ledict sieur Regnart Me Jean Regnart son fils pour estre capitaine, et led. Demametz Me Nicolas Demametz son fils pour estre lieutenant de la Jeunesse pour aller au devant de Monseigneur le duc de Chaulnes, à peine de cent livres d'amende chacun, et ensuitte delad. acceptation de faire faire la reveüe à toute la Jeunesse vendredy prochain ».

Vendredy 2 septembre. — Ordonne que l'on baillera les quarante-huit mousquetz quy sont en la chambre de la ville à Me Claude Vaillant, capitaine de la ville, pour distribuer aux pauvres habitans, afin d'aller au devant de Mgr le duc de Chaulnes.

Vendredy 12 septembre. — L'échevinage ordonne le pavage de la rue allant à celle dite des Chanoines et de la rue de la Claire Fontaine.

Lundy 19 septembre. — « Les canonniers remonstrent qu'ilz avoient de coustume d'aller au devant des gouverneurs généraulx de province lorsqu'ilz faisoient leurs entrées en ceste ville. Pourquoy ils requeroient, attendu leur petit nombre, vouloir ordonner que les hacquebuziers allassent avec eux; attendu qu'ilz avoient apprins que Me Claude

Vaillant, capitaine de la ville et Mᵉ Louis Boitel son lieutenant voulloient empescher que lesd. hacquebuziers n'allassent avec eux; il est ordonné que les hacquebuziers iroient au devant de Mᵍʳ le duc de Chaulnes.... et accompagneroient lesd. canonniers attendu le petit nombre d'iceulx, et sans tirer à conséquence. (1)

Noᴛᴀ. Ledict jour lundy XIXᵉ septembre, monseigneur le duc de Chaulnes, gouverneur et lieutenant général pour le roy en la province de Picardie, estant en son chasteau de Chaulnes, est venu faire son entrée en ceste ville par la porte de Paris entre les trois et quatre heures après midy. Les habitans furent au devant de luy avec leurs armes jusques auprès du lieu appellé *la Terrière*; la Jeunesse ayant faict deux compagnies fust aussy au devant de luy jusques et par delà ladicte Terrière, Messieurs les gens du roy jusques à la Chapelette, et luy fust faict une

---

(1) On était admis dans le corps des canonniers de la ville de la manière suivante : « Robert Gambier et Balthazar Morel présentent requeste pour estre receuz canonniers en ceste ville, et jouir des priviléges attribués à ladite charge. Ils comparaissent en la Chambre le mardi 15 novembre et prêtent serment. Un jour leur est désigné *pour faire le coup d'espreuve.* » (Résol. des 14-15 octobre 1633).

harangue par M. Le Corroyer (1), lieutenant général, et un peu auparavant lorsqu'il avoit esté apperçu descendant de la Terrière, il avoit esté salué de plusieurs coups de canonnade tant de la ville que du chasteau, et pareillement icelluy entrant dans le faulxbourg de Soibotécluze il auroit esté aussy salué de plusieurs coups de hacquebuzes à crocq, et estant led. sieur duc de Chaulnes arrivé à la porte de la ville y auroit trouvé Messieurs de lad. ville en corps tant de la nouvelle que ancienne loy qui l'attendoient auprès du corps de garde des habitans et là luy fust faicte une harangue par Monsieur Vaillant, mayeur, icelle finie estant led. sieur de Chaulnes monté sur un cheval blanc luy auroit esté présenté un dez de taffetas cramoisy rouge ou estoient empraintes ses armes quy auroit esté porté devant luy par Mes Louis Levesque et Robert Le Père, eschevins de la nouvelle loy, Mes Louis de Parviller et Guislain de Driencourt, eschevins de l'ancienne loy jusques au portail de l'église de Saint-Fursy où il auroit esté conduict. Et entrant dans la ville il auroit esté de rechef salué de plusieurs coups de canonnade, et

(1) René Le Corroyer, écuyer, seigneur de Boulan, conseiller du roy et lieutenant général au bailliage de Péronne.

estant arrivé au devant du portail de ladite
église Sainct-Fursy et estant descendu de
cheval y auroit trouvé tout le clergé de lad.
église, lequel l'attendoit avec croix et eaue
béniste. et luy auroit esté faict une harangue
par Monsieur Chocquel, doyen, laquelle finie
seroit entré dans le chœur de ladicte église,
où estant genouilx fléchis auroit esté chanté
le *Te Deum,* en musique par les chantres. et
puis après conduict accompagné comme dessus en la maison de M° Jean-Jacques Fonchet, esleu, préparée pour son logis. et
comme il passoit dans le marché il auroit
esté de rechef salué de plusieurs coups de
hacquebuzes à crocq estans dans le belfroy
de la ville, et estans arrivé en son logis y
auroit rencontré quelques petits escoliers du
collège bien et lestement vestus et accom-
modez quy l'auroient rendu et joué quelque
petite comédie à son honneur et récité plusieurs anagrames à sa louange et peu de
temps après luy auroit esté envoyez les vins
de présens par Messieurs de la ville au
nombre de dix-huict quennes et par Messieurs de Chapitre au nombre de dix quennes
(1) et fust faict garde à la porte de son logis

(1) La kenne ou kanne était une mesure de
capacité, d'importation germanique, variant suivant les provinces. La petite kenne contenait un

par la jeunesse toute la nuict. Et le lendemain sur les huict heures du matin, Messieurs de la ville l'auroient esté saluer et
conduire à la messe de lad. église Sainct-
Fursy et marchoient devant la jeunesse et
les canonniers avec leurs armes, au retour
de laquelle luy auroient présenté un cheval
ongre de poil baye qu'il auroit prins pour
agréable, et ledit jour sur les trois heures
après-midy seroit party de la ville par lad.
porte de Paris pour s'en retourner à
Chaulnes. »

Jusqu'au XVII° siècle, une coutume cons-
tante, dont on retrouve l'application à chaque
page de nos archives, imposait aux autorités
urbaines, dans les places fortes, la lourde
charge de pourvoir aux travaux de réparation
et d'entretien des remparts. En cas d'insuffi-
sance seulement des deniers communaux,
l'Etat intervenait, et fournissait des subsides
extraordinaires. Lorsqu'une guerre était à la
veille d'éclater, le roi frappait des taxes sur

lot et demi de vin, ou trois bouteilles de pinte,
mesure de Paris. (V. lettre des officiers municipaux
de Péronne à l'Intendant de Picardie, à la date du
7 août 1780, Reg. aux résol. BB-34). — Le lot,
en usage dans les Flandres, la Picardie et l'Artois,
valait quatre pintes, et la pinte, mesure de Paris,
0 lit. 93. La bouteille de pinte contenait un demi-
lot. La jauge de la petite kenne était par conséquent de 5 lit. 58 centilitres.

le royaume, envoyait aux frontières mena-
cées des commissaires inspecteurs ; et ces
nouveaux *missi dominici*, munis d'instructions spéciales, procédaient en toute hâte à la
mise en état de défense des points sur
lesquels devaient se porter les principaux
efforts de l'ennemi. L'art de la fortification,
permanente et passagère, était resté station-
naire depuis le moyen-âge jusque sous
Henri IV, époque où Jean Erard, surnommé
le *Père de la fortification française*, mit en
pratique une méthode nouvelle. Deux ingénieurs habiles allaient se révéler bientôt
après, pendant la guerre de Trente Ans :
le comte de Pagan et le chevalier de Ville (1).

Le Roi « en son conseil d'Estat » s'inspira
des plans de ce dernier, lorsqu'il fallut d'urgence restaurer les anciennes fortifications
de Péronne et en créer de nouvelles (2). On

----

(1) Nous avons dit dans un autre travail (*l'Invasion en Picardie*, page 505) que l'enceinte fortifiée de Péronne avait été élevée par Vauban et
perfectionnée par le chevalier de Ville. Nous
saisissons avec empressement l'occasion qui nous
est offerte ici de rectifier une opinion erronée.

(2) *Jean Erard*, né à Bar-le-Duc sous le règne
de Henri II, mourut vers 1620. Il a laissé un
ouvrage portant ce titre : *La fortification dé-
monstrée et réduicte en art*, et construisit la
citadelle d'Anvers et une partie du château de
Sedan. — *Le comte de Pagan* naquit à Avignon

délégua à cet effet un homme dont la haute
intelligence et l'infatigable dévouement
étaient depuis longtemps éprouvés, l'intendant des finances Sublet Des Noyers, récem-
ment élevé par Richelieu, qui avait distingué
son mérite personnel, au poste important de
secrétaire d'Etat au département de la guerre.
Voici le portrait qu'en a tracé de nos jours
un écrivain célèbre (1) : « .... En 1636,
l'armée du Nord était retenue en Hollande
au service des Hollandais, qui ne la ren-

en 1604 et mourut à Paris en 1655. Il est l'auteur
d'un *Traité des fortifications*, paru en 1645. L'un
des premiers, il établit des retranchements à l'intérieur des bastions. Il fut le précurseur de
Vauban. — Le chevalier *Antoine de Ville*, né à
Toulon en 1596, mort vers 1656, servit d'abord
sous le duc de Savoie. Il assista à la reprise de
Corbie, en 1636, attaqua les villes de l'Artois sous
les yeux de Louis XIII et de Richelieu, et dota de
fortifications nouvelles les places cédées à la
France par le traité de Westphalie. Le chevalier
de Ville laissa un grand nombre d'ouvrages spé-
ciaux sur son art, notamment un *Traité des
fortifications*, in-folio publié à Paris en 1629,
dont il dessina et grava lui-même les 53 planches. Il est l'auteur de cet axiôme, dont notre
époque, mieux que toute autre, est à même d'apprécier la justesse à ses dépens : « Quand on
fortifie une place, il faut fermer les yeux et ouvrir
la bourse. »

(1) J. Michelet, *Histoire de France*, tome XIV,
ch. VIII.

voyèrent qu'en plein été. Donc la France était découverte. Une invasion n'était pas improbable.... Richelieu fit visiter nos places du Nord par un homme qu'il croyait très-sûr, par Sublet Des Noyers (1). C'était un petit homme, de méchante mine cagote et

(1) « Ce qui étonne le plus (en Richelieu) — dit en note Michelet — c'est que dans sa politique et son intérieur même, il les subit (les Jésuites) par l'ascendant croissant d'un homme affilié à la Société, d'un sot fieffé, dangereux, haineux, venimeux, mais le scribe des scribes, et d'un travail énorme : Sublet Du Noyer. Richelieu le fit, en 1633, secrétaire d'Etat de la guerre, le chargea fort imprudemment d'inspecter nos places en 1636, crut aux rapports de l'ignorant, ce qui nous valut l'invasion et les faciles succès de l'ennemi qui vint presque à Paris. Cette bévue, qui devait le faire chasser, fut au contraire récompensée. Il fut chargé de fortifier des places, de diriger des sièges, d'organiser la marine ; il eut la surintendance des bâtiments et manufactures, la surveillance de l'imprimerie royale, etc. Richelieu, accablé, malade, ne s'occupait plus que de l'extérieur, et bien plus encore des complots dont il était environné. Sublet régna, à tort et à travers... Cet animal, chargé de recevoir le Poussin..., eut l'impertinence de lui tailler la besogne... L'attraction des sots pour les sots rendait Sublet très cher au roi. Ils disaient leur rosaire ensemble. Cela enhardit fort le petit homme, si bien qu'en dessous il commençait tout doucement à trahir le roi pour la reine... La reine, une fois régente, ne se souvint plus de Sublet, qui prit la chose à cœur, et, comme le pauvre père Joseph, creva d'ambition rentrée (1645).

d'âme pire, mais un bœuf de labour qui, ni jour ni nuit n'arrêtait, qui satisfaisait le maître de quelque charge dont on chargeât son dos. Il faisait toujours plus, il faisait toujours trop. Un ministre homme d'esprit, à qui les affaires n'ôtaient nullement l'ambition littéraire, trouvait bien doux de trouver là toujours les grosses épaules voûtées de ce Sublet pour y mettre tout ce qu'il voulait. La facilité plate d'expédier passablement une foule de matières qu'il ne connaissait point mettait ce terrible commis en état de suffire à tout. On lui mit dessus la marine où il ne savait rien, et il s'en tira assez bien. On ajouta la guerre, et tout alla très mal. Mais était-ce sa faute ?

» Par l'entraînement des affaires, peu à peu, tout alla à lui. Il avait deux choses pour lui : son énorme travail, qui semblait consciencieux, et sa bassesse de nature, peinte en sa face de hibou, qui empêchait de croire qu'il pût avoir aucune prétention élevée. Au total, un homme ténébreux, haineux et dangereux, qui ruinait sourdement ses concurrents, et qui, à la longue, eût bien pu oser miner Richelieu même, car il plaisait au roi par sa dévotion et secrètement il était aux Jésuites.

» Ce commis ne connaissait rien aux places de guerre. Il rapporta à Richelieu ce que

désirait le ministre, l'assurance que tout était
en bon état. Et celui-ci, tranquille sur le
Nord, regarda au Sud-Est... (1) »

(1) Nous avons reproduit à dessein cette inju-
rieuse et amère sortie de « l'historien » Michelet,
pour montrer jusqu'à quel degré de violence la
haine du spectre noir a pu conduire le doux
chantre de *la Femme* et de *l'Amour*, — deux divi-
nités dont les temples sont d'ailleurs restés
portes closes devant lui. Un parti-pris étroit l'a-
veugle au point de rendre triviale et négligée sa
plume d'ordinaire si brillante et si pleine d'attraits,
et de le faire tomber dans des erreurs de dates et
de faits presqu'aussi nombreuses que les lignes
consacrées aux « bévues » de son modèle. Il suffit
de relever celles-ci : 1° l'armée du Nord ne fut pas
renvoyée *en plein été*, puisque : « l'armée du Roy,
venant de Hollande, débarqua à Calais *dans le
mois de mai...* » dit le comte de Puységur, major
au régiment de Piémont qui faisait partie de ce
corps : les hostilités ne commencèrent qu'au mois
de juillet, et l'armée du Nord, à cette date, était
rentrée depuis deux mois dans ses « quartiers de
rafraîchissements » en Normandie, d'où elle re-
joignit les troupes que le comte de Soissons avait
en Champagne, pour opérer de concert sur la ligne
de la Somme ; 2° Des Noyers inspecta et fit fortifier nos places fortes, non pas en 1636, ni
postérieurement à cette époque, mais de 1633 à
1635 ; 3° le même personnage n'a jamais dirigé de
sièges ; 4° aucune des villes dont il a conduit les
travaux de défense n'a été emportée de vive force,
par l'armée des Impériaux. La Capelle, Bohain,
Le Câtelet, Roye et Corbie capitulèrent, après des
investissements de deux à huit jours au plus, sans

Voici l'œuvre considérable que ce haut personnage accomplit en ce qui concerne les seuls remparts de Péronne :

3 *septembre* 1633. — « Le sieur Des Noyers, conseiller du roy en ses conseils, intendant de ses finances et commissaire député par sa Majesté pour les fortiffications (des villes et places) de la province de Picardie, sçavoir faisons que nous estant en exécution de nostre dite commission acheminé avec le sieur d'Argencourt, mareschal de bataille des armées du Roy, en la ville

opposer de résistance ; et si l'ennemi n'osa s'arrêter ni devant Guise ni devant Péronne, il est à présumer que leurs fortifications nouvelles imposèrent seules le respect aux 40,000 reîtres du cardinal infant ; 5° Louis XIII qui, pour réciter son rosaire, est taxé de « sot » par Michelet, ne fut pas moins le véritable sauveur de la France, alors que seul contre Richelieu et ses autres conseillers, il refusa de reculer jusqu'à la Loire devant l'invasion qui menaçait Paris, et par son initiative hardie, sut la rejeter dans les Pays-Bas à la fin de la désastreuse année 1636 ; 6° enfin Des Noyers était toujours assisté, dans la passation des marchés relatifs aux fortifications des places et dans l'inspection de ces dernières, d'hommes de guerre compétents auxquels incombait l'exécution technique des ouvrages de détail et d'ensemble. — Michelet écrit avec ses nerfs l'histoire, qu'il croit avoir ressuscitée, quand au contraire il l'a trop souvent métamorphosée en poëme, sinon en roman, grâce à son ardente imagination.

de Pérone pour donner ordre aux fortiffications d'icelle, et ayant recogneu les ouvraiges
qu'il y convient faire pour la mettre en sa
perfection, desquels led. sieur d'Argencourt
auroit dressé les dessins, plans et devis,
aurions faict savoir que le 6ᵉ du présent
mois de septembre il seroit par nous faict
marché des ferrures qui seront nécessaires
à la ville et chasteau de Pérone, attendant
lequel jour se seroient présentés par devant
nous plusieurs entrepreneurs, lesquels, après
avoir eu communication des conditions et
qualités desdits ouvrages, auroient offert de
les faire moyennant le prix de quatre sols la
livre de fer, sur quoy ayant receu plusieurs
rabais, lesd. ouvraiges auroient enfin esté
mis par Claude Merlo, maistre serrurier de
lad. ville à deux sols et six deniers la livre de
fer, et n'ayant trouvé persone qui ait voulu
fere la condition du Roy meilleure. Nous, de
l'advis dud. sieur d'Argencourt, avons aud.
Claude Merlo faict et passé marché desd.
ouvraiges de ferrure de lad. ville de Pérone
aud. prix de deux sols six deniers la livre,
à la charge par led. entrepreneur de fere
tous lesd. ouvraiges de bon fer loyal et marchand, subject à visitation et garentie ainsy
qu'il est accoustumé pour les affaires du Roy,
le prix desquels ouvraiges luy sera payé par
Mᵉ Christophle Hébert, trésorier des fortiffi-

cations de Picardie ou son commis au feur
et a mesure qu'il travaillera, en donant bone
et suffisante caution.

« Par devant les nottaires royaux soub-
signés (Ducroc et Vaillant) establis à Pérone
est comparu led. Claude Merlo, lequel a volontairement déclaré qu'il a accepté et accepte
le susdict marché à luy faict par monsieur
De Noyers... aux clauses et conditions portées par iceluy, à l'entière exécution duquel
il s'est obligé par corps et biens comme
pour les propres affaires du Roy. Faict et
passé aud. Pérone en la maison du sieur
Regnart, président en l'élection de lad ville,
où est logé mond. sieur De Noyers, le troiziesme jour de septembre 1633.

« Et à l'instant est comparu par devant
nous nottaires susd. Me Quentin Talon,
demeurant aud. lieu, lequel s'est constitué
caution dud. Claude Merlo et à l'exécution
de tout le contenu au susd. marché s'est
obligé solidairement et par les mêmes voies
que led. entrepreneur sans y contrevenir...
Faict et passé au logis de mond. sieur De
Noyers, les jours et an que dessus (1)... »

6 *septembre.* — Le sieur De Noyers (2)...

_____

(1) Minutes de l'étude de Me Robert Ducroc, notaire
à Péronne.
(2) Même formule que pour l'acte qui précède.

aurions faict sçavoir que le 7ᵉ du présent
mois de septembre, il seroit par nous faict
marché de la vuidange des bourbes des fossés
du fauxbourg dict de Bretagne pour porter
aux lieux où il leur seroit monstré. » Les
entrepreneurs offrent de faire ce travail
moyennant le prix de dix livres le cent de
navées ou batelées; après plusieurs rabais,
l'adjudication est prononcée au profit de
Jacques Marcou, dit Jacob, et au prix de six
livres, « à la charge par led. entrepreneur
de la porter aux lieux qui luy seront monstrés et de rendre le tout bien et deuement
faict...» Mᵉ Pierre Clabault, de Péronne, se
porte caution pour l'adjudicataire. (1)

13 *septembre*. — Nouveau marché pour
la vidange des terres des fossés du faubourg
de Bretagne « du costé de Flamicourt, au
long du canal du moulin (2) pour en faire
un rempart aud. fauxbourg aux lieux où il
seroit monstré... » Divers entrepreneurs
offrent le prix de quarante-cinq sols pour
chaque thoise cube de terre à enlever; après
plusieurs rabais, le même Jacques Marcou,
dit Jacob, reste adjudicataire à raison de
trente sols.

(1) *Ibid.* — Les déblais des fossés servaient aux
remblais des remparts et des parapets.
(2) Le moulin de Belzaize appartenait alors à
l'abbaye du Mont-Saint-Quentin.

Du même jour. — Le secrétaire d'état
« faict marché des ouvrages à faire à la digue
du fossé de laditte ville derrière le couvent
des religieuses de Sainte-Claire (1)... Plusieurs
entrepreneurs auroient offert de faire les
deux bastardeaux nécessaires pour retenir
les eaux des fossés durant le travail et ref-
fection de lad. digue, ensemble les démoli-
tions de la gresserie et autres matières, et
généralement tous les ouvrages de massonnerie et charpenterie, pillotage et éventelles
pour remettre lad. digue en sa perfection,
moyennant le prix et somme de trois mille
livres; surquoy ayant receu plusieurs rabais,
lesd. ouvrages auroient enfin esté mis par
Adrian Pronnier, maistre masson de lad.
ville de Pérone à la somme de deux mille
cinquante-deux livres, et n'ayant trouvé
persone qui ait voulu faire la condition du
Roy meilleure, Nous, de l'advis dud. sieur
d'Argencourt, avons aud. Mc Adrian Pronnier

(1) L'ancien couvent des Clarisses s'élevait au
bas de la montagne Saint-Fursy : leur chapelle, que
la Révolution laissa debout, a été convertie de
nos jours en brasserie. Les travaux de 1633 ont
été effectués au Nord et à droite des grands moulins
de la ville, à l'endroit précis où se trouve actuellement le barrage du Cam, près de la poterne 26 et
du bastion 33, auquel est adossée la tombe du
marin. (V. nos *Chroniques péronnaises*, page 17.)

faict et passé marché dud. ouvrage aud. prix
de deux mille cinquante-deux livres à la
charge par led. entrepreneur de bien et
deuement faire et parfaire tous les susdits
ouvrages tant de massonnerie que charpenterie et remettre lad. digue en sa perfection,
conformément aux clauses et conditions des
devis cy aprés insérés et à ceste fin y employer tant et si grand nombre d'ouvriers
que l'attelier en pourra contenir ; le prix
duquel ouvrage luy sera payé par Me Christophle Hébert, trésorier des fortiffications de
Picardie ou son commis au feur et à mesure
qu'il travaillera en donant par led. entrepreneur bonne et suffisante caution.

DEVIS *du bastardeau ou dos d'asne de mas-*
sonnerie qu'il faut refaire au travers du
fossé de la ville de Pérone du costé de S^{te}-
Radegonde.

« Premiérement on fera deux bastardeaux
de terre grasse des deux costés et sur toute
la longueur dud. bastardeau affin de pouvoir
vuider la place entre deux jusques au vif
fonds, et ayant trouvé le ferme on bastira
par dessus sur la longueur de la massonnerie
de l'antienne digue suivant qu'il sera dict cy
aprés.

« Que s'il estoit besoing pour la solidité

dud. ouvrage d'y planter quelques pilots, il y seront lyés jusques au reffus du mouton.

« Ce faict, on remplira l'entre deux desd. pillots avec de bon moillon, du caillou et mortier composé moictié chaux moictié sable ou ciment et led. moillon et caillou sera enchassé avec un mouton à pans.

« Sur ce fonds sera basty led. bastardeau sur la largeur de neuf pieds par bas.

« Son parement sera de grés des deux costés et seront posées des boutisses de trois pieds en trois pieds sur chaque assise chacun de deux piedz et demy et trois pieds de queue.

« L'entredeux ou dedans dud. mur sera remply de bone brique gressée et ny en sera mis aucune qui ne soit bien cuitte, le tout assis et basty en bain de mortier composé moictié chaux et moictié sable comme dict est ou bien avec ciment d'un pied et demy de chacun costé et le reste mortier.

« Le tallus de chaque costé sera suivy sur celuy du vieil dos d'asne et sera ainsy eslevé jusques à un pied et demy plus qu'il n'a esté par le passé.

« Après on fera sa couverture en glacis des deux costés avec parement de grés et couronée d'une assise de pierre de taille finissant à rien comme il estoit faict.

« Sur le milieu où en tel endroict qu'il

sera monstré on fera une ouverture large de trois pieds où sera posé un chassis de bois de chesne enchassé dans lad. massonnerie; sa grosseur sera de dix à douze poulces en quarré portant une feuleure pour y poser une éventelle.

« Sur le costé de la descharge vers le courant de l'eau, sera faict une plate-forme de neuf pieds de long portée sur pillotis.

« Sur le devant, il y en aura quatre qui suporteront quatre soliveaux de six poulces sur huict en quarré et seront clouées des planches de chesne par dessus de deux poulces et demy ou trois poulces d'espaix.

« On fera une ouverture à la digue de terre qui va vers Saincte-Radegonde pour la descharge de l'eau, tandis que led. ouvrage se fera, laquelle on refermera après qu'il aura esté faict. »

Le marché est accepté dans ces conditions par Adrien Pronnier, qui constitue pour sa caution Mc Jehan Roussel.

15-16 *septembre.* — Le sieur De Noyers, etc..., aurions le dimanche onziesme jour du présent mois de septembre faict publier à son de tambour et cry publiq par Robert Tonnelier, tambour ordinaire de lad. ville et chasteau, que cejourdhuy quinziesme dud. mois il seroit procedde par nous, en nostre

hostel rue Sainct-Sauveur, au rabais et
moings disans de tous les ouvraiges tant de
massonnerie que vuidange de terres quy sont
à faire tant dedans que dehors de ladicte
ville, ensemble des réparations et entretènement des couvertures du chasteau et que
toutes personnes bien et duement cautionnées seroient reçues à moingz dire sur le
prix desd. ouvraiges; Auquel jour de jourdhuy quinziesme septembre s'estans trouvez
en nostre hostel le sieur d'Argencourt, le
sieur d'Argenlieu, lieutenant pour le Roy en
lad. ville, le sieur de Piencourt, lieutenant
du chasteau, le sieur Le Corroyer, lieutenant
général au siège Royal dudict lieu, autres
nottables bourgeois, et plusieurs maistres
architeches et massons, tant de ladicte
ville que de celles de Chaulny, Ham et
Dourlans, par lesquels après que lecture leur
a esté faicte par Jacques Francelle, huissier
au siège de la justice dud. lieu, des conditions des ouvraiges à faire aux couvertures
dud. chasteau, il avoit esté mis à prix à la
somme de six cens livres par Michel Guilliot,
couvreur d'ardoizes et de thuilles, demeurant
aud. Pérone, et l'achèvement de toutes les
couvertures de thuilles, boys et ardoizes,
tant dedans que dehors dud. chasteau, à
soixante livres par chacun an durant dix
années et après avoir faict allumer plusieurs

chandeilles, durant le feu desquelles auroient
été faictz plusieurs rabais, au moyen desquels
lesd. ouvraiges auroient enfin esté mis par
led. Guilliot à quatre cens livres, et l'entretènement à quarante livres pour chacune
desd. dix années, et ne s'estant trouvé personne quy fist la condition du Roy meilleure,
aurions de l'advis du sieur d'Argencourt
adjugé et adjugeons audict Guilliot tous lesdicts ouvraiges à faire pour les réparations
des couvertures du chasteau à ladicte somme
de quatre cens livres tournois à la charge
de les bien et deuement faire et parfaire
suivant les clauses et conditions spéciffiées
au devis cy-après inséré et pour les rendre
au plus tôt en leur perfection employer tel
nombre d'ouvriers quy sera requis et à cest
effect fournir tous les matériaux nécessaires
tant de thuilles, ardoizes, clous, lattes,
échanlattes, mortier, gouttières, composé le
tiers de chaux et les deux tiers de sable....
Es mains dud. adjudicataire sera présentement payé par forme d'advance par le trésorier des fortiffications de Picardie, Mᶜ Xᵖʰˡᵉ
Hébert ou son commis estant près de nous,
la somme de cent cinquante livres à déduire
sur laquelle somme de quatre cens livres le
surplus de laquelle leur sera payé au fur et
à mesure que lesdicts ouvraiges s'advanceront
par le sieur Hébert ou son commis à Péronne,

et seront tenus de garantir touz lesd. ouvraiges jusques à la fin de la présente année quy commencera à courir le temps de l'achèvement et à la fin desd. dix années toutes les couvertures rendues en bon estat subjects à visitation et réception au dire d'expert et gens à la congnoissance.

DEVIS *des ouvraiges de couvertures quy sont présentement à faire au chasteau de Péronne.*

« Fault remanier à neuf la couverture de toutes les huttes des soldats à cause que les thuilles ne portent que dessus trois au lieu qu'elles doibvent porter sur quattre, lequel ouvraige pourra revenir à cent dix thoises; pour chacune desquelles fault une botte de lattes, deux cens de cloux à lattes et ung cent de thuilles outre la vielle, attendu qu'elle doist porter comme dict est sur quatre au lieu de trois.

« Fault raccommoder la couverture de la chambre de Monsieur le Gouverneur où il y aura quatre thoizes d'ouvraiges et y mettre une gouttière de six pieds.

« Comme aussy le cabinet attenant, quy est couvert d'ardoizes, auquel se trouveront du moingz trois thoizes d'ouvraiges pour chacune desquelles fault trois cens d'ardoizes de la meilleure, quy sera clouée à trois cloux à l'ardoize du moing, neuf cens et demy de cloux, deux cens de cloux à lattes, et ung quarteron de lattes.

« Pour la couverture de thuilles au-dessus de la chambre du sieur de Forteau se trouvera trois thoizes d'ouvraige à faire avecq une goustière de douze piedz.

« A la couverture de la montée tenant à ladite chambre deux autres thoizes d'ouvraige de thuilles.

« Au dessus de la chambre du sieur de Piencourt fault remanier et latter à neuf environ vingt thoizes de couvertures de thuilles et fournir la thuille nécessaire pour être portée comme dict est.

« Fault remanier et relatter la couverture de *la Tour de Coucy du chasteau vers la porte de Paris du costé de la ville* où se trouvera environ douze thoizes.

« Pour réparer la couverture d'ardoizes du magasin dudict chasteau, fault faire estat de neuf thoizes d'ouvraige nœuf, dans lesquelles entreront deux mil d'ardoizes, cent et demy de lattes et six mille cinq cens de cloux tant à lattes qu'à ardoizes.

« Fault terminer toutes les autres couvertures tant dedans que dehors dudict chasteau et y faire tout ce qui sera nécessaire pour le mettre en bon et suffisant estat.

« Cejourdhuy seiziesme jour de septembre

1633, par devant nous nottaires royaux gardenottes héréditaires au gouvernement et prévosté de Péronne soubzsignés, est comparu Michel Guilliot, couvreur d'ardoizes et de thuilles, demeurant à Péronne, lequel a accepté l'adjudication à luy faicte par mond. sieur De Noyers des ouvraiges des couvertures à faire au chasteau de Péronne et entretènement d'icelles, s'est obligé et s'oblige par corps et biens de satisfaire aux clauses et conditions portées par icelle et devis ci-devant inséré, consentant namptissement y estre faict... »

Signé : Sublet, Guilliot, Vaillant et Ducroc, ces deux derniers comme notaires.

Le même jour, par un autre acte authentique, Marcq Delaire, marchand, se porte caution dudit Michel Guilliot, avec Richard Cordier, couvreur, demeurant à Péronne; ce dernier ne sachant écrire ni signer, fait une marque représentant un marteau de couvreur.

15-17 *septembre*. — Continuation des marchés pour la réfection des remparts de la ville : « Le sieur De Noyers... nous aurions le dimanche onziesme jour du présent mois de septembre faict publier à son de tambour et cry publicq par Robert Thonnelier, tambour ordinaire de ladite ville que cejourd'huy quinziesme dud. mois il seroit par Nous

proceddé en nostre hostel rue Sainct-Sauveur au rabais et moings disans de tous les
ouvraiges tant de massonnerie que vuidange
de terres quy sont à faire aux dedans et
dehors de lad. ville ensemble des réparations
et revêtement des couvertures du chasteau
et que toutes personnes bien et deument
cautionnées seroient reçues à moings dire
sur le prix desdits ouvraiges. Auquel jour
de jourd'huy quinziesme septembre s'estans
trouvez en nostre dict hostel ledit sieur
d'Argencourt, le sieur d'Argenlieu, lieutenant pour le roy en ladite ville, le sieur de
Piencourt, lieutenant du chasteau, le sieur
Le Corroyer, lieutenant général au siège
royal dudit lieu, autres notables bourgeois
et plusieurs M^{es} architèches massons tant
de lad. ville que celles de Chaulny, Ham
et Dourlans, la thoise cube de massonnerie auroit esté mise à prix à la
somme de trente-six livres tournois par
Adrian Pronnier, maistre masson, demeurant
à Péronne, la thoise quarrée, tant des parapets que murs quy soustiendront la terre
des rempars de trois briques d'espaix re-
couvertz de pierre de taille, et des banquettes, à la somme de seize livres, la thoise
cube des terres pour fermer les rempars du
fauxbourg de Brethaigne et le dedans, rempars et parapets des bastions royal et Riche-

lieu (1), quy seront prises, portées ès lieux
quy seront désignés à l'entrepreneur, l'un
portant l'autre à la somme de quatre livres
par led. Pronnier. Et après avoir faict allumer plusieurs chandelles durant le feu desquelles auront esté faictz plusieurs rabais,
et ladite thoise cube de massonnerie mise à
vingt-neuf livres, et la vuidange des terres à
soixante-dix sols, et n'ayant trouvé raisonnable d'adjuger lesdits ouvraiges à ung si
hault prix, nous les aurions, de l'advis dud.
sieur d'Argencourt, remis au lendemain seiziesme dudit mois; auquel jour se seroient
trouvez en ladite ville de Péronne le sieur
de Lestocq, receveur des consignations d'A-
miens, et le sieur Pierre de Lestocq, son
frère; lesquels après avoir eu communication
des devis desdits ouvraiges nous auroient

(1) Le bastion royal dont il s'agit ici fut entièrement reconstruit sous Louis XIV, comme en
témoigne la résolution suivante, Reg. BB.—20 :
« Le vingt-cinquiesme jour de septembre 1663,
sur les 11 heures de rellevée fust posée la première
pierre du bastion du Roy, à l'angle regardant le
corps de garde des habitans, et fust posée par
Monsieur de Camp, lieutenant de Roy aud. Péronne
en la présence de Monsieur de Chastillon, controlleur général des fortiffications de Picardie et
Champaigne, où estoient aussy présents Mes Charles
Lescars, lieutenant en l'échevinage et Jean Bédu,
eschevin, commis aux ouvrages de lad. ville en
ceste année. »

offert d'iceux bien et deument faire et parfaire moyennant le prix de vingt-six livres
chacune thoise cube de massonnerie, qui est
trois livres pour thoise moings que tous les
susdits rabaissants, et treize livres pour chacune thoise quarrée des parapetz et murs de
trois briques d'espaix couronnez de pierre
de taille et des banquettes, et cinquante sols
pour chacune thoise cube des terres à porter
dans le bastion de Richelieu, et quatre livres
de celles à porter dans le bastion royal, et
trente-cinq sols pour thoise cube de la vuidange du fossé pour en construire les rempars et parapets autour du fauxbourg de
Brethaigne, et n'ayant trouvé aucun quy ait
voulu faire la condition du roy meilleure,
Nous, de l'advis dudit sieur d'Argencourt,
avons auxdits sieurs de Lestocq adjugé et
adjugeons lesdits ouvraiges de massonnerie
à faire auxdits bastions royal et de Richelieu,
et courtines y attenants, à vingt-six livres
chacune thoise cube, les parapets, murs de
trois briques d'espaix couronnées de pierre
de taille et banquettes, à raison de treize
livres la thoise quarrée, les terres à porter
dans le bastion de Richelieu à cinquante sols
pour chacune thoise cube, celles à porter
dans le bastion royal à quatre livres, et celles
des fossés pour en construire les rempars et
parapets autour du fauxbourg dit de Bre-

thaigne à trente-cinq sols, tous lesquels ouvraiges de terres seront thoisez sur le desblay
suivant les attachemens quy en seront baillez
par le sieur Midorge, ayant la direction de
ces ouvraiges, et le sieur de Septoutre, commis au controlle d'iceux, à la charge par
lesdits entrepreneurs de mettre tel nombre
d'ouvriers pour l'advancement desdits ouvraiges que les attelliers en pourront contenir, et de rendre iceux bien et deument
fetz parfaitz au désir des devis cy-après insérés, au dire d'expert et gens à la congnoissance, sur le prix desquels leur sera payé
présentement comptant par Me Christophe
Hébert, thrésorier des fortiffications de Picardie ou son commis, par forme d'advance
la somme de vingt mille livres qu'ils seront
tenus employer incessamment à la vuidange
des terres, achapt de matériaux, provisions
nécessaires pour la confection desdits ouvraiges, le surplus du prix desquels desduc-
tion fecte de laquelle advance leur sera payé
par led. sieur Hébert ou son commis audit
Péronne, au fur et à mesure du parachève-
ment. Et en caz que l'on vint à cesser les
ouvraiges avant que les entrepreneurs eussent faict de la besogne jusques à la concurrence de lad. advance, le Roy fera reprendre
les matériaux qui leur resteroient, au prix
qu'ils leur auront cousté, en déduction
d'icelle.

Devis *du revestement de massonnerie qu'il fault faire autour des nouvelles fortifications de la ville de Péronne.*

« Premièrement : les fondations seront posées sur la terre ferme, ou sur pilotis, suivant le devis quy en a esté faict sur la largeur de quatorze ou de quinze piedz, assavoir de quatorze piedz, lorsqu'il ne fauldra eslever le mur que à trente piedz de hault, y compris le parapel pour couvrir les fonds, comme au bastion royal, et de quinze piedz, lorsqu'il fauldra eslever ledict mur à trente-six piedz de hault, y compris ledict parapel, comme au bastion de Richelieu, quy sera entre celluy de Vendosme (1) et le chasteau, suivant lequel il fauldra faire la courtine de la porte de Bourgongne.

« Le parement par bas sera de grès jusques à deulx piedz pardessus le niveau de l'eau.

« Lequel parement sera basty par assizes de niveau et en liaison, et à chacque assize

(1) Le bastion de Richelieu comprend aujourd'hui la poudrière 15, à la sortie de la porte du Nord. — Le bastion de Vendôme, construit sur l'emplacement de l'ancienne tour Alexandre, datait de 1553 : le père de Henri IV, Antoine de Bourbon, duc de Vendôme, depuis roi de Navarre, était à cette époque gouverneur général de Picardie.

5

seront posés des·boutlyes de trois en trois
piedz qui auront deulx piedz et demy à trois
piedz de queue.

« Et derrière ledit grès sera posé deulx
piedz d'espoisseur de cailloux, ou bien à fault
de cailloux on y mestera deulx bricques, assavoir bricques rouges à pression et bien
cuittes et non aultres.

« Le reste de l'espoisseur dudict mur sera
de bon moïllon pris à la carrière du Mont-
Sainct-Quentin ou aultre lieu plus proche,
pourvu qu'il soit aussy bon, le tout basty en
bain de mortier, composé d'ung tierz de
chaux et deulx thierz de sable.

« Son talus sera à raison de ung pied
pour thoize.

« Au dessus dudict grès sera faicte une
retraicte de deulx poulces apprès avoir rab-
battu l'arreste de la dernière assize.

« Et sera basty avec parements de bricques
assavoir : trois bricques au premier tas
revenant à une et demy au quatriesme tas.
Ladicte bricque sera rouge et pressée et bien
cuitte et non aultre : son talus sera à raison
de huit poulces pour thoize.

« Et seront posez des boutlyes de grès de
thoize en thoize depuys le bas jusques en
hault quy auront dix ou douze poulces de
teste en carré et de deulx piedz et demy à
trois piedz de longueur.

« Le reste de l'espoisseur dudict mur sera rempli de moïllon comme dict est.

« Les angles seront de pierres de taille prises à la carrière de Moillains, de pavez gris ou tel aulre pavez qu'il sera trouvé pour le meilleur, sur la largeur par base de douze piedz dont il y aura ung bouttyes et l'aultre non sur chacque assize, de longueur de deulx piedz et demy, et trois piedz de queue. Toutes les pierres d'une mesme assize seront de niveau et posées en liéson.

« Et desborderont pardessus les joinctz d'ung poulce et demy.

« Sur les angles desdictz bastions seront posées les Armes du Roy environnées des ordres et divers ornemens convenables, le tout enssemble ayant huict pieds de hault.

« Et au dessus seront posées des garittes de la mesme pierre de taille, portées sur ung cul de lampe, dont sera faict ung plan et devis et marché séparé.

« Pareillement on posera desdictes garittes sur les angles des espaulles.

« Quand ladicte muraille sera arrivée à sa haulteur assavoir de quatre thoizes, celle du bastion royal (1) quy sera de quatorze pieds d'espaix par bas,

« Ou bien de cinq thoizes assavoir celles

_____

(1) Actuellement bastion 53.

du bastion de Richelieu quy aura quinze
pieds d'espaix par bas et deulx thierz de
pieds de retraicte sur la fondation,

« On posera le cordon tout autour, lequel
sera de niveau, sur tout le circuit dudict
bastion.

« Icelluy sera de pierres de taille de la
carrière de Moillains, de pavez gris ou tel
autre pavez s'il se trouve meilleur.

« Son espoisseur sera de treize poulces
couppés en rond dont l'une des pierres... de
deux pieds et demy à trois pieds de queue
et l'aultre sera de pierre en carreau de deulx
pieds ou un pied et demy pour le moingz.

« Il aura de saillye neuf poulces.

« Au dessus dudict cordon sera posé ung
parapel basty à plomb de trois bricques
d'espaix et de six pieds de hault et sera
couronné et recouvert de la mesme pierre
de taille ayant dix à onze poulces d'espaix
portant saillye par devant de troys poulces, et
par dedans de deulx poulces dont le dessus
sera de glassis par dehors, assavoir les deulx
thierz de l'espoisseur, et ung thier de niveau.

« Le parapel estant de six piedz de hault,
compris le cordon, et la couronne dudict
parapel sera de trois bricques d'espaix.

« On fera une bancquette de troys piedz
de large et ung pied de hault, toute de bricques, bordée de tablier de gré ou de pierre

de taille d'ung pied, et un pied et demy de queue, entre deulx une, pavée de brique de cant (1).

« La haulteur dudict parapel par dedans sera de quattre piedz et demy par dessus la bancquette.

« Le chemin des rondes quy faict partye du corps de mur quy se thoize à thoize cube, sera pavé de bricques de cant de quattre piedz de large et sera bordé tout autour d'une muraille de trois bricques d'espaix et de trois piedz de hault couronné d'une assize de la mesme pierre de taille de douze poulces d'espaix couppé en dedans en quart de rond.

« On baillera de la pente audict pavé du chemin des rondes du costé du rampart, et seront laissées des descharges à travers des murs où seront mises des gargouilles ou canaux de pierres de taille quy porteront l'eau sy avant qu'elle se porra dans le terrein du rampart, et joingnant on mettera une pierre pour le mesme effect, affin que ladicte eaue ne touche le mur et ne l'endommaige.

« Au parapel des rondes on fera des niches pour pouvoir tant mieulx s'acoster, dérouter et descouvrir le pied de la muraille. Leur largeur sera de troys piedz et seront embrazées des deulx costés et seront formées

(1) De champ.

par devant d'une bricque et demye. En sera
faict une sur chacque millieu des pans, et
sur les espaulles joignantes les courtinnes.

« On fera une voulte sur chacque espaulle
du bastion de Richelieu au lieu plus convenable affin de pouvoir aller sur les contrescarpes par le moïen d'ung batteau quy sera
tenu dans la gorge dudict bastion ; la largeur
desdictes voultes sera de douze piedz et
auront de pied droict trois ou quattre piedz
par dessus le niveau de l'eaue, et auront
leur plain cintre dont le tour sera thoisé à
thoise cube.

« Du costé du dedans et de la gorge dudict
bastion ladicte voulte sera fermée d'une muraille de troys piedz d'espaix ou il y aura
une porte de quattre piedz de large et sept
de hault ou sera posée une porte de charpenterye à fleur d'eaue, aux despens du
Roy.

« La longueur de la susdicte voulte sera
telle que l'espoisseur du rampart quy passera
par dessus aura de seize à dix-huict thoizes
ou environ.

« Pareillement on fera une semblable
voulte au bastion royal sur le flanc qui regarde
la porte de Paris ou sera mis aussy ung
batteau.

« Les dittes voultes seront de deulx briques et demy d'espaix et recouvertes de

moillon basty en bain de mortier, le tout
ensemble faisant l'espoisseur de troys piedz.

« Les piedz droictz seront avecq paremens
de briques et à la naissance de l'arc. Il y
aura une plainte ou imposte quy resgnera
tout au long des pierres de taille de dix
poulces d'espaix portant saillye de deulx
poulces.

« Pareillement l'arrette des arcaddes
comme aussy les portes cy-dessus seront de
pierres de taille.

« Aux portes cy-dessus sera faicte une
baste et on y posera des gonds pour y poser
la porte de charpenterye qui seront, comme
toutte la serure, fourniz aux despends du
Roy.

« Comme aussy soubz ladicte voulte seront
posez des agnaulx de fer pour y arrester les
batteaux.

« Lesdictz piedz droictz seront bien fondez
sur le ferme ou sur pillottyes. Leur espoisseur
sera de neuf piedz et seront eslevez à la
haulteur convenable pour bien espauller et
arboutter ladicte voulte.

« Le dessus de laquelle sera faict de glassis
et incrusté d'une couche de bon mortier.
Lesd. piedz droitz de voulte seront eslevez
de deux piedz au-dessus le rez de chaussée.

Devis *des ramparts des nouvelles fortifica-tions de la ville de Péronne.*

« Après que les murs du revestement auront esté faictz, ou bien à mesure qu'ils se feront, on adossera des (pilotz) contre les terres pour construire les ramparts. On fera couler les terres du hault en bas, affin qu'elles prennent tels talus qu'elles vouldront tant par dehors que par dedans du costé de la ville.

« La hauteur de celluy du bastion royal sera de neuf piedz par-dessus le chemin des rondes.

« Et à celluy de Richelieu, la haulteur sera de douze piedz par-dessus ledict chemin.

« Pour largeur par hault sera de neuf thoizes affin de pouvoir construire ung parapet de dix-huit piedz d'espoisseur par bas, deux bancquettes de six piedz, et trente piedz de terre plain.

« Le susdict parapet aura quattre piedz de hault par-devant avecq mesmes talus que le sudict rampart, et par dedans il y aura six piedz de hault avec un pied de talus de la susdicte haulteur, laquelle sera revestue de gazons et fassinnes.

« Le gazon sera posé par assize de niveau et en liaison, et seront mis des lictz de fas-

sinnes de pied en pied en haulteur des
terres, lesquelles seront de huict à neuf piedz
de long.

« Joignant ledict parapet seront faictes
deulx bancquettes. La première, d'ung pied
de hault et deulx piedz de large. La seconde
d'ung pied de hault sur quattre de large,
fabriquées avec gazons et fassines.

« Les talus de la contrescarpe du bastion
de Richelieu seront de neuf pieds pour thoize
de profondeur.

« Le coridor sera de cincq thoizes, son
parapet de six piedz de hault avecq deulx
bancquettes revestues le tout de gazons et
fassines. Son glassis suivant la haulteur
du terrain dont sera faict marché séparé.

DEVIS *des ramparts qu'il fault faire autour
du faulxbourg de Bourgongne de la ville
de Péronne (1).*

« Premièrement, depuis l'angle qui est à
main gauche en sortant dudict faulxbourg qui

(1) La porte de Bourgogne existait encore en
1633, puisqu'il en est question plus haut, dans
« le devis de la maçonnerie à faire autour des
nouvelles fortifications de Péronne.* » Son empla-

* V. aussi *infra,* 7 mai 1635. — C'est par cette porte
que sortit alors Louis XIII, pour se rendre de Péronne
à Ham et Saint-Quentin, puis à Château-Thierry et de
là au siège de Saint-Mihiel, en Lorraine.

regarde le Mont-Sainct-Quentin tirant vers la porte des Cordelliers, la base du rampart sera de dix thoizes, hormis en approchant de ladicte porte où il n'aura que huict thoizes.

cement se trouve nettement déterminé désormais par les indications très détaillées du devis qu'on va lire, et qui ne laissent pas subsister le moindre doute à ce sujet. Cette porte, munie d'un pont sur le Glavion, fermait la partie nord du faubourg de Bretagne *ou de Bourgogne*, à l'extrémité de la rue d'Enfer, dont elle empruntait aussi quelquefois le nom, et livrait passage au *grand chemin d'Arras*, véritable route de Bourgogne, se dirigeant d'un côté vers l'Artois et de l'autre vers la Champagne et les anciens états de Charles le Téméraire. C'est elle qui figure sur la bannière du siège de 1536. M. Vallois est donc dans l'erreur lorsqu'il pense (*loc. cit.* p. 170) que la porte de Bourgogne fut percée au bas de la rue du Blanc-Mouton, faisant face à Flamicourt. Le savant antiquaire étaye notamment son argumentation sur un ancien tableau qu'il a offert à la ville, et sur une vue partielle de Péronne avant 1652, tirée de la collection Hiver, « qui semble — comme il le reconnaît lui-même — n'être que la reproduction exacte de ce tableau. » L'authenticité de ces deux témoignages ne nous paraît nullement démontrée ; en outre, les documents écrits à l'aide desquels l'auteur entend corroborer son argumentation en découvrent au contraire le peu de solidité. En effet, dans la résolution de l'échevinage du mois d'octobre 1355, il s'agit uniquement d'une *poterne*, celle de la *rue des Vaques*, — aujourd'hui rue

« Depuys la susdicte porte tirant jusques
aux fossés du bastion de Vendosme, la base
dudict rempart sera de huict thoizes.

« De la poincte cy-dessus quy regarde le

Boutry, — qui formait le prolongement de la rue
du Blanc-Mouton, et qui fut ainsi nommée, non
pas « en souvenir du passage des animaux qui
sortaient jadis de l'ancien *Castrum* pour aller
pâturer... sur l'emplacement de la rue Péronnelle »
mais à cause du voisinage immédiat de la rue des
Bouchers, où les bêtes destinées à l'abattoir
erraient en liberté, de même que sur le fumier des
rues et des carrefours environnants. « Ce fut pro-
bablement la même porte, dit M. Vallois, qui
s'appela plus tard la porte de Fer, située, selon
Desachy, à l'extrémité de la rue du Blanc-Mouton,
sous le rempart... nous supposons qu'elle était
placée au débouché de la rue Sans-Bout, parce
que le corps de garde Saint-Michel, que la bannière représente vers ce point, et qui se trouvait
près de la rue Puchotte, devait en être très rap-
proché. » Evidemment, une ouverture, qui, du
reste, existe encore en cet endroit, permettait
d'aller secrètement de l'intérieur de la ville à la
rivière, mais son architecture n'avait rien de
« l'aspect monumental » que lui prêtent gratuite-
ment le pinceau et le crayon d'artistes anonymes.
Sa destination primitive n'a pas changé : c'est
toujours une porte marinière, défendue par une
grille, et précédée d'une galerie souterraine ména-
gée sous les remparts dans le but de donner libre
cours au *ruissel du Glavion* qui, par là, se jette
dans la Somme, et en même temps de sortir par
eau de la place pour gagner la campagne ; l'utilité
du corps de garde Saint-Michel, établi à proximité

Mont-Sainct-Quentin tirant vers les maisons de la porte dudict faulxbourg on donnera dix thoizes de base autant qu'il sera vuidde de maisons, et au restant jusques à la porte, on y prendra tout aultant d'espoisseur que les maisons le pourront permettre sans les abbattre.

de cette poterne, s'explique dès lors parfaitement. Au surplus, le chanoine de Sachy (page 186 de son *Essai sur Péronne*) confirme nos assertions : d'abord, quand il raconte en ces termes la légende de la dame de Brunnetel : « Une voiture qu'elle prenoit chez elle l'amenoit jusqu'à la pointe de Flamicourt, vis-à-vis le fauxbourg de Paris, d'où un bateau en forme de petit navire la conduisait jusqu'à la *grille de fer* qui étoit pour lors à l'extrémité de la rue du Blanc-Mouton sous le rempart... » et ensuite, lorsqu'il écrit, (page 314) à propos de la trahison du maréchal d'Hocquincourt : « Fuyez (c'est le mayeur Louvel qui parle au maréchal) par l'extrémité de votre jardin ; j'y ai fait préparer un bateau sur le courant qui baigne le pied de votre terrasse. On vous conduira jusqu'à la *porte de fer*, où un autre bateau de Flamicourt vous prendra... Cette *porte* ou *grille de fer* étoit au bout de la rue du Blanc-Mouton, vers le rempart, où M. d'Hocquincourt devoit arriver par le ruisseau qui passe depuis les Capucins jusque-là. » — Il ne s'agit donc, en résumé, que d'une simple poterne d'un usage tout spécial, qui n'eut jamais rien de commun avec la porte de Bourgogne, et dont les proportions minuscules ne sauraient entrer en parallèle avec celles des autres entrées de la ville.

« Depuis la porte (1), tirant à main droicte,
la baze sera de neuf à dix thoizes et depuis
le boult ou angle en tirant jusques au molin
proche de la ville ledict rampart sera de huict
thoizes de base.

« Et seront posées des marcques partout
et deffendu de labourer sur leur estendue ou
circuit.

« Touchant le costé cy-dessus quy regarde
le Mont-Sainct-Quentin, on fera les ramparts
le plus hault qu'il se porra suivant la vuidange affin de couvrir les maisons, assavoir
de neuf, de douze ou de quinze piedz de hault
principalement à l'angle qui regarde le Mont-
Sainct-Quentin.

« Lequel rampart aura son talus tel que
les terres voulderont prendre en les faisant
couller de hault en bas sans fassinnes ny
gazons, et le talus des deulx costés du fossé
sera à raison de neuf piedz pour thoize.

« Sur icelluy on fera ung parapet de quinze
piedz d'espaix, revestu par dedans de gazons

---

(1) La porte des Cordeliers se trouvait à l'extrémité du faubourg de Bretagne, vers Rocogne. Le
couvent de cette communauté s'élevait, jusqu'en
1536, époque à laquelle il fut ruiné par les Impériaux, dans la partie orientale de ce faubourg ; il
fut transféré depuis au bas de la rue des Cons-
tantins, — aujourd'hui rue Béranger, — sur
l'emplacement actuel de l'école communale et d'une
partie de la caserne d'infanterie.

et fassinnes, bancquettes de mesme qu'il est dict pour ledict bastion.

« Au costé quy regarde les marets jusques au molin, il se fauldera contenter d'y faire ung parapet là où la vuidange deffauddra, remestant d'y faire le rampart à une aultre foys. »

Les sieurs Charles de Lestocq, receveur des consignations de la ville et baillage d'Amiens et Pierre de Lestocq, marchand en la même ville, sont déclarés adjudicataires des ouvrages de maçonnerie de terre pour les fortifications de la ville de Péronne et acceptent les charges et conditions qui leur sont imposées. L'acte notarié porte, avant leurs signatures et celle de Sublet, la clause suivante : *Sera paié trois centz livres pour le Denier à Dieu par les Entrepreneurs, paiables moitié au couvent des Cordelliers, LXXV liv. aux Pères Minimes et LXXV liv. aux filles de Saincte Claire.*

17 octobre. — Cinquante-six habitants du faubourg de Bretagne, propriétaires de terrains enclos dans les *nouvelles fortifications* de ce faubourg, « que Sa Majesté a ordonné estre faictes en la présente année, pour la sceureté de la ville de Péronne, » donnent quittance à l'intendant De Noyers de la somme de 891 livres 13 sols 3 deniers qu'il

leur a payée en espèces, à titre d'indemnité
de dépossession. Le prix de la terre est
variable; en général, et pour les petites
portions, il ne dépasse pas 7 livres 6 sols 6
deniers la verge, mesure de Péronne; par
exception, il s'élève en certains cas à 25
livres 17 sols 6 deniers pour dix-sept verges
un quart, et à 28 livres pour 59 verges. (1)

Les commissaires royaux, après avoir
passé les divers marchés que nous venons
de rapporter, renvoyèrent à l'année suivante
la suite des travaux de défense qui restaient
à faire pour la protection de la forteresse,
et s'acheminèrent vers les autres places de
Picardie, où des plans identiques devaient
être mis à exécution. Ils revinrent à Péronne
au commencement de novembre, pour pro-
céder, devant le même Ducroc, notaire, à
l'adjudication des blés nécessaires au ravi-
taillement de la province.

11 novembre. — Le sieur De Noyers...
commissaire député par Sa Majesté pour les
fortiffications et ravictuaillement des places
de la province de Picardie, sçavoir faisons :
qu'estant arrivé en la ville de Péronne et
ayant recognu par l'abondance des bledz qui
s'y recueillent que c'étoit le lieu le plus

---

(1) Minute de Mᵉ Ducroc, notaire à Péronne,
du 17 octobre 1633.

comode pour faire à l'advantage de Sa Majesté la provision des bledz nécessaires pour la fourniture des magasins de lad. province, nous avions faict savoir aux principaux marchans et bourgeois des villes de Calais, Sainct-Quentin, Ham, La Fère, Amyens et de lad. ville de Péronne, que le dixiesme du présent mois de novembre il serait par nous faict marché de douze mille septiers de bled froment bon loyal et marchand du poids de soixante livres le septier de seize onces à la livre pour la fourniture de la citadelle de Calais et fort de Nieulay, à la charge par les entrepreneurs de lad. fourniture d'entretenir lad. quantité de douze mil septiers de bled froment durant le temps de six années révolues et accomplies à compter du jour qu'ils auront achevé de les livrer, à leurs dépens, périls, risques et fortunes, en sorte qu'à la fin desd. six années, ils rendent pareille quantité de douze mil septiers de bled froment bon loyal et marchant du mesme de soixante livres sans aucun deschet ny diminution; attendant lequel jour se seroient présentez par-devant nous plusieurs marchands desd. villes, lesquels après avoir eu communication desd. clauses et conditions auroient offert de fournir ladicte quantité de douze mil septiers de bled froment de la qualité susd. moyennant la somme de quatre livres dix solz pour chacun septier, sur lesquelles offres ayant retiré plusieurs rabais, se seroient présentez les sieurs Regnart, président des esleus de lad. ville de Péronne (1) et les sieurs Charles et Pierre de Lestocq, marchands de la ville d'Amyens, lesquels nous auroient offert de livrer dans les magasins de lad. citadelle de Calais et fort de Nieulay lad. quantité de douze mil septiers de bled froment aux conditions susd. moyennant le prix et somme de trois livres le septier, et n'ayant trouvé personne solvable qui ayt voulu faire la condition du Roy meilleure, nous avons auxd. sieurs Regnart et de Lestocq frères faict et

(1) Noble homme M⁰ Romain Regnart (ou Regnard), conseiller du roy et président en l'élection, dont il a été déjà question plus haut, page 37, possédait à Péronne un vaste hôtel qui servit de logis (ou de Louvre, suivant l'expression du temps) au roi Louis XIII et à la reine Anne d'Autriche, lors de leur séjour en cette ville, du 1ᵉʳ au 7 mai 1635. Au XVIIIᵉ siècle, le nom de cette famille se transforma, par corruption, en celui de Reynard de Bussy, d'Aubigny ou de Ramilly. Armes (ᵃ) *d'azur au renard d'argent, terrassé de même* (ms. Huet), ou : *d'or au renard rampant de gueules* (La Chesnaie des Bois). — Les derniers descendants mâles de Romain Regnart à Péronne furent : Charles–Marie Reynard de Bussy et Joseph Reynard. (V. la *Révolution à Péronne*, 5ᵉ série, p. 16).

(ᵃ) G. Vallois, *loc. cit.* Armorial péronnais, p. 236.

6

passé marché de ladicte fourniture de XIIᴹ
septiers de bled froment bon loyal et marchand du poidz de LX livres le septier de
XVI onces à la livre, à raison de soixante
solz pour chacun septier qu'ils seront tenus
de livrer dans lesd. magasins de la citadelle
de Calais et fort de Nieulay sçavoir: six mille
septiers dans la fin du mois de décembre
prochain, et pareille quantité dans la fin du
mois de febvrier en suivant de l'année mil
six cent trente-quatre, et lesd. douze mil
septiers entretenir durant le temps de six
années révolues et accomplies, à compter du
jour qu'ils auront achevé de les livrer, à
leurs périlz, risques et fortunes, en sorte
qu'ils rendent pareille quantité de douze mil
septiers de bled froment bon loyal et marchand du mesme poids de soixante livres
sans aucun deschet ny diminution en fin
desd. six années pendant lesquelles sera loi-
sible auxd. sieurs Regnart et Lestocq ou à
ceux qui auront charge d'eux, de renouveler
tant et si souvent que bon leur semblera
tous lesd. bledz pour la conservation d'iceux,
pourveu toutes fois qu'il en reste toujours
du moins huict mille septiers dans lesd. magasins et qu'à la fin de chacune année dans
laquelle l'autre tiers auroit esté enlevé il soit
restably dans lesd. magasins; que s'il arrivoit
qu'après l'enlèvement du tiers desd. bledz

il vinst occasion pressante qui obligeast à
tenir lesd. places munies de toutes leurs
provisions, lesd. sieurs Regnart et Lestocq
se sousmettent à remplacer tout ce qui aura
été enlevé desd. bledz deux mois après que
le commandement luy en aura esté faict par
escript ou à ceux qui auront charge d'eux
esd. lieux, comme aussy leur sera permis
lorsqu'ilz renouvelleront lesd. bledz de les
transporter partout où bon leur semblera
pourveu que ce ne soit en pays ennemy, et
en payant aux fermiers de Sa Majesté les
droictz qui leur sont dubz pour la sortie desd.
bledz. Sera donné une chambre dans lad.
citadelle de Calais et fort de Nieulay pour le
logement de ceux qui seront commis par
lesd. sieurs pour tenir les clefz desd. magasins et veiller au remuement et retourne-
ment desd. bledz sans qu'autres qu'eux se
puissent entremettre à la garde d'iceux, sur
le prix desquels leur sera payé présentement
comptant en ceste ville de Péronne par M^e
Christophle Hébert, trésorier des fortiffications de Picardie ou son commis, la somme
de dix-huict mil livres, et les dix-huict mil
livres restant leur seront aussy payez en
ladicte ville de Péronne ou Calais à leur
choix lorsqu'ils auront faict l'entière fourniture desd. douze mil septiers de bledz
froment et qu'ilz en rapporteront l'acte de

réception des sieurs gouverneurs ou de ceux quy commandent esd. lieux en leur absence.

L'acte du 11 novembre 1633 mentionne l'acceptation pure et simple du marché qui précède par les entrepreneurs de la fourniture des blés (1).

1634

Le 12 janvier, un procès-verbal de nos mêmes tabellions constate que les travaux de défense avaient déjà reçu leur exécution sur l'un des points les plus faibles de la place : « Par devant et en la présence de nous, nottaires royaux au gouvernement et prévosté de Péronne soubzsignez, Charles de Pertenay, escuyer, seigneur de Septoutre, controlleur des ouvraiges et fortiffications de la ville de Péronne s'est approché de la personne de Charles Coquel, fermier du mouslin de Belzaize du faulxbourg dict Brethaigne dud. Péronne, auquel il a fet entendre, dict et déclarré que suivant l'ordonnance de monsieur De Noyers, conseiller du roy en son conseil d'estat... le canal ou fossé dud. moulin de Belzaize estant du costé de Flamicourt avoit et est bien et suffisamment fet, parfet,

(1) Minute de l'étude de Mᵉ Ducroc, notaire à Péronne.

par le desblay des terres pour estre tirées
dud. canal, ensemble des terres prises sur
les héritages et hardines des habitans dud.
Brethaigne du costé dud. Flamicourt, mesme
les travaux avoient été laissés et les ouvriers
ostés après la mesure faicte, et led. sieur de
Septoutre a trouvé à la haulteur de sept
piedz. Et pourquoy led. fit rompre les bastardeaux et transporter les terres hors dud.
canal pour faire entrer l'eau dans led. canal
afin de faire moudre led. moulin, comme il
souloit faire paravant la retenue de lad. eau,
sommant et interpellant led. Coquel qu'il eût
à faire aller et travailler si bon lui semble
led. moulin, luy déclarant que Sa Majesté
ne sera plus tenu de lui payer pour l'advenir
aucune chose pour le joq (1) que led. moulin
pourra faire, affin qu'il n'en prist cause
d'ignorance ; led. Coquel a requis coppie de
la présente sommation pour la monstrer au
seigneur abbé de Mont-Sainct-Quentin auquel
appartient led. moulin... »

30 janvier. — Mᵉ Romain Regnart, au
nom des frères de Lestocq, achète au nommé
Tévenart, que nous retrouverons ci-après,
la quantité de 80 verges à prendre dans un
héritage de trois journaux seize verges de
terre « estant au costé de la maison du ven-

---

(1) *Joc,* — état de repos du moulin.

deur » après mesurage fait par l'ingénieur Midorge, directeur des fortifications, « moyennant huict vingtz livres (160 livres), ce qui est à raison de quarante solz chacune verge.» Le prix est payé comptant.

8 février. — « Comparurent en leurs personnes noble homme Romain Regnart, conseiller du roy et son président en l'eslection de Péronne, au nom et comme soy faisant et portant fort de Mes Charles et Pierre de Lestocq, bourgeois d'Amyens, entrepreneurs des fortiffications de la ville de Péronne, d'une part, et Pierre Clabault, Claude et Jehan Pisset, Foursy et Pierre Pavaux, Guilleaulme Cavourel, Médard Pecquerel, Louis Cocquerel, Michel Pavaux et Robert Quennesson, tous poissonniers demeurant à Soibotécluze, faulxbourg de Péronne, d'aultre part, — ont dict avoir faictz et font les accordz et marchés quy enssuivent, c'est à sçavoir que lesdictz Clabault, Pisset et consors susnommés ont promis et seront tenus solidairement l'ung pour l'aultre... de porter ou faire porter tout entièrement les terres, estant dans une pièce de quattre vingtz verges, que lesd. de Lestocq ont achepté de Flourent Tévenart, dans le bastion Richelieu que lesd. sieurs de Lestocq ont entrepris de faire, et commencer à faire la vuidange desdictes terres dès à présent sans aucune disconti-

nuation; lesquels seront tenus de mettre tel
nombre d'ouvriers que l'attelier le pourra
permettre, affin que ladicte vuidange et ledit
bastion soient au plus tost faict et au sauf
de laisser cent thoises cubes de ladicte terre
esdictz quattre vingtz verges par led. sieur
de Lestocq à quy bon luy semble, et ce
moyennant trente solz pour chacune thoize.
cube que led. sieur Regnart aud. nom a
promis de faire payer par lesdictz de Lestocq
au feur et à mesure dudit travail, et au cas
que lesdictz quatre vingtz verges ne suffisent
pour faire led. bastion, led. sieur Regnart
aud. nom a promis de faire bailler ausdictz
Clabault, Pisset et consors au mesme prix
touttes les aultres terres qu'il conviendra et
sera nécessaire pour la perfection dud. bastion et que lesdictz sieurs de Lestocq pourront achepter mesme ceulx à prendre sur le
riez et contre le fossé de la contrescarpe
dudict bastion en cas que Sa Majesté ordonne les terres dud. riez estre portées
aud. bastion et à ce faire et moyennant
lesdictz trente solz pour chacune thoize cube,
se sont lesdictz susnommez sollidairement,
comme dessus est dict, obligé de faire tous
les déblais et vuidange desdictes terres, et
icelles faire porter dans ledict bastion...
Faict et passé à Péronne, avant midy. »

Le même jour, une convention semblable
était signée, avec sept habitants de Halles-

Sainte - Radegonde, pour la vidange de cinquante thoises cubes de terre, à prendre dans l'héritage Tévenart, et à transporter sur l'emplacement du bastion de Richelieu, moyennant pareille somme de 30 sols par thoise cube.

Les frères de Lestocq passent, le 27 février, des sous-traités avec deux maçons de Péronne pour la vidange du bastion royal et de Richelieu, et avec deux maîtres maçons et tailleurs de pierres de la même ville pour la fourniture des matériaux nécessaires à la construction de ces bastions (1).

Les travaux de réparations à faire au château, adjugés à Michel Guilliot le 16 septembre 1633, étant entièrement terminés, un certificat notarié constatant cet achèvement est délivré à l'entrepreneur le 9 mars 1634, par le sieur de Septoutre, contrôleur des fortifications, et par Anthoine Leblond, sieur de Piencourt, sergent-major de la ville et du château de Péronne, commandant pour l'absence de M. le gouverneur dans ledit château (2).

---

(1) Le 7 avril 1634, sous-traité par Pierre de Lestocq avec Germain et Esly Pauquet, concernant des fournitures de chaux et de sable, à faire pour le même objet, — et le 9 mai, avec Mathieu Masson, maréchal « demeurant à Brethaigne, faulxbourg de Péronne » pour des ferrures à livrer.

(2) Minutes de M⁰ Ducroc, notaire à Péronne.

Pendant que les travaux ordonnés par le
roi s'effectuaient autour de l'enceinte fortifiée
la ville demeurait exposée journellement à
des surprises. Le dimanche 30 avril, Mᵉ
Robert Le Père, l'un des échevins, expose à
ses collègues « que, à cause du travail que
l'on faisoit au bastion de Humières et que
l'on remplissoit le fossé, il y avoit grand
danger, pourquoy il estoit nécessaire de faire
bonne garde dans la ville et faulxbourgs. »
L'échevinage arrête que les habitants du
faubourg de Bretagne seront commandés de
garde, pour veiller à la sûreté de leurs con-
citoyens.

Le 5 mai, nouveau traité relatif aux fortifications.

DEVIS *pour le rehaussement du rampart du*
faulxbourg de Brethaigne de Péronne du
costé du moulin de Belzaise jusques à la
porte dicte des Cordelliers.

« Premièrement, pour parvenir à mettre
le faulxbourg de Brethaigne en deffence, fault
parachever tout le prolongement du rampart
du costé du moulin de Bellezaise depuis led.
moulin jusques à la porte des Cordelliers sur
la largeur de vingt piedz par hault donnant
le thalus et pente aux terres qu'elles en
prendront naturellement, sur lequel parvenu
et conduict de niveau jusque pour thoise

demy à quatre thoises de haulteur, sera
eslevé ung parapet de terre de cinq piedz
d'espais par hault sur six piedz de haulteur
en dedans de la place, revenant à cinq par
dehors, au bas duquel sera faict deux bancquettes, la première ayant quatre piedz de
large sur cincq de hault, et la seconde deux
piedz de large aussy sur ung de hault.

« Ledict parapet et banquettes seront ga-
zonnés de bons gazons de deux à trois
poulces de haulteur, posés sur assizes de
niveau et en liaison par le dedans du faulxbourg, seulement iceluy gazon sera garny
de fassines ou vergettes de ung poulce et
demy à deulx poulces de diamettre, et la
teste de quatre piedz demy de queue dans
ledict parapet, posés par litz de pied en pied
sur toute sa longueur.

« Les terres dudict rampart seront prises
des vuidanges des fossés du canal dudict
moulin de Bellezaise, et à cest effect seront
asséchés lesdictz fossés et canal aux despends
desd. entrepreneurs, sans que pour ce subject
aucun en puisse prétendre aucun dommaige
contre lesd. entrepreneurs.

« Et les terres des parapets et bancquettes
seront prises au pied du rampart en dedans
la place, aux endroicts qui leur seront indi-
qués par l'ingénieur, en récompensant les
propriétaires desd. terres et les entrepreneurs.

« Toutles lesquelles terres seront thoisées
à la thoise cube sur les desblais des fossés. »

Les frères Charles et Pierre de Lestocq.
bourgeois de la ville d'Amiens, s'engagent
solidairement à exécuter les ouvrages contenus en ce devis, dans le délai de six mois
à compter du 1er janvier 1635, moyennant
la somme de 50 sols la toise cube. Les sieurs
abbé de Saint-Mars et Destouches, Nicolas,
exempt des gardes du corps du roi, pro-
mettent de leur côté, « suivant le commandement et ordre de Monseigneur l'éminen-
tissime cardinal duc de Richelieu, de les
faire payer par le thrésorier général des
fortifications de Picardie, Me Xphle Hébert,
ou son commis aud. Péronne, au fur et à
mesure que la besongne s'advancera (1)... »

Jeudi 24 juin. — LOY RENOUVELÉE.

Mayeur : Me Anthoine VAILLANT. conseiller
du roy et lieutenant en l'eslection.

_____

(1) Acte devant Me Ducroc, notaire à Péronne.
— Les frères de Lestocq avaient également entrepris les travaux à faire aux fortifications de Saint-
Quentin. A la date du 7 juin 1634, nous trouvons,
en effet, une convention par laquelle, tant en leur
nom que pour le sieur Jehan Lescot, bourgeois et
échevin d'Amiens, aussi entrepreneur, ils passent
marché avec trois maçons de Noyon et de Péronne
pour les fournitures et ouvrages à faire au bastion
de Saint-Claude, « proche la porte de Sainct-Jehan,
à Sainct-Quentin. » (Même étude).

Lieutenant : Nicolas Demametz, esleu.

Echevins : Louis de Parviller, advocat.
>   Guillain de Driencourt, marchand.
>   Louis Le Caron, advocat.
>   Joachim Dorsye, président en l'eslec-
>   tion.
>   Jean Cupperon, procureur.
>   Charles Lescars, procureur.
>   Anthoine Journel, advocat.
>   François Machecré, lieutenant criminel
>   en l'eslection.
>   Romain Bouteville, grenetier.
>   Daniel Levasseur, bourgeois.

Me Simon Levesque, avocat à Péronne,
remplissait, depuis le 6 mars 1634, les fonctions d'avocat de la ville, au lieu de Me
Claude Fonchet, décédé.

Les élus prêtent serment entre les mains
du lieutenant de la loi précédente ; puis ils
se rendent en corps à l'église Saint-Jean,
« conduictz par trois tabours battans » et,
de là, en l'auditoire royal du bailliage où le
lieutenant général, M. Le Corroyer, reçoit à
nouveau leur serment, en présence du
peuple ; enfin le mayeur est escorté jusqu'à
son logis par l'échevinage, selon la coutume.

Le vendredi 30 juin, le premier acte de la
municipalité nouvelle est de défendre « à
toutes personnes vendant vin, bière et viande

de tenir aucuns soldatz en leurs maisons à boire et à manger après la cloche du guet sonnée, à peine de six livres parisis d'amende comme pareillement.... à toutes personnes de dancer, chanter, crier dans les rues après la cloche du guet sonnée, et aux maîtres et maîtresses de permettre à leurs serviteurs et servantes de dancer à peine de six livres parisis d'amende. »

Les commis aux ouvrages sont chargés, par résolution du mardi 11 juillet, de faire « faire de neuf les deux ponts-levis du faubourg de Bretagne le plus tôt qu'il pourront, attendu qu'ils sont de nulle valeur. Comme pareillement a esté ordonné que les habitans dudit faulxbourg de Bretagne feront la garde personnelle de jour *aux deux portes* dudict faulxbourg, jusqu'à ce qu'il soit autrement ordonné. »

Et le vendredi 14 juillet, « sur ce que monsieur le mayeur a remonstré qu'il estoit très nécessaire de faire meilleure garde de nuict sur les rempars que l'on ne faisoit, attendu le travail que l'on faict aux bastions et que les rempars sont fort découverts et qu'il a esté mandé par monsieur le gouverneur de le faire, a esté ordonné que tous les habitans indiféramment feront la garde personnelle sur les rempars et corps de garde de la ville durant la nuict chacun à leur tour et porteront quelqu'une des bandes des armes à feu afin d'advertir et donner l'alarme en cas qu'il arrive quelque inconvénient à peine de dix livres d'amende pour chacune contravention, et de prison pour ceux' qui ne scauroient payer l'amende.

« Ordonné aux commis aux ouvrages de faire paver le reste de la rue du Sacq jusques au ruisseau. »

Samedi 22 juillet. — « A esté ordonné que l'on escrira à monsieur de la Vrillière, secrétaire du roy, ensuitte de la lettre escrite par S. M. cejourdhuy receue et par laquelle il est mandé de faire bonne garde et éviter qu'il ne se face aucune surprise sur la ville; que l'on mandera que la ville n'est en deffence pour les nouvelles fortiffications quy s'y font quy ne sont beaucoup advancez et néantmoings que l'on fera la meilleure garde que l'on pourra.

« Arresté ensuitte que l'on sommera Estienne Bauchart et Pierre Duchaussoy pottiers d'estain et vendans pouldres ordinairement de s'en garnir suffisamment pour en vendre et débiter aux habitans sinon protester contre eux en cas qu'il y arrive quelque inconvénient de recouvrer tous despens, dommages et intéretz et que on fera venir d'ailleurs afin que la ville ne soit dégarnie.»

L'intendant des finances De Noyers était

revenu à Péronne, où il séjourna pendant
tout le mois d'août pour apprécier par lui-
même l'état des travaux qu'il avait ordonnés
et en activer l'achèvement. Le 28 juillet, une
députation de deux échevins demande son
appui auprès de M. de Buillon, pour obtenir
de ce dernier l'exemption de la taille et le
remplacement des deniers que la ville avait
avancés pour le surtaux d'une compagnie de
carabins et les étapes de Tincourt (1).

L'échevinage ayant appris que Madame la
duchesse de Chaulnes, épouse du gouverneur
général de Picardie, était dans sa terre de
Magny (2), envoya vers elle, le 11 août,
deux échevins « pour la saluer et la supplier
de venir faire son entrée en ceste ville,
selon qu'elle désire. Daniel Vasseur est

(1) Voir *suprà*, pages 16 à 18.

(2) Le domaine de Magny-Guiscard, situé entre
Ham et Noyon, appartenait à la maison de Chaulnes, depuis 1565, et antérieurement à la Chartreuse
de Noyon. Il fut apporté en dot, en 1619, à Honoré d'Albert de Luynes, avec le duché de Chaulnes
et la baronnie de Picquigny, par Claire-Charlotte
d'Ailly, qui, par ses vertus, mérita les éloges que
lui décerna, dans le distique suivant, un jésuite
contemporain :

Me Deus et virtus genuere parentes :
Qui caret his et me nobilitate caret (ᵃ).

(ᵃ) Labbé, *Histoire de Chauny*, page 113.

député à Arras pour achepter une pièce de thoilette fine pour faire présent à Madame la duchesse de Chaulnes, lorsqu'elle fera son entrée dans la ville. »

A la même date, « le mayeur rapporte que plusieurs habitants se plaignoient de ce qu'il y avoit plusieurs personnes qui, lorsqu'elles estoient de garde de porte et guet s'absentoient de la ville pour s'exempter de leur faction et qu'il estoit besoing d'y donner ordre, attendu le bruit de guerre, et qu'il estoit nécessaire de faire bonne garde.... Arresté qu'on commettra des hommes de garde aux portes et de guet aux despens de ceulx quy s'absenteront (1). »

Le mercredi 23 août, M⁰ François Desmonceaux, receveur des grenier et magasin à sel de Péronne, et Etienne Bauchart, potier d'étain, reçoivent l'ordre de Messieurs de ville de remettre aux commis aux ouvrages la poudre qui venait d'être saisie le jour même par un garde de la gabelle « attendu que c'est pour le service du roy et de

(1) Dans la même résolution, mention est faite d'une hardine de 6 à 7 verges de longueur sur une verge et demie de largeur, appartenant à la ville, tirant vers *la digue* de la rue des Naviages ; et louée à Eloy Pacquet, de Flamicourt, moyennant 8 sols de cens annuel.

la ville que Messieurs ont faict venir lad.
pouldre suivant les lettres de S. M. »

29 août. — M. De Noyers « ayant recognu
qu'il estoit nécessaire pour la seureté de la
ville de remonter toutte l'artillerie d'icelle
ny ayant pas une pièce en estat de servir
faulte d'affutz, » met la fourniture en adjudication sur la mise à prix de XL livres
parisis par affût, à l'exception du fer qui sera
livré par le Roy. Nicolas Blin, charron à
Péronne, accepte le marché et présente
comme caution Michel Adam, laboureur à
Doingt.

DEVIS DES AFFUTZ.

« Seront faicts des affutz de sept à huict
pieds de long selon les pièces, suivant le
dessein de M. d'Argencourt. Les deux flas-
ques (1) seront de la susd. longueur, de
quatre à cinq poulces de large et de vingt-
quatre poulces de hault, compris le plancher
qui sera de quatre poulces garny de trois
entretoises (2).

« Les roues seront prises dans un flasque

---

(1) Pièces latérales de l'affût, sur lesquelles s'ap-
puient les tourillons.

(2) Pièce de bois ou de fer qui se met en travers,
entre deux autres, pour les relier ensemble et les
fortifier.

et seront, celles de devant de 24 à 25 poulces de hault et celles de derrière de demy pied plus basses.

« Tous les affutz seront ferrez aux despends de l'entrepreneur en luy fournissant le fer quy sera pris aux vieux affutz du chasteau. »

Le même jour, le commissaire royal traite avec Claude Merlo, serrurier à Péronne, pour les ouvrages de ferrures à exécuter aux fortifications de la ville du Castelet, moyennant le prix de trois sols pour chaque livre de fer neuf à XV deniers pour livre le vieux fer, le tout mis en œuvre, et prescrit à l'échevinage péronnais, par une ordonnance spéciale, de commettre l'un de ses membres « pour faire travailler en toute diligence pour la seureté de la ville et faire trancher plusieurs passages dans les marais et hardines entre le faulxbourg de Paris et celuy de Bretagne et veiller sur les ouvriers. » Mo Nicolas Dumametz, conseiller du roi, élu en l'élection, et lieutenant de maire, est désigné à cet effet.

La maladie contagieuse régnait encore à cette époque dans les villes d'Amiens, de Cambrai et autres. Le 15 septembre, une publication émanant de l'hôtel-de-ville annonce que la foire annuelle n'aura pas

lieu; le 18, défense est faite aux habitants
d'aller à Amiens et à Cambrai « et aux hostellains de recevoir aucunes personnes venans desd. villes, à peine de cent livres
d'amende, la moitié au dénonciateur ; aux
marchands, de faire venir aucunes marchandises desdits lieux à peine de pareille amende
et de confiscation desdites marchandises,
lesquelles seront bruslées ; pour en connaître
la provenance, il est enjoinct ausd. marchands
d'apporter certifficat du magistrat du lieu. »
Enfin le vendredi 27 octobre, et toujours
pour la même cause « le lendemain ayant
lieu la foire d'Ancre, deffences sont faictes
aux marchands de ceste ville et à aultres
d'aller à ceste foire », qui est encore si
fréquentée de nos jours sous le nom de
marché de la Saint-Simon.

Pendant ce temps, les entrepreneurs des
ouvrages de défense poursuivaient leur
œuvre avec une grande activité ; mais, affligé
d'un caractère irascible et violent, l'ingénieur
Midorge, qui avait la direction supérieure des
travaux de la place, substituant trop fréquemment sa propre autorité à celle des
commissaires royaux, entravait l'achèvement
du bastion Richelieu. C'est ce qui résulte
notamment des deux procès-verbaux qui
suivent :

I. — « Cejourdhuy lundy sixiesme jour

de novembre mil six cent trente-quatre, nous
nottaires royaux au gouvernement et prévosté
de Péronne, soubzignés, sommes transportez avecq M. Pierre de Lestocq, entrepreneur et adjudicataire des ouvraiges de
fortiffications dudict Péronne, suivant la
requeste par luy faicte, sur l'attellier du Roy
au bastion de Richelieu ; lequel de Lestocq,
en la présence de nous, nottaires et de
nobles hommes Anthoine Vaillant, conseiller
du roy et son lieutenant en l'eslection dud.
Péronne et mayeur de lad. ville, Nicolas
Demametz, esleu en lad. eslection et lieutenant de lad. mairerye, Anthoine Journel,
licentié es-loix, advocat en Parlement et
eschevin de lad. ville, et avec eux se seroit
approché de la personne du sieur Midorge,
ingénieur et ayant la direction desd. fortiffications, auquel il auroit faict entendre que le
contract d'adjudication à lui faict par
monseigneur De Noyers, conseiller du roy en
ses conseils, intendant de ses finances, et
commissaire desputé par S. M. pour les
fortiffications de Picardie il est obligé de
suivre entièrement le devis porté audict
contract fect par Monsieur d'Argencourt,
maréchal de bataille en ses armées, et entre
lesquels pour faire mettre et poser sur la
dernière assise de gré laquelle doibt avoir
l'arreste rabattue pour servir de retraicte de

la bricque, et qu'estant la massonnerye dud.
bastion parvenue à ce poinct, et lad.
assize et retraicte mise et posée auroit
cejourdhuy disposé les massons ouvriers et
matières convenables pour travailler et poser
lesd. bricques sur lad. retraicte et dernière
assize affin de continuer diligement lad.
massonnerye et icelle rendre dans sa haulteur, et la faire arrazer pour la couvrir pour
la conservation d'icelle durant l'hiver, prié
et requis ledit sieur Midorge de permettre
souffrir led. travail conformément aud.
contract d'adjudication, l'ordre duquel il est
tenu de suivre affin de n'en estre ci-après
recherché, lequel sieur Midorge auroit faict
responce qu'il vouloit et ordonnoit qu'il fust
mis et posé sur lad. assize encore ung tas de
grès et qu'il ne soucioit dud. contract et que
c'estoit affaire aud. de Lestocq à luy obéir et
suivre ses ordonnances sans qu'il fust tenu
de luy rendre raison d'icelle, à quoi le sieur
de Lestocq auroit répliqué qu'il ne pouvoit
oultre passer la teneur dud. contract d'adjudication et devis sans ordre par escript dud.
seigneur De Noyers, et sur ce que noble
homme Romain Regnard, président en l'eslection dud. Péronne qui estoit aussy présent
auroit dict aud. sieur Midorge quy estoit
juste et raisonnable de suivre led. contract
sans y contrevenir, led. sieur Midorge s'est

restourné en jurant par la mort-Dieu qu'il en auroit menty, et qu'il se seroit prins à lever son baston pour en frapper led. sieur Regnard. De quoy il auroit esté empesché, disant qu'il ne vouloit et ne permettroit le travail desd. bricques, sur lad. assize de gré et qu'il commandoit aud. de Lestocq de mettre encore ung tas de gré sur lad. assize paravant lesdictes bricques, sinon qu'il le feroit faire aux despens dud. de Lestocq, et qu'il vouloit que sa volonté fust exécutée et au mesme temps auroit mis ès-mains dud. sieur Vaillant mayeur ung plan tracé dans ung quart de fœuille de pappier ou estoit escript plusieurs devis pour le monstrer et lire aud. de Lestocq, comme aussy il auroit escript une ordonnance aud. de Lestocq pour faire poser le tas de grés sur lad. assize et retraicte, et auroit aussi mis ès-mains dud. sieur Vaillant auquel il auroit encore fest plusieurs menaces, commandement et injonction contre et au mépris des offres, déclarations et sommations dud. de Lestocq et protestations de recouvrer par luy tous dommages et intérests en cas de contravention à sond. contract et de se retirer vers monseigneur De Noyers, et led. sieur Midorge auroit dict qu'il se retireroit vers monseigneur le Cardinal, et qu'il vouloit que son commandement fust suivi et exécuté sans avoir esgard audict contract et qu'il feroit travailler au despens dudict de Lestocq. Dont et de tout ce que dessus nous avons aud. ~sieur de Lestocq, ce requis, accordé le présent acte pour luy servir et valloir ce que de raison. Et a signé avecq nous nottaires. »

II. — « ... S'est présenté Pierre de Lestocq, entrepreneur des ouvraiges du Roy aux fortiffications des ville et faulxbourgs dud. Péronne, lequel nous a dict que par son contract d'adjudication entre autres choses il est obligé avecq Me Charles de Lestocq, son frère, de faire la massonnerye du bastion de Richelieu, pour à quoy parvenir ils auroient faict travailler puissamment aux deux pans dud. bastion et eslevé la massonnerye de quinze à seize piedz de hault au pan tirant du costé du chasteau et sur une longueur depuis la poincte dud. bastion de seize à dix-sept thoises, et encore dud. pan quy regarde le bastion de Vendosme environ trente-huict thoises et faict encoire la fondation sur le mesme pan d'environ cincq ou six thoises et continué la fouille et vidange des terres dud. pan d'environ sept thoises qui restoient pour achever la massonnerie dud. pan jusque au fossé de la ville et bastardeau joignant le picquet de l'espaule dud. bastion, laquelle fouille se trouvant

sabmedy dernier, quatriesme dud. mois sur
les trois heures après midy à environ ung
pied et demy de la terre ferme, et que sur
icelle la fondation de massonnerye se dis-
posoit à faire cejourdhuy matin, ayant pour
cest effect employé à ladicte vuidange plus
de deux cens ouvriers, le sieur Midorge,
ingénieur et ayant la direction desd. ouvraiges... a contre les remonstrances quy luy
auroient esté faictes par plusieurs personnes
et mespris de l'opposition verbalement for-
mée par ledict Lestocq en la présence de
quantité de personnes nottables de ceste
ville auroit faict rompre deux bastardeaux
qui retenoient partie des eaues des fossés de
tenaille pour en faire escouler l'eaue le long
de ladicte massonnerye pour luy servir de
niveau, lesquelz eaues ayant pris cours se
seroient escoulées à l'instant mesme sur et
dans la susdicte fouille en telle sorte qu'en
moing de demy heure elle se seroit trouvé
comblé de plus de trois piedz d'eaue, tellement que tous lesdictz ouvriers auroient
esté contrainctz de quitter et abandonner
led. travail, ensuitte de quoy led. de Lestocq
a l'instant auroit faict poser et mettre trois
pompes pour en retirer les eaues et commis
des hommes suffisamment pour travailler
jour et nuict sans discontinuation à lad. vuidange à quoy ayant esté satisfaict depuis

led. jour de sabmedy jusque à cejourdhuy
lesdictes eaues au lieu de diminuer auroient
encore à couler d'aultre trois piedz, en sorte
que à présent il s'y en trouve plus de six
piedz, ce quy a causé aux ouvriers trouvés
sur led. attelier en grand nombre de eux retirer et si ensuitte de ce les terres du costé
dud. bastion ayant esté imbibées desd. eaues
ont faict tomber une grande quantité de
terres dans led. fossé et menacent encore
ruyne, ce quy faict aud. de Lestocq et à son
frère un très grand préjudice et intérest
causé par la faute dudict sieur Midorge même
du péril apparent qu'apportent encoire lesd.
eaues à la massonnerye nouvellement faicte,
de laquelle le mortier n'est encore secq. De
laquelle déclaration le sieur de Lestocq nous
a requis acte... offrant vérifier le contenu
des présentes... (1). »

Le 24 novembre, l'échevinage ordonne à
ses commis aux ouvrages « de faire parachever le corps-de-garde encommencé sur la
porte du faulxbourg de Paris et icelluy faire
couvrir d'ardoises et faire raccommoder la
tour estant du costé de l'église Saint-
Quentin-en-l'Eaue, le tout pour la fortiffica-
tion et deffence dudict faulxbourg... Ordonné

_____

(1) Minutes de l'étude de Mᵉ Ducroc, notaire à
Péronne.

que les munitionnaires veilleront à recevoir
le foin et avoine que nous avons cottisé sur
les paysans de ce gouvernement, suivant les
lettres de S. M. du 5 octobre et celle de
M. De Noyers, et iceulx mettre dans les
magasins de la ville... »

La peste, qui depuis longtemps rôdait
autour des murs de Péronne, avait enfin
signalé sa présence dans cette ville. La
municipalité prend aussitôt les mesures suivantes. Le 18 décembre, une résolution
décide que jusqu'à nouvel ordre, « on ne
recevra aucunes personnes malades dans
l'Hostel-Dieu, et que les deux litz et pail-
lasses estans aud. Hostel-Dieu sur lesquels
ont couchez la femme de Gatin et une ser-
vante de M. le procureur du roy seront
bruslez et que la salle sera aérée.

« A esté aussy ordonné que la maison de
l'hospital sera fermée dans laquelle se tiendront ceulx qui y sont tant que celle quy y
est à présent malade sera morte ou guarye.

« Comme aussy que Claude Magnier se
tiendra aussy fermé dans l'hospital des
passants par l'espace de trois sepmaines.

« Comme pareillement La Croix et sa
femme se tiendront dans leur maison ausquels leur seront administrés des vivres et
préservatifs comme aussy audict Claude
Magnier.

« A esté aussy ordonné qu'il sera faict deux ou trois loges pour les poser au-dessus de la fontaine Villette.

« Comme aussy que l'on fera sortir celuy quy est dans l'hospital et lui sera donné 40 sols.

« Comme aussy Louis Cheminet et toute sa famille, et la femme du carillonneur sortiront de la ville, attendu que l'on soupçonne que le fils dud. Cheminet est déceddé de la maladie contagieuse et à luy enjoinct de brusler le lict où sondict fils est tombé malade.

« A esté aussy ordonné qu'il sera enjoinct à tous habitans de tuer tous lappins, oisons, pigeons, canards et porcqs, et à eux faict deffences d'en tenir en leurs maisons à peine de dix livres d'amende.

« Et s'il est aussy enjoinct à tous habitans de faire ballier devant leurs maisons jusques au ruisseau deux fois la semaine à peine de trente livres d'amende. »

Par une autre résolution du vendredi 22 décembre, François Dupré et sa famille reçoivent l'ordre de s'enfermer chez eux jusqu'à ce qu'il en soit autrement décidé. Le nettoyage des rues est prescrit de nouveau : les ordures devront être portées sur les remparts, au lieu de rester devant les portes, comme auparavant. Les médecins et

chirurgiens sont chargés de faire un rapport
sur les malades qu'ils jugeront atteints de
pestilence. La même recommandation est
transmise aux curés des paroisses. Itérative
défense est faite aux marchands d'acheter
dans les endroits contaminés.

L'année 1634 disparaît, léguant à la Picardie désolée la peste, dont le spectre dé-
charné va guider bientôt à travers ses plaines
cet autre fléau, — la guerre !

————

CHAPITRE II

1635 — 1636

Les hostilités étaient engagées entre la France et l'Empire germanique : l'enlèvement, par les Espagnols, de l'archevêque-électeur de Trèves, qui s'était placé sous le protectorat de Louis XIII, avait servi de prétexte à la rupture. Par la convention de Paris (novembre 1634), Richelieu promit 12,000 hommes aux fédérés allemands, qui lui remirent l'Alsace en dépôt, et le 2 décembre, une armée commandée par les maréchaux de Brezé et de la Force, passant le Rhin, contraignit Jean de Werth, général des Impériaux, à lever le blocus de Heidelberg, qui capitula le 22. Puis le Palatinat fut envahi. Saverne, Kronisbourg, Landau tombèrent au pouvoir des troupes françaises qui vinrent mettre le siège devant Spire, où elles opérèrent de concert avec les Suédois de Bernard de Saxe-Weimar; cette dernière place se rendit le 24 mars 1635. Laissant le duc Bernard à Spire, l'armée royale enleva Manheim, et, après avoir de nouveau franchi le Rhin, sur la glace, rentra dans le pays messin et les Trois-Evêchés, où elle prit garnison. Dans le courant d'avril, elle se concentra à Mézières, sous les ordres des maréchaux de Châtillon et de Brezé. Son effectif comprenait deux brigades d'infanterie, chacune de onze mille hommes de pied, avec six mille cavaliers et une artillerie de vingt-quatre canons, non compris les officiers, les sergents et les valets, ces derniers bien armés et équipés. Les vivres et les munitions étaient au complet. Marche-en-Famène est pris le 18 mai par la brigade de M. de Châtillon. Le 20, les deux brigades réunies rencontrent le prince Thomas de Savoie-Carignan, commandant l'armée des Flandres, à Avein (aujourd'hui Awenne), le battent et opèrent leur jonction avec le prince d'Orange sous les murs de Maëstricht. Tirlemont est emporté d'assaut et livré au pillage le 6 juin : le 30, les armées combinées de France et de Hollande investirent Louvain; mais le prince d'Orange s'étant retiré, le siége est abandonné le 4 juillet. Après avoir enlevé encore la citadelle de Béclan, l'armée française va prendre ses quartiers d'hiver en Hollande.

Le lundi 7 janvier 1635, et sur un ordre de l'intendant De Noyers, les blés de réserve emmagasinés à Péronne par les soins du sous-commissaire royal Nicolas Destouches sont mis aux enchères par le sieur de Per-

tenay de Septoutre, contrôleur des fortifications de la ville de Péronne, après publi-
cations faites « à son de tambour et cry
publicq mesme par affiches ès esglises des
paroisses, auditoire et beffroy. » Charles De
Lanchy, boulanger à Péronne, reste adjudicataire, au prix de 61 sols le setier, et prend
livraison, le 9, des 336 setiers de blé ven-
dus, contre paiement de la somme de 1024
livres 16 sols, dont il lui est donné quittance (1).

Jeudy 25 janvier. — « Sur ce quy a esté
représenté par monsieur le mayeur que cejourdhuy le sieur de Rochefort, lieutenant
de la compagnie de M. de Genlis, mestre de
camp d'un régiment estant en garnison en
ceste ville l'est venu trouver et dict que
ledict sieur de Genlis le prioit de luy faire
fournir le linge, vaisselle et autres choses
nécessaires pour sa cuisine, ayant besoing
de deux douzaines de serviettes par chacun
jour, d'aultant qu'il désiroit prendre sa réfection en la maison de Me Grégoire Delanchy
dans laquelle il avoit esté coucher seulement
ceste nuit ; à quoy il avoit faict response que
çavoit esté de courtoisie et à la prière dud.

(1) Minutes de l'étude de Me Ducroc, notaire à
Péronne, 7 janvier 1635.

sieur de Genlis quy avoit faict entendre ne
demander le coucher que pour quatre ou
cinq jours dans une maison d'habitant sur
la place sans y vouloir prendre son ordinaire, mais au lieu où il estoit logé, qu'on
luy avoit presté une chambre pour coucher
luy et son train en la maison dudic Delanchy
bien qu'il fust logé par buletin en l'hostel du
Cygne où son train a esté demeurant jusques
à present, auquel lieu luy a esté fourny par
le maistre comme il doibt ce qu'il luy est
nécessaire, à quoy il estoit besoing de pourveoir pour la conséquence... a esté résolu
que nous en ferions plainte à Mᵍʳ le gouverneur estant de présent en ceste ville tant
de la conséquence de ce que dessus, comme
aussy qu'il n'y a aucun habitant quy puisse
satisfaire aux prétentions dudit sieur de
Genlis, attendu le grand nombre de garnison qui est pour le présent en ceste
ville, et que sy ledit sieur de Genlis désire
avoir d'autres logement et fournitures que
comme un capitaine il luy est besoing d'avoir
son bagage et aultres choses nécessaires pour
son train et tenir table selon sa qualité à
quoy la ville ny ses habitans ne sont subjectz
par toute reigles de logements n'ayant aultre
ordre esté gardé cy-devant aux logemens
des maistres de camp qui ont esté en la
mesme garnison comme le sieur Sᵗ-Géran

en l'année 1595 ayant esté logé en la maison
de M⁰ Pierre Regnard, le sieur de Reignac
en la maison où demeure à présent M⁰ Louis
Lefebvre, le sieur de Sainct-Remy en l'année 1596 et le sieur de Serin en l'an 1597
au logis du sieur d'Apremont, ausquelz n'a
esté fourny autres logemens et fournitures
que comme capitaines, ayant la pluspart desd.
mestres de camp leurs esquipages, bagages
et choses nécessaires pour leur train, à quoy
nous supplions très humblement mondit
sieur le gouverneur d'avoir esgard et d'y
pourvoir s'il luy plaist par raison et au cas
que l'on objecte que le sieur de Canisy m⁰ de
camp a esté logé et fourny de quelques
meubles et linge comme prétend led. sieur
de Genlis sera respondu que le sieur de
Canisy a esté logé une année entière chez
led. sieur Caudron qui fournissoit le linge
et aultres choses nécessaires comme à un
capitaine seulement, attendu que ledit Caudron estoit totalement incommodé et ne
pouvoit plus fournir aud. sieur de Canisy... »

Les échevins Guislain de Driencourt et
Romain Bouleville sont désignés, le mercredi 31 janvier, par Messieurs de ville, pour
veiller à la réception des blés à fournir par
le sieur de Lattaignant, ancien mayeur de la
ville de Calais, et qui doivent être emmagasinés à Péronne, d'après le mandement

8

de Mgr De Noyers. Une résolution du 16 mars suivant ordonna que « les grains des munitions du roy » seraient déposés dans les greniers de l'Hôtel-Dieu, des Pères capucins et cordeliers, et dans ceux de M° Fonchet et de Mlle Machecré.

Le 3 février, un grand débordement de la rivière de Somme était survenu, à la suite d'un rapide dégel. Le courant ayant enlevé la moitié de la chaussée du faubourg de Sobotécluse, avec deux corps de garde remplis de soldats, l'échevinage dut commander, le 22, la corvée à tous les habitants de la ville et des faubourgs « pour aller porter terre au barrage qu'il convient faire pour retenir terre à la rupture de ladite chaussée. » Et le 28 du même mois, les mesures suivantes furent prises par le sieur Destouches, écuyer, exempt des gardes du corps du roi, envoyé par S. M. sous les commissions de M. De Noyers : « Pour pourvoir au restablissement des ruynes arrivé aux fortiffications de la ville de Péronne, sçavoir faisons qu'en vertu de nos dictes commissions nous estant acheminé en la ville de Péronne, et après avoir recognu les ruynes arrivé en la chaussé du faulxbourg de Paris dudict Péronne par les desbordemens des eaux de la rivière de Somme, que pour parvenir aux restablissements desdictes ruynes

nous aurions faict dresser les devises de ce
quy estoit à faire, et faict publyer à son de
tambour et cry public par touttes les carfours
de ladicte ville par Robert Thonnellier,
tambour ordinaire de lad. ville et chasteau
dud. Péronne que le mercredy vingt-huic-
tiesme et dernier dudict mois de febvrier
mil six cens trente-cincq, deux heures de
rellevé, il seroit par nous, en la chambre du
conseil de lad. ville dud. Péronne, procédé
à l'adjudication au rabais et moing disant de
touttes les ouvrages tant de massonnerye et
vidange de terre que pavé pour le restablissement desdictes ruynes conformément au
contenu desdictes devises, et que touttes
personnes bien et deument cautionnées seroient reçues à moing dire sur le prix desdicts ouvrages, auquel jour.... en la présence de Monsieur de Blesrancourt, gouverneur et lieutenant général pour Sa
Majesté dudict Péronne, Montdidier et Roye,
Monsieur d'Argenlieu, lieutenant pour le
roy aud. Péronne, Monsieur de Septoultre,
controlleur aux fortifications dudict Péronne,
et de Messieurs les mayeur, eschevins jurez
dudict Péronne, et après avoir faict sonner
la cloche et que lecture et communication
auroit esté faicte à haulte voix des devises et
conditions desdictes ouvrages portées par
icelluy par le greffier desdictz mayeur et

eschevins, icelles auroient esté mises, sçavoir : la thoise cube de terre à mettre dans
les brèches mise à prix par Adrien Pronnier,
maistre masson, demeurant à Péronne, à
huict livres, par André Cocquart, aussy
maistre masson, a esté mis au rabais à sept
livres dix sols, et par Germain Barruer,
paveur, à sept livres, la thoise quarrée de
massonnerie aussy mis à prix par Adrien
Pronnier à vingt-cincq livres, et par ledict
Cocquart au rabais à vingt-trois livres, et
par ledict Pronnier à vingt et une livres, et
la thoise de pavé auroit esté aussy mis à
prix par led. Pronnier à quatre livres et
depuis au rabais par luy-même aussy à soixante solz, et par led. Barruer, paveur, à
quarante solz, et après avoir faict publier
lesd. rabais par le premier sergent ou huissier desd. sieurs mayeur et eschevins par
plusieurs fois, et que ne s'est trouvé aucuns
aultres, nous aurions continué l'adjudication
au lendemain premier jour de mars, dix
heures du matin. »

Le lendemain, l'adjudication eut lieu, à
l'extinction de trois feux, en présence et de
l'avis du gouverneur, du lieutenant de roi,
du contrôleur des fortifications et de l'échevinage, au profit d'Adrien Pronnier, moyennant la somme de 1070 livres. Suit le
devis :

Devis *du restablissement qu'il convient faire des ruines arrivées en la chaussée du faulx-bourg de Paris de la ville de Péronne par le desbordement des eaues de la rivière de Somme.*

« Premièrement :

« Au boult de dehors led. faulxbourg, proche l'hostellerye où pend pour enseigne l'*Image de Sainct-Jacques*, sera parachevé le restablissement de la bresche faicte en la chaussée d'icelluy par le desbordement des eaues sur la longueur de huict thoizes largeur trois thoizes et ung pied et demy de profondeur de terre de craon à râpporter; sur laquelle terre foullée et battue à la hye et levé jusque au niveau de l'antienne chaussée sera posé le pavé sur pareille longueur de huict thoizes et largeur de deux thoizes pour venir à l'alignement du vielle.

« Plus, au long de l'abreuvoire de devant l'esglise de Sainct-Quentin en l'eaue sera aussy parachevé ung autre restablissement d'une bresche faicte en lad. chaussée sur la longueur de cincq thoises largeur trois thoi-ses et demy, haulteur ung pied de terre de craon à rapporter foullée et battue à la hye aussi eslevé jusqu'au niveau de l'an-tienne chaussé pour poser sur icelle le pavé sur la mesme longueur de cincq thoises largeur quatre thoises par ung boult et deux thoises par l'aultre, tirant vers la porte du faulxbourg revenant lesd. deux largeurs à trois thoizes de large réduittes.

« Auquel endroict sera aussy reffaict et restably du costé des eaues de bas, ung espaulement de massonnerye soubstenant les terres de ladicte chaussée sur trois thoizes et demye de long, trois piedz et demy de hault et deux piedz huict poulces d'espoisseur par bas revenant à deux piedz par hault.

« Plus au boult de la double rue au-dessus d'un viel glacis sera restablye une bresche et rupture portant neuf thoizes de long sur quatre de large et deux piedz de haulteur de bonne terre grasse et sans piérettes à rapporter foullée à la hye jusque au niveau de l'antienne chaussée avec dix à douze poulces de craon d'espesseur aussy bastu à la hye pour poser le pavé qu'il y convient refaire sur quatorze thoizes de long et quatre de large.

« Le long de laquelle bresche sera aussy restablye le mure, soubstenant la terre de ladicte chaussée du costé de l'eaue de bas sur la longueur de six thoizes compris les deulx retours du costé du glacis à la haulteur de deux piedz et deux piedz huict poulces par bas, revenant à deux piedz par hault.

« Plus à l'endroict de la première barrière où estoient les corps de garde des soldatz

sera faict le restablissement d'une grande
bresche faicte en lad. chaussé portant huict
thoizes trois piedz de long sur cincq thoizes
de large ce qu'elle contiendra de profondeur
de bonne terre grasse et sans piérettes à
rapporter foullée à la hye comme dessus.

« Tout joignant laquelle en sera aussy
refaicte une autre de huict thoizes de long
sur trois thoizes de large et trois piedz de
profondeur quy sera remplye de terre grasse
et sans piérettes comme les préceddentes et
aussy foullée à la hye.

« Sur la longueur desquelz deux bresches
après dix à douze poulces de craon porté et
battu aussy à la hye sera refaict le pavé sur
la longueur de vingt et une thoizes et largeur de trois thoizes,

« A l'endroict et au long desquelles dictes
deux bresches sera pareillement rediffié du
costé de l'eaue de bas la longueur de vingt
thoizes de mure sur six piedz de hault, sur
laquelle longueur de vingt thoizes il y aura
huict thoizes de murs le long de la susdicte
première grande bresche qui auront trois
piedz d'espois par bas revenant à deux par
hault pour avoir plus de force à soubstenir
les terres nouvellement rapportées dans lad.
grande bresche le reste de ladicte longueur
de deux piedz huict poulces par bas reve-
nantes à deux piedz par hault seulement, le

tout soubstenant les terres de lad. chaussée.

« Plus au devant du tappecul de la dernière barrière joignante la porte de la ville, tout proche le corps de garde des habitans sera reffaict le pavé de la longueur de sept thoizes sur trois thoizes de large, soubz lequel sera jesté au préceddent ce qu'il conviendra de craon à la place de ce que l'eaue a emporté de terre de dessoubz icelluy pour le rendre à niveau du vieux.

« Auquel endroict sera aussy rellevé le mur soubstenant les terres de lad. chaussée du costé de l'eaue de bas sur la longueur de cincq thoizes, haulteur cincq piedz et deux piedz d'espoisseur.

« Touttes lesquels murs seront posez sur le vive de l'antien mure quy à ceste effect sera desmolie et recherché dans les terres du costé de l'eaue de bas, lesdictz mures bastys de bricques bien cuittes grasses et non aultres avecq parement de gresserye depuis le bas d'icelluy jusque au raz du pavé de lad. chaussée dud. costé de l'eaue de bas, icelluy parement portant huict poulces de talus pour thoize qui sera lié au corps de la massonnerye par des boutis de pareille eschantillion de teste que les carreaux dud. parement de seize à dix-huict poulces de queue portant dans lesd. murs espassés de deux piedz et demy en deux piedz et demye,

le tout basty depuis ledit parement de gresserye jusque à ung pied dans le mur en
bain de mortier composé les deux thiers de
chaux vifve et le thier de bon chiment faict
de vieilles thuilles bien cuittes et non aultres
et le reste de l'espesseur dud. mure entrant
dans les terres de la chaussée de bain de
mortier composé les deux thiers de sable
pris à la sablonnière de Rocoigne et du thier
de chaux vifve.

« Touttes lesquelles mures seront thoizé
à thoize quarré à trente-six piedz pour thoize.

« Et d'aultant que pour rebastir le mur
du costé de l'eau de bas à l'endroict de la
grande bresche du devant la première barrière du corps de garde des soldatz il sera
besoing de pillottis sur la longueur de six
thoizes et trois piedz de large les entrepreneurs seront obligés à faire led. pillotys a
leurs frais et despens à trois rangs de pillotz
de bois de chesne de douze à quatorze
poulces de diamet par la teste planté à la
hie jusque à rebut et ce aultant plain que
vuide, sur lesquels pillotz bien liez et retenu
sera posé ung lict de dosse de trois poulces
d'espois de bon bois de chesne sans obelle
qui seront attachés sur led. pillot avecq bon
cloux et chevilliette de fer pour establir
dessus la fondation de la muraille à deux
piedz et dix-huict poulces...

« Et pour le pavé de la chaussée cy dessus sera posé sur un bon lict de sable de deux bennelles pour chacque thoize pris moictyé à la sablonnière du chemin de Barleux et l'aultre moictyé à la sablonnière de Rocoigne et non d'aultre, avec reverse de six poulces pour thoize tant de partie que d'aultre depuis le poinct meillieu jusque au bordage quy sera de bouttys de gré portant quatre poulces sur huict ou dix de teste et seize à dix-huict poulces de queue posées en terre pour servir d'appuye au pavé de lad. chaussée, le tout bien battu à la hye et jusque à rebut et garny de bon sable de ladicte sablonnière de Rocoigne et de cassures desd. grés, auquel pavé seront faictz des esgous aux lieux qu'ils seront nécessaires et marqués par M. de Septoutre, controlleur des fortiffications dudict Péronne, lesquelz pavés seront aussy thoizés à thoize quarrée à trente-six piedz pour thoize.

« Et d'aultant que les autres matériaux restent encore pour la pluspartz sur les lieux sera permis aux entrepreneurs de s'en servir pour les remettre en œuvre; et arrivant qu'il n'y en eust pas assez seront iceulx obligez d'en fournir à leurs despens de bons, loyaux et marchands, suivant que l'on a accoustumé dans les ouvrages du Roy et de mesme échantillion que les vieux qu'ils remettront en œuvre.

« Lesquelz entrepreneurs cy-dessus s'obligeront à rendre le chemin pavé libre et passant aux charois allant et venant dans le temps de quinze jours du jour de la présente adjudication et quinze jours après qui seront quatre sepmaines après le jour de lad. adjudication toutte la susditte besongne entièrement feste et parfaicte selon qu'elle est plus au long contenu dans le présent devis à peine d'estre descheu du quart du prix auquel lesd. besongnes et travaux leur auront esté adjugées ; pour seureté de quoy et de ce qu'il leur sera advancé ils seront tenus de bailler bonne et suffisante caution bourgeoise de gens habitant dans la susd. ville de Péronne.

« Toutte la susd. besongne subjecte à visitation en la manière accoustumée aux ouvrages du Roy.

« Pour la terre dont les bresches seront remplyes tant craon qu'aultrement sera prise sçavoir celle qu'il s'emploiera dans lad. grande bresche de la barrière où estoit le corps de garde des soldatz, dans la Terrière allant sur le chemin de Barleux, aux lieux qui leur seront désignés par led. sieur de Septoultre et non d'aultre, et celle à mettre dans les bresches de dessus les glacis et autres, aux lieux qui leur seront aussi monstrés et désignés par led. sieur sur les chemins dudict Barleux en allant à Biaches et près la Chapelette, et le craon au mesme lieu ou autres. Touttes lesquelles terres seront thoizée à thoize cube sur le remblai (1).»

Les travaux de rétablissement de la chaussée du faubourg de Paris et des fortifications de ce côté de la place ne furent entièrement achevés que le mercredi 20 juin 1635, date à laquelle l'échevinage constata sur les registres aux résolutions que « les fossés du bastion estans hors du faubourg de Soibotécluze ont esté comblez et remplis de poutres à cause du desbordement des eaues arrivé au mois de febvrier dernier. »

Les mesures que la prudence avait dictées à Messieurs de ville, le 18 décembre 1634, à l'égard de la famille Cheminet, qu'on soupçonnait être atteinte de la peste, n'avaient pas reçu leur exécution immédiate, car nous retrouvons aux dates suivantes de nouvelles ordonnances concernant le même objet (2).

(1) Minutes de l'étude de M⁰ Ducroc, notaire à Péronne — 17 mars 1635.

(2) Nous avons reproduit à titre de curiosité ces arrêtés municipaux, de même que ceux qui précèdent, dans le but de faire connaître quelle était la pratique usitée dans les cas de peste, si fréquents autrefois.

5 mars. — « Sur ce quy nous a esté représenté par les médecins et chirurgiens de
ceste ville que Louis Cheminet estoit mort
de la maladie contagieuse et sur la certiffi-
cation aussy à nous faicte par Me Martin
(de Gauchin) chirurgien demeurant à Lihons
quy auroit aussy visité le corps dud. Cheminet, a esté ordonné que l'on fera sortir
hors la maison dudict Cheminet la femme
d'icelluy et ses enfants ; comme pareillement
que l'on fermera la maison de Charles Coulombel, frère d'icelluy, pour six sepmaines,
attendu qu'il auroit hanté et fréquenté en
lad. maison, mesme qu'il estoit présent à
la mort d'icelluy.

« Comme aussy a esté ordonné que on
fera commandement à Me Guillain Cuvillier,
prebstre chapellain de l'église Sainct Jean
quy a confessé led. Cheminet, à Anthoine
Lieuvequin, menuisier, quy auroit mis le
corps d'icelluy dans le cercueil, à Philippe
Tourbier, sergent de lad. ville, quy auroit
scellé en la maison mortuaire dudict Cheminet, de se tenir fermez dans leurs maisons
pour trois sepmaines sy mieux ilz n'aiment
de sortir de la ville. »

Lundi 12 mars. — Guillain Cuvillier et
sire Bernard Guyot, qui avaient fréquenté
la maison Cheminet, et qui, pour ce, avaient

été enfermés, étant sortis sans permission, itératif commandement leur est fait de se *resserrer* en leurs maisons et ne communiquer avec personne jusqu'à nouvel ordre, sauf l'amende qu'ils ont encourue.

Le receveur des pauvres est autorisé à payer à la femme Cheminet et autres, qui sont sortis de la maison pestiférée une provision de 20 sols par jour, sauf répétition ultérieure.

Mercredi 21 mars. — « Il est ordonné, attendu qu'il n'y est arrivé aucun mal à ceulx quy ont esté en la maison de Louis Cheminet, que l'on défermera Charles Coulombel.»

Une résolution de l'échevinage, du 30 mars, commet, aux gages de seize livres par an, David Leclerc « pour ouvrir et fermer par chacun jour les guarittes et sentinelles estantes sur les rempars et iceulx nettoyer et ballayer, ainsi que le corps de garde des bourgeois, » et remplace « Claude Villain, commis *à la porte de Bourgongne* pour empescher les gueux et mendians d'entrer dans la ville, lequel foisoit fort mal son debvoir, par Claude Dassonvillé, aux gages de six sols par jour. » Le lundi 2 avril, Messieurs adjugent pour une année, à Gilles Margerin et Charles Leconte, demeurant en Bretagne, le droit de prendre, « sur le bois quy entre dans la ville et fauxbourgs, sçavoir : un fagot d'une charrette et deux fagotz d'un charriot, à la charge de rendre 6,200 de fagotz pour estre distribuez aux corps de garde des soldatz. »

Le 26 avril, l'un des entrepreneurs des fortifications, Pierre de Lestocq, passe des sous-traités avec Mathieu de Misery, habitant de Péronne, pour l'enlèvement des terres des fossés, du faubourg de Bretagne, « depuis la porte des Cordelliers jusqu'au fossé de la ville joignant le bastion de Vendosme et icelles porter sur les rempars dud. fauxbourg, moyennant trente sols pour chaque thoise cube de six pieds de roy » et avec Pierre Clabault, Jehan Pisset et Paul Carrouchet, de Soibotécluze « pour la vuidange des terres à emporter au fossé du bastion de Richelieu pour les deux pans et les deux espaules ; faire les fondemens de la massonnerye et approfondir les fossés jusqu'au ferme pour faire lesd. fondemens, moyennant trente-quatre solz la thoize cube.»

A la même date, Nicolas Cornet et Léonard Haindraix, hollandais de nation, demeurant à Marcq, baillage et gouvernement de Calais, se rendent adjudicataires, à soixante-cinq livres la toise, des travaux de revêtement du bastion royal. Le devis porte que ces ouvrages seront établis suivant l'alignement

en bon gazon et fascines, avec un parapet
de quatre pieds de haut sur le devant et six
par derrière, et un talus de cinq pieds. Les
frises seront de bon bois de chêne en saillie
sur le parapet ; le rempart, sur tout le circuit du bastion, aura sept pieds de long,
trois pieds en dedans et quatre en saillie,
le gros bout en dedans de l'eau, en pointe
en dehors, et espacé de neuf pouces (1).

Louis XIII et le cardinal de Richelieu
vinrent inspecter en personne les travaux
de défense ordonnés par le commissaire
royal De Noyers dans les places fortes de la
Picardie. Les magistrats péronnais, avertis
de l'arrivée imminente du fils de Henri IV,
prirent, le mardi 24, toutes leurs dispositions
pour lui ménager une réception digne de
lui : « M. le Gouverneur nous a communiqué une lettre de Monsieur le duc de Chaulnes, par laquelle il luy mande que le roy
désiroit venir en ceste ville et y faire son
entrée et qu'il estoit besoing de dépescher
quelqu'un du corps pour aller à Compiègne
afin de sçavoir le jour et recevoir l'ordre de
Monsieur le duc de Chaulnes, a esté députté
Me Louis de Parviller, eschevin. »

---

(1) Minutes de l'étude de Me Ducroc — 26 avril
1635.

« A esté aussy arresté, ensuite de ce, que
les capitaines, lieutenans et enseignes de la
ville seront advertis afin d'eux tenir pretz
pour aller au devant de Sa Majesté avec les
habitans et sy sera aussy enjoinct à tous
habitans de tenir leurs armes prestes et soy
mettre en bon esquipage pour aller à lad.
entrée.

« Sont nommés Me Nicolas De Mametz,
advocat en parlement, fils de Me Nicolas De
Mametz, conseiller du roy et esleu en l'eslection de Péronne et lieutenant de l'eschevinage, et Charles Scourion, fils de Me
François Scourion, esleu, comme capitaine
et lieutenant de la Jeunesse, dont l'enseigne
étoit Claude Poictou. Ordonné à toute la
Jeunesse de se préparer et nettoyer leurs
armes pour assister à ladicte entrée.

« Le lieutenant criminel, pour son antien
age, ayant remis sa charge de capitaine du
quartier d'Humières (bastion royal) et Nicolas Le Grand ne pouvant plus remplir la
charge de lieutenant dudict quartier, Anthoine Journel, advocat, est nommé pour
capitaine, et Me Robert Ducroc, advocat,
pour lieutenant. »

Les échevins Nicolas De Mametz, Louis
de Parviller et Joachim Dorsye sont délégués
le 27 avril, « pour aller saluer le roy à Roye

9

ou à Compiègne, auparavant qu'il vienne en ceste ville. »

L'entrée de Louis XIII à Péronne a fait l'objet d'un procès-verbal inséré sur les registres de l'hôtel-de-ville, par les soins de l'échevinage, sous la forme ordinaire d'une note très détaillée dont voici le texte littéral :

« NOTA. — Le mardy premier jour de may aud. an, Louis treiziesme du nom, roy de France et de Navarre, estant en sa ville de Compiègne, est venu par la ville de Roye où il avoit couché la nuict précédente faire son entrée en la ville de Péronne par la porte de Paris sur les cinq heures après midy. Les habitans furent au devant de Sa Majesté avec leurs armes soubz la conduicte de Mᶜ Claude Vaillant, capitaine de la ville, et se sont mis en haye dans le faulxbourg de Soibotécluze depuis le corps de garde des bourgeois jusques à la porte dudict faulxbourg, du commandement de Monseigneur le duc de Chaulnes, gouverneur général de Picardie. La jeunesse fust aussy au devant soubz la conduicte de Mᵉ Nicolas De Mametz, advocat en parlement, fils de Mᶜ Nicolas De Mametz, conseiller et esleu pour le roy en l'eslection de Péronne, et fust mise aussy en haye depuis la porte dudict faulxbourg jusques au lieu appelé *la croix Sainct Jacques*, Messieurs les gens du Roy jusques et auprès dudict lieu, accompagnés des advocat et procureur du siége, et fust faict une harangue à Sa Majesté par M* René Le Corroyer, lieutenant général, et paravant que Sadicte Majesté entrast dans la ville. Monsieur de Blérancourt, gouverneur dudict Péronne, estant allé au devant monté sur un cheval avec plusieurs gentilshommes quy l'accompagnoient, seroit retourné et faict entendre à Messieurs de la ville quy estoient à lad. porte de Paris, attendant Sad. Majesté, que le roy lui avoit enjoinct de faire deffences de ne tirer aucuns coups de canons ny de mousquetz sur peine de la vie, pour quoy on n'en auroit tiré aucun, et estant Sad. Majesté arrivée jusques à la porte de la ville elle y auroit trouvé mondict seigneur de Blérancourt, gouverneur dudict Péronne, lequel auroit mis un genouil en terre et faict un petit compliment à Sad. Majesté et présenté la moitié des clefs de la ville attachées *à du ruban bleu, blanc et rouge*, lesquelles luy auroient esté rendues et au mesme instant auroit présentez Messieurs de la Ville tant de la nouvelle que antienne loy, lesquelz ayant mis tous les genoulx en terre Maistre Anthoine Vaillant, conseiller du roy et lieutenant en l'eslection de Péronne, mayeur, auroit faict un petit compliment à Sa Majesté et présentez la moitié des clefs de la ville,

lesquelles luy ont esté rendues et ayant finy
son discours par *Vive le Roy,* plusieurs personnes quy estoient proches auroient continué à crier haultement *Vive le Roy,* ce quy
auroit empesché Sa Majesté de répondre.
Pourquoy le cocher du carrosse dans lequel
estoit Sa Majesté auroit chassé les chevaux
et passé de la sorte jusques au logis de
Me Romain Regnart, président en l'eslection
de Péronne, préparé pour le logement du
roy et de la royne ou estant arrivé et descendu de son carrosse au lieu d'entrer dans
le logis, *Sa Majesté monta sur le rempart
et fist le tour d'icelluy.* Il ne luy a esté présenté aucun dez ny chanté aucun *Te Deum*
dans l'église Saint-Fursy, comme il est
accoustumé, parce que Sa Majesté ne l'auroit
désiré ne voulant que l'on fist aucuns frais.
Les soldatz de la garnison estoient en haye
depuis ladicte porte de Paris jusques à l'église
Saint-Fursy et huict compagnies du régiment des gardes sçavoir quatre françaises et
quatre suisses estoient en bataille sur la
place et ce pendant seroit entré dans la ville
par lad. porte Monseigneur le cardinal Duc
de Richelieu quy avoit couché à Chaulnes
devant lequel marchoit sa compagnie de gens
d'armes composée de deux cens hommes
aussy lestez que ceulx de la compagnie du
roy. Lesquelz auroient marchez et entrez

devant Sa Majesté avec une compagnie de
mousquetaires à cheval composée de deux
cens hommes. Incontinent après seroit entré
la royne laquelle fust saluée par Messieurs
de la ville et luy a esté faict un petit discours
par Monsieur le mayeur au coing de la rue
quy conduict à l'église Sainct-Quentin-Ca-
pelle, attendu que l'on n'avait peu retourner
assez tost à ladicte porte de Paris que l'on
avoit quitté affin de laisser passer Monseigneur le cardinal duc. Ce faict, elle auroit
esté descendre au logis dud. sieur Regnart
préparé pour son logement avec le roy, et
au mesme instant mesdits sieurs de la ville
auroient esté en corps saluer mond. seigneur
le cardinal duc au logis de Monsieur le conseiller de Sormont où il estoit logé. Et ledict
jour sur les huict heures du soir, Messieurs
de la ville en corps auroient esté de rechef
saluer Sa Majesté, et estant à genouilx,
Monsieur le mayeur luy auroit présenté deux
poinçons de vin, l'un blanc, l'autre clairet,
dans deux petites quennes d'estain que l'on
avoit faict faire exprès, que Sadite Majesté
avoit accepté et dict que on le baillast à ses
officiers.

« Et le lendemain au matin l'on auroit porté
les vins de présent aud. seigneur cardinal-
duc en nombre de vingt-quatre quennes
comme pareillement à plusieurs princes et

seigneurs quy estoient avec le Roy et spécialement Mgr le comte de Soissons (1) logé
ès-maisons de Messieurs le procureur du roy
et de Fréneuille, M. le duc de Longueville
logé chez M. Béchon, M. de Verneuille chez
M. Jean-Jacques Fonchet, M. le comte d'Ar-
court *à la Grosse Tête*, M. le comte d'Alais
chez M. De Mametz, M. le duc de La Valette
chez M. l'advocat du roy, M. Bouteillier,
surintendant des finances, chez Me Jean
Vaillant, conseiller, M. de la Vrillière, secrétaire d'Estat, chez Me Charles Vaillant;
M. Servian, aussy secrétaire d'Estat, chez
M. de Courcelette; M. La Vilecler, aussy
secrétaire d'Estat, chez M. François Aubé,
et plusieurs autres.

« Et sur les trois heures de relevée Messieurs de la ville auroient de rechef esté saluer
la royne et estant à genouilx luy auroient
faict présent de quatre douzaines boettes de
confitures serizes en trois bassins d'argent

---

(1) Louis de Bourbon, comte de Soissons, né
en 1604, était fils de Charles de Bourbon, le plus
jeune des enfants de Louis Ier, prince de Condé.
Gouverneur de Champagne et chargé du commandement de Paris et des provinces du Nord dès
1632, le comte de Soissons, révolté contre l'autorité royale, fut tué à la bataille de la Marfée, le 6
juillet 1641.

couvertz d'une tavaïolle (1) et une douzaine
de beaux tulippes pardessus que Sa Majesté
auroit trouvé agréable. Et le vendredy en
suivant, le roy allant à pied à la messe en
l'esglise Saint-Fursy, Sa Majesté appela M.
le mayeur et l'entretint depuis le corps de
ville jusques dans lad. esglise et entre autres
discours luy enjoignit *de prendre garde que
l'on n'eust à bastir à l'advenir à Sᵗᵉ-Rade-
gonde ny aux environs de la ville où Sa
Majesté avoit faict abattre et desmolir les
maisons et esglise quy y estoient, et luy fist
commandement de veiller aux fortifications
de la ville, et d'avoir soing qu'il y eut
grande quantité d'ouvriers.* Et ledit jour
ayant présenté un placet à Sa Majesté
pour obtenir l'exemption du droict de.francs
fiefs et nouveaux acquestz, elle nous l'auroit
octroyé par ses patentes qu'elle nous auroit
faict expédier ledict jour. Et le lundy en
suivant (7 mai) sur les dix heures du matin,
Leurs Majestés partirent de ceste ville *par
la porte de Bourgogne* pour aller en la ville
de Sainct-Quentin (2) et à leur sortie fust

(1) Linge fin, orné de dentelles, en usage dans
les cérémonies du culte, telles qu'un baptême ou
l'offrande du pain bénit.
(2) Le même jour, le roi Louis XIII faisait son
entrée dans la ville de Ham, accompagné de la
reine, du cardinal de Richelieu, abbé de Notre-

tiré plusieurs coups de canons. Il n'a esté
faict aucuns frais à lad. entrée sinon que on
a mis et posé les armes du roy et de la royne
à la porte du faulxbourg de Soibotécluze,
celle de Paris et de St-Sauveur, à l'hostel
de la ville au costé respondant sur la place
et au dessus de la porte du logis de Leurs
Majestés. L'on a mis aussy les armes de
Mgr le cardinal duc à la porte de son logis,
et celles de Messeigneurs le duc de Chaulnes
et de Blérancourt aussy à leurs logis, et
celles de la ville à la porte de la Chambre
de la ville, et s'il n'a esté donné aucune
chose aux officiers de la maison du roy ny
aux gardes du corps, valetz de pied, tabours,
trompettes, pour ce que Sa Majesté l'auroit
deffendu. »

Voici le texte de la Charte par laquelle
Louis XIII exempta ses fidèles Péronnais des
droits de francs-fiefs et nouveaux acquêts :

« Louis, par la grâce de Dieu, roy de
France et de Navarre, à tous présens et à
venir, salut. Nos chers et bien amez les
mayeur, eschevins, bourgeois et habitans de
nostre ville, faulxbourgs et banlieue de

Dame de Ham, du comte de Soissons, des ducs
de Longueville et de Chaulnes, et autres person-
nages de la Cour. (*Documents relatifs à l'Histoire
de Ham*, p. 152. Ham, imp. E. Quentin, 1875).

Péronne, nous ont faict dire et remonstrer
que ladicte ville estant frontière et limitrophe
de nostre royaulme ilz sont subjectz aux
guetz et à une garde continuelle sans distinction de personnes ny de qualitez, et
reçoivent d'ailleurs de grandes incommoditez
à cause des logemens de gens de guerre que
nous sommes obligez d'y tenir en garnison
pour la conserver soubz nostre obéissance,
ce qu'ayant esté considéré par le feu roy
Henry-le-Grand, nostre très honoré seigneur
et père, il leur auroit donné pouvoir par ses
lettres patentes du mois de juin 1594, conformément aux grâces accordées aux villes
de St-Quentin, Amyens, Abbeville, Bou-
longne et autres de la frontière de nostre
province de Picardie, d'acquérir tenir et
posséder fiefz et seigneuries nobles sans
qu'ilz fussent tenus en dessaisir ny pour ce
payer aucuns droictz, de laquelle concession
ilz ont bien et deument jouy jusques en
l'année 1609, mais d'aultant que par la confirmation de leurs privilèges et octroys lad.
exemption des francs fiefz et nouveaux acquestz a esté obmise ilz nous ont très humblement faict supplier de leur pourvoir de nos
lettres sur ce nécessaires. SCAVOIR FAISONS
que nous pour ces causes et autres à ce nous
mouvans, scachant ce qui est de la fidélité
et affection au bien de nostre service desd.

habitans, et le bon debvoir qu'ilz ont tousjours faict de se maintenir soubz nostre
obéissance, désirant les traiter autant favorablement que nos subjectz de nos autres
villes frontières de lad. province qui jouissent de pareils privilèges, mesme à cause de
nostre première arrivée en lad. ville de
Péronne, de l'advis de nostre conseil et de
nostre grace spécialle, avons donné et octroyé, donnons et octroyons par ces présentes signées de nostre main pouvoir et
permission aux habitans de nostre ville de
Péronne, faulxbourgs et banlieue d'icelle y
résidens, d'acquérir, tenir et posséder fiefz
et seigneuries nobles sans qu'ilz soient tenus
ores ny à l'advenir eux en dessaisir et dé-
posséder, ny nous payer et à nos successeurs
rois aucuns droictz dictz de francs-fiefz et
nouveaux acquestz pour ladicte permission
dont nous les avons quittez et deschargez,
quittons et deschargeons pour l'advenir de
nostre mesme grâce par cesd. présentes. Sy
donnons en mandement...

« Donné à Péronne au mois de may l'an
de grâce mil six cent trente-cinq, et de
nostre reigne le XXVe. Signé : LOUIS, et
sur le reply, par le roy : PHÉLYPEAUX, et
scellés en lacs de soye rouge et verte du
grand sceau de cire verte. »

Ces lettres patentes furent enregistrées en

parlement le 16 juin 1635, en la Chambre des
Comptes le 16 mars 1636 et en la Chambre
du Trésor le 1ᵉʳ juin 1639 (1).

Pendant son séjour à Péronne, le roi
Louis XIII avait fait arrêter et conduire à
Mézières, pour y être jugé par le conseil de
guerre de l'armée des maréchaux de Châtillon et de Brezé, le sieur François des Chapelles, sieur du Meslange, capitaine au
régiment de Picardie, qui, après avoir
vaillamment défendu la forteresse de Sierk

(1) Le 4 juin 1641, les Commissaires généraux
prirent un arrêté pour l'exécution d'une déclaration royale de 1640 (février), portant confirmation
de l'exemption des droits de francs-fiefs, sur la
requête de l'échevinage représentant les habitants
de Péronne, et à cause de la guerre « qui les a
empeschez de labourer et faire valloir leurs terres
et héritages quy sont sur la frontière, ce qui les a
réduictz à très grande misère. » La ville demandait décharge de la taxe exigée pour la confirmation
de l'exemption « et indemnité à cause des fiefs
qu'ilz possèdent, en quelques lieux qu'ilz soient
scituez et assis. » Le sieur J.-B. Paléologo, munitionnaire général des vivres des armées et garnisons
du roi en Italie, commis à la recette desdites taxes,
ayant objecté que la confirmation du privilège
n'était pas faite pour le passé, mais pour l'avenir,
et que, dès lors, elle devait être payée, les Commissaires généraux se rangèrent à son opinion, et
l'échevinage dut verser à Paris, le 7 juin 1641, les
trois mille livres, formant l'importance des droits
réclamés.

contre le duc Charles IV de Lorraine, et forcé
ce dernier à en lever le siége, s'était rendu
à discrétion, quelques jours après, sur de
faux rapports émanés du bailli de la ville.
Il fallait que cet acte de faiblesse ne restât
pas impuni. En conséquence, le roi écrivit
de Péronne, à ses maréchaux, l'ordre suivant:

« J'envoie des Chapelles à Mézières, où mon
armée passe pour aller en Flandres. Comme
il est du tout nécessaire de faire exemple de
l'action qu'il a commise d'avoir rendu Sierk
sans y être forcé, je vous l'envoie afin que
vous lui fassiez couper le cou sur le pont de
la ville, et que toute l'armée en passant par
là voie son corps sur l'échafaud et l'exécution qui en aura été faite. »

L'arrêt du conseil de guerre, signé des
dix principaux officiers de l'armée, fut exécuté le 9 mai 1635 sur la place de la citadelle
de Mézières (1).

La mise en état des remparts était toujours poussée avec la plus grande activité,
malgré la présence de la Cour dans les murs
de Péronne. Le 5 mai, un devis était signé
par les frères de Lestocq, d'Amiens, d'une
part, l'abbé de Saint-Mars et Nicolas Des
Touches, exempt des gardes du corps du roi,

_____

(1) Mémoires de Puységur, I, 165, édition de
1883.

d'autre part, « pour le rehaussement du rampart du faulxbourg de Brethaigne de Péronne, du costé du moulain de Belezaise jusques à la porte dicte des Cordelliers :

« Premièrement, pour parvenir à mettre le faulxbourg de Brethaigne en deffence, fault parachever tout le prolongement du rampart du ːotté du moulain de Bellezaise depuis led. moulain jusqués à la porte des Cordelliers sur la largeur de vingt piedz par hault donnant le thalus et pente aux terres qu'elles en prendront naturellement, sur lequel parvenu et conduict de niveau jusque par trois thoizes demy à quatre thoizes de haulteur, sera eslevé ung parapet de terre de cinq piedz d'espaix par hault sur six piedz de haulteur en dedans de la place, revenant à cinq par dehors, au bas duquel sera faict deux bancquettes, la première ayant quatre piedz de large sur cincq de hault, et la seconde deux piedz de large aussy sur ung de hault.

« Ledict parapet et banquettes seront ga-zɔnnés de bons gazons de deux à trois poulces de haulteur, posés sur assizes de niveau et en liaison par le dedans du faulxbourg, seulement iceluy gazon sera garny de fas-sinnes ou vergettes de ung poulce demy à deux poulces de diamètre...

« Les terres dudict rampart seront prises

des vuidanges des fossés du canal dudict
moulain de Bellezaise, et à cest effest seront
asséchés lesdictz fossés et canal aux despends
des entrepreneurs....

« Et les terres des parapets et banquettes
seront prises au pied du rampart en dedans
la place aux endroictz qui leur seront indi-
qués par l'ingénieur, en récompensant les
propriétaires desd. terres et les entrepreneurs.

« Toutes lesquelles terres seront thoizées
à la thoize cube sur les desblais des fossés.»

Ces travaux, payés à raison de 50 sols la
toise cube, devaient être achevés dans les
six mois à compter du 1er juin 1635.

Le même jour, Me Regnault Machecré,
bourgeois de Péronne, s'engageait vis-à-vis
les sieurs abbé de Coursans et Nicolas Des
Touches, stipulant au nom du roi, à effectuer
dès le lendemain et à terminer dans le mois,
moyennant 10 livres par toise carrée, à
36 pieds pour toise, les travaux nécessaires
à la réfection des parapets « allentour de la
ville de Péronne, aux endroictz où il y en
avoit besoing (1). »

---

(1) Minutes de Me Robert Ducroc, notaire à
Péronne, 5 mai 1635.

Le 8 mai, nouveau « DEVIS *pour la construction de la demye lune à faire derrière
le couvent de S*ᵗᵉ-Claire de Péronne*, *au
delà des rampars et fossés de la ville,*
suivant les allignements quy en seront
donnés.

« .... Lequel rampart aura d'espoisseur
par le bas dix thoises sur la haulteur de dix
piedz ou environ... Et au-dessus dud. rampart
se formera son parapet de quatre piedz de
haulteur par le devant et cinq piedz en derrière afin de garder pente convenable. Lequel
parapet aura d'espoisseur douze piedz et
suivra le mesme thalus où il sera posé une
banquette. La première aura de largeur deux
piedz sur ung de haulteur. La seconde quatre
de large et ung de hault affin qu'il ne reste
au parapet que quatre piedz de hault...

« Le fossé sera couppé à douze piedz loing
du corps de l'ouvrage, sa largeur sera de
dix thoizes par hault et sera approfondy
jusqu'à l'eau le plus qu'il se pourra.

« Le thalus tant de la bresche que contrescarpe aura huict piedz de talus sur six de
haulteur.

« Et allentour dud. fossé sera pris quatre
thoises de distance pour servir de corridor,
à l'extrémité desquelles sera eslevé ung
parapet de six piedz de hault avecq sa banquette large de quatre piedz sur deux de

hault... et aura ledict corridor sa pente vers son parapet affin que les eaues ne ruinent point le fossé et sera le glacis dud. parapet conduict en sorte que sa superficie sera entièrement descouverte du dedans de la place... »

M° Regnault Machecré s'oblige envers l'abbé de St-Mars, partie contractante « par ordre et commandement de monseigneur l'Eminentissime cardinal duc de Richelieu » à faire exécuter ces ouvrages dans les six semaines, à raison de quarante sols par toise cube de terre (1).

Deux échevins ayant été députés vers le roi, à Saint-Quentin, à la suite de difficultés élevées par le capitaine d'une compagnie suisse du régiment des gardes laissée dans la place par Sa Majesté « à son partement, » au sujet de son logement et de celui de ses hommes, ces délégués rentrent le jeudi 10 mai, et rendent compte à l'échevinage qu'après avoir parlé au duc de Chaulnes et à M. de la Vrillière, ils rapportent une lettre du roi, ordonnant à l'officier « de se contenter du logement comme les autres capitaines et soldatz quy sont en garnison à Péronne (2).»

(1) Minutes de l'étude de M° Ducroc, notaire.

(2) Reg. aux résolutions de la ville, BB–17, à la date du 10 mai 1535.

Le 14 may « DEVIS *pour le revestement du bastion royal de la ville de Péronne.*

« Premièrement sera faict le revestement du bastion royal suivant les allignements quy en ont esté donnés de bons gazons ou escourchures pris dans les chemins ou au lieu le plus commode quy auront en largeur sept ou huict poulces et deux et trois poulces de haulteur, sur douze à quinze poulces de queue, et davantage s'il se peut, composé de bonne terre et non tourbière, et icelluy sera posé de niveau avec le cordeau et en liaison comme la massonnerye et par assize et de pied en pied de haulteur de terre sera posé ung lit de bonnes fascinnes de six à sept piedz de long sur les deux faces du bastion, et celle des espaules de dix à douze piedz et deux poulces de diamettre par le gros boult aussy advancé que le parement dud. gazon, quy aura son thalus à raison de cinq piedz pour la haulteur de chacune thoise.

« Et estant parvenu à la haulteur du rampart se formera son parapel de quatre piedz de haulteur par le devant et six piedz par derrière affin de garder pente convenable, lequel parapel aura d'espoisseur par le hault douze piedz et sera le mesme thalus comme

10

il a esté dict de cinq piedz pour la haulteur
de chacune thoise.

« Et le derrière dudict parapel aura ung
pied de thalus où il se fera une banquette
quy aura de largeur quatre piedz sur deux
de haulteur, affin qu'il ne reste au parapel
que quatre piedz de hault, et sera icelle banquette et parapel garnys chacune tant au
parement de devant que par derrière et le
glacis dud. parapet sera entièrement pavé
de gazon ou escourchures chevillé avecq
longue cheville de bois pour les lier avec le
corps dud. parapet, le tout garny de bonnes
fascinnes comme il est dict cy-dessus.

« Plus sera faict une fraize de bois de
chesne en saillie entre le parapet et le rampart sur tout le circuit du bastion. Iceux
seront de longueur de sept piedz ayant trois
piedz en dedans du rampart et quatre piedz
en saillye. Le gros boult en dedans et l'autre
en pointe en dehors espacé de nœuf poulces
du milieu au milieu. Iceux seront de trois
poulces sur quatre de grosseur.

« Plus sera faict ung parapet au fauxbourg
de Brethaigne suivant les allignemens quy
en seront donnés sur tout son circuit de bons
gazons et fascines quy porteront ung poulce
demy à deux poulces de diamettre sur dix à
douze piedz de longueur. La haulteur du
parapet sera de dix piedz compris les ban-

quettes, la première de deux piedz de largeur sur ung de haulteur et la seconde quattre piedz sur la mesme haulteur d'un pied affin qu'il ne reste au parapet que quattre piedz de haulteur construit de mesme ordre et construction que celluy commencé à la porte des Cordelliers.

« Et sera toutte la superficie du dessus desd. ouvraiges conduicte de niveau.

« Quy sera thoizé à thoize carrée à trente-six piedz par thoize sur la face du gazonnement, et les entrepreneurs seront tenus de faire les déblais nécessaires pour poser led. gazonnement. »

Le marché est accepté par Robert Deman, Charles Castrègre et Robert Dumont, demeurant à Calais, et Léonard Saindrex, demeurant à Marck, qui s'engagent à exécuter les travaux du bastion royal avant le 22 mai, moyennant 70 sols par toise carrée, et ceux du faubourg de Bretagne dans la huitaine suivante, à raison de 60 sols. Le vin du marché est fixé à 22 pistoles (1).

Monseigneur le duc de Chaulnes, gouverneur général de la Picardie, étant à Péronne, communique à l'échevinage une lettre du roi « par laquelle Sa Majesté vouloit que l'on

_____

(1) Minutes de Mᵉ Ducroc, notaire à Péronne, acte du 14 mai 1635.

rendît grâces à Dieu d'une victoire qu'il avoit emportée sur l'Espagnol au pays de Flandres près Namur et que l'on chantast le *Te Deum* que l'on feist des feux de joye et que l'on tirast le canon... »

Le jeudi 10 mai, « Messieurs ont résolu qu'ilz assisteront en corps au *Te Deum* que l'on chantera en l'église de Saint-Farsy, que on fera un feu de joye sur la place et que l'on tirera tous les canons ce quy auroit esté faict et exécuté sur les huict heures du soir ledict jour, et led. feu de joye allumé par mond. seigneur le duc de Chaulnes, Monsieur de Blérancourt, nostre gouverneur, et Monsieur le mayeur, avec chacun une torche quy avoient esté portées devant par trois sergens à verge de lad. ville. »

Voici la teneur de la lettre royale, adressée au duc de Chaulnes :

« Mon cousin, vous avez esté informé par mes précédentes despesches des justes causes que j'ay eu *de déclarer la guerre au roy d'Espagne* (1). Vous scaurez par celles-

---

(1) « Lad. année 1635, S. M. a déclaré la guerre à l'Espagne, ce qui a esté publié sur le marché le cinq juillet en suivant. Ensuitte de quoy Messieurs les gouverneur général de la province et particulier de la ville ont ordonné à Messieurs de Chapitre d'aller à la garde en personne, ainsy qu'ils y sont obligés en temps de guerre. » (Ms. Dehaussy).

cy le progrès de mon armée que j'ay faict
passer en Flandres, et que le XXe de ce
mois les ennemis ayant pris un poste fort
advantageux pour leur empescher le passage
se seroient présentez en bataille devant elle
quy les a chargé avec tant de vigueur et de
bon succès que l'honneur et la victoire en
sont demeurés à mes armes. Quarante-cinq
cornettes de cavallerie et six vingtz enseignes de gens de pied choisis dans leurs meil-
leures et plus vieilles troupes et commandées
par les plus renommés capitaines y ont esté
deffaictes et ont laissé sur la place plus de
six mil mortz, quinze cens blessez et sept à
huict cens prisonniers, entre lesquelz sont
recognuz le conte de Frerra. gouverneur de
la citadelle d'Anvers et quy faisoit la charge
de lieutenant général de leur armée soubz
le prince Thomas qui la commandoit, Don
Alonce Abadran, me de camp du premier
régiment espagnol. Sphondrato, me de camp
italien, le conte de Villerval et plusieurs
autres officiers, seize pièces de canons, tous
leurs bagages, attirail et munitions y sont
demeurés (1). Ceste victoire m'est d'aultant

(1) « Les ennemis n'étaient point rangés en
bataille vis-à-vis de nous, mais ils étaient retranchés dans de grands chemins, et dans des champs
fort élevés, comme sont tous les villages du pays
de Liège.... Nous les enfonçâmes avec l'infanterie,

plus heureuse qu'il n'y est mort des miens qu'un capitaine du régiment de la Meilleraye, un lieutenant de Champagne et moins de cent soldatz. Et parce que après le gain d'une sy grande bataille je ne puis avoir un plus juste désir que d'en rapporter toute la gloire à Dieu et de tesmoigner à tous mes subjectz que mon intention est que les actions de grâces en soient rendues à sa divine bonté quy comble ce royaulme de jour en jour de nouvelles bénédictions soubz ma conduicte, et quy justifie par des sy bons événemens le secours que je rends à mes alliés que l'on opprime et les desseings que j'ay de remettre en liberté mon cousin l'Electeur de Trèves, je vous ay voulu faire ceste lettre pour vous en donner advis et vous dire d'en informer particulièrement les evesques de l'estendue

et nous gagnâmes tout le bourg et toutes les avenues. Quand nous nous fûmes rendus maîtres du bourg et que nous eûmes passé, leur cavalerie voulut venir à nous; mais la nôtre la chargea si bien à point, qu'elle la défit.... Dans cette attaque, le prince Thomas perdit la plus grande partie de sa cavalerie, et toute l'infanterie qu'il avait menée, avec quantité d'officiers, colonels et capitaines pris, du nombre desquels était Don Stève de Gamara. » (Mémoires de Puységur, I pp. 171-172). L'*Histoire de France*, de Michelet, ne fait aucune mention de la campagne de Flandres, en 1635, ni, par conséquent, de la victoire d'Avein.

de vostre charge, ou en leur absence les
grands vicaires, et leur ferez entendre que
je désire qu'ilz en facent rendre grâces publiques à Dieu dans tous les lieux de leurs
diocèses où ils feront faire les prières de
quarante heures et chanter le *Te Deum*, et
de plus je veux que l'on tire le canon dans
les villes et places de vostre charge, et faire
feux de joye en signe de ceste remarquable
victoire. Sur ce, je prie Dieu vous avoir,
mon cousin, en sa sainte garde. Escrit à
Chasteau-Tierry le XXVIII° jour de may
1635. Ainsy signé : Louis, et plus bas :
Phélypeaux. » (1)

Le 7 juin, un acte, dressé par le notaire
Ducroc, contient un devis des guérites à
construire sur les murailles de la ville de
Ham. Chaque guérite, de six pieds de diamètre, aura six pans. Le plancher aura par
le bas sept pouces d'épaisseur avec saillie de
deux pouces. Le dôme « en cul de four »
et le cul de lampe seront en pierres de taille
de Salency, de la même façon que ceux de
la guérite de la demi-lune d'Amiens. La
hauteur sera de sept pieds. Trois fenêtres
seront percées : la porte aura des jambages
d'une seule pièce. Le prix de chaque guérite
est fixé à 150 livres tournois.

(1) Reg. aux résolutions de la Ville, BB-17.

« En prévision d'une attaque de la part des Impériaux, les fortifications de Bray sont réparées et la ville est mise en état de défense. Dès le mois de juin, l'échevinage fait reconstruire 16 verges *de muret* le long des Catiches, et 6 autres au-dessus de la porte et de la tour de Hurel. On relève de six pieds la courtine entre les deux tourelles de la porte d'Encre, et la porte elle-même reçoit ainsi que celle du Hurel, une *barrière houssée* (herse de fer). Ces travaux sont encore jugés insuffisants : la tourelle du Wiquet est garnie de palissades, comme la barbacane du Hurel; de plus, la porte de ce nom est définitivement murée; enfin le duc de Chaulnes fait rompre les ponts, et construire des forts en terre, entre les bras de la rivière, sur la chaussée.

« Les milices du Santerre sont appelées à concourir à la défense de la ville avec les bourgeois et une partie du régiment du vidame d'Amiens, commandée par MM. de Fouilloy (1), Rogy et de Noguet. Mais les

---

(1) Louis 1er d'Estourmel, chevalier, vicomte de Fouilloy, baron de Cappy, capitaine de cent hommes d'armes. L'ancien domaine de Suzanne entra dans la maison d'Estourmel, en 1625, par son mariage avec Louise de Valpergue, descendant, par sa mère, de Jean, comte de Suzanne—Cerny, gouverneur du château de Milan pour

dissensions ne tardent pas à éclater entre
ces troupes hétérogènes : les Santernois veu-
lent se retirer, et le mayeur doit réclamer
l'intervention du lieutenant-général de Péronne pour les contraindre à garder leur
poste (7 juin). D'un autre côté, les troupes
régulières traitant la place en ville conquise,
l'échevinage n'a d'autres ressources que d'envoyer le mayeur et cinq jurés porter ses doléances au duc de Chaulnes, qu'ils rencontrent enfin à Calais, après vingt-quatre jours
de périlleux voyages » (1).

Le vendredi 8 juin, Robert Baillet, poissonnier à Sobotécluse, et « fermier des eaues
et fossez d'alentour la ville depuis la digue
estans derrière la rue Soyer » présente une
requête à l'échevinage péronnais, à l'effet
d'obtenir une remise de location à cause des
travaux de fortification, notamment de ceux
effectués au bastion de Richelieu, « les fossez
estans remplys de terres et estant à luy impossible d'y pescher ny y mener basteau. »
Son fermage est réduit à 25 livres 10 sols
par an (2).

Louis XII. Les Valpergue, dont la branche française vint se fixer à Suzanne en 1527, étaient ori-
ginaires du Piémont et issus des rois de Lombardie.

(1) *Histoire de la ville de Bray-sur-Somme*, par
H. Josse, pp. 109-110, Amiens, 1882.

(2) Reg. aux résol. de la ville, BB-17.

Le secrétaire d'Etat De Noyers traite, le 40 juin, avec Jehan Forts, marchand de bois du village d'Ercheu, pour la fourniture, en dedans quatre jours, de 1350 pieds de bois de corde portant huit pieds de roi de long sur trois à huit pouces d'épaisseur, pour servir aux frises que le roi a ordonné d'établir autour des fortifications de Péronne. Le prix porté au marché est de 310 livres 8 sols.

Le 14, un acte authentique est passé devant le notaire Ducroc pour le devis d'une demi-lune à élever devant la porte Saint-Quentin de la ville de La Fère, à raison de 40 sols la toise cube de terre.

15 juin. — DEVIS *de la charpenterye à faire au faubourg de Bretagne* (1)

« Premièrement, à l'entour du circuit dud. faubourg de Bretague le rampart estant à sa haulteur sera posé dessus ung chenet ou solle de dix à douze piedz de longueur qui auront

---

(1) Par « charpenterye » il faut entendre ici l'établissement de chevaux de frise, c'est-à-dire de grosses pièces de bois d'une longueur ordinaire d'environ quatre mètres, dans lesquelles étaient chevillés des pieux taillés en pointe et garnis de fer, pour défendre les approches d'une brèche où d'un ouvrage de fortification permanente ou passagère.

chacune pièce de quatre à cinq poulces de grosseur assemblés l'un dans l'aultre et chevillés avec chevilles de bois.

« Sur les chenetz seront posez les fraizes et scellées sur tout le circuit dudict faulx-bourg, iceux seront de longueur de sept piedz, aïant trois piedz en dedans du rem-part et quatre piedz en scellé, dont le bout sera esguisé en poincte. Leur grosseur se-ront tirées de pièces qui porteront quattre poulces en quarré sur la longueur de sept piedz comme il est dict sy dessus, quy seront refendus par la diagonnalle faisant deux pièces d'eulx, et seront arrestez et clouez chacune avec deulx clouz sur lesd. chenetz et espassée entre eux de cinq poulces de distance ; tout le bout sera de chesne à areste.

« Plus sera faict cinq guérittes, l'une à la pointe du bastion royal et les quatre aultres au faubourg de Bretagne qui seront posés aux endroictz où il sera monstré et auront chacune six piedz de face sur six piedz de haulteur avec le comble quy sera pardessus faict en pavillon.

« Plus quattre pièces quy sont les mestres poteaux qui font le coin ; auront chacune six poulces de grosseur et six piedz de haulteur.

« Sur chacune face entre les mestres po-teaux il y aura deulx autres poteaux de trois à quattre poulces de grosseur, sur pareille haulteur de six piedz.

« Plus sera faict deux chassis dont celuy d'en hault aura six piedz en œuvre et six poulces de grosseur, pavé par bas. Il y aura deulx poultres de longueur chacune de douze à quatorze piedz sur dix à douze poulces de grosseur où seront assemblées trois solles de grosseur de cinq à six poulces qui formeront avec des bouts le chassis de six piedz en quarré sur lequel seront assemblés les poteaux à tenons et mortaizes et semblablement au chassis d'en hault.

« Plus sera faict le comble quy aura de haulteur cinq piedz où il y aura quatre hérettes de quatre poulces en quarré deulx tirants de quatre poulces de grosseur chacun et quatre piedz de longueur ou environ deulx montants de pareille grosseur de quatre poulces et trois piedz de long ou environ, huict chevrons de cinq piedz de long et trois poulces en quarré, le tout assemblé à tenons et mortaizes, et à une des faces entre les poteaux sera laissé une distance de deux piedz quatre poulces quy serviront d'ouverture pour entrer dans les pièces.

« Plus sera icelle guérille garnye et couverte de planches qui auront un poulce d'espoisseur, qui desborderont l'une sur l'aultre d'un poulce et chacune seront clouées et

arrestées avec huict cloux sur les poteaux et
semblablement celles des planches, le tout
de bon bois de chesne à arreste.

« Plus sera desmonté la palissade qui est
au bastion d'Humières qui a environ trente
neuf thoises de longueur et elle sera remon-
tée et posée au faulxbourg de Bretagne au
dessus du rampart des deulx costés de la porte
du Mont-Saint-Quentin. Et semblablement
sera faict une barrière au de là de celle quy
est au devant de la dicte porte au lieu où il
sera monstré qui sera de pareille largeur et
haulteur que celle ci-dessus. Fournira l'entrepreneur tout le bois qui sera nécessaire. »

Charles Haudicourt, habitant de Bray,
s'engage à livrer le bois et à faire tous les
ouvrages repris au devis qui précède,
moyennant la somme de deux mille sept
cent soixante dix-sept livres quinze sols.

16 juin. — DEVIS *de la fraize quy sera
faicte et posée tant sur les bastions que
rampars de la ville de Péronne.*

« Les esguilles ou poteletz desd. fraizes
auront huict piedz de roy de long et trois
poulces sur quatre de gros.

« Les chenetz d'enbas sur lesquelz posent
lesd. esguilles seront de pareille grosseur et
longueur réduicte de huict piedz.

« Lesdictes esguilles seront posées à che-

ville sur lesd. chenetz quy seront à cest
effect entaillez de la grosseur desdictes
esguilles de cincq poulces de distance de l'une
à l'aultre.

« Tant les esguilles que chenetz seront de
bon bois de chesne loyal et marchand de
mesme eschantillon et arrestées a poinct
comme ceux de la fraize quy est desjà posée
au bastion royal.

« Les entrepreneurs seront tenus de poser
lesd. fraizes de niveau et icelles aligner. »

Le commissaire De Noyers traite « des travaux de charpenterye à faire au faubourg
de Bretagne et de la fraize à établir sur les
bastions et remparts de la ville, avec Jehan
Roussel et Jacques Jacob, charpentiers à Péronne, à raison de 60 livres le cent de pièces
de bois mises en œuvre. Ces travaux sont
commencés le jour même.

A la même date, les nommés Pierre Clabault, Robert Quennesson et Michel Parelle,
de Sobotécluse, s'obligent « à effectuer la
vidange des terres, jusqu'à trois piedz dans
l'eau, si besoin est, à prendre au bastion
royal et au transport desd. terres dud. bastion aux endroictz quy leur seront désignez,
moyennant 40 solz de la thoize cube quy sera
thoizée sur le desblai » (1).

(1) Actes passés les 10, 14, 15 et 16 juin 1635,
devant Mᵉ Ducroc, notaire à Péronne.

« Le sabmedy XVIe juin 1635, Madame la duchesse de Chaulnes (1) est venue en ceste ville sur les sept à huict heures du soir et a esté loger au logis de M. de Sormont avec Monseigneur le duc de Chaulnes où estans arrivés Messieurs l'ont esté saluer et peu après luy ont présenté douze quennes de vin de présent, et le lendemain sur les onze heures du matin, Messieurs luy ont présenté un service de table de damas qu'elle a receu pour agréable. »

Le mercredi 20 juin, l'échevinage constate que « les fossés du bastion estans hors du faubourg de Soibotécluze ont esté comblez et remplis de poutres à cause du desbordement des eaues arrivé au mois de febvrier. »

Plusieurs Péronnais ayant porté plainte « de ce que Me Jacques de Poisblant et Quentin François ne faisoient aucune garde personnelle de porte ny de guet comme tous les autres habitans... il est ordonné, attendu le bruit de guerre que nous avons à présent que ces deux habitants feront la garde personnelle et iront à la porte et au guet

---

(1) Claire-Charlotte d'Ailly, sœur de Philibert-Emmanuel d'Ailly, vidame d'Amiens et baron de Picquigny, décédé sans postérité, avait apporté en dot les domaines de Chaulnes et de Picquigny à son mari, le maréchal de France Honoré d'Albert, en 1619.

comme les autres, à peine de cent livres
d'amende » (1).

23 juin. — « Les ramparts du fauxbourg
de Brethaigne estant trop estroitz en beaucoup de lieux et endroictz, pour faire eslargir
iceux », De Noyers adjuge le travail à faire
au profit de Regnault-Machecré, moyennant
50 sols la toise cube de déblais, à la charge
de les prendre à l'encoignure qui regarde le
Mont-Saint-Quentin. Puis, il passe marché
de tous les ouvrages de terre et maçonnerie
nécessaires à la construction de la courtine
de la porte Saint-Sauveur. dont le devis a
été dressé par le sieur Le Muet, ingénieur
ordinaire du roi, ayant la conduite des travaux à Péronne. Regnault Machecré déjà
« entrepreneur de la demye lune que le Roy
a ordonné estre faicte à la digue Saincte-
Claire » en reste adjudicataire, à raison de
21 livres la toise cube de maçonnerie et
32 sols la toise cube de terre.

Les fondations de cette courtine devront
avoir seize pieds de largeur à leur base, et
deux pieds de hauteur. « Au-dessus du mur
de fondation sera faict retraicte d'un pied,
plus sera posé le parement de gresserie jusques à la hauleur de trois piedz et demy.
Lequel parement sera basty par assizes de

(1) Reg. aux résol. BB—17.

niveau et à liaison ; à chacque assize seront
posés des boutis (1) de quatre en quatre piedz,
qui auront deux piedz à deux piedz et demy
de queue. Et derrière led. grez sera posé
deux piedz d'espoisseur de bricques. Le reste
de l'espoisseur dud. mur sera de bon moilon
pris à la carrière du Mont-Saint-Quentin ou
de la fontaine Vilette.... La haulteur du mur
compris le fondement sera de cinq thoizes
trois piedz ou environ au dessoubz du cordon.»

Le devis de la vidange des terres qu'il
fallait déblayer pour construire la maçonnerie de la courtine Saint-Sauveur porte que
l'entrepreneur sera tenu de les transporter
« pour former les ramparts de la ville depuis
lad. porte Sainct-Sauveur jusques au jardin
des arquebuziers, bastion de Humières et
bastion Royal, ou ceux qui luy seront désignez par celuy quy aura la conduicte de
l'ouvrage. Tout le desblay desd. terres se
réduict à la longueur de quarante thoizes à
compter depuis le bout de la vieille massonnerie de lad. courtine tirant vers led.
bastion de Humières sur la haulteur de
quatre thoizes ung pied, non compris deux
piedz de la fondation à faire... L'entrepre-

---

(1) Disposition de la brique ou de la pierre qui
présente son côté étroit au lieu de sa longue face,
comme pour le parement. On dit aujourd'hui
boutisse.

11

neur devra faire toutes lesquelles vuidanges
de terres, icelles ranger et égaler à iceux
quy luy seront désignez, en sorte qu'il n'y
reste ny bosse ny ride, et pour la perfection
et avancement dud. ouvrage sera tenu de
mettre le plus grand nombre d'ouvriers que
l'attelier pourra tenir. » L'adjudication est
prononcée au profit du bourgeois de Péronne
Machecré, aux mêmes conditions que le
marché précédent.

Le même jour, les nommés Pierre Clabault, Robert Quennesson, Jehan Pisset et
Michel Parelle, de Soibotécluse, s'engagent
envers De Noyers, moyennant 38 sols la
toise cube, à creuser le fossé qui se trouvait
au pied du bastion de Richelieu pour en
employer les terres à l'établissement d'un
rempart qui restait à faire à ce bastion (1).

Dimanche 24 juin 1635. — LOY RENOU-
VELÉE.

MAYEUR : Me Anthoine Vaillant, conseiller
du roy, lieutenant en l'eslection.
Lieutenant : Me Claude Vaillant.
Echevins : Me Quentin Dournel, advocat.
          Mc Regnault Machecré, garde des
          sceaux en l'eslection.

(1) Minutes de l'étude de Me Ducroc, à la date
du 23 juin 1635.

Me Claude Yver.

Me Henry Aubé, esleu.

Me François Desmonceaux, receveur au grenier à sel.

Me Anthoine Scourion, esleu.

Me Louis Le Febvre, advocat.

Me Robert Ducroc, advocat.

Me Jacques de Frémicourt, advocat en parlement.

Me Louis Goubet, marchand.

Le serment d'usage est prêté en l'auditoire
royal, entre les mains de M. de Blérancourt,
gouverneur, assisté de M. René Le Corroyer,
écuyer, sieur de Boulan, lieutenant général
civil au gouvernement de Péronne, de Me
Jean Gonnet, lieutenant criminel, Antoine
Louvel de Fontaine, écuyer, lieutenant particulier, et Me Robert Dournel, avocat du roi.
Le même jour, à trois heures, a lieu la nomination des maires et lieutenants des six
maireries du vin, du pain, des marchands,
des marchands mêlés, des tanneurs et de
Sobotécluse ou de l'eau.

Des palissades en bois de chêne sont établies, le mercredi 27 juin et jours suivants,
par Roussel et Jacob, charpentiers à Péronne,
en travers du fossé du bastion de Vendôme,
à raison de soixante livres par chaque cent
de bois.

A la même date, l'échevinage ordonne

« que l'on signifiera aux capitaines des quartiers de la ville qu'il leur est enjoinct de visiter promptement les maisons des habitans de leurs quartiers pour cognoistre les armes qu'ilz ont et en faire mémoire, et de leur enjoindre d'en avoir chacun selon sa qualité en peine d'amende, et de se trouver aussy avec leurs armes en cas d'alarmes de nuict aux lieux et endroictz spécifiés par les ordonnances sur ce faictes. »

Le dimanche 1er juillet, jour des bans, l'avocat de la ville rend compte des procès pendants ; puis le mayeur reçoit le serment ordinaire des employés de la ville, et des égards qui viennent d'être élus par chaque corps de métier.

La Chambre prend ensuite les deux résolutions ci-après : « Sur ce que M. le mayeur a remonstré que depuis quatre jours en ça M. le Gouverneur luy avoit dict que à cause de la sortie de la plus grande partie des soldatz de la garnison il estoit nécessaire de faire doubler la garde par les habitans, ensuitte de quoy il avoit faict doubler les bandes desd. habitans et faict faire trois corps de garde sçavoir trois sur les rempars et celuy de la ville, ordonné que l'on continuera de faire la mesme garde jusqu'à nouvel ordre.

« Comme pareillement a esté ordonné que

quatre eschevins se transporteront par toutes
les maisons des habitans pour cognoistre les
armes qu'ilz ont et leur enjoindre d'en avoir
selon leur qualité et sufisance dans huictaine
en peine d'amende. Pourquoy faire ont esté
nommés Mes Quentin Dournel, Regnault Machecré, Robert Ducroc, et Jacques de Frémicourt, auxquels est enjoinct d'en faire
mémoire. » (1)

10 juillet — Un marché est passé entre
M. Charles de Patenay, écuyer, seigneur de
Septoutre, commis au contrôle des fortifications de Péronne, au nom de M. De Noyers,
et Pierre Viniez, maître charpentier en
ladite ville, pour la fourniture de trois mille
poteaux de bois de chêne de sept pieds de
longueur « qui seront sciés d'hérette, ayant
quatre poulces de quarré pour estre employés
au parachevement des fraizes du faulxbourg
de Brethaigne... et de quattre guérittes de
mesme grandeur et ordonnance que celle
quy est sur le bastion royal de bon bois de
chesne...» Le tout devra être placé sur les
remparts dûd. faubourg dans le mois, au prix
de six sols par pièce pour les poteaux, et
de 95 livres pour chaque guérite.

13 juillet. — Autre marché avec Charles

(1) Reg. aux résol. BB-17.

Haudicourt, marchand de bois, pour la livraison, dans le même délai, d'une semblable quantité de poteaux de chêne et de quatre guérites, destinés aux remparts du faubourg de Bretagne, moyennant 7 sols par pièce pour les poteaux, 18 sols par toise pour les chenets, et 85 livres par chaque guérite, à la charge d'achever celle du bastion royal et de fournir les clous (1).

Nous avons dit précédemment que la déclaration de guerre à la Maison d'Autriche-Espagne avait été publiée, au nom du roi de France, sur le marché de Péronne le 5 juillet 1635. Le jeudi 12, le ban et l'arrière-ban étaient convoqués (2). Le procureur fiscal est chargé, le lendemain, par l'échevinage, de communiquer aux gens du roi

(1) Minutes de l'étude de M⁰ Ducroc, aux dates ci-dessus indiquées.

(2) Tous ceux qui possédaient des fiefs relevant immédiatement du roi, composaient le ban, et devaient le service militaire à ce titre ; l'arrière-ban comprenait ceux qui détenaient des arrière-fiefs et qui devaient hommage aux vassaux directs du roi. Les convocations du ban et de l'arrière-ban, depuis l'organisation de troupes régulières, n'avaient plus lieu que dans des circonstances exceptionnelles. Les tenanciers qui ne pouvaient pas marcher à l'ennemi étaient soumis à une taxe spéciale.

les chartes qui en exemptent les habitants de la ville de Péronne (1).

Le procureur fiscal remontre ensuite « qu'il estoit besoing de faire bonne garde à présent, attendu que la garnison estoit fort faible et qu'il estoit nécessaire de faire des dizaines et d'y faire aller toutes sortes de personnes de quelque qualité et condition qu'elles soient, ecclésiastiques, jeunes gens et autres, selon qu'il est accoustumé d'estre faict en temps de guerre... Ordonné que l'on fera des dizaines pour aller au guet de nuict sur les remparts au corps de garde des Naviages auxquelles l'on commandera toutes sortes de personnes, tant ecclésiastiques, bourgeois et habitans et jeunes gens âgés de vingt ans sans exception de personnes, privilégiez et non privilégiez. Pourquoy a esté ordonné à Pierre Dassonvillé, fourrier de la ville, de commander cejourd'huy lad. dizaine en peine de soixante solz parisis d'amende, à laquelle dizaine il y sera commandé seize personnes. »

En cas d'alerte de jour ou de nuit, les bourgeois en armes devaient se rendre sur certains points de rassemblement déterminés

(1) V. aux Annexes ces chartes d'exemption du ban et de l'arrière-ban, octroyées par Philippe de Bourgogne le 8 juillet 1436, et par François Ier en février 1537 et le 11 juin 1643.

à l'avance. La ville était divisée, au point de vue militaire, en dix quartiers ou secteurs, commandés chacun par un capitaine, un lieutenant et deux sergents, à l'exception des quartiers de l'Hôtel-de-Ville et du Beffroi placés sous les ordres directs du colonel et du lieutenant-colonel de la Bourgeoisie, avec un capitaine, commandant en second. Les anciens mayeurs, le capitaine de la bourgeoisie et des canonniers devaient se trouver auprès du commandant en chef pour recevoir ses instructions générales.

Les dix quartiers de la place, non compris les faubourgs, étaient les suivants : 1. Hôtel-de-Ville ; — 2. Beffroi ; — 3. Bastion de Vendôme ; — 4. Porte-Neuve de Saint-Sauveur ; — 5. Bastion Royal ; — 6. Bastion de Richelieu ; — 7. Porte de Paris ; — 8. Bastion de Sainte-Claire ; — 9. Bastion de Hangard ; — 10. Sainte-Claire (1).

L'intendant des finances De Noyers ayant, par lettre du 10 juillet, ordonné de faire vendre les foins et avoines « quy sont ès magasins du roy, pour suppléer aux dépenses

___

(1) V. *Coutumes, ordonnances et usages locaux de la ville de Péronne*, p. 190 et suiv., Règlement de 1674 pour la milice bourgeoise, reproduisant celui du 13 avril 1638. Péronne, Quentin, imp. 1879-1880.

de la guerre. » Messieurs députent, le dimanche 15, l'échevin Robert Ducroc « pour aller trouver led. De Noyers et luy remonstrer la grande conséquence de lad. vente et les inconvéniens quy en pourroient arriver, attendu que l'on a peu dépouillé de foin ceste année et qu'il y a grande apparence de ue guère recueillir d'avoine, et que sy Sa Majesté en avoit cy-après besoing l'on n'en pourroit recouvrer pour de l'argent. » (1)

« Le 25 juillet aud. an, sur quelques différends arrivés entre M. de Blérancourt et Messieurs de la ville, comme lesd. sieurs de la ville l'estoient aller voir chez luy, en voulant frapper M. le mayeur il auroit donné un soufflet à honorable homme Claude Vaillant, lieutenant de l'échevinage, dont on auroit dressé procès-verbal, et comme on estoit sur le point d'aller se plaindre en cour, led. sieur de Blérancourt auroit déclaré qu'il estoit fasché de cela, comme appert par les actes quy en ont esté dressés. » (2)

Les voies de fait auxquelles s'était porté le gouverneur de Péronne atteignaient la population tout entière dans la personne de ses élus. Un soulèvement populaire et une lutte sanglante entre les bourgeois et la gar-

(1) Reg. aux Résol. BB-17.
(2) Ms. Dehaussy.

nison, heureusement peu nombreuse à cette
époque, étaient à redouter. Il fallait qu'un
acte de brutalité aussi inouï ne restât pas
impuni. Le mercredi 25 juillet, la nouvelle
et l'ancienne loi, avec les mayeurs des six
mairies, se réunissent en assemblée générale à l'hôtel-de-ville :

« En laquelle assemblée a esté remonstré
par Monsieur le mayeur qu'ayant cejourdhuy
sur les sept heures du matin faict assembler
Messieurs de la ville en sa maison pour
leur faire entendre ce quy estoit arrivé la
nuict entre Monsieur le gouverneur et luy
sur les rempars, sur ce que les sentinelles
des habitans quy estoient sur lesd. rempars
avoient arresté ledict sieur gouverneur parce
qu'il voulloit passer sans donner l'ordre,
ains qu'il le vouloit recevoir, encore que
cela n'eust esté jamais observé, ledict sieur
gouverneur auroit envoyé chez luy dire que
Messieurs de la ville l'allassent trouver en
la maison de Mᵉ François Desmonceaux eschevin où il est logé, ce qu'ayant faict et
estant dans sa chambre ledict sieur gouverneur auroit présenté une ordonnance qu'il
avoit faict pour faire faire tous les jours
incontinent après l'assiette du guet une
ronde-major, visiter les hommes et les armes
quy seroient aux corps de garde, recevoir le
mot et luy rendre compte de tout par le

sergent-major de lad. ville ou autre qu'il
ordonneroit, et sur ce que il luy avoit voulu
représenter que cela ne s'estoit encore observé, led. sieur gouverneur tout en cholère
luy auroit dict qu'il estoit un sot et le voulant frapper, Mᵉ Claude Vaillant s'estant
voulu mettre au devant, ledict sieur gouverneur luy auroit donné deux soufletz et quelques coups de poing au corps, pourquoy ilz
auroient esté contrainctz de sortir hors la
chambre pour éviter sa furie, à quoy il estoit
besoing de pourveoir.

« L'affaire mise en délibération, et prins
advis de tous les assistans, a esté résolu que
l'ordonnance de mond. seigneur de Blérancourt sera exécutée par provision, en attendant que nous aurons règlement du roy ou
de Nosseigneurs de son conseil, et au regard
des voyes de faict par luy commises, a esté
ordonné que l'on en dressera procès-verbal
pour l'envoyer au roy affin d'en avoir raison.
Pourquoy faire a esté députté M. le mayeur,
Mᵉ Claude Vaillant, lieutenant, et Mᵉ Robert
Ducroc, eschevin. »

Ensuitte la teneur de lad. Ordonnance :

« Nous, seigneur de Blérancourt, gouverneur et lieutenant général pour le roy à
Péronne, ordonnons et commandons que le
sergent-major du roy en lad. ville, ou pour

son absence ou maladie, celui à quy nous
l'ordonnerons, ira tous les jours incontinent
que l'assiette du guet sera faicte, faire la
ronde major, visiter les hommes et les
armes quy seront au corps de garde, recevoir le mot, et nous rendre compte de tout,
ainsy que le service de Sa Majesté et la
seureté de la place le requiert. Faict à Péronne ce 25ᵉ jour de juillet 1635. Ainsy
signé : DE BLÉRANCOURT. Et plus bas : par
mondict seigneur : *de Cacherois.* »

« Et à l'instant Monsieur le mayeur a remonstré qu'il avoit oublié à proposer que
ledict sieur gouverneur avoit faict mettre et
constituer prisonniers les deux habitants qui
l'avoient arresté sur les remparts ; a esté
arresté puisque led. sieur gouverneur les
avoit faict constituer prisonniers qu'ilz y demeureront tant qu'on les fera sortir. Dont il
sera faict mention dans le procès-verbal quy
en sera dressé. »

« *Dudict jour, deux heures de relevée, en
pareille assemblée générale.*

« Monsieur le mayeur a remonstré qu'ensuitte de la résolution cejourd'huy matin par
nous faicte on avoit députté vers Monsieur
le gouverneur Mᵉˢ Quentin Dournel, Regnault Machecré, Jacques de Frémicourt,
eschevins, avec les advocat et procureur de

la ville, pour luy porter l'acte de résolution
par lequel a esté arresté que l'ordonnance
en question par luy faicte touchant la ronde
major sera exécutée par provision, ledict
sieur gouverneur leur auroit dict qu'ilz feis-
sent entendre à Messieurs de la ville tant de
nouvelle que antienne loy qu'il désiroit doresnavant estre adverty de toutes les assemblées quy seront faictes en la chambre de la
ville et qu'il deffendoit d'en faire aucune
que au préalable on ne luy en eust donné
advis, et que on luy rende responce de la
résolution quy sera sur ce faicte, laquelle
remonstrance mise en délibération et prins
advis.

» A esté arresté, attendu qu'il ny a aucunes chartres, ordonnances ny édictz quy
nous obleigent à donner advis audict sieur
gouverneur des assemblées quy se font en
la chambre du conseil de la ville, et que
nous sommes en possession de n'avoir jamais
appellé aucun gouverneur en pas une assemblée, que ledict sieur gouverneur sera suplié
d'avoir pour agréable que nous nous main-
tenions en nostre possession et qu'on luy
remonstrera et fera entendre les jours quy
sont ordinaires pour tenir assemblée et
rendre la justice afin qu'il s'y trouve sy bon
luy semble. »

Le jeudi 26, nouvelle assemblée générale,

en laquelle « Mc Quentin Dournel, premier
eschevin, a remonstré que le jour d'hier,
allant prendre l'ordre au château, Monsieur
le gouverneur luy avoit dict qu'il s'estonnoit
fort de ce que Messieurs de la ville avoient
députtez vers le roy pour avoir raison de ce
quy s'estoit passé ledict jour entre luy et
eux, néantmoings puisque cela estoit qu'il y
alloit aussy envoyer Messieurs de Forteau et
de Mandy quy estoient tesmoings oculaires
de ce quy s'estoit passé, et toutes fois sy
l'affaire se pouvoit terminer à l'amyable
qu'il le désireroit et feroit ce quy seroit raisonnable, luy ayant dict qu'il estoit marry
de tout ce quy s'estoit passé et que, à l'advenir il désiroit de vivre en paix et amitié
avec tous Messieurs de la ville tant en
général que en particulier, pourquoy il le
prioit de faire mettre son intention en délibération et faire faire assemblée là dessus
pour suivant icelle se pourveoir ainsy qu'il
aviseroit.

« A l'instant seroit comparu Monsieur
d'Esquencourt en la chambre du conseil de
lad. ville, lequel auroit dict qu'il venoit de
la part de mondit seigneur le gouverneur
dire qu'il estoit marry de ce quy s'estoit
passé entre luy et mesd. sieurs et qu'il le
déclareroit en nostre présence lorsque Messieurs nos députtez seroient de retour, pour-

quoy il nous supplioit de délibérer là dessus
promptement...

« Arresté que l'on se contentera de la
déclaration qu'entend faire ledit sieur gouverneur en son logis chez M⁰ François Desmonceaulx en nostre présence qu'il est marry
de tout ce quy s'est passé, n'ayant autre intention que le bien du service du roy et
désire oublier le passé et nous aymer à
l'advenir comme il a tousjours faict... Ordonné que les députtez vers le roy pour
avoir raison des injures et voyes de faict
portées en nostre procès-verbal seront de-
mandez et que on ne poursuivra plus avant
ladicte affaire. »

L'échevinage rappelle à Péronne le mayeur,
son lieutenant et l'échevin Ducroc, dont le
voyage en cour n'avait plus d'objet, le gouverneur s'étant déclaré prêt à faire amende
honorable. Le lundi 30, l'avocat et le procureur de la ville envoyés auprès de M. de
Blérancourt, rapportent à MM. de la ville
que ce dernier « les supplioit de se transporter chez lui et qu'il leur feroit la satisfaction qu'il avoit promise... Suivant quoy
et à l'instant, nous nous serions transportez
en corps au logis de M⁰ François Demon-
ceaulx où ledit sieur gouverneur est logé, et
estans arrivez dans sa chambre nous y aurions trouvé ledict sieur gouverneur lequel

en la présence de Monsieur d'Esquencourt
et de M. de Forteau, ayant embrassez Monsieur le mayeur et M° Claude Vaillant, lieutenant, auroit dict qu'il estoit marry de tout
ce quy s'estoit passé et nous supplioit de
croire qu'il nous serviroit tous en général et
en particulier comme il avoit toujours faict,
lesquels discours et embrassemens il auroit
réitérez lorsque nous aurions prins congé de
luy et sortis de sa chambre. Dont et de tout
ce que dessus nous avons dressé le présent
acte pour nous servir et valloir en temps et
lieu ce que de raison. »

Le vendredi 3 août, l'échevinage fait
écrire à Messieurs de la ville de Saint-Quentin « pour savoir quel règlement ils avoient
avec leur gouverneur pour ce quy regarde
l'ordre, et, s'il se faict une ronde-major sur
les remparts, par quy, et sy on donne l'ordre
à celuy qui la faict, et sy on donne aussy
l'ordre au gouverneur lorsqu'on faict une
ronde, et sy les ecclésiastiques sont obleigez
à faire la garde personnelle. » (1)

. Les travaux à la muraille adossée à la

_____

(1) Reg. aux résol. BB-17. — « A esté ordonné
comme autres fois que l'on mettera hors de la ville
une nommée Brunette et sa fille et toutes les autres
femmes et filles quy vivent mal, sous trois jours.
Pourquoy est enjoinct aux sergens de lad. ville
de ce faire. »

porte Saint-Sauveur étant achevés, les entrepreneurs Machecré et de Lestocq donnent quittance, devant le notaire Ducroc, à M. Hébert, trésorier général des fortifications, de la somme de cinq mille livres tournois, payée par l'abbé de Saint-Mars des deniers de l'Eminentissime cardinal duc de Richelieu, qui en a fait l'avance pour le service du roi (16 août).

Défenses sont faites, le lundi 20, aux enfants de la ville « de s'assembler sur les remparts et jetter aucune pierre l'un à l'autre ny porter aucun baston à peine d'amende arbitraire, dont les pères en respondront », et aux habitans, le mardi 4 septembre, d'aller à Laon ou de recevoir aucune personne venant de ce lieu « où la maladie contagieuse est grandement » à peine de trente livres d'amende et d'expulsion.

Lundi 10 septembre. — « Le gouverneur ayant faict dire qu'il estoit très nécessaire en ce temps de guerre d'avoir de la paille aux corps de garde, afin que les habitans quy font les rondes de nuict sur les remparts en puissent prendre et porter quant à eux pour l'allumer et en jetter dans les fossez pour descouvrir dedans, ... on acheptera de la paille et les habitans quy feront les rondes du moings aucuns en porteront et en jet-

11

teront dans les fossez ès-lieux les plus hazardeux afin d'y veoir clair. »

Vendredi 14 septembre. — « Les commis aux ouvrages donneront de la pouldre et des balles pour servir aux harquebuzes à croc au capitaine du faulxbourg de Bretagne dont il se chargera pour servir au besoing. Plus on fera faire des gabions pour les poser sur les rempars. »

19 septembre. — L'échevinage arrête « suivant le mandement de Monsieur le gouverneur, que l'on commandera aux habitans de la banlieue de faire la patrouille toutes les nuictz autour de la ville pour le service du roy et le bien de la ville.

« On fera promptement nettoyer et bourber le fossé qui est entre le château et la toûr de Sainte-Claire.

« Sur l'ordre du gouverneur, et attendu qu'il est nécessaire de faire faire la garde de jour et de nuict par toutes personnes, le procureur et l'advocat de la ville iront supplier MM. de Chapitre de faire la garde comme les autres habitans. »

Vendredi 21 septembre. — « Tous habitans iront à la porte en personne lorsqu'ilz y seront commandez et deffences à eux de sortir et quitter la porte à peine d'amende arbitraire, comme pareillement au guet sous peine de pareille amende. En cas de maladie ou d'absence, l'habitant devra se faire remplacer, à peine de quarante sols d'amende.

« Défence aux habitans d'aller à Saint-Quentin ni d'en recevoir personne à cause de la contagion.

« Pour éviter la maladie contagieuse, deffences seront faictes à tous les habitans de tenir en leurs maisons porcqs, lapins, pigeons, canards et oisons... ordre de les tuer dans les trois jours à peine de soixante solz parisis d'amende.

« A esté aussy arresté que l'on ne fera point la foire de Péronne ny en ceste ville ny dans les faulxbourgs ny hors d'iceulx, et sy est faict deffences aux marchands tant de la ville que faulxbourgs d'ouvrir leurs boutiques ce jour-là à peine de dix livres parisis d'amende. »

Mercredi 26 septembre. — M. de Boulan est nommé capitaine du quartier d'Humières, en remplacement d'Adrien Ducroc, démissionnaire à cause de son incommodité et ancien âge; Me Jean Vaillant, conseiller, remplace François Pincepré comme lieutenant du même quartier (1).

(1) Reg. aux résol. BB-17.

27 septembre. — Les sieurs Muet, ingénieur ordinaire du roi, directeur des fortifications de Péronne, et de Septoutre, contrôleur desdites fortifications, au nom de M. De Noyers, passent marché avec Nicolas Jacob, maître charpentier à Péronne, pour les travaux de pilotage à faire, dans le délai de deux mois, « à l'angle de l'espaulle du bastion de Richelieu quy regarde celuy de Vendosme », à raison de 52 livres 10 sols la toise de pilotage.

Les pilotis, de douze à treize pieds de longueur, et davantage, s'il en était besoin, devaient être « bastus et hissés au refus du mouton, avec huict ou dix hommes pour hausser et lever ledit mouton, » et recouverts de deux plate-formes posées l'une sur l'autre, de cinq et quatre pouces d'épaisseur (1).

Les habitants de la banlieue ayant refusé de faire la patrouille de nuit autour de la ville, l'échevinage arrête, le 28 septembre, « qu'on leur commandera de rechef ladicte patrouille en peine de prison. »

Lundi 1er octobre. — Les habitants qui seront de garde personnelle à la porte sont requis de placer une sentinelle devant leur corps de garde, à peine d'amende arbitraire.

(1) Étude de Me Ducroc, notaire à Péronne.

Mᶜ Romain Regnart, président en l'élection, est nommé capitaine du quartier d'Humières, au lieu de M. de Boulan (1).

Lundi 8 octobre. — « Sur le refus faict par Messieurs de Chapitre de faire la faction personnelle de porte et guet comme les autres habitans en ce temps de guerre pour le service du roy et seureté de la place, Messieurs arrestent que l'on députtera à M. le duc de Chaulnes, gouverneur général, afin d'avoir ordonnance sur ce subject afin qu'ilz y soient obleigez comme ilz ont tousjours faict en cas pareil. »

Des lettres de cachet, en date du 25 juillet 1635, avaient en effet ordonné que « les doien, chanoines et chapitre fissent un corps de garde la nuict composé de dix hommes, et en outre quelque faction le jour, ainsy qu'il se praticque ès ville de Soissons, Laon et autres lieux. »

(1) *Mercredy 3 octobre 1635.* — « A esté arresté pour le bien de la ville et le proffict du publicq que l'on fera faire un moulin à vent sur les rempars aux despens de la ville; pourquoy sera prins deniers à constitution de rente pour achapt du bois, des mœules et des fers. » L'adjudication au rabais est ordonnée. — *Vendredy 5 octobre.* — « Ordonné que l'on fera appeler les brasseurs pour eux veoir condamner en l'amende pour avoir brassé et faict de la bierre depuis la Sainct-Jean sans avoir appellé un juré. »

Le gouverneur, M. de Blérancourt, rendit le 12 octobre l'ordonnance qui va suivre, visée par la résolution ci-après qui enjoint au Chapitre et aux autres ecclésiastiques de Péronne de se rendre en personne à la garde de jour et de nuit qui leur serait commandée par l'échevinage :

Nous, seigneur de Blérancourt, gouverneur et lieutenant général pour le roy des villes et chasteaux de Péronne, Montdidier et Roye, sur ce qui nous a esté représenté par les mayeur et eschevins de la ville de Péronne, qu'à raison de la guerre où nous sommes à présent il nous pleust ordonner pour le service du roy et la conservation de la ville de Péronne que les douze chanoines chapelains de S¹-Fursy et tous autres ecclésiasticques des paroisses de ladicte ville ayent à faire la garde de jour et de nuict comme font les bourgeois dudict lieu et ainsy qu'ilz ont faict cy-devant en semblables occurences, ce que dessus mis en délibération, avons ordonné que lesd. Doien chanoines chapelins de Saint-Fursy et autres ecclésiasticques des paroisses dud. Péronne iront en personne à la garde de jour et de nuict qui leur sera commandée par lesd. mayeur et échevins et à quoy faire y seront contraincts par toutes voyes deubes et raisonnables et par amende arbitraire. Faict à Péronne le treiziesme jour d'octobre mil six cens trente cinq. *Signé:* BLÉRANCOURT, *et plus bas:* par mondict seigneur : DE VIVARET.

Le lendemain, le duc de Chaulnes adressait

au gouverneur de Péronne la lettre suivante, concernant le même objet :

Monsieur, j'ay réglé ce qui se passa à la dernière monstre qui a esté faicte à Péronne. Pour ce qui regarde Messieurs du Clergé et chapitre pour la garde de la ville, je croys qu'ilz doibvent faire la mesme chose que à Sainct-Quentin, et contribuer de ce qui dépend de leur soin et de leur bien pour la conservation d'icelle, n'estant pas raisonnable qu'ilz soient plus exemps que les autres aussy ne doibvent-ilz pas refuser quelque garde, je m'asseure que vous les y porterez. Cependant je demeureray, Monsieur, vostre très humble et très affectionné serviteur.

Signé : CHAULNES.

Du camp d'Entre-Bois-sur-Solre, ce 13 octobre 1635.

En marge de cette missive, le duc a écrit cette note : « nous nous sommes aprochez de ceste frontière pour asseurer le pays et pour empescher les desseins de nos ennemis. » (1)

(1) Les contestations soulevées à tort par le chapitre de St-Fursy pour échapper à une obligation commune à tous les citoyens d'une même ville, (V. à ce sujet, aux annexes, une ordonnance de Jean de Bruges, gouverneur de Picardie, du 7 septembre 1508 et une lettre du maréchal de Saint-André, lieutenant général de la même province, du 19 juin 1555) furent momentanément éteintes à la suite de la lettre suivante, écrite par le secrétaire

Lundi 15 *octobre*. — Messieurs, ayant obtenu du gouverneur une ordonnance qui obligeait toutes personnes, y compris les ecclésiastiques, à la garde de jour et de nuit, envoyèrent l'avocat de la ville vers le cha-

d'Etat, M. de La Vrillière, au gouverneur de Pé-ronne : « Monsieur, il y a quelques jours que les députez de la ville de Péronne et celuy du chapitre estans venus icy sur le différend qu'ilz avoient eu à cause des gardes de la ville, après qu'ilz meurent représenté leurs raisons de part et d'autre, ceste affaire fust réglée de la sorte par le consentement qu'ilz y apportèrent, sçavoir que Messieurs de chapitre donneroient six hommes seulement pour former un corps de garde la nuict en temps de nécessité, et lorsque les garnisons ne seront suf-fisantes pour la garde de la ville, que les bourgeois et Jeunesse seront contrainctz de faire les dizaines comme ilz ont faict aux nécessitez passéez et de plus que les magistrats n'empescheront les mercenaires d'aller à ladicte garde pour lesd. du clergé en payant le salaire accoustumé, le tout à l'extreme nécessité. Il a donc esté de mon senti-ment que cet ordre fust suivy, lequel comme on le vouldroit peut estre estendre plus avant ou l'interpréter d'une autre façon, j'ay esté bien aise de vous en donner advis par ceste cy afin que vous y faciez telle considération que vous jugerez estre du bien du service du roy et de la seureté de lad. ville. Sur ce, je vous baiseray très humblement les mains et vous supplie de croire que je suis tousjours, Monsieur, vostre très humble et affec-tionné serviteur. LA VRILLIÈRE. De Paris, le 26 novembre 1635. »

pitre de Saint-Fursy, afin qu'il ait à y satisfaire. Le doyen répondit que cette décision
était prise au préjudice de leurs privilèges
« et qu'ils se portoient pour appelants d'icelle
et se pourvoieroient au Conseil ; et ce dict
par ledict sieur doien, M° Nicolas Paille.
chanoine dud. Sainct-Fursy auroit dict que
MM. de la ville estoient des mocqueurs, à
quoy a esté respondu par led. advocat que
lesdicts sieurs n'estoient mocqueurs, ains
qu'ilz faisoient ce qui estoit du service du
roy et qu'il avoit tort d'user de ces discours.
Ensuite de quoy et suivant les conclusions
dud. advocat, nous avons ordonné nonobstant lad. response que lad. ordonnance sera
exécutée. »

Un meunier du Ronssoy, Jacques Hérouart,
offre de construire à ses frais un moulin à
vent sur les remparts, à la charge par lui de
payer une redevance annuelle de 150 livres
à la ville, à laquelle le moulin appartiendrait
au bout de trente-six ans (1).

« L'advocat de la ville remonstre qu'il est
très-utile et nécessaire pour le bien de la
ville et du public de construire led. moulin,
attendu que les grands moulins d'icelle ne
sont suffisants pour mouldre les grains des
habitants ayant iceulx dès y a longtemps esté

(1) V. *Suprà*, page 181, en note.

contrainclz de faire mouldre leurs grains
ailleurs par faulte et manquement d'eaue
et mesme que depuis six mois ou environ
il y a eu une telle disette d'eaue que lesd.
habitans ont eu recours pour leurs nourritures aux moulins fort éloignez. »

La requête d'Hérouart est accordée, mais
pour dix-huit années à compter du jour de
Pâques 1636, à la redevance de trois cents
livres pour chacune des neuf dernières
années seulement, la première période étant
exemptée de tout loyer, et avec interdiction
de chasser dans le ban des grands moulins
sous les peines portées en la coutume (1). Ce
moulin à vent fut construit sur la plateforme
de la rue du Sac. (Résol. du 18 février 1636).

Mardi 14 *novembre*. — L'échevinage
arrête « que l'on fera faire plusieurs *aise-
mens* sur les rempars pour éviter l'infection
quy pouroit arriver à cause de la grande
multitude de soldatz quy sont en garnison
en ceste ville. »

Vendredi 16 novembre. — Une assemblée

---

(1) V. *l'ordonnance des Moulins*, prise par
l'échevinage en exécution de la charte de Philippe
VI (mars 1336), dans nos *Coutumes, ordonnances
et usages locaux de la ville de Péronne avant 1789*,
pages 129 et 130.

générale a lieu, dans laquelle l'ancienne et la nouvelle loi, les mayeurs des six mairies et plusieurs notables bourgeois et habitants décident qu'une députation sera envoyée en cour et qu'une requête sera présentée au Conseil pour demander la décharge de certains droits nouveaux qu'on prétendait, au préjudice des franchises et priviléges de la ville, imposer à Péronne sur les cuirs, poisson de mer, pied fourché, pied rond, papier et bière.

L'assemblée entend ensuite les « remontrances des fermiers des entrées, huictiesme, grandes et petites aydes, et sol pour pot des vins ; ils exposent que des soldats de la garnison, tant français que suisses, s'immiscoient de vendre du vin en détail sans payer aucune ferme, ruinant par ce moyen les droictz du roy et de la ville au préjudice de tous les hostellains... » Il est arrêté qu'on se pourvoira devant M. Isaac de Laffemas, maître des requêtes et intendant de la justice en Picardie. En attendant, défense est faite aux habitants de la ville et des faubourgs, ainsi qu'à toutes autres personnes d'aller boire et quérir du vin dans les caves des soldats, à peine de trente livres d'amende, la moitié au dénonciateur (1).

(1) Reg. aux résol. de la ville, B B-17. — « Lad. année (1636) MM. de la Ville ont obtenu

Enfin, il est ordonné « que les advocat et procureur de la ville iront vers le chapitre afin de sçavoir s'il veut satisfaire à l'escript et accord faict par M. le doyen et Alliémard, chanoine, avec Me Quentin Dournel, Henry Aubé, et François Desmonceaux, eschevins, deputez estant à Paris, touchant la garde qu'ils doivent faire ensuite du commandement de M. de la Vrillière, secrétaire d'Estat. sinon leur déclarer que ou leur commandera la garde de jour et de noict, conformément à l'ordonnance de M. le gouverneur, sçavoir quatre à la porte et quatre au guet. »

Lundi 19 novembre. — Le nommé Pierre Blin, charron au faubourg de Bretagne, est autorisé par la ville à faire bâtir sur trente-six pieds de terre en largeur et seize en longueur, auprès de la pointe ou fourche des deux pavés qui conduisent aux deux portes de ce faubourg. La moitié du bâtiment sera affecté à son logement. Quant au surplus, il servira de boutique ou à tout autre usage qu'il lui plaira, pendant le jour, et de corps

un arrest du conseil par lequel deffenses sont faites à tous capitaines et autres officiers qui seront en garnison à Péronne d'y faire entrer aucun vin ni faire vendre et débiter en détail par leurs vivandiers que en payant les droicts. » (Ms. Debaussy).

de garde pour y mettre les habitants durant la nuit. Cette concession lui est faite à perpétuité, à la charge de cinq sols de cens annuel à la ville, et des réparations.

Lundi 26 novembre. — « Le mayeur remonstre qu'un gentilhomme, nommé le baron de Sériac, estant en ceste ville depuis deux mois ou environ, logé en l'hostellerie de Sainct-Nicolas (1), s'estant garni de battons et de pistollets, accompagné de ses gens et de quelqu'un de la garnison, seroit allé au logis de François Dumont, maître cordonnier en ceste ville, pour l'assassiner, ce qu'il eust faict s'il n'eust été empesché par plusieurs habitans quy y seroient couru avec leurs armes et faict évader led. Dumont quy n'a laissé de recevoir plusieurs coups de battons et s'y estant aussy trouvé pour empescher qu'il ne s'y feist aucune sédition, led. sieur de Sériac luy auroit présenté le pistolet le chien abaissé pour l'en tuer... » A raison de ces faits, l'échevin de Frémicourt et l'avocat de la ville sont envoyés auprès de M. de Laffemas, intendant de Picardie, pour en obtenir justice.

(1) Cette hôtellerie était tenue, comme nous l'avons dit plus haut (page 30) par Louis Quentin, qui a laissé des mémoires manuscrits sur Péronne.

Le 29 novembre, l'échevinage, prenant en considération l'état de guerre dans lequel on se trouvait alors, et la grande surcharge de garnison qui en était la conséquence, décida « qu'on signifiera au chapitre que les dix-neuf maisons canoniales seront billetées, pour y loger en l'une un capitaine, en une autre les lieutenant et cornette, et en chacune des autres restantes quatre cavaliers avec deux lits, auxquels ils fourniront écuries suffisantes en dedans le lendemain, dix heures du matin. » En cas de refus, la ville billetera elle-même ces maisons, qui sont celles de messieurs Paille, Regnart, Dollé, Cheny, Grand-Varlet, Hiérosme Dournel, Roussel, Letellier, Dollé chantre, Cordel, Chocquel, doyen, Levasseur, Lamand, Musart, Claude de Franqueville, Nicolas de Parviller, Alliémard, Batelet et Francelle.

Le lendemain, vers dix heures du matin, Mᵉ Claude de Franqueville, chanoine, comparaît en la chambre, et supplie messieurs de la ville au nom du Chapitre, de suivre l'accord fait avec eux, et aux termes duquel les chanoines ne devaient que douze chambres, attendu qu'ils ne peuvent fournir davantage. Messieurs, arrêtent que, quant à présent, les maisons de MM. Dollé, chantre, Grand-Varlet et Dollé seront seules billetées, mais que le Chapitre sera tenu de faire bâtir des chambres à gens de guerre pour loger à l'avenir comme les autres habitants.

A la même date, une ordonnance du gouverneur enjoignait au Chapitre de fournir quatre chambres complètes et des écuries, en dehors de celles qu'il devait en vertu d'une transaction de 1633 (1).

(1) Aux termes d'une transaction passée le 8 mars 1633 devant le notaire Ducroc, en présence du chevalier d'Argenlieu, lieutenant du roi à Péronne, entre Antoine Choquel, doyen, Antoine Dollé, chapelain de l'oratoire du roi et ancien chantre, Gallois, Alliémard et Nicolas Paille, procureur, tous cinq prêtres chanoines de Saint-Fursy, d'une part, et noble homme Robert Chocquel, conseiller du roi, son procureur au gouvernement et prévôté de Péronne, mayeur, Claude Vaillant, lieutenant de maire, Louis de Parviller et Louis Le Caron, licenciés ès-lois, advocats, échevins, assistés de Me Jean Bertrand, procureur fiscal de la ville, d'autre part, le Chapitre s'était obligé à fournir « douze chambres et escuries bonnes et convenables, pour le logement des soldatz (gens de guerre à cheval, hommes d'armes, chevau-légers ou carabins) qui entreroient en garnison en lad. ville, avec les meubles, linges et ustencilz accoustumez. » Il n'était pas tenu de loger les chefs, et ne devait le logement que dans le cas où il y aurait six compagnies de gens de pied réunies en garnison à Péronne. sans y comprendre la compagnie ordinaire du château. De plus, les chanoines s'étaient réservés la faculté de se billeter eux-mêmes, la Ville ne conservant ce droit qu'en regard des curés, chapelains

Martin Caudron, habitant de la rue des
Naviages, est autorisé, le lundi 10 décembre,
par la ville, à construire à ses frais un moulin a vent sur les remparts. La durée de sa
jouissance est fixée à dix-huit années, au
loyer annuel de cent cinquante livres.
Défense lui est faite de chasser dans le ban

et autres ecclésiastiques des paroisses urbaines. —
Un arrêt du Conseil du 20 juillet 1640, rendit cette
transaction exécutoire. Une résolution capitulaire
prise, bien tardivement, (le 29 décembre 1643)
désavoua les particuliers chanoines qui avaient signé l'acte de 1633, comme étant contraire aux
droits, privilèges et immunités ecclésiastiques,
dans lesquels le Chapitre prétendit avoir été
maintenu par arrêt du Conseil du 26 mars 1642,
comme tout le clergé de France, avec décharge
de tous logements militaires, suivant le règlement
en usage dans les villes frontières Cet arrêt avait
été obtenu par les chanoines, autorisés à se pourvoir en conseil par ordonnance de l'assemblée
générale du clergé de France, réunie à Mantes.
Une autre ordonnance, rendue le 20 janvier 1641
par l'intendant de Picardie Le Maistre de Belle-
jame, avait exempté le Chapitre des fournitures
« d'ustencilz bois et chandelles » pour la cavalerie
logée dans les maisons canoniales, tant à cause de
ses privilèges que par suite du défaut de jouissance de ses bénéfices pendant l'invasion étrangère. Au cours de l'hiver 1642-1643, une
compagnie de cavalerie, composée de quarante
hommes, fut logée chez les chanoines. Le 3 décembre 1643, une ordonnance de M. Jacques de
Chaulnes, intendant de la justice en Picardie,

des grands-moulins, et de moudre pendant
la nuit sans permission (1).

déchargea le Chapitre de la contribution. Enfin,
par arrêt définitif du Conseil d'Etat, rendu à Paris
le 16 mars 1644, la transaction de 1633 et l'arrêt du
20 juillet 1640 furent déclarés exécutoires, et
défense fut faite aux chanoines d'y contrevenir, à
peine de tous dépens et dommages-intérêts.
L'original de ce dernier arrêt, sur parchemin
scellé en simple queue du grand sceau de cire
jaune, figure avec les autres titres que nous venons
d'analyser, au livre rouge de la ville de Péronne.

Chaque in-folio des archives de l'hôtel-de-ville
est un témoin irrécusable de l'humeur tracassière
et processive dont était affligé le Chapitre de Saint-
Fursy. Nous avons trouvé l'une des dernières
preuves de ce fâcheux état d'esprit dans un mémoire imprimé en 1737 chez Lottin, libraire (rue
Saint-Jacques, *A la Vérité)* et signifié au nom de
Charles Le Noir, seigneur de Feuillères, Merau-
court, Froymentel et autres lieux, contre le
Chapitre, au sujet d'un droit de seigneurie universelle, c'est-à-dire de haute, moyenne et basse
justice que ce dernier prétendait s'arroger sur la
totalité du village de Feuillères, sous prétexte
qu'il y possédait quelques censives. M. de la Mi-
chaudière était rapporteur dans cette affaire pen-
dante devant la cour du Parlement de Paris : « Le
Chapitre de Péronne, — dit le procureur, M⁰
Horry le jeune, dans ce mémoire, — est connu
depuis longtemps dans les tribunaux, et, pour
ainsi dire, *en possession de faire des procès à tous
ses voisins...* »

(1) La construction de ce moulin sur le bastion
royal fut commencée le 28 avril 1636 (Ms.
Dehaussy).

Le 14 du même mois, Louis Le Caron,
procureur, ayant refusé d'aller prendre
l'ordre de M. le gouverneur, comme capitaine
de la garde, « et ayant dict qu'il ne se soucioit de nostre amende », messieurs de
l'échevinage le condamnent à payer six livres. Cette amende lui est remise le lendemain, sur sa déclaration « qu'il n'avoit pas
usé de tels discours (1). »

1636

Le 22 janvier, « le gouverneur de Cambrai, voulant réprimer les pillages que com-
mettait une troupe d'aventuriers picards et
artésiens, organisée dans ces contrées sous
la conduite d'un chef audacieux nommé
Marotel, chargea le sieur de Maugré, officier
reconnu par son intrépidité, du commandement d'un corps de troupes, pour aller
débusquer ces maraudeurs jusque dans leur
retraite d'Honnecourt. Cet officier fit sauter
la porte à l'aide de la poudre et démantela
les travaux de fortifications. (2) »

De leur côté, les garnisons espagnoles de
l'Artois livraient la Picardie à des ravages
systématiques : « le 24 janvier, celle de Ba-

(1) Reg. aux résol. BB-17.
(2) Ad. Bruyelle, *Ephémérides du Cambrésis*,
p. 15 — Cambrai, Simon imp. 1852.

paume réduisit en cendres le village de Frégicourt, près Combles ; dans la nuit suivante, elle incendia également Suzanne, et s'avança jusque sur les hauteurs qui dominent Bray. (1) »

Les représailles ne se firent pas longtemps attendre : des troupes sorties de Péronne livrèrent aux flammes le Transloy et Rocquigny, sur la frontière d'Artois ; et le duc de Chaulnes, gouverneur de Picardie, marchant à son tour contre la ville de Bapaume, qu'il voulait enlever au commandant Desprets, envoya Puget, capitaine et grand bailli du marquisat d'Ancre, avec cent carabins, quarante mousquetaires et quelques chevau-légers, tendre une embuscade aux Espagnols, auxquels il tua beaucoup de monde. Quelques jours plus tard, Bois-Renaud, sortit également d'Albert avec trois cents hommes, pour se rendre devant Bapaume (2).

Le 8 mars, les habitants de Ham présentèrent au roi en son conseil une requête, demandant décharge de la taxe des poudres et salpêtres, vu la grande dépense qu'ils

---

(1) H. Josse, *Histoire de la ville de Bray-sur-Somme*, p. 110, Amiens, Douillet et Cⁱᵉ, imp. 1882.
(2) L'abbé de Cagny, *Hist. de l'arr. de Péronne*, I, 317.

étaient obligés de faire pour la garde de la ville (1).

Le lundi 14 avril, l'échevinage de Péronne enregistre une lettre royale, datée de Saint-Germain-en-Laye, le 24 février, et nommant le sieur Alexandre de Fescamp, sieur du Plessis, comme sergent-major de la place, en remplacement d'Antoine Le Blond, sieur de Piencourt.

Le duc de Chaulnes annonce la prochaine arrivée à Péronne, pour y tenir garnison, de la compagnie de chevau-légers du sieur de Belleforière, au lieu de celle du sieur de Lignières, qui venait de quitter la place. Le 27, dans la crainte d'une surprise, le maréchal gouverneur de la province qui, dès l'année précédente, « avait fait enlever de la citadelle d'Amiens la plus grande partie des armes et des munitions qui s'y trouvaient, pour les transporter dans son château de Chaulnes et les soustraire aux ennemis » (2) enjoignit à l'échevinage, après avoir inspecté les lieux en personne, par lettre enregistrée le lendemain « de mestre et establir à la porte du faulxbourg de Bretaigne trois hommes par chacun jour de marché pour prendre

(1) *Documents relatifs à l'histoire de Ham*, E. Quentin, imp. 1875.
(2) L'abbé de Cagny, *Hist.* I, 620.

garde à ladite porte et empescher qu'aucuns
estrangers n'y entrent sans estre arrestés,
comme à ce qu'aucuns paysans ou autres
personnes sans estre cognus puissent entrer
par la porte dudict faulxbourg avecq armes
lesquelz pour cest effect seront visitez et leurs
armes mises dans le corps de garde.

» Il n'entrera personne par ceste porte
avecq charette chargée ny chevaux chargez
sans estre visitez.

» Nous avons aussy trouvé à propos, —
ajoute le gouverneur, — pour la seureté
dudict faulxbourg, pendant que le marché se
tiendra, d'establir un corps de garde de cinquante Suisses quy seront tirés de la garde
quy est à la porte de Saint-Quentin pour mestre
au milieu dudict faulxbourg dans le cimetière
de l'église Nostre-Dame où ilz demeureront
sur les armes pendant que le marché se
tiendra.... laissant le surplus de ladicte garde
sur ladicte porte ou rempart.

» Et sy nous avons encore ordonné que la
garde suisse des compagnies quy est sur la
porte de Sainct-Sauveur descendra au bas
de ladicte porte pour la garder, enjoignant
aux mayeur et eschevins de donner ung lieu
pour mettre le corps de garde. »

Le procureur de la ville notifie, le vendredi 9 mai, aux capitaines des soldats tant
français que suisses l'arrêt du conseil contre

eux obtenu par lequel il leur est fait défense d'avoir aucuns vivandiers en leurs compagnies.

Quelques jours plus tard (le lundi 19 mai) un misérable incident, soulevé par le chapitre de la collégiale, vint de nouveau rompre l'harmonie, alors plus nécessaire que jamais, qui régnait entre les Péronnais : « les chanoines de Saint-Fursy, dit Eustache de Sachy (1), jugeant qu'il ne convenoit pas que les reliques des Saints partageassent les honneurs de la procession du très-saint-Sacrement, convinrent entre eux de n'y plus porter le chef de Saint-Fursy, comme on l'avoit fait jusqu'alors. En conséquence, ils commencèrent dès lors *à interrompre cet usage ;* mais ce ne fut pas sans causer beaucoup de troubles parmi les bourgeois. » Aussitôt le mayeur et les échevins prennent la résolution qui suit : « sur l'advis à nous donné que Messieurs du Chapitre de Saint-Fursy estoient en délibération de ne vouloir descendre la châsse de Saint-Fursy le jour du Saint-Sacrement pour nous empescher de la porter, selon que nous avons accoustumé, a esté arresté que s'ilz ne font descendre lad. châsse, qu'on les sommera de la descendre, et au cas qu'ils n'y veuillent satisfaire,

(1) *Essais sur Péronne,* p. 288.

que nous n'assisterons pas à la procession, afin de ne préjudicier à nos droictz. »

Les prétentions élevées par le Chapitre étaient d'autant plus mal fondées que, par la transaction du 8 mars 1633 dont il a été parlé ci-dessus, il avait lui-même accordé que « Messieurs de Ville, allans en procession les jours du Sainct-Sacrement et jour de la délivrance du siège de ladicte ville le xj° septembre porteroient selon qu'ilz ont accoustumé la châsse de Sainct-Fursy, patron de ladicte ville, sans leur faire aucun empeschement. » Une assemblée générale des notables, tenue à l'hôtel de ville le mercredi 21 mai, décida en conséquence « qu'on se transporteroit vers M. le gouverneur pour le supplier de voir le Chapitre et lui faire descendre la châsse... »

La démarche de M. de Blérancourt auprès des chanoines resta infructueuse, de même qu'une sommation à eux faite par Claude Ducroc et Jean Bédu, notaires royaux, au nom de l'échevinage, qui, par suite, n'assista pas à la procession. La Ville, après avoir constaté son abstention par une résolution du 2 juin, présenta au gouverneur une requête conçue en ces termes :

« A Mgr de Blérancourt, gouverneur de Péronne, Montdidier et Roye, et lieutenant général pour Sa Majesté esdits lieux.

« Remonstrent les mayeur et eschevins dud. Péronne que de temps immémorial ilz sont en bonne et paisible possession de porter aux processions qui se font les jours du Sainct-Sacrement et unziesme de septembre, jour de la levée du siége mis devant lad. ville par l'Empereur Charles-le-Quint, la châsse de Sainct-Fursy, qui est posée aud. Péronne en l'église collégialle à luy dédiée, en laquelle possession ilz ont esté néantmoings troublez le jour du Sainct-Sacrement dernier par Messieurs de Chapitre de ladicte église qui nonobstant la sommation à eux faicte au nom desd. mayeur et eschevins n'ont voulu faire descendre lad. châsse, et ont par ce moien empesché qu'elle ne fust portée par quatre eschevins selon qu'il est accoustumé, au grand scandal de nostre religion, et au péril d'une émotion populaire, sy à ce ny eust esté par vous et par lesd. mayeur et eschevins diligement pourveu, — A CES CAUSES, Monseigneur, et que ceste possession vous est notoire, pour avoir assisté plusieurs fois ausdictes processions, il vous plaira ordonner que lesd. mayeur et eschevins seront maintenus en icelle et que deffences seront faictes ausd. sieurs de Chapitre de les troubler à l'advenir et d'empescher le port de lad. châsse par lesd. eschevins et vous ferez justice. »

L'ordonnance du gouverneur, que nous reproduisons plus bas, fut signifiée le 13 juin au Chapitre par exploit de Decressonnières, Ledieu et Dupuy, sergents royaux :

« Veu la requeste cy-dessus, attendu que nous avons veu plusieurs fois les eschevins de la ville de Péronne porter ladicte châsse ès-jours mentionnez en icelle, et pour éviter au désordre et émotion populaire qui pourroit arriver cy–après, AVONS ORDONNÉ que lesdictz eschevins porteront à l'advenir lad. châsse de Sainct–Fursy esd. jours de Sainct–Sacrement et unziesme de septembre, et qu'à ces fins lesd. sieurs de Chapitre la feront descendre à l'ordinaire, ausquelz avons faict et faisons deffences de rien innover pour raison du port de lad. châsse tant qu'autrement sera ordonné par Sa Majesté et sans préjudice aux différendz desd. parties pour lesquelz elles se pourvoieront comme bon leur semblera, ce qui sera signifié ausdictz sieurs de Chapitre. Faict à Péronne ce cinquiesme jour de juin 1636. *Signé:* BLÉRANCOURT, et plus bas : par monseigneur: *De Lacherois.* (1) »

(1) Tallemant des Réaux, au n° CCCV de ses *Historiettes,* nous apprend que M. de Blérancourt, lieutenant–général de la cavalerie légère de France, était issu d'une bonne famille de robe : « Ils viennent, dit–il, d'un général des finances qui, à la bataille de Ravenne, demanda une pique à Gaston de Foix, et se battit en homme de cœur. Blérancourt est cadet de M. de Tresmes. (a) Cet homme a voyagé et a même fait des livres de ses voyages... Il avoit épousé mademoiselle de Vieux–Pont (Charlotte, dame d'Annebaut, morte en 1646) qui étoit une femme qui s'étoit mise à étudier... Ce fut cette madame de Blérancourt qui bâtit la maison de Blérancourt en Picardie. On dit qu'elle la fit quasi toute défaire pour réparer un défaut, de peur qu'on ne dît que madame de Blérancourt avoit fait une faute. (b) Elle mourut

(a) René Potier, duc de Tresmes — (b). Blérancourt est un village situé dans les environs de Noyon. Son remarquable château a été gravé par Israël Silvestre, artiste lorrain du XVIIᵉ siècle.

A cette époque, la peste régnait encore à Amiens, Saint-Quentin, Guise et Lihons. L'échevinage fit défense aux habitants de communiquer avec ces diverses localités. Le nommé De Lespine, de Soibotécluse, et sa famille « suspectez de la contagion » furent enfermés chez eux pendant six semaines ; il leur fût alloué 10 sols par jour, durant leur séquestration. (1)

Mardi 24 juin. — LOY RENOUVELÉE.

Mayeur : M⁰ Claude VAILLANT.
Lieutenant : M⁰ Michel Galliot, advocat.
Echevins : Joachim Dorsye, président en l'élection.
Charles Lescars, procureur.
Claude Ducroc, procureur.
Toussaint Leclerc, marchand.
Antoine Journel, avocat.

sans enfants, et son mari ne s'est point remarié. Il n'y a guère d'homme au monde plus avare : il a, dit-on, quatre-vingt mille livres de rente ; cependant il est vêtu comme un gueux. Il ne va plus qu'à cheval... monté sur un gros roussin. A la campagne, pour tout manteau de pluie, il a un manteau doublé de panne, et de petites bottes de maroquin à pont-levis. Il mange sur un escabeau, et fait fort méchante chère. Il disait une fois : « Ah ! cela, c'étoit du temps que j'allois en carrosse... »

(1) Résolution du vendredi 30 mai 1636.

Romain Bouteville, grenetier.
Charles Lefebvre, bourgeois.
Robert de Parviller.
Jean Cornet, marchand.
Esly Mallemain.

Antoine Vaillant, mayeur de l'ancienne
loi, protesta contre l'élection de son succes-
seur ; comme échevin sortant de charge,
prétendait-il, ce dernier ne pouvait être
appelé à la première magistrature de la ville,
les chartes n'autorisant la réélection que
pour le mayeur seulement. Les prud'hommes
réunis n'en maintinrent pas moins leur
vote primitif. Antoine Vaillant renouvela sa
protestation et déclara, lors de la prestation
de serment entre les mains du gouverneur,
interjeter appel de la nomination du mayeur:
M. de Blérancourt passa outre, et reçut le
serment du nouvel échevinage tout entier.

D'après le ms. Dehaussy, le mayeur Claude
Vaillant « étoit un bonhomme » ; et notre
greffier ajoute : « il estoit en ce temps-là
fort au goût du peuple, lequel estoit passion-
nément aveuglé, et c'est tout ; d'aultant qu'il
a esté appellé à la magistrature et faict
mayeur en lad. année 1636 extraordinaire-
ment et contre les conditions portées par la
charte de 1368. Malgré la plainte d'Anthoine
Vaillant, mayeur, qui n'estoit pas aimé, et
qui faisoit ressortir les conditions de la

chartre quy deffendent que l'on soit continué en sa charge deux années consécutives, les eschevins et preud'hommes n'auroient laissé d'ordonner que la nomination tiendroit, et qu'il séroit passé oultre à la nomination des aultres eschevins. Ensuitte de quoy led. M⁰ Anthoine Vaillant auroit obtenu une commission de la Cour pour faire inthimer led. sieur Vaillant, mayeur; mais le passage des Espagnols par la rivière de Somme, la guerre et la peste incontinent arrivés après l'ont empesché d'en faire les poursuites. »

Le dimanche 29 juin, le procureur de la ville remontre qu'il y avait deux ou trois maisons dans le faubourg de Soibotécluse suspectes de maladie contagieuse, « et mesme qu'il y estoit mort le jour d'hier trois corps et aujourd'huy deux, sur le rapport des médecins et chirurgiens. » L'échevinage ordonna la fermeture de ces maisons. Un nommé Routier reçut « par aulmosne » dix sols par jour.

Six mois se sont écoulés depuis que nous avons franchi le seuil de cette sanglante et sombre année 1636, restée mémorable dans nos anciennes annales sous le nom d'*Année de Corbie*. L'heure de la proie va sonner : « Un indicible effroi dans les campagnes. Toute la barbarie des guerres turques : incendie, pillage et massacre. Jean de Werth

remplissait tout de son nom et de sa terreur...
L'ambassadeur d'Espagne obtint qu'à vingt
mille fantassins espagnols qui iraient vers
Liège (sous prétexte d'une révolte) l'Empereur joindrait quinze mille cavaliers sous
Piccolomini et Jean de Werth. Pendant ce
temps, le duc de Lorraine entrait en Bourgogne, et Gallas, autre général de l'Empereur, allait par la Franche-Comté.... Le gouverneur des Pays-Bas, le Cardinal-Infant,
menait l'armée du Nord en France (1er juillet 1636). » (1)

(1) Michelet, *Hist. de France*, XIV, ch. 8. —
Jean de Weert, ou mieux de Weerdt, originaire
de la ville de Weerdt, située dans le Limbourg
hollandais, était né en 1594 ; il mourut en 1654.
Général de l'empereur Ferdinand II, il se signala
en 1634 à la bataille de Nordlingen, battit le
général de Gassion l'année suivante et envahit en
1636 la Picardie, où son nom est resté voué à
l'exécration publique. Fait prisonnier peu de
temps après la reprise de Corbie, il resta quatre
ans en captivité à Paris. Redevenu libre, il défit
une nouvelle fois Rantzau à Dudlingen, en 1642.
On redit encore de nos jours le vieux proverbe :
« c'est du bon temps de Jean de Wert ; je m'en
soucie comme de Jean de Wert », ce qui signifie :
« c'est du temps passé ; je ne m'en soucie plus »,
— par allusion à l'épouvante que ce reître féroce
sema sur ses pas, avant de tomber au pouvoir du
roi Louis XIII. Entré de bonne heure dans le
domaine de la légende — preuve certaine qu'il
terrifia la France du Nord et Paris même en 1636, —

La période française de la guerre de Trente ans était ouverte.

La petite armée royale, auxiliaire des Hollandais, après avoir hiverné dans les Pays-Bas, avait débarqué à Calais dans le courant de mai ; elle comprenait encore une dizaine de mille hommes : « On la fit marcher, dit Puységur (1), dans des quartiers de rafraîchissement. Le régiment de Piémont, qui était beau et fort, eût les deux Andelys dans la généralité de Rouen, et était payé par les Élections. Il n'y avait point de compagnie au-dessous de 90 hommes, et j'en avais 130 dans la mienne. Ils étaient armés de bons mousquets et bandoulières de Hollande, les piquiers avaient des corselets de même que les gardes ; et dans tout ce régiment, aussi bien que dans les autres vieux corps, on en a porté jusques après la bataille de Sedan. (La Marfée, 1641). (2)

son souvenir y restera, grâce à la plume de Victor Hugo, qui, dans son livre *le Rhin* (lettre XII) à propos de sa visite au musée Wallraf, à Cologne, a dit : « On m'a montré une énorme cuirasse qui passe pour avoir appartenu au général de l'Empire, Jean de Wert ; mais j'ai vainement cherché sa grande épée, longue de huit pieds et demi, sa grande pique pareille au pin de Polyphème et son grand casque homérique que deux hommes, dit-on, avaient peine à soulever. »

(1) Mémoires de Puységur, I, pp. 181 et suiv.

(2) Les vieux régiments, au nombre de six à

« Pendant que nous étions en garnison aux Andelys, les ennemis entrèrent en France, et prirent la Capelle qui ne tint que six jours. (1)

cette époque, étaient ainsi appelés parce qu'ils étaient les plus anciens de l'armée ; ils avaient le privilège de ne pas changer de nom lorsqu'ils changeaient de colonel. En 1557, sous Henri II, il n'y avait qu'un seul régiment d'infanterie. En 1610, l'armée en comptait quatre, savoir : Picardie, Champagne, Navarre et Piémont. Ce dernier tint fréquemment garnison à Péronne ; car, le 13 octobre 1605, nous le trouvons cité dans une quittance donnée par Quentin Pylon, contrôleur du prévôt des marchands d'Amiens, à Jean Chéron, trésorier, pour trente livres, « montant de la taxation des gens de pied du régiment de Piedmont à Péronne » ; et, dans un « contract de transaction » passé, le 23 juin 1627, devant Adrien Ducroc et Claude de Waudicourt, notaires royaux, entre le Chapitre et l'échevinage, au sujet de l'hôtel de Sailly, on rencontre encore le nom de Marye de Sailly, veuve dès 1622 de Mathelin de Naigrier, vivant escuyer, lieutenant d'une compagnie de gens de pied du régiment de Piedmont, dont la fille Marye de Naigrier avait fait « son ingression en religion. » Cette famille de Négrier qui, de nos jours a fourni de vaillants généraux à la France, est donc, comme celle du maréchal de Mac-Mahon, alliée à la noble race militaire des châtelains de Sailly-Saillizel, qui portaient : *D'or fretté de sable*, avec la fière devise : *Du plus hault, Sailly !*

(1) La reddition de La Capelle en Thiérache est du 10 juillet, suivant les *Mémoires de Montglat* (I, 141) et le *Journal manuscrit de Jehan Patte*, que nous reproduisons plus loin. *L'Art de vérifier les dates* indique le 9.

Le roi fit jeter quantité de troupes dans Guise, et commanda que l'on fit marcher l'armée que M. le comte de Soissons avait en Champagne, droit à La Fère. (1)

(1) « Richelieu pensait que les régiments rappelés de Hollande, joints aux troupes que commandait le comte de Soissons en Champagne, suffiraient à couvrir la frontière cette année et que, dans le cas contraire, l'armée de Bourgogne aurait pris Dôle assez à temps pour revenir au secours des provinces du Nord. L'ennemi paraissait, d'ailleurs, occupé dans les Pays-Bas d'une importante entreprise. Les Impériaux, les Espagnols et la maison de Bavière prétendaient contraindre les Liégeois à se départir de la neutralité, ainsi qu'avait fait l'électeur de Cologne, évêque de Liége, infidèle à ses engagements envers la France. Les Liégeois n'avaient point été entraînés par le mouvement anti-français de la Belgique et ne se considéraient qu'à grand'peine comme membres de l'Empire. Ils refusèrent de recevoir une garnison impériale. Jean de Weert, général du duc de Bavière, vint, des bords du Rhin, joindre devant Liége le général impérial Piccolomini, qui avait hiverné en Belgique. La ville de Liége se souvint de son ancienne renommée et se défendit courageusement. Richelieu songeait aux moyens de secourir Liége, quand il apprit que les généraux ennemis avaient traité avec les Liégeois, s'étaient contentés de quelque argent et de la promesse faite par Liége de contribuer aux charges de l'Empire, et, réunis aux Hispano-Belges du cardinal-Infant et du prince Thomas, s'avançaient vers la Picardie : une nuée de cavalerie légère, polonaise, hongroise et croate leur était arrivée

Nous reçûmes aussi ordre de S. M. d'y venir, et dans l'ordre nous avions sept logements. Le valet de pied qui me l'apporta me dit que le roi lui avait dit de sa propre bouche que si nous pouvions aller plus vite que les journées qui nous étaient marquées, nous le fissions. J'écrivis sur un billet le temps que j'avais reçu l'ordre, qui était un mercredi à neuf heures du soir. J'envoyai avertir l'autre quartier de se trouver le lendemain à sept heures du matin à trois lieues et demie du lieu où il était. Après avoir joint tout le régiment, nous arrivâmes avant midi, au lieu qui nous était destiné pour coucher. Je dis aux habitans que s'ils voulaient nous donner quelques chariots et charrettes pour soulager nos soldats, que nous n'y coucherions pas. Ils nous répondirent, que très volontiers, et nous donnèrent pain, vin, et

d'outre-Rhin. *Seize à dix-huit mille cavaliers et douze à quinze mille fantassins, avec trente pièces d'artillerie de siège,* entrèrent en France au commencement de juillet, accompagnés d'un manifeste par lequel le cardinal-infant offrait la neutralité aux villes et aux gentilshommes qui refuseraient leur concours « aux auteurs de la guerre », c'est-à-dire à Richelieu, et protestaient de ne pas traiter avec Louis XIII que la reine-mère ne fût satisfaite et tous les proscrits et exilés rétablis dans leurs biens. » Henri Martin, *Histoire de France,* livre LXX.

14

fromage pour leur manger, après lequel nous marchâmes et allâmes coucher au second quartier. Le lendemain nous fîmes la même chose, et le troisième jour nous arrivâmes à Chauny. Je fus à La Fère pour aller à l'ordre. J'y arrivai à cinq heures du soir, et je trouvai que Messieurs de Chastillon, de Chaulnes et de Brézé, étaient allés au-devant de M. le comte, qui devait venir avec ses troupes... D'abord que M. le comte fut arrivé, je me donnai l'honneur de lui aller faire la révérence. Il me dit que je le surprenais, qu'il ne s'attendait pas à nous voir sitôt; et que par la dépêche du roi, nous ne devions arriver que dans trois jours. Je lui répondis que le roi m'avait mandé par le valet de pied qui m'avait apporté l'ordre d'avancer le plus vite que je pourrais, et que j'étais venu doublant mes journées, dînant au premier quartier, et couchant à l'autre. Il m'embrassa, et me témoigna qu'il était bien aise de notre arrivée. Il me demanda si le régiment était bon; je lui dis que oui, et je lui disais vrai. Il me dit qu'il fallait qu'il demeurât à Chauny, et qu'il ne le pouvait pas loger mieux, et qu'il souhaitait que je demeurasse à La Fère ce soir-là. Je lui dis: Monsieur, ne vous plaît-il pas que l'on fasse venir des compagnies pour entrer en garde devant votre logis? Il me répondit qu'il fallait laisser

reposer les soldats. J'envoyai un officier que
j'avais amené au régiment, leur porter le
mot et l'ordre de ne bouger de Chauny. Le
soir, je me trouvai au coucher de M. le
comte... Il me dit : Puységur, je sais que
vous êtes un honnête homme, un brave
homme, et qui savez bien votre métier.
Voici une grande guerre qui se va allumer ;
je me vois à la tête des armées du roi, je
serais bien aise qu'il ne m'arrivât point
d'accident pendant le temps que j'aurai
l'honneur de les commander ; et pour empêcher que cela n'arrive, j'ai besoin de me
précautionner, et de prendre avis de gens
qui soient habiles ; j'ai jeté les yeux sur
vous. Je vous prie, si vous voyez que je fasse
quelque chose qui ne soit pas bien, soit dans
les ordres que je puis donner, soit dans les
disputes qui peuvent arriver dans les troupes, ou dans ma façon de vivre avec les
officiers, de me le dire hardiment. Enfin je
vous demande votre amitié, et veux que vous
soyez mon ami. Je lui dis que j'étais son très
humble serviteur, et qu'il n'avait pas besoin
de mes avis, qu'il en savait plus que moi. Il
me répondit qu'il voulait que je lui accor-
dasse ce qu'il me demandait. — Monsieur,
je vous promets de le faire, jusqu'à ce que
je connaisse que vous ne le trouviez pas
bon.

» Le lendemain, il vînt un trompette de
Monsieur le Prince Thomas, qui commandait
l'armée de Flandres, et qui, ayant déjà pris
la Capelle, était venu camper devant Guise.
Cela aurait fait connaître qu'il voulait l'assiéger, mais que voyant la quantité de troupes que le roi y avait mises, il ne l'avait osé
faire. On avait effacé dans la date du passeport, le mot : *devant*, et l'on avait mis : *près
de Guise*. Je dis à Monsieur le Comte qu'on
se jetterait sur quelque autre place, et qu'on
n'assiégerait pas Guise ; ce qui arriva : car
les ennemis assiégèrent le Castelet, qui ne
tint pas un grand temps. Le roi envoya une
dépêche à Nargonnes d'aller trouver Monsieur le Comte, pour lui donner escorte, et
lui faciliter l'entrée du Castelet ; son ordre
portait que s'il voyait que le gouverneur se
voulût rendre, sans y être forcé par les ennemis, il le fît arrêter, et le tuât, se servant
des troupes qui étaient dans la place, qui
n'étaient point de la morte-paie, pour y tenir
bon. Il fut assez heureux pour y entrer, et
le lendemain assez infortuné pour servir
d'ôtage, dans la capitulation qui fut faite du
gouverneur avec les ennemis. La place étant
rendue, il revint à l'armée, et fut mis entre
les mains du chevalier du guet, qui le fit
conduire en prison, où il demeura l'espace
de quatre ou cinq ans. »

La nouvelle de la prise de la Capelle, dont le gouverneur s'était rendu, sans attendre l'assaut, sous la pression des habitants saisis de panique, s'était propagée avec la rapidité de la foudre : « Le vendredy 4ᵉ juillet, la nouvelle vint que les Espagnols avions asseigé la ville de La Capelle, là où qu'ils estions en grand nombre. Le lendemain, les suisses sont sorty de ceste ville (Amiens) pour aller au secours de ladite ville, là où que Dieu les assiste et nous aussy. En se tamps la maladie ogmentoit de jour en jour, là où que Dieu nous en veuille préserver s'il luy plaist. Le samedy xjᵉ dudit, les nouvelles vinrent en ceste ville que la ville de la Capelle s'estoit rendue par composition a les Espagnolz au grand regret de la Picardie. Et de là s'en vindre à seiger le Catelet là où ils ne furent environ nœuf à dix jours que la *ville* se rendire par composition (1). »

(1) *Journal de Jehan Patte,* bourgeois d'Amiens, commis de la ferme du huitième du vin, né rue au Lin, en mai 1569, mort le 15 octobre 1652. — Ce journal du naïf chroniqueur picard, qui écrivait le français comme on le parlait alors dans la petite bourgeoisie amiénoise, a été publié dans les Mémoires de la Société des Antiquaires de Picardie, 2ᵉ série, tome IX, 1863, pages 371 et suiv. Ce qui suit le 6 juillet 1617 paraît avoir été ajouté au jour le jour par l'un des enfants de Jehan Patte. — Tous nos historiens locaux ont jusqu'ici

Pendant ce temps, la peste se déclarait aussi à Péronne. Le vendredi 4 juillet, l'échevinage fait défense, à peine d'amende, aux habitans de Sobotécluse « de communiquer ensemble pour éviter le mal », ordonne aux commis aux pauvres « de faire faire quatre loges pour mettre les personnes quy seront entachez de la contagion, ensemble de faire sortir de la ville ceux quy se trouveront entachez de lad. maladie », et décide « que l'on voira Messieurs de Chapitre pour les prier de choisir et nommer un homme d'église pour assister les personnes quy seront entachez de la contagion, et que l'on cherchera un chirurgien. »

Le samedi 12 juillet, Me François de Gauchin, chirurgien des pauvres et de l'hôtel-Dieu, est mandé en la chambre du conseil

---

confondu le Câtelet en Vermandois, que Jehan Patte appelle *une ville*, et Montglat, dans ses Mémoires (I, 142) « une petite place proche la source de l'Escaut », aujourd'hui chef-lieu de canton du département de l'Aisne, avec le Câtelet, dépendance de Cartigny, près Péronne, où se trouvait autrefois un château-fort contemporain des Templiers. C'est le 25 juillet, et non le 24, comme l'a avancé M. l'abbé De Cagny (*loc. cit.* 1,206) que le gouverneur du Câtelet capitula, (*Hist. du règne de Louis XIII*, par le P. Griffet, II, 730) bien que les maréchaux de Chaulnes et de Brézé fussent à Saint-Quentin avec un corps d'armée. (H. Martin, *Hist. de France*, chap. LXX).

« pour scavoir de luy s'il vouloit s'enfermer
avec les malades pestiférez quy sont à présent dans le faulxbourg de Soibotécluze et
quy pourront estre dans la ville et iceulx
panser et médicamenter selon qu'il y est
obleigé et que les autres ses devanciers ont
faict. » Sur son refus, la ville fait choix pour
chirurgien à ses gages, de Martin de Gauchin, chirurgien, demeurant au bourg de
Lihons, qui prête serment. Un logement lui
est fourni, ainsi qu'à deux appariteurs. Le
même jour, « maistre Robert Dournel, pres-
tre curé de Roizel, s'est présenté en la
chambre et a offert d'entendre les confessions
et administrer les sacremens aux personnes
infectées de la maladie contagieuse après
l'approbation de sa personne faicte par messieurs de Chapitre à la charge de luy donner
telle récompense qu'il plairoit à Messieurs,
ce quy a esté accepté. » L'échevinage arrête
que, pendant sa mission, ce prêtre sera
nourri aux frais de la ville et qu'il lui sera
fait une chambre au-dessus de la Chapelette,
pour lui servir de logement. Une somme de
trente livres est avancée par l'argentier de
la ville et le receveur de l'hôtel-Dieu et de
Saint-Lazare au receveur des pauvres pour
servir à la nourriture et aux autres choses
nécessaires aux prêtre, chirurgien et appariteurs qui assistent les pestiférés. De nou-

velles défenses sont faites aux habitants
d'aller à Amiens et à Lihons, à peine de
cent livres d'amende. Les maisons de Mᵉ
Claude Ducroc, atteint de la peste, d'Adrien
Ducroc son père et de Jean Capperon, son
beau-frère, sont fermées « à cause qu'ilz ont
hanté et fréquenté le premier, et qu'ilz sont
malades. A esté aussy ordonné que les maisons de Mᵉ Robert Ducroc, David Leleu,
Germain Moislet et Claude Merlin seront
fermées, pour avoir souvent visité led.
Ducroc. » Défense d'acheter et vendre fruits,
de laisser divaguer les chiens, ordre de tenir
les maisons nettes et d'en balayer le devant
trois fois par semaine, défense aussi de conserver des volailles en ville. (1)

Dès le vendredi 11 juillet, les mayeur et
échevins avaient délibéré sur les mesures à
prendre d'urgence pour la sûreté de la place :
« A esté arresté que l'on commandera deux
dizaines aux habitans de la ville toutes les
nuictz tant à ceux quy y sont réfugiez que
autres, et aux jeunes gens capables de porter
armes ; comme pareillement que les lesd.
habitans se tiendront sufisamment armez et
esquippez et munis de pouldre, balles et
mesches pour la défense et tuition de la ville.

(1) Résol. de l'échevinage de Péronne des 4, 11,
12, 14, 16 et 18 juillet 1636.

Plus qu'ilz se garniront et muniront chacun
de picques, pesles, hoyaux, hostes et mandes
pour aller à la corvée lorsqu'ilz y seront
commandez. » Le lendemain, sur les sept à
huit heures du soir, le gouverneur fit enregistrer à l'hôtel-de-ville une commission
donnée par le roi à M. le marquis de Gesvres
« pour commander en ceste ville et chasteau
en son absence, et soubz luy en sa présence. »
M. de Gesvres était capitaine d'une compagnie
des gardes du corps, à la survivance du
comte de Tresmes, son père : cet officier
était le propre neveu de M. de Blérancourt.
La commission royale, datée de Fontainebleau le 8 juillet 1636, porte ce qui suit :
« Ayant eu advis que les ennemis de nostre
Estat ont formé des desseins contre nostre
ville de Péronne, et qu'estant à présent sur
nostre frontière de Picardie ilz pouroient
tenter de les exécuter, nous avons résolu
pour ne rien obmettre de ce quy peut estre
nécessaire pour la conservation et seureté
d'une place sy importante qu'est nostre ville
de Péronne de faire seconder les soins de
nostre cher et bien amé le sieur de Blérancourt, gouverneur d'icelle, par une personne
en quy nous avons une entière confiance...
Ledict sieur de Blérancourt sera bien aise
d'estre soulagé en des occasions où la garde
de lad. place quy est de grande estendue

requiert une vigilance et un travail extraordinaires. »

Le même jour, le gouverneur recevait un
renfort considérable, pour défendre la ville
avec vigueur, en cas de siège. (1)

Le lundi 14 juillet, le sieur de Piencourt
faisait enregistrer à son tour des lettres de
provision, délivrées à Paris le 20 juillet
1624, et qui le nommait capitaine des portes
de la ville, — fonctions qu'il occupait depuis
quelques années déjà. Le 16, l'échevinage
décide « qu'on logera Monsieur de Vignolles (2)
et son train, attendu qu'il vient en ceste ville
pour y commander pour le service du roy,
ensuitte des lettres du roy à nous adressantes du XIᵉ jour du présent mois. » Le
mardi 29, le mayeur ayant représenté « que
M. de Vignolles, lieutenant-général de l'armée du roy en Picardie et commandant à
présent pour le service de S. M. en ceste

(1) De Sachy, *Essais sur Péronne*, p. 288. —
Ce « renfort considérable » consistait en 200
hommes d'infanterie, d'après le même auteur
cité ci-après, page 221.

(2) Le marquis de Vignolles-Lahire, chevalier
des ordres du roi, et lieutenant général de ses
armées, était un descendant d'Etienne de Vignolles, surnommé La Hire (La Colère), le plus
populaire des compagnons de Jeanne d'Arc, et
l'un des meilleurs capitaines de Charles VII.

ville de Péronne, luy avoit demandé du foing
et de l'avoine pour les chevaux de vingt
cavaliers de l'armée du roy a qui il falloit
donner la somme de 48 livres pour nourrir
lesd. cavaliers ceste nuit, attendu qu'ilz
avoient esté faire la descouverte sur les
ennemis », un arrêté de l'échevinage lui
donne satisfaction, mais sans qu'il puisse
tirer à conséquence pour l'avenir.

Chaque jour voyait se resserrer autour de
Péronne le cercle d'investissement par les
Impériaux : dès le 22 juillet, des bandes de
partisans pillaient et incendiaient la paroisse
de Croix, comme en témoigne l'inscription
suivante, gravée sur la pierre, à gauche du
porche latéral de l'église, entre les contre-
forts du pignon : « *Le 22 juillet 1636, quinze
maisons ont été brûlées dans ce village par
les Espagnols.* » On a conservé les noms
des habitants de Croix qui périrent dans ce
désastre. En même temps, l'ennemi désolait
le village d'Ennemain, dont il profanait
l'église et le cimetière. (1)

Le 30, il prit d'assaut le château-fort de
Bruntel, et à la même date sans doute, la
forteresse voisine du Câtelet, puis il s'avança
vers le Mont-Saint-Quentin. Douze cents
hommes, avec douze pièces de canon, mena-

(1) L'abbé de Cagny, *loc. cit.* II, 287-325.

cèrent la place de Péronne de ce côté : « ces
différentes entreprises rappelèrent aux Pé-
ronnois le souvenir du siége que leurs aïeux
avoient soutenu cent ans auparavant, dans
la même saison. Croyant toucher au moment
d'avoir un nouveau siége à essuyer, ils se
préparèrent à s'y signaler comme leurs braves ancêtres. Un de nos ingénieurs voulut
commencer les hostilités : apercevant de nos
bastions, au coin du grand bois de l'abbaye
du Mont-Saint-Quentin, un cavalier bien
monté qui gesticuloit des mains, comme pour
nous braver, il gage que d'un coup de canon
il va le faire voler en l'air, lui et son cheval.
Son canon est braqué à l'instant contre l'in-
solent personnage, il tire et emporte loin
de là le cavalier et sa monture. Il eût l'ap-
plaudissement de tout le monde.

« Cependant de nouvelles troupes ve-
noient se joindre à l'ennemi. Je ne sais s'il
n'y a point ici erreur dans le nombre ; mais
notre journaliste (Louis Quentin) écrit qu'elles étoient composées de 24.000 hommes
d'infanterie et de 24.000 de cavalerie (1).

---

(1) Ces chiffres sont évidemment imaginaires :
le journaliste péronnais s'est complu trop souvent
à grossir les événements et à reproduire, sans
s'assurer de leur véracité, des récits dont les
moindres détails étaient sujets à caution. On trouvera la vérité rétablie dans la citation de Henri
Martin que nous avons faite en note, *suprà*, p. 209.

C'étoit, comme dans le premier siège, beaucoup plus qu'il ne falloit pour réduire
Péronne ; *nous n'y avions que deux cens
hommes d'infanterie, venus tout récem-
ment,* et une multitude de paysans d'alentour
qui s'y étoient retirés avec tous leurs meubles. Les ennemis crurent, avant de former
leurs retranchemens, devoir se saisir du
château de Cléry *(Nul-s'y-Frotte)* ; ils som-
mèrent le commandant de se rendre, en le
menaçant, s'il n'obéissoit, de l'attaquer dans
toutes les formes ; mais une sortie vigoureuse qu'on fit sur eux les mit au point de
renoncer entièrement à cette entreprise.
D'autres Espagnols, s'étant répandus du côté
opposé, après avoir réduit en cendres le
village de Brie, tentèrent de passer la chaussée au-dessous de ce village ; mais les paysans, animés par le désespoir et la ven-
geance, se jetèrent sur eux, armés comme ils
étoient de fourches, de bêches, et les forcè-
rent de se replier vers Saint-Christ. Environ
trente hommes de ces paysans périrent dans
l'action. La douleur que leur causoit cette
perte fut bien diminuée quand ils apprirent
que ceux de Saint-Christ avoient non seulement chassé les ennemis, mais encore qu'ils
les avoient poursuivis à toute outrance, en
leur tuant beaucoup de monde. Les Espagnols, voyant qu'ils perdoient leur temps de

ce côté-là, tournèrent leur marche vers Bray-
sur-Somme. (1).

« La partie la plus grande des troupes, qui
étoit restée au Mont-Saint-Quentin, ne ces-
soit cependant de nous faire des algarades
et des défis auxquels nos soldats ne man-
quoient pas de répondre, et toujours avec
avantage. Jusque-là, les Espagnols n'avoient

(1) Il est certain que les paysans de Brie et de
Saint-Christ ne tinrent tête qu'à une bande de
cavaliers détachée du gros de l'armée du cardinal-
infant pour aller reconnaître les passages de la
rivière. Louis Quentin, dans son journal, le dit
d'ailleurs en termes précis. « Un fort considérable, bâti en tête du premier pont vers l'ouest pour
défendre le passage de la Somme avec celui
d'Happlincourt, existait encore à Brie vers la fin
du règne de Louis XIV : il est indiqué sur la carte
de Guillaume De Lisle.. L'énorme tour qui sur-
monte le portail de l'église de Saint-Christ, flan-
quée d'une tourelle vers le midi, avec meurtrières
percées dans l'épaisseur des murs, avait plus
d'élévation autrefois ; elle servait à défendre le
passage de la Somme. On y voit encore les traces
du feu de l'ennemi qui, sans doute, en aura abattu
le comble, remplacé aujourd'hui par un toit qua-
drangulaire et surbaissé... Un détachement de
l'armée de Jean de Wert, repoussé du village de
Brie, se replia sur Saint-Christ, dans l'espoir d'y
traverser la rivière avec plus de facilité. Mais les
habitants de cette paroisse et ceux des pays circonvoisins les attendaient avec une ardeur toute
guerrière à l'entrée de leur village pour en défendre l'approche. Le clocher eût à soutenir une espèce

pas encore fait jouer leur canon ; ils en tirèrent une vingtaine de coups, sans causer le moindre dommage ni aux murailles ni ailleurs.

« Le gros de leur armée se répandît de côté et d'autre, dans tous les environs ; ils revinrent encore camper au Mont-Saint-

de siège, parce que ceux qui s'y étaient retranchés faisaient un feu terrible sur les Espagnols qui voulaient pénétrer dans le pays. A la vue de tant d'audace, et pour éviter une plus grande perte de ses soldats, le capitaine espagnol fut contraint d'ordonner la retraite, pendant laquelle les guerriers campagnards le poursuivirent avec une rare intrépidité. » (l'abbé De Cagny, d'après le journal ms. de Louis Quentin, I, 187 et II, 644, 649). — La défense de Brie et de Saint-Christ par une poignée d'habitants ajoutait un nouveau fleuron à la glorieuse couronne de la nation picarde, dont la vaillance, contemporaine de Bouvines, était encore si renommée au XIVᵉ siècle qu'un bon curé champenois la célébrait alors dans ce vers barbare :

Isti Picardi non sunt ad prœlia tardi,

de même qu'au lendemain des grandes guerres de Charles VIII et de François 1ᵉʳ, on la trouve de nouveau glorifiée dans le quatrain suivant :

Ne déplaise aux Normands ni à leur compagnie
Si l'on donne l'honneur à ceulx de Picardie ;
Ce sont des gens de mine ayant barbe au menton,
Dont la plus grande part ont tous passé les monts.

(A. de Montaiglon — *Recueil des anciennes poésies françaises*).

Quentin, d'où ils retournèrent vers Bray pour chercher un passage (1). »

L'ennemi était donc décidé à franchir à tout prix la ligne de la Somme ; après avoir tâté le terrain devant Péronne, que, comme Guise, elle trouva résolue à se défendre jusqu'à la dernière extrémité, l'armée combinée des Espagnols et des Impériaux, ne rencontrant en face d'elle, sur la rive gauche du fleuve, que dix mille fantassins et quatre mille cavaliers à peine, avec une artillerie et des munitions insuffisantes, qui comprenaient toutes les forces dont disposaient le comte de Soissons et les maréchaux de Châtillon, de Chaulnes et de Brézé, « se porta tout entière sur Bray, espérant traverser la Somme plus sûrement en cet endroit ; mais le marquis de Fontenay incendia la ville aussitôt qu'il vit l'ennemi s'en approcher, et plaça tout ce qu'il avait de fantassins sous ses ordres dans les maisons les plus voisines de la rivière... Lesquels ayant

_____

(1) De Sachy, *Essais*, pp. 289-290. — L'abbaye du Mont-Saint-Quentin fut entièrement saccagée à cette date. (V. l'abbé de Cagny, *loc. cit.* I, 148). — Les religieux s'étaient retirés, dès 1635, dans le refuge qu'ils possédaient en la ville de Péronne, sous la conduite de Claude d'Argouges, leur abbé commandataire, qui mourut évêque de Saint-Brieuc en 1637. (V. *Chroniques péronnaises*, p. 48).

été renforcés de beaucoup d'autres que
M. le Comte envoya, les remplirent de terre
et s'y retranchèrent, faisant des forts des
deux côtés de la chaussée et une ligne de
communication, à la vue des Espagnols,
nonobstant une batterie de douze canons
qu'ils mirent sur les montagnes, qui tira
trois jours durant comme par salves et (ce
qui est très étonnant) qui ne tua pas vingt
soldats. Les ennemis, voyant qu'ils perdaient
leur temps de s'y opiniâtrer davantage,
furent enfin chercher un passage ailleurs,
et le trouvèrent en un lieu nommé, ce me
semble, Sérizay, où on ne les attendait pas,
et passèrent l'armée entière. Le régiment de
Piémont, qui voulut aller à eux, fut presque
tout défait, le canon ayant rasé tous les
arbres qui le couvraient (1). »

Nous venons de reproduire la narration si
concise que le marquis de Fontenay a consacrée à son opiniâtre défense du passage de
la Somme à Bray (30 juillet-2 août). L'aile
gauche des troupes du comte de Soissons,
composée du régiment de Piémont et commandée par le major de Puységur, l'un des

(1) *Mémoires de Fontenay-Mareuil*, dans les
collections Petitot-Monmerqué, tome L, et Mi-
chaud-Poujoulat. — François du Val, marquis de
Fontenay-Mareuil, né vers 1595, fut ambassadeur
de France à Rome en 1641 et 1646. Il mourut en 1665.

15

meilleurs capitaines de son temps, allait maintenant à quelques lieues de là, se faire glo-
rieusement décimer pour protéger la retraite
de l'armée : « ... Les ennemis descendirent
le long de la Somme, — dit Puységur, — et
vinrent camper à Bray, où nous arrivâmes
aussitôt qu'eux (1). Ils firent une attaque à
Cappy. Monsieur le comte de Soissons y envoya le régiment de Champagne, pour défendre le passage. L'attaque ne dura qu'une
heure, et les troupes qui l'avaient faite étaient
de l'avant-garde des ennemis, qui se retirèrent avec leur arrière-garde. Leur armée
campa six jours entiers sur la hauteur, du
côté de Bray, et la nôtre vis-à-vis sur celle
de deçà la Somme. Nous gardions le moulin
par où ils faisaient semblant de vouloir passer, et les battions avec six pièces de canon.
Nous avions fait un retranchement derrière,
et aux deux côtés. Tous les régiments en-
traient tour à tour en garde à ce moulin. Le
septième jour les ennemis décampèrent sur
les onze heures du soir avec leur avant-garde,
sans battre ni faire aucun bruit, et marchè-
rent droit à Cérisy, qui est un lieu où ils
avaient déjà passé durant les autres guerres (2).

---

(1) *Mémoires de Puységur*, I, pp. 186 et suivantes.
(2) Notamment en 1615, alors que la place de
Corbie était aux mains des Espagnols. (V. Jehan
Patte, *loc. cit.* année 1615).

Ils firent une fausse attaque à Sailly, mais
celle de Cérisy fut véritable (1). Monsieur le
comte m'envoya chercher une heure devant
le jour, et me commanda de faire prendre
les armes au régiment de Piedmont, et de le
faire marcher en diligence à Cérisy. Je cou-
rus aussitôt à ce régiment qui n'était pas
campé loin de là. Je lui fis prendre les armes et descendre la montagne, et en passant
je laissai les drapeaux dans la tente de M. le
comte. Et attendant les officiers, je fis quatre
détachements de ce régiment. Je commençai
par un sergent avec vingt mousquetaires,
soutenu d'un lieutenant, d'une enseigne, de
deux sergents et de quatre soldats ; et tout
cela était soutenu de deux capitaines, deux
lieutenants et deux enseignes, avec six-vingts
hommes : puis un autre corps détaché avec
deux cents hommes, quatre capitaines, quatre

(1) « Michel Le Vassor, auteur d'une *Histoire
de Louis XIII*, s'exprime ainsi : (tome V, p. 181)
Puisque deux officiers (Fontenay-Mareuil et Puységur) *dont les mémoires me sont d'une grande
utilité dans le cours de cette histoire, racontent le
fameux passage de la Somme qui alarma si fort
la ville de Paris, il est d'autant plus juste de rapporter ici leurs relations, que ces gentilshommes
furent présents à l'événement.* Le Vassor reproduit (pp. 183-185) la relation de Puységur, qu'il
appelle « cet officier sincère. » — (Note de l'éditeur des Mémoires de Puységur).

lieutenants et quatre enseignes ; le reste fut
partagé en deux corps qui suivaient ceux-là.
Monsieur le maréchal de Brezé vint à moi,
qui me dit que les ennemis attaquaient
Sailly, où son régiment était, et que je lui
donnasse cent hommes du régiment de
Piedmont pour y aller. Je les tirai de ceux
qui marchaient les derniers de tous. Monsieur
le comte de Tonnerre, maître de camp du
régiment, demanda à Monsieur de Brezé s'il
irait. Il lui dit que oui, sans considérer qu'il
le devait laisser au corps du régiment. Il y
eût aussi de la faute du comte de Tonnerre
de lui avoir fait cette demande. Nous ren-
contrâmes le régiment de Xaintonge qui devait défendre Cérisy, qui s'en revenait, et
nous demanda où nous allions, et que nous
ne demeurerions pas longtemps. Les ennemis
mirent le feu au village qui faisait le grand
chemin pour aller au lieu où ils faisaient le
pont (1) ; cela nous empêcha de suivre cette
route, et nous obligea de prendre sur la main
gauche (2). Je marchais à la tête des Enfants

(1) Il s'agit du village d'Etinehem, qui plus tard
se releva de ses ruines. Il n'en fut pas de même
des deux hameaux de Petit-Hem et d'Hébuterne,
anciennes dépendances de la paroisse d'Etinehem,
qui disparurent depuis cette époque.

(2) Le régiment de Piémont, laissant à gauche
Chuignolles et Proyart, passa entre Méricourt-sur-
Somme et Morcourt, et, ayant à dos ces deux vil-
lages et celui de Chipilly, fit face à Cérisy.

perdus. Nous croyions passer fort à notre
aise, mais nous trouvâmes un grand fossé,
large de douze à quinze pieds. Lorsque le
reste des hommes fut arrivé, et que chacun
fut proche l'un de l'autré, les ennemis nous
tirèrent d'une batterie de huit pièces de canon qu'ils avaient à mi-côte, et nous tuèrent
vingt-cinq ou trente soldats. Je fis marcher
la Rédole, capitaine de Piedmont, qui commandait les Enfants perdus, à une ferme qui
était sur la main droite, avec un pont sur ce
canal. Il y alla.

« Je ne retins avec moi que les hommes
commandés, avec le sergent. Je leur de-
mandai s'ils savaient nager. Il s'en trouva
dix-sept qui dirent que oui. Je leur fis jeter
leurs mousquets avec leurs bandoulières de
l'autre côté, et je passai à la nage avec eux
tout habillé. Après que nous fûmes passés,
quatre cavaliers vinrent à nous avec leurs
mousquetons. Je fis aussitôt appeler six de
mes mousquetaires, qui feignirent de les
coucher en joue, mais ils se retirèrent.
J'avançai un peu plus avant, et aperçus que
les ennemis avaient jeté leurs bateaux dans
l'eau, et qu'ils mettaient les double-âmes
par-dessus. Je retournai à la maison où
étaient ces hommes détachés. Le régiment
commençait d'y arriver, elle fut rasée et mise
par terre en moins d'une demi-heure. Nous

en sortîmes, et cherchâmes quelque lieu pour nous mettre en bataille, mais nous n'en trouvâmes que derrière une chenevière, laquelle en moins d'un rien fut abattue à coups de mousquets. L'armée des ennemis était composée de vingt-sept mille hommes de pied. Il y avait seize ou dix-huit mille mousquetaires qui tiraient, tant sur ceux qui étaient à droite et à gauche du pont, que sur ceux qui étaient le long de la côte. Nous avançâmes dans le chemin qui nous menait au pont, et nous y trouvâmes un fossé qui n'était creux que de trois pieds. Nous y mîmes une partie de nos soldats, qui tirèrent incessamment sur ceux qui faisaient le pont; et dès qu'il y avait un soldat de tué, nous le mettions sur le haut du fossé pour nous couvrir. Nous demeurâmes en ce lieu-là depuis huit heures du matin jusques à huit heures du soir, et il y eût treize capitaines, quatorze lieutenants, seize enseignes, trente-deux sergents, et sept à huit cents soldats tant tués que blessés. Monsieur de Monsoulin, lieutenant-colonel, fut aussi tué; il faisait la charge de sergent de bataille (1),

(1) La charge de sergent de bataille, créée en 1515, paraît avoir été dévolue, à l'origine, à un capitaine, momentanément détaché de son corps, pour faire ranger une armée en bataille sous les ordres du maréchal de bataille ou du sergent-major général de l'infanterie. Plus tard, il fut rem-

et venait pour nous voir. Il rencontra son frère,
capitaine au même régiment, qui avait un
coup de mousquet à travers la tête, dont il
est demeuré aveugle le reste de sa vie... Il
s'en vint à la tête où j'étais, mais le voyant
auprès de moi, je lui dis : Hé mon Dieu, que
venez-vous faire ici, votre charge de sergent
de bataille ne vous oblige point à cela? —
Non, me dit-il, mais l'amitié que j'ai pour
vous et pour le régiment, veut que je pé-
risse ici avec vous autres. — Mon Dieu !
monsieur, allez-vous-en, je vous en prie. Il
me dit : Major, je n'y serai pas longtemps,
je ne viens pas ici pour ôter ton honneur,
chacun sait bien que tu commandes. — Ce
n'est pas pour cela que je vous dis de vous
en aller, lui répondis-je, mais j'ai peur qu'on
ne vous tue. Un moment après, il fut blessé
d'un coup de mousquet dans le corps. Je le fis
emporter de là, et on me tua deux soldats de
ceux qui aidaient à l'emporter. Sur les six
heures du soir, monsieur le comte de Fies-
que vint de la part de monsieur le Comte
pour savoir en quel état nous étions, et si

placé par un sergent-major, dont les fonctions
étaient permanentes. Le sergent prenait le mot des
généraux et le transmettait aux capitaines. Le grade
de sergent de bataille était, en 1636, plus élevé
que celui de mestre de camp. (Général Bardin.
— *Dictionnaire de l'armée de terre*).

les ennemis achevaient leur pont. Je lui dis qu'ils n'y avaient pas travaillé depuis les neuf heures du matin. Il s'enquit de moi combien j'avais encore de gens. Je lui dis que je ne croyais pas qu'il me restât plus de deux cents hommes, et que peut-être dans deux heures il ne m'en resterait plus. Pendant qu'il me parlait, il y en eût sept ou huit tant tués que blessés, et lui reçut un coup de mousquet dans le bourson de ses chausses, qui lui fit entrer deux quadruples dans la cuisse ; ce qui fût cause qu'elle ne fût point cassée.

« Barrière, du régiment de Champagne, vint encore de la part de monsieur le Comte, me dire que j'eusse à me retirer si je le trouvais à propos. Je lui dis : Monsieur, un homme qui est commandé dans une action périlleuse, comme est celle-ci, n'a pas d'avis à donner. J'y suis venu par son ordre, je n'en sortirai point qu'il ne me le fasse commander. Il s'en retourna dire à monsieur le comte ce que je venais de lui dire, lequel m'envoya aussitôt monsieur de Fontenay-Mareuil, maréchal de camp ; qui me demanda en quel état nous étions, et si le pont pour le passage des ennemis était achevé ; que toute la cavalerie qui était dispersée dans des villages à trois ou quatre lieues de nous, était dans le champ de bataille ; que monsieur le comte lui avait donné charge de savoir de moi s'il était besoin de noùs retirer ou non. Je lui répondis : Monsieur, j'ai déjà fait dire à monsieur le Comte que je n'ai point d'avis à lui donner, que je me retirerai quand il lui plaira. Il me demanda combien j'avais encore d'hommes en état de combattre. Pas six-vingts, lui dis-je, et quasi plus d'officiers. Il me commanda de me retirer, ce que je fis, et me mis à la tête, faisant faire demi-tour à droite à ceux qui étaient les plus éloignés. Nous perdîmes encore plus de vingt hommes pendant cette retraite. Je joignis l'armée, et nous marchâmes pendant la nuit, droit au grand et petit Rouy, auquel temps les ennemis achevèrent leur pont, et une partie de leur armée y passa le matin. Monsieur le Comte se résolut de partir de Rouy pour se retirer à Noyon... Les ennemis nous suivirent, et Piccolomini donna sur notre retraite, *mais l'on se défendit fort bien...* Le roi, manda à monsieur le Comte de se retirer à Compiègne, et de jeter seulement quelques troupes dans Noyon (1). »

(1) *V. Mémoires de Puységur*, I, 186 à 196. — Dans la deuxième quinzaine de septembre, des commissaires furent envoyés par Louis XIII dans deux provinces du royaume pour lever des recrues destinées au régiment de Piémont, décimé le 2 août 1636. Il ne restait, dans ce régiment, que sept ou huit officiers en état de servir. *Ibid.* page 200.

Dans le courant du mois de septembre, alors que le roi se trouvait à Senlis avec son armée, Puységur fut envoyé vers lui par le comte de Soissons pour le renseigner exactement sur la situation de l'armée de Picardie. Louis XIII, trompé par de faux rapports sur la conduite du comte lors de la défense malheureuse de la ligne de la Somme, eut avec Puységur un entretien qui jette une vive lumière sur toute la première période de la campagne de 1636, et dont nous reproduisons le texte littéral. Puységur atteste devant le prince que le comte de Soissons l'a fidèlement servi : « Vraiment, il y paraît bien, répliqua le roi ! Avec une puissante armée, l'artillerie et les outils qu'il a, il devrait avoir mieux défendu la Somme qu'il n'a fait. — Sire, pour le passage de la Somme, si vous voulez je vous en dirai la vérité, aussi bien que de la force de l'armée. Nous avons eu tout le choc du passage ; le seul régiment de Piedmont l'a défendu douze heures durant. — Je sais fort bien, Puységur, que votre régiment a bien fait. Je lui dis : Sire, Votre Majesté sait-elle bien la situation de la rivière de Somme, tout le côté du pays de Flandres n'est rempli que de hauteurs, qui règnent tout le long de la rivière, et du côté de France, ce n'est qu'une plaine. La vérité est que nous n'avons jamais eu d'outils, que

ceux que nous avons ramassés parmi les vivandiers, desquels outils nous nous sommes
servis pour défendre le moulin de Bray (1).

« Il n'y avait que six petites pièces d'artillerie, de quatre à six livres de balles (je ne
les nomme pas, parce que le nom n'est pas
beau à coucher sur le papier), il n'y avait ni
poudre ni mèche, on ne voulait pas qu'il y
eût dans un bataillon plus de trente soldats
qui portassent la mèche allumée, quinze
dans une division de mousquets, quinze
dans l'autre, pour les allumer en cas de nécessité ; il n'y avait pas de boulets pour tirer
vingt coups de canon : et quand il y en aurait eu, on manquait de poudre. Il est vrai
qu'on nous faisait espérer de jour en jour
qu'il en viendrait. Pour la force de l'armée,
elle n'a jamais été à dix mille hommes, tant
de cavalerie que d'infanterie. Présentement,
il y en a davantage, parce qu'il y arriva hier
deux régiments d'infanterie, celui de Beauce,
et un des troupes qui ont été levées à Paris,
qui font bien deux mille hommes les deux (2).»

C'est donc dans la journée du 2 août que
fut forcé, à Cérisy, le passage de la Somme.

---

(1) Il s'agit ici, bien entendu, de Bray-sur-
Somme, et non de Bray-lès-Mareuil, comme l'indique à tort l'auteur des *Mémoires de Puységur*.
(2) *Mémoires de Puységur*, pp. 197-199.

La petite armée du comte de Soissons ayant
été contrainte, devant les masses de cavalerie déployées par l'ennemi, de se replier sur
Noyon et Compiègne, pour protéger la ligne
de l'Oise, avait laissé le champ libre à l'invasion : la ville de Bray tomba le 4 au pouvoir de Jean de Wert, qui la livra au pillage,
fit descendre et enlever une des cloches de
l'église, et ravagea Laneuville (1). D'après
le *Journal* de Louis Quentin, deux cents
hommes du régiment de Piémont auraient
été massacrés dans ce dernier village « après
avoir été lâchement trahis par un officier
qui leur aurait fait distribuer des balles trop
grosses, de sorte que quand ils voulurent
tirer il leur fut tout à fait impossible de les
faire entrer dans leurs fusils (2). » Cette
assertion, à laquelle a pu donner naissance,
dans l'affolement de la première heure, le
récit du carnage de Cérisy, doit être consi-
dérée comme apocryphe et reléguée dans le
domaine de la fable, les Mémoires de Puységur et de Fontenay-Mareuil étant absolument muets sur ce point.

La panique est effrayante en effet : d'in-
nombrables troupes de paysans terrifiés se
réfugient en grande hâte dans les murs

(1) Duchaussoy, *Annales de la ville de Bray.*
(2) De Sachy, *Essais*, p. 291.

d'Amiens et de Péronne, avec tout le bétail
et le mobilier qu'ils peuvent arracher aux
griffes de l'envahisseur. Une aussi brusque
agglomération d'hommes et d'animaux amène
une recrudescence de la peste, « laquelle
redoubla d'étrange sorte (1) ». D'autres villageois cherchent sur place un asile momen-
tané dans les « wardes » ou « muches, » ces
souterrains si communs en Picardie, que
leurs pères exposés jadis — comme eux à
leur tour — aux incursions des Normands
au neuvième siècle, des grandes compagnies
au moyen âge et des soudards de toutes les
nations à l'époque de la Renaissance, avaient
creusés de leurs mains — lorsqu'ils n'avaient
pu faire servir au même usage les creutes
habitées par les Troglodytes et les Myrmi-
dons des âges préhistoriques — pour mettre
leurs personnes et leurs biens à l'abri du
pillage, du meurtre et des rançons.

---

(1) *Journal de Jehan Patte*, p. 372 : « Le maicredy 30ᵉ dudict (juillet) les Espagnolz passère à
Bray, là où il avoit esté tousjours empesché de
passer par M. le conte de Soissons qu'ilz y estoit
drès la prise du Chatelet, et s'en vindre ravager
partout le paiis au grand regret de tout la France
et principallement en la Picardye. Tous les paiisans
se réfugièrent en ceste ville à cause des courses
des Espagnolz qu'ilz couroient jusques à Beauvais. »

Le jeudi 5 août, les bourgeois d'Amiens sont commandés de corvée pour élever des demi-lunes à la Barrette, aux portes de Noyon et de Paris, de la Hotoie et de la citadelle (1).

Sur ces entrefaites, Jean de Wert brûle en partie l'église de Mailly, pour venger la mort d'un de ses reîtres, dévaste Forceville, Proyart, qu'il réduit en cendres après l'avoir pillé (2), Sailly-Lorette, Chipilly — qui plus tard se releva de ses ruines à quelque distance de son emplacement primitif, plus heureuse que ses deux annexes (Maigremont et Miserville), entièrement rasées et disparues depuis — et nombre d'autres localités encore, où il sema sur son passage, la terreur et la désolation.

« Tout ceci fut l'ouvrage d'environ huit jours, pendant lesquels on travaillait vigou-

---

(1) *Journal de Jehan Patte*, loc. cit.

(2) La belle église gothique de Saint-Waast, œuvre du xive siècle, fut incendiée et en grande partie ruinée. Recouverte en chaume à cette époque, elle ne fut restaurée que dans la seconde moitié du dernier siècle. (De Cagny, I, 752). — Le bourg de Lihons avait été livré au pillage le 30 juillet précédent. Son église, — déjà brûlée le 21 septembre 1440 par l'Anglais Talbot, puis le 20 octobre 1552 par le comte de Rœulx et la reine de Hongrie, — fut saccagée, ses cloches brisées et enlevées avec les plombs des couvertures.

reusement à fortifier la ville de Péronne. Les
habitants s'y prêtèrent, comme dans le dernier siège, avec une ardeur extraordinaire,
sans distinction de rang ni de sexe... Tandis
que de nouvelles troupes arrivaient de jour
en jour à Péronne, les Espagnols, persuadés
qu'ils ne pouvaient être en sûreté dans la
Picardie qu'en s'assurant de quelques villes,
se présentèrent devant Roye .. (1) » C'était
le 6 août : « l'invasion avait été si prompte,
qu'à peine avait-on eu le temps de se mettre
en défense. Albert Woislausky, gouverneur
de Roye, prend les mesures nécessaires pour
résister aux ennemis. Ceux-ci incendient les
faubourgs et détruisent le vignoble de la porte
Saint-Pierre (2). » Le curé de Carrépuits,
le doyen rural de Nesle, Florent Dreue, quatre notables et d'autres habitants sont tués
par l'assiégeant ; le sieur de Bussy du Ples-
sier trouve aussi la mort en défendant une
tranchée devant la chapelle du cimetière. Le
8, il fallait sortir de la ville pour conduire
un enterrement au champ de repos. Charles
de Broyes, écuyer, seigneur de Haut-Avesne,
lieutenant-général civil et criminel au gou-·
vernement et prévôté de Roye, Antoine
Vasset, prévôt royal, et un notaire dont le

---

(1) De Sachy, *Essais...* pp. 291-292.
(2) E. Coët, *Hist. de Roye*, I, p. 332.

nom est resté inconnu bien qu'il ait été fait
mayeur par les impériaux (1), en avisent secrètement ces derniers, qui se ruent sur le
convoi et pénétrent dans la place au cri de :
Ville gagnée ! Tout est mis au pillage, les
habitants sont rançonnés, les archives de
l'échevinage, du bailliage et les minutes du
notaire sont mis aux flammes : « les villages
de Beuvraignes, Biars, Balâtre, Omancourt,
Herly, Rethonvillers, Marché - Allouarde ;
Gruny, Champien, perdirent les cloches de
leurs églises, qui furent brisées et emportées
par les ennemis ; Verpillères, Billancourt,
Damery, Wailly, Le Montel, Cressy et So-
lente furent brûlés (2). »

Nesle tente à son tour une résistance inutile : elle est emportée dès la première attaque. Les bandes de Piccolomini et de Jean
de Wert font irruption dans la place et la dé-
vastent. Le donjon carré du château seigneurial est démantelé.

Pendant que l'ennemi rôde sur les deux
rives de la Somme, en quête d'une proie diffi-
cile à saisir, l'échevinage de Péronne continue de prendre toutes les mesures néces-

---

(1) Ce traître fut rompu vif sur la place d'Amiens,
le 27 octobre 1636, après avoir été convaincu
d'avoir favorisé la prise de sa ville.
(2) E. Coët, *loc. cit.* p. 334.

saires « pour la défense et tuition de la cité. » Le lundi 4 août, il ordonne « qu'on prendra le moulin à vent estans sur la plate-forme de Humières pour mouldre le bled pour mettre ès-magasins de la ville » et le 11 « que du bled sera fourny par les munition-naires aux ouvriers quy travaillent aux forti-fications, en déduction de leurs salaires. » Les commis aux ouvrages sont chargés de faire monter les moulins à bras qui sont dans les magasins et de faire établir des planchers pour supporter les pièces de canon. Une somme de trente livres est allouée « aux deux canonniers quy sont venus de Paris pour travailler aux cannons pour ayder à leurs nourritures (1). »

Maîtres des principaux passages de la Somme, les Impériaux, dont les éclaireurs, croates et hongrois, parcouraient déjà l'Ile-de-France jusqu'à Beauvais et Pontoise, pou-vaient, par une pointe hardie, pénétrer dans Paris sans rencontrer d'obstacles (2). La

(1) Reg. aux résol. BB–17.

(2) Il est vrai que l'armée ennemie avait dû fon-dre notablement en chemin, les hordes de pillards qui en composaient la majeure partie s'en déta-chant chaque jour pour aller mettre leur butin en lieu sûr. En outre, la Hollande, dont Richelieu al-lait acheter le concours par un nouveau traité, n'était pas sûre, et menaçait la Belgique. Le prince

grande ville était frappée de stupeur. Richelieu lui-même proposa à Louis XIII de se retirer sur la Loire. Mais, ce jour-là, le roi fut
plus grand que son ministre, et refusa
d'abandonner sa capitale. De son côté, l'ennemi, comme Annibal, ne sut pas mettre à
profit ses premiers succès. Tandis qu'une
aile de son armée, sous les ordres de Jean de
Wert, s'arrêtait aux sièges de Roye et de
Nesle, le gros des Espagnols, avec le prince
Thomas, marchait prudemment sur Corbie,
dont il voulait s'emparer pour se ménager un
poste solide sur la Somme (1).

Cette importante forteresse se rendit le
15 août, après huit jours de siège. Le général ennemi, pour reconnaître la place, usa
du stratagème suivant : il envoya de grand
matin un capitaine du régiment de Piémont,
blessé, et qu'on n'avait pu emporter sur le

Thomas avait donc de puissantes raisons pour ne
pas s'aventurer trop avant, d'autant plus que les
provinces commençaient à se lever en masse.

(1) D'après Montglat (*Mémoires*, I, 145) et le P.
Griffet (II, 742) les Espagnols attaquèrent Corbie
après la chute de Roye. Puységur (I, 197) dit le
contraire : « *Pendant* le siège de Corbie, les ennemis prirent Roye... » Ce dernier a raison, puisque
la reddition de Corbie (le 15 août) date du huitième jour de siège, ce qui en fait remonter l'investissement au 7 août ; et nous avons vu que la
chute de Roye eut lieu le 8 du même mois.

champ de bataille de Cérisy ; « il le fit mettre dans un carrosse pour le conduire à Corbie. Le postillon et le cocher étaient deux
ingénieurs... » Pendant que l'on ouvrait les
portes de la ville, ces espions relevèrent les
dehors de la place, puis pénétrèrent à l'intérieur, et revinrent au camp après avoir reconnu la position (1). « Et l'Espagnolz te-
noient la ville de Corbye asseigée de fort
près. Le jœudy 14e dudict oust, il fut envoié
ung capitaine de la part de M. de Scaucourt,
lieutenant pour le roy en la Picardye, qui
estoit dans Corbye, assisté du trompette du
prince Tomas qui tenoit la ville de Corbie
asseigée, par lequel il se rendoit par composition de sortir harme et bagage, trois pièces
de cannon. O la grande treisone qu'il y avoit
en la France, de rendre de telle place en sy
peu de temps ! La ville de La Capelle en
huict jours et le Catelet que nœuf jours, et la
rebelle de tout, quy est Corbye, se rendre en
huict ou nœuf jours. Le surlendemain samedy 16e, sur les quatre à cincq heures
d'après-midy, M. de Scaucourt revint de
Corbye en ceste ville (Amiens) avecq la garnison. S'il vous eusiez veu le désastre qu'il
y avoit en ceste ville de voir tout cela, attendu que l'on croioit estre vendu, mesme

(1) Puységur, *Mémoires*, 1, 196.

les bourgeois de ceste ville s'enfuire de ceste
ville pour leurs en aller les uns à Rouen,
les autres à Dieppe, enfin l'on ne savoit où
se sauver.

« Le jœudy ou vendredy ensuivants, il
vint un courier de par le Roy par lequel il
faisoit commandement de happréhender
M. de Scaucourt. Mais on le fict fuir, disant
qu'il s'en alloit à Calais (1).

« En se tans, la maladie continuoit de plus
en plus que c'estoit la plus grande pitié du
monde à voir la maladie sy espouvantable et
la guerre quy ruinoit tout (2) ».

(1) Le comte de Soyécourt, seigneur de Tilloloy
et du fief de Roye, était fils de Pontus de Belleforière, gouverneur de Corbie et signataire de la
Ligue, et de Françoise de Soyécourt, qui, par son
mariage en 1580, lui avait apporté en dot les immen-
ses domaines de la maison de Soyécourt-Mailly.
Ce seigneur ne soutint pas le glorieux renom de
son père, qui, au début du règne de Henri IV,
trouva la mort au précédent siège de Corbie. Sa
capitulation de 1636 lui valut d'être condamné,
par un conseil de guerre tenu par le roi à Amiens,
à être tiré à quatre chevaux, ce qui fut exécuté en
effigie, le coupable, dont la tête était mise à prix,
ayant fui en Angleterre. Le même arrêt ordonna
que son château et ses maisons seraient rasés, et
ses bois coupés à hauteur d'homme ; le 22 novembre, les gens de justice procédèrent à ces travaux de destruction dans les domaines de Tilloloy, Carrépuits, Conchy, Guerbigny et autres lieux.

(2) *Journal de Jehan Patte*, pp. 372-373.

Le jour même de la reddition de Corbie (15 août), l'échevinage péronnais étant en séance, le mayeur représenta « qu'il avoit veu cejourd'hui matin monsieur le marquis de Vignolles, lequel luy auroit dict qu'il estoit nécessaire d'advancer le plus que l'on pourra les travaux et fortifications encommencées, et que pour ce subject il estoit besoin de cotiser les habitans, et davantage qu'il estoit d'advis que l'on députast quelqu'un du corps pour aller trouver le roy et luy donner advis de ce qu'il se passe en Picardie... » Il est en conséquence arrêté « afin d'advancer les travaux et fortifications encommencées, que l'on fera une taxe sur les habitans selon leurs facultez les ungs à vingt solz par jour, les aultres à dix et les aultres à cinq pour le temps qu'il sera trouvé à propos... comme pareillement que l'on députtera quelqu'un du corps vers le roy pour luy donner advis de l'estat de ceste ville et de ce qu'il se passe en Picardie. Pourquoy a esté députté l'advocat de la ville; et ensuitte de ce, il est ordonné que en cas qu'il soit pris par l'ennemy, que la ville payera sa rançon. »

Instruit par l'expérience du siège de 1536, au cours duquel la trahison du meunier de Belzaize avait failli livrer Péronne au lieutenant de Charles-Quint, et dans la crainte

que les grands moulins ne pussent plus suffire à l'alimentation publique, l'échevinage
décida le lundi 25 août, comme suite à sa
résolution du 4, « que les deux moulins à
chevaux du faubourg de Bretagne, appartenant à Pierre Guyot, Philippe Hutellier et
Anthoine Théry, brasseurs, seroient placés
dans la salle noire de l'Hôtel-Dieu pour
mouldre pour le public jusqu'à nouvel
ordre. »

Pendant ce temps, les coureurs allemands
continuaient à battre l'estrade aux alentours
de Péronne : le dimanche 24 août, ils captu-
rèrent le nouveau chirurgien de la ville,
Martin de Gauchin, qui se rendait aux loges
établies au-dessus de la Chapelette pour
visiter les pestiférés confiés à ses soins. Le
29, l'échevinage arrête « que l'on contri-
buera la somme de cent livres pour la rançon du prisonnier (1). »

Moins heureux était Jean de Wert du côté
de Roye qu'il occupait. Dans l'une de ses
reconnaissances au midi de la place, il se fit
battre le 18 août par une poignée de Mont-
didériens commandés par un sieur de Mau-

(I) Vers la même époque, les Espagnols tentèrent de s'emparer du château de Nul-s'y-Frotte,
mais le commandant du fort fit contre eux une
sortie vigoureuse qui les obligea de s'éloigner. —
(*Journal ms.* de L. Quentin).

repas ; le 24, cinquante cavaliers impériaux
et autant de fantassins étaient de nouveau
défaits par le lieutenant du gouverneur de
Montdidier, M. de Bracquemont, qui, à la
tête de quelques habitants, en tua dix, et
ramena douze prisonniers avec des chariots
attelés. L'ennemi, ayant voulu reprendre ses
équipages, s'avança jusque dans le faubourg
de Montdidier, où il essuya une déroute complète (1).

Les maire et échevins de Péronne veillent
sans cesse à l'approvisionnement des bourgeois et des troupes, Les munitionnaires
reçoivent l'ordre, le vendredi 5 septembre,
« de faire mouldre tout le bled quy se trouvoit au grenier des munitions pour le mettre
en farine, suivant l'ordonnance de M. de
Bellejamme, intendant de la justice en
Picardie, du 3, pour servir à l'armée du
Roy. » Dans la séance du 1er septembre,
sont reçus comme canonniers les nommés
César Leconte, tailleur d'habits, Pierre Denis,
tonnelier, Jacques et Grégoire Jacob, charpentiers, et le 5, Grégoire Ségard, menuisier,
et Mathieu de Misery. M. Robert de Parviller est nommé enseigne de la milice bourgeoise, (charge qui, en temps de paix, con-
férait à son titulaire l'exemption du guet) en

(1) E. Coët, *loc. cit.* I, 338.

remplacement de Claude Ducroc, procureur et notaire royal, mort de la peste.

Le mercredi 10 septembre, en assemblée générale, le mayeur représente que *la veille* « il avoit esté mandé avec quelqu'un des eschevins par M. le marquis de Vignolles, commandant en ceste ville pour le service de S. M. (1), et estans acheminez en son hostel ils auroient trouvé les corps du Chapitre, de la Justice, de l'Eslection et du Magazin (juridiction du grenier à sel) où estans assemblez led. sieur de Vignolles

(1) Cet extrait du registre aux résolutions de l'échevinage nous semble réduire à néant l'anecdote suivante, que rapporte le chanoine de Saint-Léger (*Essais...* p. 292) au sujet d'une prétendue capture du marquis de Vignolles par les Impériaux : « *Le lundi 8 septembre*, les généraux ennemis s'approchèrent des murs de Péronne, et ayant aperçu le marquis de Vignolles *prêt à entrer dans la ville* (a), ils se saisirent de lui et de tout son bagage. A l'instant tous les bourgeois prirent les armes pour l'enlever à l'ennemi ; mais le marquis, voyant cinquante soldats à ses trousses, ordonna à ces généreux habitants de se désister de leur entreprise, et ceux-ci, par obéissance, revinrent sur leurs pas, bien fâchés de n'avoir pu signaler leur courage dans une si glorieuse occasion. »

(a) Nous avons vu plus haut que M. de Vignolles avait pris possession de son commandement de la garnison péronnaise dès le mois de juillet. (V. page 218, Résol. des 16-29 juillet 1636).

auroit représenté qu'il estoit nécessaire pour
le service du Roy et du bien public et fortification de la ville de faire une levée sur
tous les habitans jusques à la somme de
3,000 livres pour estre employées au para-
chèvement des fortifications encommencées.
A quoi ledict sieur mayeur auroit faict responce qu'il ne pouvoit donner aucune résolution que au préalable cela ne fust arresté
et résolu en assemblée généralle.

« .... Il est arresté que l'on fera parachever la demy-lune de Sainct-Fursy estant
entre le château et Saincte-Claire encommencée par les habitans (1) et que pour
cest effect l'on se transportera par toutes les
maisons desd. habitans afin de veoir ce que
un chacun vouldra donner volontairement
pour ce subject, attendu que l'on ne peut
faire aucune taxe sur les habitans sans
lettres du Roy. »

(1) C'est du bastion actuel de Beaugard, (non
compris dans les marchés passés par M. de Noyers),
qu'il est question ici, et non de deux demi-lunes,
« la première entre le château et le bastion Richelieu, la seconde proche le château vis-à-vis Sainte-
Radegonde » comme le dit le chanoine de Saint-
Léger. (Essais... p. 292). D'ailleurs, De Sachy ne
paraît pas avoir connu l'emplacement exact du
bastion de Richelieu, puisqu'il le confond avec le
bastion de Vendôme, qui flanquait la porte Saint-
Sauveur.

Le onze septembre, le mayeur annonce à l'échevinage qu'une lettre royale ordonnait à la ville de fournir la subsistance aux deux compagnies des capitaines Averin et Sticker, alors en garnison à Péronne, conformément au réglement annexé à ladite lettre. L'avocat de la ville est député vers le roi, et des suppliques sont adressées à Messieurs de La Vrillière, De Noyers et Boutheillier, afin d'obtenir décharge de ces fournitures, « attendu que la ville ny les habitans n'y peuvent en aucune façon satisfaire... »

On pouvait redouter un funèbre centenaire du glorieux siège de 1536 : cependant le peuple péronnais eut le bonheur de voir ses foyers épargnés, et put rendre grâce au Dieu des armées, dans la procession solennelle qu'il fit ce même jour onze septembre, pour la protection singulière dont il avait couvert une fois encore la cité *perpetuo puella* : « précisément au moment où la procession étoit sur le rempart, une petite troupe d'ennemis qui couroient dans le pays parut du côté de Biache et fît mine de vouloir tenter quelque entreprise ; mais sur-le-champ on braqua les canons contre eux et l'on tira plusieurs volées qui les épouvantèrent tellement qu'on ne les vit plus (1). »

(1) De Sachy, *Essais...* p. 295.

Depuis la prise de Corbie, où ils avaient
laissé une forte garnison, le gros des Espagnols s'était retiré en Artois, ce qui, comme
nous allons le voir, permit à l'armée royale
de prendre à son tour l'offensive. La place
de Péronne était désormais à l'abri d'un coup
de main.

Un certificat de l'échevinage, remis au
gouverneur le 12 septembre, constate qu'un
nommé Guillaume Mariez avait séjourné à
Péronne pendant quinze jours pour confec-
tionner des grenades et qu'il venait de
quitter la ville après avoir achevé son travail.
Le 17, il est arrêté que le mayeur et le conseiller Vaillant s'obligeraient envers Mᵉ Regnault Machecré « à le faire payer ce qu'il
conviendra pour la massonnerie quy reste à
parfaire à une des pointes du bastion de Richelieu, du roy, et au cas qu'ils ne puissent
ce faire, ilz le feront payer par la ville... »

« Le maicredy xvijᵉ septembre, on fict
sortir des soldatz de ceste ville (Amiens)
pour aller surprendre le chatieaux de Mo-
rœulx (1), dont il y entrires dedens après
avoir faict pétarder la porte, et en tuires
plusieurs, et amenire le capitaine prisonnier
dont nous en receumes une grande joye.

« Le mardy xvjᵉ, on avoit faict sortir quel-

_____

(1) Le bourg de Moreuil-en-Santerre.

que conpagnies dans des batieaux du Don pour aller mettre le feu au molin de Fouloy, et en tuires plusieurs qu'il ne se gardoies point de cela (1) ».

Comme nous l'avons dit plus haut, Paris et la Cour avaient pris l'épouvante, à la première nouvelle de l'invasion ennemie : « mais le cœur revint vite à la grande cité. Tous les bourgeois se cotisèrent ; toutes les portes cochères s'obligèrent à fournir un cavalier, les petites un fantassin. Tout le jeune bourgeois, à toute force, voulait aller à la guerre. Les volontaires accouraient en foule, le vieux maréchal de la Force s'était établi sur le perron de l'hôtel-de-ville pour recevoir les noms, et la bourgeoisie donna au roi les moyens d'entretenir durant trois mois 12,000 fantassins et 3,000 chevaux. Louis XIII, plus hardi cette fois que Richelieu, avait refusé de se retirer sur la Loire (2). » Trente-cinq mille hommes de pied et 1,500 chevaux réunis dans les plaines de Roye, vers Amy, Roiglise et Verpillières, et commandés par Gaston, duc d'Orléans, ayant sous ses ordres le maréchal de la Force pour lieutenant général, et le comte de Soissons, dont la petite armée avait quitté Compiègne pour opérer de

(1) *Journal de Jehan Patte*, loc. cit. p. 373.
(2) V. Duruy, *Histoire de France*, Ch. LV, § 2.

concert avec les troupes de Monsieur, allaient
sauver la France (1). Le 18 septembre, l'armée
royale se présenta sous les murs de Roye :
« La garnison espagnole ayant refusé de se
rendre, le prince fit immédiatement dresser
des batteries, et foudroya continuellement
les murailles du feu de douze pièces de canon. Une assez grande brèche ayant été faite,
les Français résolurent d'y donner l'assaut ;
déjà quatre cents hommes sous les ordres de
Roger Rabutin, allaient franchir le fossé,
lorsque les ennemis demandèrent à capituler (2). »

(1) D'après Henri Martin (*Hist. de France*, Ch.
LXX), dès le commencement de septembre, on eût
sur l'Oise 25 à 30,000 fantassins, 10 à 12,000 cavaliers et 30 canons. — Avant le 20 août, c'est-à-
dire dix-huit jours au plus après la retraite de
Cérisy, la bourgeoisie parisienne avait déjà équipé
un régiment d'environ mille hommes. Puységur,
rapportant l'entretien qu'il eût à Senlis, avec le
roi, qui venait d'y faire son entrée, *le 16 août*, (t.
I, 198)dit expressément : « ... Il y arriva bien (à
l'armée) deux régiments d'infanterie, celui de
Beausse, *et un des troupes qui ont été levées à
Paris*, qui font bien deux mille hommes les
deux. »

(2) E. Coët, *Hist. de Roye*, I, 334. — D'après
Puységur, témoin oculaire, « Roye se rendit après
avoir souffert vingt ou trente coups de canon. On
fit conduire la garnison à l'armée des ennemis qui
avaient pris Corbie et qui n'en était éloignée que de
deux lieues. » (*Mémoires*, I, 202).

Le gouverneur de Weslau et la garnison sortirent de Roye avec armes et bagages, et rejoignirent sous bonne escorte l'armée des Impériaux. Le 19 septembre au matin, les couleurs françaises flottaient de nouveau sur les remparts de la place (1).

Le plan de Louis XIII était que son armée, laissant à Roye une simple garnison, marchât sans délai sur Corbie et offrit la bataille aux Impériaux près de la frontière d'Artois. C'est du moins ce qui semble résulter d'une lettre écrite par le cardinal de Richelieu à M. de Chauvigny, secrétaire des commandements, et dont voici les termes : « Le Roy eust bien désiré que ceux qui estoient dans Roye eussent reçu un moins favorable traitement, ce quy sembloit nécessaire pour l'exemple, mais cependant il ne condamne pas les raisons que Monseigneur a eues.

« Sa Majesté eust de plus souhaité que, les ennemis se retirant en désordre, l'on eust envoyé une grande partie de cavalerie pour les incommoder en leur passage, ce que le sieur de Vivans a dit au Roy, qui leur eust faict, au jugement de tout le monde, un grand effect.

(1) « Le vendredy xixᵉ septembre, Monsieur le frère du roy vint avecq une puissante armée, et entra dans Roie, qu'estoit tenue des Espagnolz depuis le passage de Bray. » (Jehan Patte, *loc. cit.* p. 373).

» Elle part lundy pour aller à Roye, et pour cest effet, Elle veut que l'on luy laisse sept à huit cens chevaux effectifs, ce quy n'affoiblira ny ne changera le dessein premier de votre instruction, vu que par icelle, vous devez laisser quatre cens chevaux à Roye et autant à Amiens, ce dont l'on vous descharge. Du reste S. M. pourvoiera à tout ce qui sera du deçà de la rivière, estant à Roye (1). »

L'intendant de Picardie, et ceux des armées du duc d'Orléans et du comte de de Soissons réunies, rassemblaient pendant ce temps de grands approvisionnements destinés aux troupes royales. Le mercredi 17 septembre, dans une assemblée des ancienne et nouvelle lois, le mayeur de la ville de Péronne représenta « qu'un commis des munitionnaires de l'armée du roy auroit apporté ordonnance de Sa Majesté et lettres de Mgr le Chancelier afin de prendre tous les bledz quy se trouveront ès greniers et logemens des habitans de la ville en tenant bon controlle de la quantité de bledz quy seront fournis dont on feroit faire estimation sur le pied des trois derniers marchez pour sur icelle les propriétaires d'iceulx estre payez du prix de leurs bledz du fond quy sera or-

(1) E. Coët, *Hist. de Roye*, I, 335.

donné à cest effect... Résolu que l'on répon-
dra aud. commis que la ville est preste à
obéir aux volontés du Roy, qu'on luy fournira du bled tant qu'il vouldra en payant
comptant le prix qu'il sera advisé avec les
particuliers quy livreront du bled, sinon et
en attendant qu'il ait de l'argent et afin que
le service du Roy ne soit retardé que on luy
fournira la farine que l'on a faict faire de
l'ordonnance de M. de Bellejamme en nous
fournissant l'ordonnance de M. de Vignolles
ou de M. le Gouverneur. »

« Le lundy xxii° jour de septembre, sur les
unze à douze heures du matin, Monseigneur,
frère unicque du Roy, commandant l'armée
de Sa Majesté en Picardie, ayant campé à
Pargny, est venu en ceste ville, avec Monseigneur le Conte de Soissons, les mareschaux de La Force et de Chastillon. Messieurs
de la ville ont esté au devant de Son Altesse,
et l'ont attendu à la porte, où estant arrivé,
Monsieur le mayeur luy a faict le compliment
et présenté les clefs de la ville, et estant
entré dans la ville l'on auroit tiré le canon,
et a esté loger au logis de monsieur Regnart
et y auroit séjourné jusqu'au sambedy ensuivant qu'il en seroit party après disné, et
auquel à son arrivée Messieurs luy ont présenté deux demyes pièces de vin en deux
petitz potz. »

D'après le journal manuscrit de Louis
Quentin, Monsieur aurait fait son entrée
dans Péronne le *seize septembre* (ce qui
est inexact), avec *60,000 hommes et 42
canons*. Ces dates et ces chiffres, complai-
samment reproduits par l'abbé De Sachy
(page 295 de ses *Essais*) sont formellement
contredits, tant par les historiens nationaux
que par nos archives locales. En outre, le
chanoine de Saint-Léger, à la suite du vieil
annaliste péronnais, confond ici le premier
siège de Corbie par les Impériaux avec la
reprise de cette place par l'armée royale, et
part de là pour raconter une conjuration qui
aurait été ourdie, à Péronne même, entre
Gaston et le comte de Soissons, *le 16
septembre*, contre la vie du cardinal de
Richelieu. Or, ni l'un ni l'autre ne vint à
Péronne du 8 au 15 août (v. *suprà*, p. 241),
après la retraite du comte de Soissons sur
Senlis et Compiègne. Gaston était alors à la
Cour et non à la tête de l'armée, pas plus
que Louis XIII et son premier ministre ne
se trouvaient à cette époque à Amiens ou
dans les environs. Ce n'est que plus tard,
au lendemain de la reprise de Corbie, qu'un
complot de ce genre, tramé dans le camp
royal même, faillit recevoir son exécution à
Amiens où se trouvait Richelieu, car il
n'apparaît pas que les deux conspirateurs

17

soient revenus à Péronne depuis le 27
septembre 1636, jour de l'entrée de Louis XIII
à Roye. Le duc d'Orléans ne se retira donc
pas à Blois *pour revenir ensuite assiéger
Corbie*, comme l'avance De Sachy, mais
après la capitulation de cette place. Puységur
raconte un incident survenu après la reprise
de Corbie, c'est-à-dire postérieurement au
9 novembre, et qui paraît avoir été l'étin-
celle qui fut sur le point de mettre le feu aux
poudres. Ce récit trouvera sa place ci-après.

Le jour même où Gaston partait de
Péronne pour marcher sur Corbie qu'il allait
investir le surlendemain 29 septembre (1),
le roi et la reine, venant de Senlis, et
accompagnés du cardinal de Richelieu,
arrivaient à Roye et descendaient à *l'hôtellerie du Chevalet*. De cette ville, ils allèrent
coucher au château de Demuin. (2)

_____

(1) « Le vendredy xxvi° septembre, l'on fict
sortir la garnison de ceste ville (Amiens) pour
aller à Corbie, qui estoit investye par l'armée du
Roy, et surprires une demy-lune. » (Jehan Patte,
loc. cit. p. 373). — Le chroniqueur amiénois doit
faire erreur de trois jours, tous les historiens
étant d'accord pour fixer au 29 septembre la date
de l'investissement de Corbie. On a vu plus haut
que le duc d'Orléans, général en chef, était encore
à Péronne le 27 septembre.

(2) En quittant Senlis, le roi et la Cour logèrent,
dit Puységur, en un village appelé les Écauves.
— L'éditeur de ses mémoires, dont les notes

C'est dans ce château que séjourna le Roi
pendant le siège de Corbie, visitant fréquemment son armée, campée à une lieue
et demie de sa résidence, et ne se rendant
à Amiens, où la peste régnait toujours, que
pour y tenir conseil avec le cardinal qui
s'était fixé dans cette ville avec toute sa maison.

Comme nous l'avons vu, les Impériaux, à
l'approche des troupes royales, s'étaient re-

---

biographiques et historiques, si remarquables
sous le rapport de l'exactitude, accusent une
somme de recherches considérable, a complète-
ment négligé la partie géographique de son
travail. Au lieu de compulser les dictionnaires, il
eût consulté avec plus de fruit la carte de France,
sur laquelle chacun peut relever sans peine tous
les noms de lieux qu'il a renoncé à restituer, tels
que : les Ecauves, aujourd'hui *les Ecavelles,*
commune de Mareuil-sur-Ourcq, arrondissement
de Senlis ; Redeglisse, pour *Roiglise,* et Anicq,
pour *Amy-le-Grand,* ces deux localités voisines
de Roye ; *Bray-sur-Somme,* chef-lieu du canton
dont dépend actuellement Cérisy-Gailly, et non
Bray-lès-Mareuil ; *Sailly-Lorette,* situé en face du
même village de Cérisy, au lieu de Sailly-le-Sec ;
Rouy-le-Grand et *Rouy-le-Petit,* dans l'arrondissement de Péronne, au lieu de Drouy dans l'Oise...
A ces nombreuses erreurs, que nous rencontrons
dans les notes du seul chapitre xviii, ajoutons
encore, au chapitre suivant, Longfauri que
l'écrivain ne reconnaît pas dans *Favril,* près
Landrecies, et, au cours du chapitre iv, tome ii,
Ether, qu'il est si facile cependant de retrouver
dans la ville *d'Estaire* (Nord).

tirés en assez mauvais ordre à quatre lieues
en arrière de Corbie, c'est-à-dire entre Albert
et Bapaume, abandonnant à ses propres ressources la petite garnison (3,000 hommes)
que le prince Thomas avait laissée dans la
place conquise au mois d'août précédent.
L'armée du duc d'Orléans, ayant passé la
Somme, reprit l'offensive le 27 septembre,
et investit deux jours après la forteresse de
Corbie du côté de l'Artois, ne laissant du côté
de France que deux régiments : « Nous
fîmes, dit Puységur, une ligne qui tenait à
la Somme des deux côtés, et qui était munie de bons forts tout autour. Nous reprîmes
la place en huit jours de tranchée ouverte,
et la garnison fut conduite à Bapaume. Monsieur le Cardinal vint à l'armée, qui fut mise
en bataille pour lui faire honneur. Monsieur
le Comte était encore dans le camp. La compagnie des gens d'armes de Monsieur le Cardinal voulut prendre la droite sur la sienne,
ce qui causa une grande dispute, jusques à
mettre la main au pistolet. Monsieur de Saint-
Yval (1), qui voulait mal à Monsieur le Cardinal, eût bien souhaité que Monsieur le
Comte eût pris son temps pour s'en défaire.

(1) Il s'agit ici de Henry d'Escars de Saint-
Bonnet, seigneur de Saint-Ibar, qu'on retrouve
dans tous les troubles de cour qui ont signalé le
règne de Louis XIII.

Il est vrai qu'il l'aurait pu faire sans courir aucun risque, ce prince étant fort aimé des troupes, et le Cardinal, au contraire, fort haï. Mais il dit à Monsieur de Saint-Yval qu'il n'en ferait rien, et qu'il était prêtre. Néanmoins Monsieur le Cardinal voulut que sa compagnie cédât le pas à celle de Monsieur le Comte. Il aurait bien voulu n'être point venu dans le camp. Le Roi, qui en fut averti, dit : voilà une dispute qui aurait pu coûter bon à Monsieur le Cardinal, il se serait bien passé de se trouver là, et sa compagnie ne doit pas marcher devant celle de Monsieur le Comte. Les gens d'armes des princes du sang vont immédiatement après celle de mon frère. Le lendemain, le Roi vint au camp, et dîna chez Monsieur le Comte. Sa Majesté lui dit cent amitiés, et il conduisit le Roi à une lieue et demie du camp, qui s'en retournait à son quartier... Après avoir demeuré cinq ou six jours dans le camp, les lignes presque démolies, Monsieur le Comte demanda congé pour s'en venir à Paris, mais on lui donna des avis qui le firent changer de dessein. Il fut en Champagne où il ne demeura pas longtemps, et puis il se retira à Sedan... L'armée fut envoyée dans son quartier d'hiver... (1). »

(1) V. Puységur, *Mémoires*, ch. XVIII, pp. 202-204.

La campagne de 1636 avait pris fin : la Picardie était délivrée. En Bourgogne, en Allemagne, en Italie et vers les Pyrénées, la lutte se poursuivait avec non moins de succès. L'immense effort réclamé du pays par son grand ministre avait reçu sa récompense : « La postérité, dit Richelieu dans son rapport au roi, la postérité aura peine à croire que dans cette guerre, le royaume ait été capable d'entretenir sept armées de terre et deux navales, sans compter celles de ses alliés, à la subsistance desquelles il n'a pas peu contribué. Cependant il est vrai que, outre une puissante armée de 20,000 hommes de pied et 6 à 7,000 chevaux que vous avez toujours eue en Picardie, pour attaquer vos ennemis, vous en avez eu une autre en la même province, composée de 10,000 hommes de pied et de 4,000 chevaux pour empêcher l'entrée de cette frontière. Il est vrai, de plus, que vous en avez toujours eu une en Champagne, du même nombre que cette dernière, une en Bourgogne de pareille force, une non moins puissante en Allemagne, une autre aussi considérable en Italie, et encore une autre en Valteline, pendant un certain temps... Vous avez de plus, tous les ans, secouru les Hollandais de 1,200,000 livres, et quelquefois de davantage ; le duc de Savoie de plus d'un million ; la couronne de Suède de pareille

somme ; le landgrave de Hesse de 200,000
rixdales, et divers autres princes de diverses
autres sommes, selon que les occasions l'ont
requis (1). »

Pendant le siège de Corbie, la ville de
Péronne avait accepté « la charge et adminis-
tration de l'hôpital des soldatz malades de
l'armée, suivant le commandement de Monseigneur, frère unicque du roy (2). » L'échevinage décide que cet hôpital sera installé
dans l'abbaye du Mont-Saint-Quentin, dont
les religieux étaient réfugiés dans leur maison
de Péronne. Dès le mardi 30 septembre, il
écrit à M. Gobelin, maître des requêtes et
intendant de la justice à l'armée du roy « pour
l'adviser de la grande quantité de malades
quy sont dans l'hospital du Mont-Sainct-
Quentin, et que l'argent qu'il a laissé (deux
mille livres) ne peut suffire pour leur nourriture que pour huit ou dix jours. »

Des mesures d'hygiène publique sont prises
en même temps, à cause de la peste, qui
venait d'emporter le dernier descendant de
notre héroïne de 1536, Marie Fourré. Les
commis aux ouvrages reçoivent l'ordre d'employer « le plus de barotz qu'ils pourront

(1) Richelieu, *narration succincte*, ap. V. Duruy,
Hist. de France, ch. LV, § 2.

(2) Résol. du 27 sept. 1636.

pour nettoyer les immondices de la ville et
les porter sur les rempars. Un homme est
commis à la porte de Paris pour, avecq celuy
quy est commis à la porte de Sainct-Sauveur,
empescher les gueux et mendians d'entrer
dans la ville pour éviter la propagation de
la maladye contagieuse (1). »

Le vendredi 3 octobre, le receveur des
pauvres est chargé de payer une somme de
trois cents livres, pour la nourriture du
capucin et du chirurgien qui assistent les
pestiférés. Puis, « sur la mort arrivée à
Charles Boursel, quy estoit commis à ré--
veiller de nuict, Messieurs ont nommé Jean
Bonin pour estre en sa place et à cest effect
luy a esté mis entre ses mains la clochette et
de luy prins le serment de soy fidellement
comporter et faire son debvoir dans ladicte
charge et d'aller touttes les nuictz par la
ville, et à luy enjoinct que s'il recognoist
quelque chose quy se passe au préjudice du
service du roy et de la ville, d'en advertir
Messieurs (2). »

Vendredi 10 *octobre.* — « A esté ordonné
aux commis aux pauvres de faire sortir de
la ville touttes les personnes quy seront
attainctz et suspectez de la maladie conta-

(1) Résol. du 30 sept. 1636.
(2) Résol. du 3 octobre 1636.

gieuse. Comme pareillement que l'on fera
sortir de la ville tous les villageois réfugiez
en ceste ville et faulxbourgs dans demain le
jour à peine d'amende. Défense aux habitans de faire aucuns inventaires et vendre
publiquemènt à cause de la maladie contagieuse, à peine de cent livres d'amende et
aux sergeus de faire aucune vente mobi-
lière à peine de prison. Un nommé Jean
Dieu, mareschal à Sailly, à présent demeurant à Péronne, suspecté de contagion,
étant entré par force en une maison saine et
rompu la porte, Messieurs le condamnent en
vingt livres d'amende et ordonnent qu'il
sortira de la ville. »

Le même jour, à trois heures de relevée,
Mᵉ Robert de Parviller, échevin, et l'advocat
de la ville sont commis « pour avoir soing
des malades de la maladie contagieuse avec
les commis aux pauvres, *attendu le grand
nombre des malades.* Défense est faite aux
pauvres qui seront entachez de la maladie
contagieuse de faire aérer leurs maisons
qu'après six semaines qu'il n'y aura plus de
mal et sans la permission des commis.
Défense de communiquer avant les dix-sept
jours qui suivront la sortie des malades (1). »

« Le dimanche Vᵉ jour dudict mois d'oc-

(1) Résol. du 10 octobre 1636.

tobre sur le soir Monsieur le marquis de Vignolles Lahire (1), chevalier des ordres du roy, lieutenant général de l'armée de Sa Majesté en Picardie et commandant pour le service de Sadicte Majesté en ceste ville, est déceddé en la maison de Mc Nicolas De Mametz où il estoit logé et le lendemain son corps a esté mis en son lict de parade où Messieurs de la ville en corps luy ont esté donner de l'eau béniste, et en après son corps ayant esté embaumé et mis dans un cercueil de plomb, on l'a laissé dans ladicte maison jusques au sabmedy ensuivant unziesme jour dudict mois sur les unze heures du matin que on l'a porté dans l'église Sainct-Fursy avec une pompe funèbre de la façon quy ensuit. Premièrement tous les soldatz de la garnison ont marché en armes, puis ont suivi tous les religieux et clergé de la ville, en après douze soldatz et douze pauvres de la ville portans chacun une torche auxquelles estoient attachées les armoiries dud. feu, puis trois de ses gentilzhommes l'un après l'autre le premier portant son casque, le second son espée et le troiziesme son collier d'ordre. Et en après un de ses pages portant son cœur dans une petite boette d'estain couverte d'un crespe, puis son corps dans

(1) V. *Suprà*, p. 218.

ledict cercueil couvert d'un drap de veloux
noir avec une croix de veloux blanc porté
par six capitaines de la garnison suivis de
tous ses domesticques, puis par Monsieur le
marquis de Gesvres, commandant en ceste
ville pour le service du roy, et après Messieurs de la ville pesle mesle avec Messieurs
les gens du roy et quelques gentilzhommes
et officiers de la garnison, et estant entrez
dans lad. église on a reposé son corps dans
le cœur auprès d'une chapelle ardante et
chanté une grande messe et faict une oraison
funèbre, et le lendemain on a transporté
led. corps hors de la ville dans un carrosse (1). »

Mercredi 15 *octobre*. — « A cause de la
contagion, plusieurs habitans quittent et dé-
semparent journellement la ville, à quoy s'il
n'y estoit promptement pourveu, la ville
pourroit demeurer déserte, et la garde d'icelle
tant de jour que de nuict ne se feroit et par
ce moien que le service du roy pourroit estre
altéré. Il est ordonné que deffences seront
faictes à tous habitans de quelque condition
et qualité qu'ils soient de quitter et désem-
parer la ville et sortir d'icelle pour huict
jours pour quelque affaire que ce soit sans

(1) Résol. du 5 octobre 1636.

avoir pris congé de Messieurs à peine de
trois cens livres d'amende applicable à la
nourriture des pauvres pestiferez. Ceux quy
en sont sortis depuis un mois devront revenir sous huictaine, à peine de pareille
amende. » (1).

Le 25 octobre 1636, des lettres patentes
données devant Corbie nommaient M. d'Hocquincourt au gouvernement de Péronne, en
remplacement de M. de Blérancourt, démissionnaire (2). Le mercredi 29, l'écnevinage
délègue deux échevins, MM. Galliot et
Journel, pour aller saluer le nouveau gouverneur « où il sera, de la part de la ville. »
Le 6 novembre, « sur les quatre heures
après-midy, M. d'Hocquincourt, gouverneur

(1) Résol. du 15 octobre 1636.

(2) Ces lettres ne furent lues et enregistrées à
Paris que le 24 juin 1637.
— C'est par erreur que De Sachy (*Essais..* p. 296)
reporte à l'année 1639 la démission et le remplacement de M. de Blérancourt. Ce dernier s'était
gravement compromis dans la cabale montée pendant le siège de Corbie, par Monsieur et le comte
de Soissons, dans le but de renverser Richelieu,
en s'engageant à leur livrer la place dont il était le
gouverneur. (H. Martin, *Hist. de France*, Livre
LXX). — C'est à partir des lettres patentes du 25
octobre 1636 que le gouvernement de Péronne,
Montdidier et Roye cessa d'être indépendant et
fut rattaché au gouvernement général de Picardie.

de ceste ville, y est arrivé en poste, et s'est
logé au logis de M. de Sormont, et estant
arrivé Messieurs de la ville luy ont esté faire
la révérence et peu après luy ont présenté
deux pièces de vin de Laonnois et n'a désiré
autres cérémonies. » Ce n'est que le vendredi
28 novembre que les lettres de provision de
M. d'Hocquincourt furent transcrites sur les
registres de l'échevinage. En voici l'analyse :

Après avoir visé la démission de M. de
Blérancourt, le roi dit que Charles de Monchy,
sieur d'Hocquincourt, mestre de camp du
régiment de gens de pied du roi, est désigné
pour lui succéder, « à cause de son affection
et fidélité dans toutes les occasions, mesme
en la conservation de la ville de Schlestadt,
en Alsace. Comme gouverneur et lieutenant
général au gouvernement de Péronne, Montdidier et Roye, il représente le roy sous
l'autorité du gouverneur général de Picardie
en tous lieux de l'estendue de son gouvernement. Tous les sujets, ecclésiastiques, nobles
et autres luy obéiront, comme tous gouverneurs, capitaines, officiers et gens de guerre
ordonnez et establis en garnison et autrement
és-ville, chasteaux, places et autres lieux
dudict gouvernement. Il devra contenir nos
sujets, manans et habitans en l'obéissance
qu'ils nous doibvent, les faire vivre
ensemble en bonne amitié et concorde, et

en cas qu'entre eux survint aucunes querelles, pourvoir par luy promptement à la pacification d'icelles, avoir soing que les chemins ponts et passages soient libres et asseurez, faire punir par nos juges les voleurs, vagabonds, malvivans et autres coupables de crimes et contraventions à nos édictz et ordonnances, icelles faire observer inviolablement, tenir la main à l'exécution de la justice, à la levée, payement et recouvrement, voiture et conduicte de nos deniers en seureté ès-mains de nos receveurs généraux et particuliers et en nostre espargne, les faire accompagner par les prévostz des mareschaux, mander devant luy à cest effect tous gens d'esglise, de la noblesse, officiers, mayeurs, eschevins et habitans des villes et recevoir d'eux en général ou particulier les plaintes et doléances qu'ils auroient à faire, visiter les villes et places, pour voir si elles sont en état de défense, ordonner des réparations, fortifications et entretènement des munitions, d'armes, artillerie, pouldres, vivres et de gens de guerre nécessaires; veiller au bon employ des deniers, visiter les magasins, avoir soin que les munitions ne dépérissent pas, nommer tous capitaines pour les villes, chasteaux et places fortes où il sera nécessaire pour la défense et garde contre tous ennemis et rebelles, entreprendre à force ouverte ou autrement sur celles qui seront par eux occupées pour les submettre et réduire à nostre obéissance, s'ayder et prévaloir à cest effet de nostre artillerie et des munitions nécessaires, et sy aucunes rebellions, désobéissances et autres accidens surviendroient en l'estendue dudict gouvernement courir sus aux autheurs et coulpables d'icelles à force ouverte ou autrement, en faire faire la punition selon l'occurence du faict quy sera commis, réunir et assembler les gens de pied et de cheval estans dans l'estendue du gouvernement, convoquer le ban et arrière-ban, y employer les prévostz des mareschaux, leurs lieutenants et archers, se faire assister de la noblesse et de tous autres, ordonner les départemens et logemens des gens de guerre, mesme leurs vivres par estappes ou autrement, le plus au soulagement et à la moindre grande foule de nos subjectz que faire se pourra. Tenir la main à la discipline des gens de guerre, faire faire les monstres et reveues d'iceulz et pourvoir à ce que le nombre en soit complet. Donné au camp devant Corbie le 25 octobre 1636. *Signé* : Louis, et scellé sur double queue du grand sceau de cire jaulne. A costé se trouve le mandement donné le 26 à Amiens par le duc de Chaulnes, gouverneur général de Picardie, d'avoir à recognoistre et obéir aud. sieur d'Hocquincourt. »

Dans la seconde lettre, datée du même jour, le roi, entre autres prescriptions, défend au gouverneur, en sa qualité de lieutenant général, de sortir des limites de son gouvernement sans exprès congé de lui, signé par l'un des secrétaires de ses commandements, et lui ordonne « qu'en cas qu'il soit attaqué par les ennemis, il deffende les dehors, contrescarpes et fossez de la place aussy longuement et vaillamment qu'un homme d'honneur y est obligé selon les loix de la guerre sans qu'il puisse rendre la place aux ennemis ny capituler avec eux qu'il n'y ait auparavant une bresche raisonnable aux corps de la place et qu'il n'ait soustenu deux ou trois assaultz. »

La troisième et dernière lettre royale. portant la même date, est relative à l'office de bailli d'épée de Péronne, Montdidier et Roye, attaché à la charge de gouverneur (4).

Jeudi 6 novembre. — « Un réglement général pour la cavalerie ayant été remis au mayeur par la cornette de la Compagnie de M. le marquis de Gesvres estans en garnison en ceste ville afin de leur bailler la subsistance, Messieurs arrêtent qu'il en sera référé au roy et à Mᵍʳ le cardinal afin d'en obtenir descharge, la ville estant exemple de payer

(1) Reg. BB.–17 29 octobre et 28 novembre 1636.

aucuns subsides, joinct que *tous les habitans
sont ruinez* et n'ont receu depuis deux ans
aucune chose de leurs biens des champs et
n'en recevront encore l'année prochaine. »

M. Robert Parviller, échevin, est député
à cet effet au château de Demuin et à Amiens,
où se trouvaient alors Louis XIII et Richelieu.

Nous avons dit plus haut qu'au lendemain
de la chute de Corbie, le cardinal de Richelieu avait failli tomber sous les coups d'as-
sassins aux gages du frère du roi et du comte
de Soissons. La tentative ayant échoué, on
eût la guerre civile en perspective. Richelieu
déjoua tous ces projets, et leurs auteurs, dans
la crainte d'être arrêtés, s'étaient enfuis,
Gaston à Blois, et Soissons à Sedan,
d'où ils pouvaient, avec plus d'impunité,
fomenter de nouveau la révolte. Le dimanche 23 novembre, Messieurs de l'échevinage
donnèrent acte au sieur de La Motte, capitaine et sergent-major au régiment de Bis-
caye, « de ce qu'il nous a cejourd'hui sur les
cinq heures du soir, apporté, faict veoir et
laissé copie de luy signée d'un ordre du roy
touchant la retraicte de la cour de Mgr le duc
d'Orléans, frère unicque du roy, et Monseigneur le comte de Soissons, avec deffence
de les laisser entrer en ville. Signé LOUIS,
et plus bas : *Sublet*, et à costé est le cachet

18

des armes de France, en date du xxᵉ du présent mois et an. « La noblesse n'osa pas remuer, et les princes firent leur soumission en janvier et juillet de l'année suivante.

Vendredi 28 novembre. — « Les commis aux pauvres représentent qu'il est nécessaire de loger les capucin et chirurgien quy assistent et pansent les malades pestiférez en la ville, attendu le grand nombre de malades quy sont en la ville. Le capucin est logé en la maison de feu Mᵉ Anthoine Locquet, et le chirurgien, en celle de feu Mᵉ Christophe Clavequin. Aussi arresté, attendu la grande contagion quy est dans la ville que l'on ne fera aucunes prédications durant les adventz. Le père Le Fèvre, feuillant, quy est venu à ce subject, est prié de s'en retourner. »

La maladie pestilentielle ne cessa pas ses ravages avec les derniers mois de l'année ; elle reprit au contraire avec une nouvelle intensité au début de l'an 1637, comme nous le verrons plus loin. Elle fit également à Roye de nombreuses victimes : « A ce fléau vint se joindre une famine affreuse ; par suite de l'occupation du pays, les terres n'avaient été ni cultivées, ni ensemencées ; la désolation était à son comble. Les malheureux paysans périssaient de faim et de misère. Leurs cadavres restaient sans sépulture, les chiens et les loups s'en disputaient les débris. On vit se renouveler les horribles scènes de 1632. Il y avait eu, à cette époque, douze à quinze personnes étranglées et à demi-mangées par les loups, à Proyart, Damery et aux faubourgs de Roye.

« On ne peut se faire une idée des souffrances qu'eurent à supporter les populations décimées ; les Mémoires du temps contiennent des détails navrants. A chaque pas, on rencontrait des gens mutilés, des femmes coupées par quartiers après avoir été violées, des hommes expirant sous les ruines des maisons incendiées, d'autres percés avec des broches ou des pieux aigus. « J'ai vu, dit La Porte, sur le pont de Melun, où la Cour vint à passer quelque temps après, trois enfants sur leur mère morte, l'un desquels la tétait encore. A Mareuil, en Picardie, deux enfants furent trouvés se nourrissant des cadavres de leur père et mère. »

« La charité publique, excitée par la voix de saint Vincent de Paul, s'émut de tant de misère ; des missionnaires furent envoyés dans les campagnes pour y porter des secours et des consolations aux malheureux voués à une mort certaine. Saint Vincent vint lui-même à Noyon et visita les paroisses du diocèse ; beaucoup d'ecclésiastiques périrent en donnant des secours aux malades ;

les curés de Cressy, d'Ognolles, furent victimes de leur dévouement (1). »

1637

Le jeudi 1er janvier, une assemblée générale de l'ancienne et de la nouvelle loi, à
laquelle prirent part plusieurs notables
bourgeois, entre autres Me Jean Vaillant,
conseiller, François Aubé, président au grenier au sel, Jean-Jacques Fonchet. élu, Louis
de Parviller, avocat, Louis Le Père, procureur du roi en l'élection, Robert Ducroc,
avocat, etc., décida l'envoi de délégués vers
M. de Bellejamme, sieur du Quesnel, intendant à Amiens, pour lui démontrer l'impos-
sibilité dans laquelle se trouvait l'échevinage
de « faire la fourniture à la garnison et le
prier de s'acheminer vers ceste ville pour en
cognoistre la vérité, vu la misère et nécessité des habitans, par suite de la guerre. »
Déjà le mercredi 3 décembre précédent
une députation composée de deux échevins
avait été trouver l'intendant pour faire dé-
charger la ville de la nourriture nécessaire
à deux compagnies de chevau-légers que le
roi venait d'envoyer en garnison à Péronne.

A la même date, la ville de Roye avait reçu
dans ses murs, sur un ordre royal du 19

(1) E. Coët, *Hist. de la ville de Roye*, I, 339.

novembre, trois régiments étrangers et deux
compagnies françaises, à la subsistance desquels elle devait pourvoir, à raison de quatre sols et vingt-quatre onces de pain cuit
par soldat ; le colonel, huit sols par jour, le
capitaine, six. Les échevins de Roye adres-
sèrent leurs doléances directement au roi, en
le priant aussi de prendre en considération
« leurs longues misères » et en invoquant le
bénéfice d'un arrêt du Conseil d'Etat du 1er
novembre 1636, rendu en faveur des villes
qui avaient contribué à la nourriture des
gens de guerre. Louis XIII, faisant droit à
leurs réclamations, par lettres patentes datées de Saint-Germain le 26 décembre, ordonna de lever une imposition sur toutes
les paroisses de l'élection de Montdidier (1).
Il n'en fut pas de même pour la ville de Péronne. Après l'immense effort qu'on avait
tenté l'année précédente, les charges finan-
cières allaient d'ailleurs peser bien lourde-
ment sur les épaules des fidèles sujets du roi.
Le lundi 12 janvier, nouvelle assemblée générale, motivée par la venue d'un sieur
Bergeron, porteur d'un ordre du roi, enjoignant de fournir la somme nécessaire à l'a-
chèvement des fortifications de la ville. On
arrête « que l'on assurera le sieur Bergeron

(1) E. Coët, *Histoire de la ville de Roye*, p. 344.

de 50 hommes de corvée par jour et que l'on s'efforcera de trouver jusques à 4,000 livres en aliénant les dons et octrois sur le sel jusqu'à due concurrence. » Mais, malgré son bon vouloir, il fut impossible à l'échevinage de réaliser un emprunt. Cela résulte d'une résolution du dimanche 18 janvier, par laquelle on offrit à Bergeron, qui alors se trouvait à Saint-Quentin, de lui fournir seulement, « attendu que l'on ne peut trouver aucune somme en deniers, 40 à 50 personnes par jour, lorsqu'il plaira à S. M. de faire travailler aux fortifications de la ville, et ce, pour le temps de trois à quatre mois... »

Le mercredi 4 février, une assemblée générale de la nouvelle et de l'ancienne loi, assistées de MM. du Chapitre et de plusieurs notables bourgeois, a lieu à la maison de ville. M⁰ Michel Galliot, lieutenant de l'échevinage, en l'absence par maladie du mayeur, expose « que l'on avoit reçu un édict, état du conseil et commission pour lever la somme de dix mil livres sur les habitans, ou imposer sur les deniers et marchandises par forme de prest et emprunt pour estre employées au paiement et à la subsistance des armées de S. M. et de sa maison royale... Il est arresté qu'auparavant faire aucune assiette et levée de ladite somme on députera vers le roy en diligence pour tascher d'en obtenir descharge. »

Vendredi 27 février. — Sur la mort arrivée de M° Claude Ducroc, et de M° Jean Capperon, notaires de la ville, Mes Pierre Ducroc et Jean Bédu, notaires royaux, sont nommés à leur place, aux gages ordinaires.

Vendredi 6 mars. — Un certificat est délivré à M. de Genlis pour constater que M. de Vignolles « a commandé d'abattre le bois de Rocoignes pour estre employé aux fortifications du chasteau. »

Mercredi 11 mars. — Un arrêt du conseil d'Etat du 9 février ayant prescrit à MM. de l'échevinage « de faire promptement parachever les fortifications encommencées et pour ce advancer et emprunter les sommes nécessaires pour le paiement desdits travaux dont ils seront remboursez sur les deniers provenant du doublement des fermes des impositions quy se lèvent sur le vin quy entre en ville, » il est résolu que ces droits seront perçus dès le lendemain. (1)

(1) « Les emprunts exigés des villes mécontentaient la bourgeoisie ; la crue des impôts indirects, et surtout les abus de la perception et les exactions des traitants, froissaient le peuple et compensaient le bienfait de la diminution des tailles, qué Richelieu, toujours désireux de soulager les campagnes, venait de réduire hardiment de moitié pour l'année 1637... L'emprunt exigé cette année-là, des villes et gros bourgs, avait pour but de compenser la diminution des tailles. » Henri Martin, *Hist. de France*, livre LXX.

Vendredi 20 mars. — La corvée est commandée à 50 habitants par jour, à commencer du 23 mars, pour travailler aux fortifications de la terre dans la rue Maurue (Mollerue) « pour relargir le rempart de la ville. »

La contagion fait sa réapparition dans la contrée, et va redoublant de violence. Dès le mardi 24 mars 1637, deux hommes sont établis aux portes de la ville pour empêcher l'entrée des pauvres, « de crainte du mauvais air et maladie contagieuse. » Le vendredi 3 avril, tous les mendiants réfugiés dans Péronne sont expulsés ; et le 15, « a esté donné charge aux commis aux pauvres, attendu que la peste et maladie contagieuse commence à pulluler en ceste ville, de faire parachever la grange encommencée auprès de la Chapelette et quelques huttes pour s'en servir au besoing.

« Arresté de prier le père capucin d'assister les malades et fait commandement à Martin de Gauchin, chirurgien, de soigner et panser lesd. malades pestiférez, ainsy qu'il est obleigé.

« A esté aussy donné charge aux commis aux pauvres d'establir des appariteurs et corbeaux pour porter les corps des pestiférez et convenir avec eux pour les gaiges.

« Le capucin et le chirurgien seront encore logés dans les maisons Locquet et Clavequin, comme l'an précédent.

« Ordonné aux sergens de la ville de se transporter par la ville pour cognoistre tous les pauvres gens de village réfugiez en ceste ville et les faire sortir promptement de crainte de la maladie contagieuse. »

Bientôt l'hôtel-de-ville est à son tour « contagié. » On tient assemblée, le 27 avril et le 1er mai, au domicile du mayeur. La maison du jardin des archers est affectée au logement d'un capucin qui visite les malades. Le vendredi 29 mai, l'échevinage reçoit Pantaléon de Gauchin comme chirurgien de la ville, à la survivance de Martin de Gauchin, son père, « en considération que led. de Gauchin père s'est exposé dans la contagion. »

Vendredi 12 juin. — « Il sera acheté lés fournitures entières d'un lit avec le châlit et la couche pour estre livré au lieutenant de la compagnie de M. le gouverneur estant dàns le chasteau, jusqu'à la somme de quatrevingt-dix livres qui sera payée moitié par les habitans de Flamicourt et Doingt, et moitié par ceux de Biache, *selon qu'il est accoustumé.* »

Jeudi 17 juin. — En assemblée générale, il est arrêté que « pour estre deschargés de la somme de dix mille livres, à quoy la ville a esté taxée par forme de prêt et emprunt pour estre employée au paiement et subsistance des armées du roy et de sa maison royale, on offrira au sieur Bergeron, commis de M. De Noyers, secrétaire d'Estat, estant en ceste ville, de faire mil toises de besogne de terres en lieu commode aux habitans et hors de l'eaue. »

Le 21 juin, le cœur du révérend père de Créquy fut apporté au couvent des Minimes. (Ms. Debaussy). Charles de Créquy, baron de Bernieulles, prince de Poix, avait été gouverneur de Péronne, Montdidier et Roye de 1604 à 1612, époque à laquelle il dut résigner ses fonctions pour faire place au favori Concino Concini. D'après Levasseur, auteur des *Annales du diocèse de Noyon*, M. de Créquy avait établi les Minimes à Péronne, en l'année 1610. Ce seigneur, après avoir fondé ce couvent, y prit l'habit et s'y distingua sous le nom de Père de Créquy, qui était celui de sa famille.

Mardi 23 juin. — Un cordonnier de Péronne, nommé Pierre Blondel, est condamné par l'échevinage à cinquante livres d'amende « pour plusieurs insolences par luy faictes et avoir contrevenu aux ordonnances de la ville comme pareillement Thomas Hugot, pour mesmes causes et avoir célé le mal contagieux arrivé à sa nourrice. »

Mercredi 24 juin. — LOY RENOUVELÉE.

MAYEUR : Me Claude Vaillant, mayeur
      sortant.

Lieutenant : Me Quentin Dournel, advocat.

Échevins : Abraham Desjardin, esleu.

      Louis de Parviller, advocat.

      Regnault Machecré, garde des
        sceaux en l'eslection.

      Jacques Pourcel, marchand.

      François Desmonceaulx, rece-
        veur au grenier à sel.

      Robert Ducroc, advocat.

      Jacques de Frémicourt, advocat.

      Sébastien Eudel, controlleur
        au magazin à sel.

      François Aubrelique, médecin.

      Jean Le Dieu, marchand.

« Le premier jour de juillet audict an,
Monsieur de La Meilleraye, grand maistre
de l'artillerie et général de l'armée du roy
en Picardie (1) est venu en ceste ville sur

---

(1) Charles de La Porte, alors marquis, puis duc
de la Meilleraye et pair en 1663, était le propre
neveu de la mère de Richelieu. Grand maître de
l'artillerie à la suite de la démission du vieux
duc de Sully (18 septembre 1634) et maréchal
de camp, il commandait en chef l'armée de Picardie en 1637, après avoir servi l'année précédente comme lieutenant-général, sous les ordres
du prince de Condé. Louis XIII lui remit sur la
brèche, lors de la prise d'Hesdin, en 1639, le bâton de maréchal de France.

les quatre heures après-midy par la porte
de Paris auquel lieu Messieurs de la ville
l'ont esté saluer en corps, et depuis luy ont
envoyé douze quesnes de vin de présent.
L'on avoit aussy préparé les canons et boëttes pour les tirer à son arrivée, mais on ne
l'a faict parcequ'il ne l'a désiré et l'a deffendu. »

Vendredi 12 juillet. — L'échevinage enregistre les lettres de provision de lieutenant
au gouvernement de Péronne, que lui présente M. de Rogles, aide-de-camp dans les
armées du roi, remplaçant le sieur Daniel
d'Hangest, chevalier, seigneur d'Argenlieu,
en fonctions depuis 1624. Ces lettres sont
datées de Saint-Germain-en-Laye, le 26
avril 1637 (1).

La veille, c'est-à-dire le jeudi 11 juillet,
vers les trois heures de l'après-midi, madame d'Hocquincourt avait fait son entrée
dans la ville : « Laquelle Messieurs ont esté
saluer en corps sytost son arrivée en sa
chambre et sur le soir on luy a présenté six

(1) Nous ignorons pourquoi M. d'Argenlieu est
appelé d'Argencourt dans une résolution échevinale du 7 janvier 1632, rapportée page 8, ci-dessus. Ce nom appartenait à un maréchal de bataille
des armées du roi, sur les plans duquel furent res-
taurés les remparts de Péronne. (V. pp. 48-49).

quennes de vin de présent. Et le lendemain
à son lever Messieurs luy ont faict présent
d'une pièce de toilette. »

Le mayeur et deux échevins sont délégués
le même jour pour signer le marché au rabais fait avec le sieur Adrien Pronier par le
sieur Bergeron, commis aux fortifications de
Péronne, pour le travail des terres du *bastion
de Richelieu.*

Lundi 20 *juillet.* — M⁰ Jean Vaillant,
conseiller du roi au gouvernement et prévôté de Péronne, est subrogé comme capitaine des canonniers en l'absence d'Antoine
Vaillant « et à son retour conjointement avec
lui, en considération des bons et agréables
services rendus par ledit Jean Vaillant à la
ville au faict de l'artillerie depuis un an en
çà et au plus fort de la guerre pour la longue
absence de M⁰ Anthoine Vaillant. »

Lundi 31 *août.* — Arrêté qui expulse de
la ville toutes les personnes « quy seront dans
les maisons quy se trouveront atteintes de
peste et maladie contagieuse. » Les commis
aux pauvres et l'avocat de la ville sont chargés de l'exécution de cette mesure.

Vendredi 13 *novembre.* — L'échevinage
donne à bail pour neuf années à Claude Pisset et à François Demilly, poissonniers à
Soibotécluse, les eaux de la fontaine Villette

et les fossés fermant le faubourg de Bretagne du côté du Mont-Saint-Quentin, avec les eaux du bastion de Vendôme jusqu'au bastion de Richelieu, ensemble les eaux et fossés de la demi-lune Saint-Fursy, moyennant un fermage annuel de 24 livres, payable au jour de Pâques.

Vendredi 27 novembre. — « Sur la remonstrance du procureur fiscal que plusieurs personnes contagiez entroient journellement et faisoient leur demeure dans une petite chambre estant au bout du jardin appartenant aux héritiers de feu M. de Morlencourt soubz ombre qu'il y avoit une cheminée en lad. chambre, — et qu'il y pouvoit arriver plusieurs inconvéniens pour ausquels obvier a esté résolu que ladicte cheminée sera abattue. »

30 *novembre*. — Le sieur de Marsilly, commissaire des guerres, requiert l'enregistrement d'un arrêt du conseil du roi du 14 novembre, ordonnant la levée sur toutes les généralités de France de la taxe de huit millions 500 mille livres pour la subsistance du quartier d'hiver de ses armées. La généralité d'Amiens était comprise dans ce chiffre pour 120,000 livres, soit 31.553 livres 3 sols pour toute l'élection de Péronne. Une députation est envoyée vers le roi pour obtenir

décharge de cette imposition, « attendu la
misère du temps et pauvreté des habitans,
lesquels depuis trois ans ne reçoivent aucune
chose de leurs biens. »

Samedi 19 décembre. — M⁰ Quentin
Dournel, lieutenant de maire et l'avocat de
la ville sont députés en cour, afin d'obtenir
décharge de la fourniture du bois et de la
chandelle exigée des habitans pour les gens
de guerre en garnison à Péronne. Il leur est
remis une charte sur parchemin, du roi
Henri II, portant exemption au profit des
Péronnais de cette fourniture, et dont voici
la teneur, d'après le Livre rouge de la ville :

HENRY, par la grâce de Dieu roy de France, au
gouverneur de Péronne, Montdidier et Roye ou
son lieutenant, salut. SÇAVOIR FAISONS que nous,
ayans égard à la requeste à nous en nostre privé
conseil présentée par nos chers et bien amez les
manans et habitans de nostre ville dud. Péronne
et aux grans foules pertes et dommages qu'ilz ont
souffert à l'occasion des dernières guerres et les
voulans pour ce favorablement traicter iceulx pour
ces causes et aultres bonnes justes et raisonnables
considérations à ce nous mouvans avons de nostre certaine science plaine puissance et authoritez royal quitté exempté et affranchy, quittons,
exemptons et affranchissons par ces présentes de
la fourniture de bois que par nos ordonnances ilz
sont tenus fournir aux hommes d'armes et archiers de la compagnie de nostre très cher et bien
amez fils le daulphin de Viennois par nous establie
en garnison en nostre dicte ville de Péronne et

*aultres qui cy après y pourront estre mis et esta
blis,* sans que lesdits hommes d'armes, archiers
ne leurs gens leur puissent au moyen de nosdic-
tes ordonnances demander ledict bois ne aucune
chose pour icelluy. SY VOUS MANDONS et enjoignons
par ces présentes que de nostre présente grâce,
quittance descharge et exemption vous faictes
souffrez et laissez lesdictz supplians de lad. ville
de Péronne joir et user plainement et paisiblement
sans leur faire mettre ou donner ne souffrir être
faict mis ou donné aucun empeschement au contraire. Lequel sy faict mis ou donné estoit, l'ostez
et remettez incontinent et sans délay au premier
estat et deub. Car tel est nostre plaisir, nonobstant
nosd. ordonnances ausquelles nous n'entendons
lesd. supplians estre comprins, ains les en avons
exemptez et réservez, exemptons et réservons par
ces présentes et quelconques aultres ordonnances
restrictions mandemens deffences et lettres à ce
contraires. Donné à Fontainebleau le. XIIᵉ jour du
mois de décembre l'an de grâce 1547 et de nostre
règne le premier. (Signé et scellé en simple queue
de cire jaune).

Le mardi 29 décembre, en assemblée générale, le mayeur expose « que le sieur de
Marsilly, commissaire délégué par M. de Bezançon, commissaire général pour les gens
de guerre, estoit en ceste ville pour y establir la garnison durant le quartier d'hyver et
faisoit demander aux habitans de fournir la
subsistance feu et chandelle aux gens de
guerre ou du moings en faire les avances
jusqu'à ce que la ville s'en puisse faire des-
charger, sinon qu'il alloit travailler à faire

billeter les maisons de chaque habitant pour
leur faire fournir les subsistances et vivres
à discrétion. »

Une nouvelle députation, composée de vénérable et discrète personne M⁰ Antoine
Chocquel, doyen de l'église Saint-Fursy,
Robert Chocquel, procureur du roy, Abraham
Desjardin, échevin et Romain Regnart, président en l'élection, est envoyée vers M. De
Noyers, secrétaire d'Etat et M. de Bezançon,
« afin d'obtenir décharge de ladite subsistance, ensemble du logement des compagnies
de Gassion. » En attendant, il est convenu
qu'une offre de quelques deniers sera faite
pour la fourniture des deux compagnies de
chevau-légers d'Hocquincourt et de la Ga-
renne, en garnison à Péronne.

Et le jeudi 31 décembre, on décide de faire
l'avance à M. de Marsilly de 2,400 livres
pour la subsistance des deux compagnies de
chevau-légers d'Hocquincourt et de la Ga-
renne, et des six compagnies de chevau-légers du sieur de Gassion, dont l'arrivée était
imminente. En outre, la ville se porte fort
pour la dépense déjà faite par les cavaliers
chez leurs hôtes.

1638

Le 30 janvier, un arrêt du Conseil oblige
la ville de Péronne à employer une somme
de treize mille cinq cents livres « tant pour

achever la demi-lune de Saint-Fursy que pour le rempli des terres du bastion de Richelieu (1) ». Dès le 8 février, ces travaux commencent (2). Le 15, une première imposition est levée sur les habitants (3).

Jeudi 24 juin. — LOY RENOUVELÉE.

MAYEUR : M° Claude Vaillant, continué dans sa charge.

Lieutenant : M° Nicolas de Mametz, esleu en l'eslection.

Echevins : Romain Regnart, président en lad. eslection.

Robert Lepère, advocat.

Joachim Dorsye, seigneur de Courcelette, président en l'eslection.

Charles Lescars, procureur.

Toussaint Leclercq, marchand.

Anthoine Journel, advocat.

. Romain Bouteville, grenetier.

Esly Malemain, bourgeois.

François Gonnet, bourgeois.

Guillaume Roussel, marchand.

Lundi 5 juillet. — « Plusieurs poissonniers ouvroient les chaisnes des pilotz posez sur la rivière de Somme quy servent d'enceinte et fermeture à la ville au milieu de la

(1-2-3) Ms Dehaussy.

nuict, et quelqu'un d'eux avoit passé au-dessus desdictz pilotz... Arresté que l'on ne fera ouverture desdictes chaisnes tant du haut que du bas sçavoir en tems d'esté à quattre heures et en hyver à sept heures du matin et que l'on fermera en tems d'esté à neuf heures du soir et en tems d'hyver à cincq heures, lesquelles clefs ont été mises sçavoir celle de l'eaue d'en hault entre les mains de Claude Yver, poissonnier, celle de Flamicourt à Philippe Hochepied, et celle d'en bas à Jacques Marcoul. »

Le vendredi 9 juillet, il est résolu de verser à Adrien Pronnier une somme de 2,000 livres, au fur et à mesure de l'avancement des travaux de remblai des terres au bastion de Richelieu (1).

Samedi 17 *juillet.* — L'échevinage « pour empescher que le régiment de Castelnau, quy est plein de maladie contagieuse, n'entre en garnison en ceste ville jusques à ce qu'on ait

(1) L'an 1638, le Roy a imposé le doublement des droits sur les entrées des vins, pour remplir MM. de la ville de la somme de 17,000 livres à quoy ils avoient esté taxés pour employer aux fortifications de la ville, droict qu'on a continué de lever, attendu la continuation de la guerre et les nécessités publiques. (Ms Dehaussy).
Dans une résolution du vendredi 2 juillet, il est de nouveau fait mention de Louis Quentin, notre *journaliste*, comme fermier des grandes et petites aides à Péronne.

des nouvelles de la cour, décide que on leur donnera deux vaches et six tonneaux de bierre pour leurs vivres, et ce, suivant le commandement de M. le gouverneur. »

L armée du roi qui, l'année précédente, sous les ordres du cardinal de La Valette et de son frère le duc de Candale, avait pris Hirson, Landrecies, Maubeuge, Berlaimont et La Capelle, était commandée, en 1638, par le maréchal de La Force. Elle se concentra dans les environs de Saint-Quentin : « De là, l'armée marcha à travers le pays de Cambrésis, où tous les clochers sont de grosses tours voûtées, dans lesquelles les paysans se retirent. Dans la plupart de ces tours, il y a des cavernes, où ils se cachent quand on les veut prendre. Ils n'ont point de jour que par un soupirail en haut, qui est comme un puits, dont ils gardent si bien l'entrée qu'on ne saurait les forcer (1). »

Ensuite le maréchal de La Force se dirigea sur Zouafques, place du gouvernement d'Ardres, et le 26 mai, Saint-Omer était investi par le maréchal de Châtillon. Le 9 août, Renty tombe au pouvoir de nos troupes, qui reviennent devant le Câtelet, le 24 du même mois et le prennent le 14 septembre suivant.

Le samedi 24 juillet, « sur ce que mon-

(1) Puységur, I, 212. — V. aussi, *suprà*, p. 222, note.

sieur le mayeur a remonstré que le Roy estoit en la ville d'Amyens et qu'il estoit nécessaire d'adviser sy on ira saluer Sa Majesté..., il est résolu qu'au cas où le roy soit encore en la ville d'Amyens, que on ira saluer Sa Majesté au nom de la ville. » Une députation de trois échevins est nommée à cet effet.

« Et le vendredy 13 aoust, sur ce que Messieurs du chapitre nous ont présentement donné advis par leur notaire que suivant la déclaration du roy ils avoient résolu de faire une procession solennelle dimanche prochain jour de l'Assomption de la Vierge après les vespres et supplié suivant l'intention de Sa Majesté d'y vouloir assister, a esté résolu que MM. de la Ville y assisteront en corps avec l'antienne Joy et porteront chacun un cierge en la main ainsi qu'ilz ont accoustumé faire à la procession du jour du Saint-Sacrement et que l'on fera sonner les cloches du beffroy selon que l'on a de coustume de sonner aux jours de processions solennelles (1). »

(1) Après vingt-deux ans d'un mariage stérile, Anne d'Autriche devint enceinte... Le roi avait déjà projeté, à l'occasion des périls de la guerre, de mettre sa couronne sous la protection de la vierge Marie ; le désir d'obtenir du ciel un héritier lui fit réaliser, en février 1638, cette espèce de consécration qu'on a nommée « le Vœu de Louis XIII. » — H. Martin, *Hist. de France*, liv. LXX.

Le mayeur donne, le 23 août, sa démission de capitaine de la ville : l'échevinage nomme à sa place Me Louis Boitel, élu à Péronne, son lieutenant.

« Le vendredy xxviie jour d'aoust 1638 sur les quatre heures après-midy Monseigneur le cardinal duc de Richelieu est venu en ceste ville par la porte de Paris et a esté loger au logis de Me Romain Regnart, président en l'eslection et y a demeuré jusques au lundy ensuivant xxxe dudict mois sur les deux heures de relevée qu'il en est party pour aller à Han ; devant qu'il fust arrivé l'on a mis ses armes à lad. porte de Paris et à la porte dud. sieur Regnart où il a logé et aussy tost que on l'a apperceu on l'a salué de plusieurs coups de canon. Messieurs les gens du roy ont esté au devant de Son Eminence jusques à la porte du faulxbourg et Messieurs de la ville jusques à lad. porte de Paris et l'ont salué et présenté les clefs de la ville, et depuis en son logis luy ont présenté vingt-quatre quennes de vin de présent. »

Le dimanche 5 septembre 1638, à onze heures du matin, pendant le siége du Câtelet, naissait à Saint-Germain celui qui devait être le roi Louis XIV. L'heureuse nouvelle ne fut connue à Péronne que le surlendemain, et l'échevinage s'empressa de consigner sur le registre aux résolutions la note suivante :

« Nota. — Le mardy viie jour de septembre 1638 sur les unze à douze heures du matin Messieurs de Chapitre de Saint-Fursy de ceste ville ont receu nouvelles certaines par lettres de Monsieur l'evesque de Noyon à eux adressantes de la naissance de Monsieur le Dauphin, et ledict jour Monsieur le gouverneur en a aussy receu lettres de Monsieur le duc de Chaulnes, gouverneur général de la province de Picardie par lesquelles il luy mandoit qu'il ait à faire chanter le *Te Deum* et faire les resjouissances ordinaires en pareil subject, ensuitte de quoy lesd. sieurs de Chapitre ont sur les six heures du soir chanté le *Te Deum* en leur église auquel ont assisté monsieur le gouverneur, messieurs les gens du roy et messieurs de la ville et sur les huict heures mesdictz sieurs ont faict faire un feu de joye au milieu du marché, quy a esté allumé par mondict sieur le gouverneur et monsieur le mayeur conduictz par plusieurs tambours selon et ainsy que l'on a accoustumé faire au feu quy se faict la veille de la Sainct-Jean. Durant lequel feu l'on a tiré tous les canons tant du chasteau que dessus les remparts ensemble les boettes et harquebuzes à croc dedans le belfroy. — Et le lendemain jour de la Nativité de la Vierge l'on auroit faict une procession générale autour de la croix estant sur le grand marché, devant laquelle on s'est reposé et chanté un motet, à laquelle messieurs tant de la nouvelle que antienne loy avoient assistez, deux desquelz ont porté le chef de Saint-Fursy et les autres une chandelle et marchant aux deux costés dud. chef entre les religieux et le clergé, et ladicte procession faicte l'on a chanté une haulte messe laquelle finye messieurs se sont resjouis et disné ensemble. »

Mardy 2 novembre. — « Sur l'advis donné par le sergent-major que M. le gouverneur avoit donné charge au sieur de Marcelet, chevalier du guet, d'aller avec ses gardes par toutes les maisons de la ville pour cognoistre les chambres à feux afin de faire les logemens des gens de guerre, ce quy alloit à l'encontre des privilèges de la ville » le mayeur est député vers le gouverneur.

Le lendemain, le magistrat ayant rendu compte que le gouverneur ne partageait en aucune manière les vues de l'échevinage, celui-ci décide qu'une nouvelle entrevue aura lieu avec M. d'Hocquincourt, et se fait représenter auprès de lui par le mayeur et deux échevins.

Le gouverneur continue à résister, prétendant que les billets de logement devaient être faits en son hôtel, en présence d'un membre de l'échevinage, si bon semble au corps de ville. Le mardi 9 novembre, à deux heures, une assemblée générale convoquée à ce sujet résolut « que l'on ira trouver M. le gouverneur en corps pour le supplier de se départir de faire lesd. logemens, attendu que de tout temps immémorial cela appartient à la ville, et au cas qu'il veuille passer outre, luy dire que tous Messieurs en général sont prêts à luy obéir et exécuter les commandemens et travailler auxd. logemens. »

Le gouverneur répond « qu'il désiroit travailler au logement et que on députe deux du corps et ceulx quy avoient la charge desd. billetz. » Ce qui est fait par Messieurs *comme contraints*.

Lundi 22 novembre. — Joachim Dorsye, conseiller du roy et président en l'élection, vu son indisposition, est dispensé de se rendre dorénavant aux allarmes tant de nuict que de jour au quartier de Vendôme. Il se trouvera au quartier de l'Hostel de ville.

A cette date, Anthoine Journel était capitaine du quartier de Humières, et Romain Regnart, capitaine du quartier de Vendôme.

22 Décembre. — L'échevinage ordonne au greffier de la ville de délivrer certificat aux habitants de Flamicourt « comme ilz sont de l'antienne banlieue de ceste ville et que pour ce ilz jouissent des mesmes priviléges que les habitans d'icelle. »

Mardi 28 décembre. — M. de Courcelette, commis aux ouvrages, « a dict et remonstré que Monsieur le gouverneur venoit luy envoyer un de ses gardes luy faire commandement de luy porter présentement les clefs de la fermeture de *l'arche des bouchers* (1), ce qu'il n'auroit voulu faire sans en avoir donné advis et en avoir eu résolution de Messieurs... A esté arresté que l'on ira trouver ledict sieur gouverneur pour luy remonstrer que lesd. clefs ont esté de tout temps en la garde de Messieurs de la ville et partant le prier de leur laisser selon qu'il est accoustumé, et au cas qu'il persiste en sa volonté luy en offrir la moitié, et en toute extrémité et pour éviter à plus grand inconvénient, les luy remettre ès-mains et prier qu'il ait agréable que l'on se pourvoie au Conseil d'aultant que ceste affaire est de conséquence et va contre les priviléges de la ville... » Le mayeur, son lieutenant, MM. de Courcelette et de Lescars, argentier, sont députés vers le gouverneur.

(1) C'est par cette issue que le gouverneur d'Hocquincourt devait s'enfuir plus tard de Péronne, en 1655. (Voir *suprà*, page 76, en note.)

1639

Un crime, commis dans la nuit du dimanche 9 janvier, sur la personne de « damoiselle Charlotte Fonchet, femme de Louis Du Castel, demeurant à Péronne, » vint jeter la consternation parmi les bourgeois de la ville. Le cadavre de la victime fut retrouvé le lendemain dans sa cave, et aussitôt Messieurs de l'échevinage, auxquels appartenait le droit de haute, moyenne et basse justice sur une partie de la cité (1), chargèrent MM. Nicolas De Mametz, lieutenant de maire et Charles de Lescars d'instruire le procès-criminel « pour raison de l'assassinat commis à la personne de deffuncte damoiselle Fonchet... et pour faire les frais dud. procès, il est arresté que l'on prendra jusques à la somme de quatre cens livres sur les deniers trouvez en la maison de lad. Fonchet. »

Le meurtrier ne tarda pas à être découvert. Il se nommait Pierre Cheminet, boulanger. Le vendredi 18 février, une sentence ordonnant la question préalable, était rendue contre lui par Messieurs, mais l'accusé et le procureur fiscal ayant l'un et l'autre interjeté appel, la cause fut portée devant le Parlement de Paris, qui condamna Cheminet à la

(1) La partie de la ville non comprise au nombre des censives du chapitre de Saint-Fursy qui, de son côté, avait aussi sa justice particulière.

peine de mort. L'arrêt fut exécuté sur la place publique de Péronne le samedi 21 mai 1639. Voici d'ailleurs tous les documents relatifs à cette affaire, tels qu'ils ont été transcrits sur les registres de l'échevinage et au Livre Rouge de la ville :

I. Arrest *de la Cour portant condamnation de mort contre Pierre Cheminet, renvoyé à Messieurs les mayeur et eschevins de la ville de Péronne pour estre mis à exécution avec la sentence du lieutenant général dud. Péronne portant permission d'ériger des fourches patibulaires.*

Extraict des registres de Parlement.

Veu par la Cour le procès criminel faict par les maire et eschevins de la ville de Péronne à la requeste du procureur fiscal de ladicte ville demandeur contre Pierre Cheminet, boulanger, demeurant en ladicte ville accusé prisonnier en la conciergerie du Palais, appelant de la sentence contre luy rendue le xixe febvrier 1639 (1) par laquelle auparavant de procedder au jugement deffinitif du procès auroit esté ordonné que ledict Cheminet seroit applicqué à la question ordinaire et extraordinaire pour savoir plus amplement par sa bouche la vérité du cas à luy imposez, conclusions du procureur général du roy lequel comme de nouvel venu à sa cognoissance se seroit porté pour appellant *à minimâ* de ladite sentence, et

(1) C'est le vendredi 18 février, et non le 19, que la sentence avait été rendue, comme on le verra ci-après, par une résolution de l'échevinage, prise le jour même de la condamnation.

requis luy estre faict droict sur sond. appel et conclusions, ouy et interrogé l'accusé sur sa cause
d'appel et cas à luy imposez, tout considéré, Dict
a esté que la Cour a receu ledict procureur pour
appellant *à minimâ* de ladicte sentence, et faisant
droict tant sur sond. appel qu'appel d'icelluy Cheminet, a mis et met lesdictes appellations et sentence de laquelle a esté appellé au néant et pour
réparations des cas mentionnez audict procès a
condamné et condamne icelluy Cheminet estre
pandu et estranglé à une potence qui pour cest
effect sera dressée en la place publicque de ladicte
ville de Péronne, son corps mort y demeurer
vingt-quatre heures, puis porté aux fourches patibulaires, tous et chacuns ses biens acquis et confisquez à qu'il appartiendra sur iceulx et autres non
subjectz à confiscation préalablement prins la
somme de quatre-vingts livres parisis au cas que
confiscation n'ait lieu au proffict de Sadicte Majesté et pour l'exécution du présent arrest la Cour
a renvoyé icelluy Cheminet prisonnier par-devant
lesdicts maire et eschevins de Péronne.

Faict en Parlement le dix-huictiesme avril mil
six cens trente-neuf.

Ainsy signé, par collation : Levesque.

Prononcé par moy, greffier de la ville de Péronne, audict Cheminet en la chambre du conseil
de ladicte ville en la présence des advocat et procureur fiscal d'icelle. Ensemble en la place publicque où ledict Cheminet a esté exécuté le sabmedy
vingt-uniesme jour de may 1639. *Signé* : Dehaussy.

II. *A tous ceux qui ces présentes lettres verront,*
Jehan Chocquel, conseiller du roy, président et
lieutenant général au gouvernement et prévosté
de Péronne, salut : *Sçavoir faisons* que veu la
requeste à nous présentée cejourd'huy, datte des

présentes, par les maire, eschevins et jurez de ceste ville de Péronne, afin de permission de faire dresser et ériger fourches patibulaires dans l'estendue de la justice et seigneurie de ladicte ville pour l'exécution de l'arrest de Nosseigneurs de la Cour de Parlement, rendu à l'encontre de Pierre Cheminet, condamné à mort à raison de l'assassinat commis en la personne de damoiselle Charlotte Fonchet, vivant femme de Louis du Castel, datte du XVIII° avril dernier, led. arrest de Nosseigneurs de la Cour de Parlement sus-datté signé Levesque, l'exécution duquel est renvoyée vers les supplians, les chartres et tiltres de la justice accordée et conceddée auxd. supplians par le roy Philippe-Auguste de l'an mil deux cens et neuf, rétablie et confirmée par le roy Charles par ses lettres du XXVIII° janvier mil trois cens soixante-huict, registrées à la chambre des comptes, signées et scellées, et tout ce qui a esté mis par-devers nous, tout considéré, *Nous*, en conséquence du consentement pre~té par le procureur du roy auquel le tout a esté de nostre ordonnance communiqué, *Avons permis* auxd. supplians de faire ériger fourches patibulaires pour l'exécution dud. arrest en ladicte ville aux charges portées par lesd. chartres et arrest, duquel arrest ils seront tenus bailler coppie au receveur du domaine de Sa Majesté pour le recouvrement des droictz y contenus. — Faict à Péronne, ce dix-huictiesme may mil six cens trente-neuf. Ainsy signé : par collation, Chastellain, et scellé de cire verte et controollé (1).

III. A esté ordonné au procureur fiscal de se porter pour appelant de la sentence aujourd'huy renduc contre Pierre Cheminet, prisonnier ès-prisons du

---

(1) Originaux en parchemin. — Livre Rouge de la ville.

belfroy de lad. ville pour raison de l'assassinat par luy prétendu commis à la personne de deffuncte damoiselle Charlotte Fonchet, par laquelle il a esté condamné à la question, soit que led. Cheminet appelle ou non, et qu'il en soit deschargé (1).

IV. A esté ordonné que le procureur de la ville présentera requête au nom de Messieurs à Monsieur le lieutenant général civil de ceste ville, afin d'avoir permission d'élever des fourches patibulaires dans le marché afin de mettre à exécution l'arrest de mort ordonné par Nosseigneurs de la Cour à l'encontre de Pierre Cheminet, boulanger, demeurant à Péronne, pour raison de l'assassinat par luy commis en la personne de deffuncte damoiselle Charlotte Fonchet, femme de Louis du Castel, escuyer, et pour ce est ordonné à Mᵉ Charles Lescars, argentier, de payer les frais qu'il conviendra pour ce subject (2).

V. A esté arresté que l'on plantera la potence qu'il est besoing de dresser pour l'exécution de l'arrest donné contre Pierre Cheminet sur le grand marché, proche le puits vert, entre ledict puits et le ruisseau (3).

VI. Jean-Jacques Fonchet, élu (4), et Louis Le

(1) Résol. du vendredi 18 février 1639.

(2) Résol. du mardi 17 mai 1639.

(3) Résol. du vendredi 20 mai 1639.

(4) Décédé le 30 juin 1640, laissant des enfants mineurs.

Caron (1), mary et bail de damoiselle Anne Fonchet, sa femme. comme héritiers de Charlotte Fonchet, décédée femme de Louis du Castel payent la somme de 790 livres 7 sols 6 deniers. montant des frais de la procédure criminelle contre Cheminet, exécuté sur la place publique de Péronne, frais de voyage de MM. De Mametz et Lescars, députez pour ce à Paris, conduicte et renvoy du condamné, droit d'élever fourches et frais desdictes et exécution d'iceluy, sous déduction des 400 livres trouvées dans la chambre de la victime et de 47 livres 3 sols 6 deniers trouvés en la possession dud. Cheminet lors de son emprisonnement. L'échevinage restitue aux héritiers deux bagues, deux cuillers et couverts d'argent et autres choses trouvées sur led. Cheminet (2).

(1) Avocat du roi en l'élection, échevin le 24 juin 1640.

(2) Résol. du mercredi 22 juin. — Le livre rouge de la ville renferme encore un autre document relatif au droit de justice appartenant à l'échevinage. C'est une lettre de Mahieu Savary, prévôt de Péronne, datée du 4 août 1399 : « Comme nagueres nous ayons faict prendre de par le roy... en le jurisdiction de honorables hommes et saiges maieur et jurez d'icelle ville, et sans eux appellez ou aucuns de leurs sergens, deffunctz Marchon de la Brunerière, et Marguerite de Villers, autrement au gros brach, lesquelles pour leurs desmérites ont esté mortes et arses par justice, et aussy eussions faict prendre pareillement Jehennette Cavesnelle, Jacotte de La Brunerière, Catherine Le Sireur, Maroir de La Brunerière, leur mère, et Jehennette Robe, desquelles nous avons tenu court et congnoissance, et aussy faict copper le poing par justice emmy le marquiet de Péronne a Desrame de Watencourt pour avoir battu Pierre Du Caurroir, sergent du roy, desquelles prinses et poing coppé... lesd. maieur et jurez nous ont requis estre restablis et réparez... Leur avons restably et restablissons, etc .. »

Mercredi 19 *janvier*. — L'échevinage enregistre la commission donnée à M. de Méreaucourt, capitaine d'une compagnie au
régiment de Rambure-infanterie, pour commander à Péronne en l'absence du gouverneur et de M. de Rogles, son lieutenant.
C'était un court intérim qu'allait remplir cet
officier, qui, depuis plusieurs années, était
major de la place de Péronne. Les lettres
royales (1), appelant à la cour le gouverneur et
son lieutenant, sont datées de Saint-Germain
en Laye le 2 janvier 1639, et portent
notamment ce qui suit : « Ayant résolu de
faire venir près de Nous le sieur d'Hocquincourt gouverneur... et le sieur de Rogles,
lieutenant aud. gouvernement pour les ouyr
et entendre sur le différend nouvellement
arrivé entre eux et y pourvoir... Nous avons
estimé que *pendant leur absence* de ceste
place il estoit nécessaire de commettre quelque personne... pour y commander et empescher qu'il n'en arrive inconvénient,
comme estant l'une des plus importantes de

---

(1) De Sachy (*Tables chronolog.* p. 467, attribue
à tort à ces lettres la date du 11 janvier, et le nom
de Morancourt à l'officier dont il est question ci-
dessus, et qui devint plus tard lieutenant de roi à
Péronne. Le Ms. Dehaussy dit de lui : « Cependant
le temps qu'il a demeuré à Péronne, il n'a faict
que traficquer... »

nostre frontière de Picardie... » D'Hocquincourt partit le lendemain 20 pour Saint-
Germain.

Lundi 31 janvier. — Un demi-pain à Saint-
Lazare est accordé à Martin de Gauchin,
maître chirurgien, « en considération des
services par luy rendus les années passées
au publicq au temps qu'il a sollicitez panser
et assister les malades pestiférez durant que
la peste et maladie contagieuse a esté en ceste
ville suivant la promesse verballe à luy
faicte et afin de luy donner subject, au cas
que lad. maladie vienne à infester la ville,
ce que Dieu ne veuille, d'assister de mieux
en mieux ceulx quy en seront affligez selon
qu'il est obligé par contract faict avec luy. (1) »

Vendredi 4 février. — Deux chanoines
de Saint-Fursy, Antoine de Gauchin et Noël
Le Vasseur, présentent à l'échevinage un acte
de résolution, établissant « la réformation
dans l'Hostel-Dieu, que Messieurs ont trouvé
bon et agréé, pourvu qu'elle soit pour le bien
des pauvres, mais ne pouvant à présent
fournir aucuns deniers pour parvenir à icelle
attendu la nécessité de lad. maison à cause
des guerres et que le bien est en friche ayans
esté contrainctz de prendre de l'argent à

(1) V. *suprà* pp. 215, 246 et 280.

constitution de rente ces dernières années pour subvenir à la nourriture des religieuses, mesme faire questes aux églises les festes et dimanches pour nourrir les pauvres dud. Hostel-Dieu. »

Vendredi 18 février. — « NOTA : ledict jour sur les trois heures de relevée, Monseigneur d'Hocquincourt, grand prévost de France et gouverneur de ceste ville au lieu de Mgr d'Hocquincourt, son fils, est venu en ceste ville, et nous a donné lettres du roy pour ce subject, données à Sainct-Germain en Laye le XV° jour du présent mois, et ón a seulement tiré le canon à son arrivée, et lorsqu'il est descendu à son logis MM. luy ont esté faire la révérence et faict présent de deux demy-poinçons de vin (1) »

Lundi 27 février. — Un pain à Saint-Lazare est accordé à demoiselle Raymonde de Tantale, fille gouvernante des enfants de Mgr d'Hocquincourt, naguère gouverneur de Péronne, moyennant 500 livres. Elle signe au registre : *Remonde Tandar.*

Vendredi 11 mars. — Ordre formel est donné par l'échevinage « d'empescher la

_____

(1) Le poinçon était un tonneau de la contenance de 89 litres.

construction d'un moulin à vent sur la plate-
forme de Sainte-Claire ou ailleurs, attendu
qu'il y en a suffisamment et que la ville y
auroit un grand intérest. — Ordonné qu'on
fera travailler au remblay des terres du
bastion de Richelieu. Les commis aux ouvrages feront refaire le pont quy est nécessaire pour porter les terres. »

Samedi 16 avril. — « ... Sur les trois
heures après-midy, Madame la Gouvernante
est arrivée en ceste ville, laquelle Messieurs
ont esté saluer en corps, et sur les cinq
heures du soir on luy a présenté six quesnes
de vin de présent, et le lendemain à son
lever Messieurs luy ont faict présent d'une
pièce de toilette, et sy à son arrivée l'on a
tiré le canon. »

Lundi 9 mai. — Des lettres du roi, en
date du 17 mars, avaient ordonné à l'échevinage de fournir un logement au sieur
de Fécan, sergent-major de la place, aux
dépens de la ville, et de lui faire donner le
mot, au cours de ses rondes, par les faction-
naires de la milice bourgeoise, comme aussi
de lui permettre de visiter les corps de garde
et les armes qui s'y trouvent « ainsy qu'il se
pratique dans toutes les autres places frontières. »

Messieurs font savoir au gouverneur qu'ils

sont prêts à fournir une chambre au sergent-
major, mais que pour le mot ils entendaient
se pourvoir au conseil, « attendu, disent-ils,
que cela est contraire aux privilèges de la
ville, et que cependant nous fassions selon
que nous avons accoustumé. » Le gouverneur répond qu'ils devaient obéir à la volonté
royale, et qu'il ne mettait aucun obstacle à
ce que la Ville se pourvût contre le sieur de
Fécan. L'échevinage écrit à ce sujet à M.
De Noyers.

Le 19 mai, la forteresse d'Hesdin était
investie par le duc de la Meilleraye qui
allait y gagner sur la brèche son bâton de
maréchal. Le 26, le roi et le cardinal arrivèrent à Abbeville, où leur présence est
encore constatée le 8 juillet. Louis XIII se
rendit à trois reprises différentes au camp
devant Hesdin, qui capitula le 29 juin.

Le 4 juin, un arrêt du conseil d'Etat du
roi confirma l'exemption de la taille pour la
ville de Péronne, accordée par François Ier
en février 1536. Les paroisses « d'Allaigne,
Biach et Doing » profitaient également de ce
privilège, *comme étant dans la banlieue.*
Le taillon seul était dû (1).

Vendredi 10 juin. — Me Jean Wallet est

(1) Livre rouge de la ville.

installé dans ses fonctions de procureur de
la ville.

Vendredi 24 juin. — LOY RENOUVELÉE.

MAYEUR : Mᵉ Claude Vaillant, continué ;
Lieutenant : Mᵉ Michel Galliot, advocat ;
Echevins : Louis de Parviller, advocat ;
      Jean Le Febvre ;
      Guislain de Driencourt ;
      Daniel Le Vasseur, marchand ;
      Robert Du Croc, advocat ;
      Louis Caudron, advocat ;
      Robert Pincepré, advocat ;
      Jean Bertrand, procureur ;
      Pantaléon de Gauchin, l'aisné ;
      Germain Moislet, marchand.

Le jour des bans, dimanche 26 juin, la
question de préséance de l'avocat de la ville
sur le procureur d'icelle est réglée par Messieurs de l'échevinage, sauf par ce dernier à
se pourvoir, s'il le juge à propos.

« Le lundy xiᵉ jour de juillet 1639 sur les
cinq heures après-midy le roy est venu en
ceste ville par la porte de Paris (1), accompagné de monseigneur le cardinal duc de
Richelieu, Monsieur le duc d'Angoulesme,
Messieurs de Vendosme et de plusieurs grands

(1) Louis XIII venait d'Abbeville, comme nous
l'avons dit plus haut.

seigueurs et a esté loger chez M° Romain
Regnart président en l'eslection et y a séjourné jusques au jœudy ensuivant xiiii° dudict
mois sur les onze heures du matin qu'il en
est party par la mesme porte pour aller à
Ham. Devant son arrivée l'on a mis les
armes de Sa Majesté à lad. porte de Paris et
à la porte de son logis et sy l'on a mis aussy
les armes de mondit seigueur le cardinal à
la porte du logis de M. de Sormont où il a
logé. Messieurs les gens du Roy ont esté au
devant de Sa Majesté jusques à la porte du
faulxbourg et Messieurs de la ville jusques à
la porte de la ville au devant du corps de
garde des bourgeois, auquel lieu ils l'ont
salué et présenté les clefs de la ville et au
mesme instant que Sa dite Majesté a esté
dans la ville, l'on a tiré le canon. »

Le vendredi 29 juillet, l'échevinage enregistre les lettres données à Saint-Germain-
en-Laye par le roi, le 6 avril précédent, et
nommant Louis Jolly capitaine des portes de
la ville au lieu du titulaire actuel, qui ne
remplissait pas ses fonctions, *et ne demeurait
pas même en lad. ville.*

Lundi 8 août. — Une somme annuelle de
vingt livres est accordée « à Daniel Bellyer,
maistre serrurier et harquebuzier pour nettoyer et entretenir en bon estat les harque-

buzes à croc et mousquetz quy sont dans les magazins de la ville. »

Lundi 19 septembre. — La ville s'oppose à l'acquisition par les Pères Cordeliers d'une maison appartenant au sieur de Laplanche « pour joindre à leur couvent, attendu que cela serait au grand préjudice du publicque. » Ces défenses leur sont réitérées le vendredi 23 du même mois.

Vendredi 7 octobre. — Enregistrement des lettres royales nommant le sieur Méreaucourt comme lieutenant au gouvernement de Péronne. Ces lettres avaient été données à Langres le 27 août 1639.

Mercredi 16 novembre. — Messieurs se pourvoient en décharge, au conseil, contre une ordonnance de M. de Bellejamme, maître des requêtes et intendant de la justice en Picardie, qui avait taxé la ville à six mille livres « pour la subsistance des gens de guerre durant le quartier d'hyver de la présente année. »

1640

Pendant le cours de cette année, les opérations militaires furent concentrées dans les Ardennes sous les ordres du maréchal de La Meilleraye, et en Artois sous le commandement du maréchal de Châtillon. Le siège d'Arras ayant été résolu par le roi le 28 mai, cette place fut investie peu après par l'armée royale, et capitula le jeudi 9 août 1640, jour de la fête de Saint-Laurent.

Le manuscrit Debaussy mentionne à la date du 12 janvier l'arrivée à Péronne d'un ambassadeur polonais.

Le vendredi 23 février, « sur l'advis que MM. de Chapitre poursuivaient au conseil leur descharge de logement des gens de guerre, Messieurs députent Me Levesque, advocat de la ville, pour aller à Paris pour tâcher d'empescher lad. descharge, d'aultant qu'elle seroit au préjudice du publicq (1). »

Vendredi 4 mai. — Me Anthoine Le Caron, prêtre, naguère curé de l'église Saint-Sauveur (2), pourvu d'un pain à Saint-Lazare, déclare quitter la ville pour aller demeurer en Champagne, où il avait, depuis peu, obtenu un bénéfice. L'échevinage lui rembourse les quatre cents livres par lui versées, plus 150 livres pour les arrérages de son pain.

(1) V. *suprà*, p, 191, et l'appendice à la fin du volume.

(2) Ce prêtre ne figure pas dans la liste des curés de Saint-Sauveur, dressée par le chanoine de Sachy. (Tableaux chronologiques, p. 457 des *Essais*).

Vendredi 11 mai. — Un charron du faubourg de Bretagne, nommé Jean Frion, obtient de l'échevinage, moyennant 5 sols de cens annuel, une portion de terrain de 14 à 15 pieds de longueur, proche le rempart de ce faubourg, « *et où estoit la porte conduisante au Mont-Saint-Quentin*, pour y bastir une chambre aux gens de guerre. »

Lundi 21 mai. — Location des herbes des deux demi-lunes hors de la porte de Paris, moyennant 50 sols par an.

« Le jœudy dernier jour dudit mois de may sur les sept à huict heures du soir l'on a chanté le *Te Deum* dans l'église Saint-Fursy, où Messieurs ont assisté pour la réjouissance de la levée du siège de Casale où il y a eu plusieurs Espagnols deffaictz, et sy l'on a tiré le canon, et ce ensuitte des lettres de Mgr le duc de Chaulnes, gouverneur général de la province de Picardie, envoyées à Monsieur le gouverneur ledict jour. »

Dimanche 24 juin. — LOY RENOUVELÉE.

MAYEUR : Me Claude Vaillant, continué.

Lieutenant : Noble homme Me Romain Regnart, président en l'élection.

Echevins : Robert Dournel, advocat du roy
au gouvernement et prévosté
de Péronne.

Toussaint Leclercq, marchand.

Anthoine Journel, advocat.

Louis Le Caron, advocat du roy
en l'élection.

Romain Bouteville, grainetier.

Louis Le Père, procureur du
roy en l'élection.

Robert de Parviller, bourgeois.

Jacques Vitte, professeur.

François Le Dieu, marchand.

Thomas Hugot, marchand.

23 *juillet.* — Le roi avait fait défense de
transporter hors du royaume « toutes sortes
de grains et avitaillement. En conséquence,
un réglement du gouverneur portait qu'il ne
seroit donné qu'une mine de bled par semaine,
les jours de mardy seulement, à chacun mes-
nage *des habitans françois du village de Com-*
bles (1). Au préjudice de quoy ils seroient
venus aujourd'huy lundy en ville pour faire
achapt de grains, farine et autres sortes
d'avitaillement. » Le mayeur en informe le

_____

(1) V. *suprà,* page 4 en note. — La mine était
une mesure de capacité équivalant au demi-setier,
soit 78 litres 497.

gouverneur, et le procureur du roi se transporte vers M. Charier, commis au bureau des traites foraines pour lui faire défense de délivrer aucun passeport auxdits habitants de Combles pour le transport desdits grains en autre jour que le mardi de chaque semaine.

Mais le 14 août suivant, le gouverneur ayant fait savoir au mayeur « qu'il vouloit que l'on donnât à chacun personne et habitant du village de Combles qui sont françois un quartier de bled ou farine par semaine », l'échevinage prend la résolution de lui faire de très humbles remontrances « de ne plus souffrir à l'advenir qu'il soit baillé aucun bled ou farine ausd. habitans à cause de la moisson instante, et que les habitans des autre vilages frontières comme eux ne prennent plus à présent aucun bled. »

« Ledict jour sur les huict heures du soir l'on a chanté le *Te Deum* en l'église Saint-Fursy et après l'on a faict le feu de joye dans la place, lequel a esté allumé par monsieur le gouverneur et monsieur le mayeur en la manière accoustumée durant lequel l'on a tiré tous les canons tant de la ville que du château avec toutes les boëttes en tesmoignage de la resjouissance de la prise de la ville d'Arras le jeudi 10 du présent mois sur les dix heures du matin (1).

« Et le lendemain jour de l'Assomption de la Vierge après les vespres chantées l'on a faict LA PROCESSION ROYALE comme il est accoustumé à laquelle Messieurs ont assistez en corps avec l'antienne loy, portant chacun une chandelle alumée pour honorer le chef de Saint-Fursy qui a esté porté par Me François Le Dieu et Thomas Hugot eschevins en la présente année. »

Vendredi 28 *septembre.* — « Le vendredi XXVIIIᵉ dud. mois, sur les six à sept heures du soir l'on a faict le feu de joye sur la place, quy a esté allumé par monsieur le gouverneur et monsieur le mayeur en la manière accoustumée pour la resjouissance de la naissance de Mgr le duc d'Anjou, *second filz de France*, et de la reprise de la ville de Turin, durant lequel l'on a tiré le canon. »

Vendredi 26 *octobre.* — Une ordonnance échevinale fixe le prix du pain blanc à 14 deniers, et celui du pain bis à 15 deniers *(sic)*.

1641

Le vendredi 4 janvier, l'échevinage accuse

(1) C'est le jeudi 9 août qu'il faut lire, et non le 10, comme l'a écrit par inadvertance le greffier de la ville.

réception d'une lettre du roi, datée de Saint-Germain, le 26 décembre précédent, « par laquelle S. M. désiroit estre informée de tout ce quy s'est cy-devant passé en ceste ville aux sacres des rois, couronnements, entrées, mariages, réceptions de princes souverains, de gouverneurs de province et de toutes autres grandes cérémonies. »

Des recherches seront faites dans les registres, et les extraits adressés à Mgr le Chancelier de France.

Une ordonnance de l'intendant de Picardie, rendue le 20 janvier, décharge les chanoines du chapitre de Saint-Fursy des fournitures d'ustensiles, bois et chandelles pour la cavalerie logée dans leurs maisons, tant à cause de leurs privilèges que de la non-jouissance de leurs bénéfices. D'un certificat des officiers en l'élection et grenier à sel de Péronne, et des mayeur et échevins de cette ville, du 12 mars suivant, il résulte en effet que les villages de la région « ont esté désertez, bruslez et abandonnez depuis la guerre déclarée et que toutes les terres labourables y sont demeurées incultes. Un procès-verbal du lieutenant-général au gouvernement de Péronne « sur ruine incendie et ravage de ces villages » fut également dressé le 4 avril 1641, et par une ordonnance rendue en assemblée générale du clergé à Mantes, le même chapitre fut autorisé à se pourvoir au conseil pour obtenir décharge sur leurs pertes et ruines. (1).

Le vendredi 23 mars, un pain à St-Lazare est accordé par Messieurs de la ville à M⁰ Jehan de Targny, prêtre habitué de St-Quentin-Capelle, à cause de sa vieillesse, indisposition et infirmité, moyennant 792 livres que le bénéficiaire a payés à l'argentier.

Nous avons rapporté plus haut la procédure suivie à cette époque et les formalités usitées pour arriver à l'exécution des arrêts judiciaires en matière d'assassinat. A la date du 3 juin 1641, nous rencontrons encore au Livre rouge de la ville un curieux parchemin original, relatif aux rigoureux châtiments infligés aux faussaires par la justice locale, interprète de notre ancien droit criminel.

ARREST *de la cour portant condamnation d'amende honorable et bannissement perpétuel hors du royaulme à l'encontre de Fursy Dottré, renvoyé à Messieurs les mayeur et eschevins de la ville de Péronne pour estre mis en exécution.*

EXTRAICT DES REGISTRES DE PARLEMENT

Veu par la cour le procès criminel faict par les maire et eschevins de la ville de Péronne, à le

(1) Extraits du Livre rouge de la Ville.

requeste de Jacque de Sailly sergent royal au gouvernement et prévosté de Péronne, demandeur en faux, le procureur fiscal joint, contre Foursy Dottré, prisonnier ès prisons de la Conciergerie du Palais, appelant de la sentence contre lui donnée le xviii° mars dernier par laquelle il auroit esté déclaré suffisamment attainct et convaincu d'avoir faulcement faict, escript et fabricqué la cédulle et promesse conceue soubz le nom dud. de Sailly au proffict d'Anthoine Richard, portant la somme de quatre-vingt-trois livres douze solz en date du vi° jour de juin 1629, Et pour la réparation condamné à comparoir en la chambre du Conseil de lad. Ville et illec teste et piedz nudz, en chemise, ayant une torche ardante de deux livres en main, genoux fléchis, dire et déclarer à haulte et intelligible voix que faussement il avoit faict et fabricqué ladicte cédulle, qu'il en est marry, en crie mercy à Dieu, au Roy et à Justice et audict De Sailly, et de là conduict, la cloche sonante, par les quatre sergens de lad. ville, en mesme estat, ayant lad. torche ardante en la main, au devant de la croix du marché au bled de lad. ville et illec faire pareille déclaration *et banny pour neuf ans de la ville* faulxbourgs et banlieue dud. Péronne, à luy enjoinct garder son ban à peyne de la hart et en cincquante livres d'amende envers led. De Sailly et en cent cincquante livres et intéretz et à tenir prison pour lesdictes sommes et deffences à luy de plus porter de pistollet de poche et autres sur les peines de l'ordonnance et outre led. Dottré condamné ès despens du procès ; de laquelle sentence ledict Desailly auroit pareillement appellé, ensemble led. procureur fiscal *à minimâ ;* conclusions du procureur du roy, lequel auroit pris le faict et cause pour ledict procureur fiscal, requis estre tenu pour bien relevé et droict lui estre faict sur led. appel et conclusions, et ouy et

interrogé en lad. Cour led. prisonnier sur sa
cause d'appel et cas à luy imposez, et tout considéré DICT A ESTÉ que lad. Cour a mis et met
l'appellation dud. Dottré et sentence de laquelle a
esté appelé au néant, et émendant pour réparation
des cas mentionnez aud. procez, a condamné et condamne led. Dottré faire amende honorable en
l'audience de la justice dudict Péronne, icelle
tenant, estant teste piedz nudz en chemise *la corde
au col*, ayant en ses mains une torche de cire
ardente du poix de deux livres et illec à genoux
dire et déclarer à haulte et intelligible voix que
témérairement indiscrètement et comme mal advisé
il a faict et fabricqué lad. cédulle et promesse
mentionnée aud. procès dont il se repend et en
demande pardon à Dieu au Roy et à justice. Ce
faict, ladicte promesse rompüe et lacérée en sa
présence, et la banny *et bannist à perpétuité du
royaulme* de France et luy enjoinct garder son ban
à peine d'estre pendu et estranglé, a déclaré et déclare tous et chacuns ses biens acquis et confis-
qués au roy ou à qui il appartiendra, sur lesquelz
et autres non subjectz à confiscation sera préalablement pris la somme de cent cincquante livres
tournois pour réparation civile envers led. Desailly
et vingt livres d'amende envers le Roy aplicables
au pain des prisonniers de la Conciergerie du
Palais, outre le condamne ès despens du procès.

Et pour faire mettre le présent arrest à exécution,
lad. Cour a renvoyé et renvoye led. Dottré prisonnier pardevers lesdictz maire et eschevins
dudict Péronne. Et sur l'appel *a minima* tant dud.
procureur général que dud. Sailly, a mis et met
les parties hors de cour et de procès. Faict en
Parlement le seiziesme may mil six cent trente et
ung. Ainsy signé, par collation : Radiguer.
Prononcé aud. Dottré en la présence desdictz De-

sailly et advocat de la ville, lequel a faict la
réparation contenue audict arrest et satisfaict à
tout le contenu d'icelluy le mardy treiziesme jour
de juin 1641 (1).

Lundi 24 *juin* 1641. — LOY RENOUVELÉE.

MAYEUR : Me Claude Vaillant, continué
dans sa charge.

Lieutenant : Me Nicolas Demametz, esleu.

---

(1) Au lieu du 16 mai 1631, c'est le 16 mai 1641
qu'il faut lire ci-dessus. — Lorsqu'il s'agissait
d'exécuter une sentence de condamnation pour
vol, voici, d'après le libellé d'un parchemin du
siècle précédent, les prescriptions ordinaires du
parlement de Paris :

« Veu par la Cour le procès-criminel faict par les
mayeur et eschevins de la ville de Péronne à la requeste
du pro. de lad. ville à l'encontre de Léonard Guillebert,
manouvrier, prisonnier ès-prisons de la Conciergerie
du Palais, appelans de la sentence contre luy donnée
par lesd. mayeur et eschevins par laquelle pour raison
des larcins à plain mentionnez aud. procès led. Guillebert auroit esté condamné à être battu et fustigé nud
de verges par les carrefours dud. Péronne, la hard au
col, et ce faict banny de lad. ville et banlieue *à tousjours* avec deffences de y plus converser à peine de la
hard et déclaré ses biens acquis et confisquez à qui il
appartiendroit, parties intéressées préalablement res-
tituées, Appel a minimâ interjetté de lad. sentence par
led. pr. du roy de Péronne, et ouy et interrogé par
lad. cour led. prisonnier sur sad. cause d'appel et cas
à luy imposez et tout considéré dict a esté que lad.
Cour a mis et met lad. appellation et ce dont est appel
au néant sans amende, et néantmoings pour les cas
contenus aud. procès a condamné et condamne led.

Echevins : Jehan Le Vasseur, advocat.

Abraham Desjardins, esleu.

François Aubé, président au grenier à sel.

Charles Lescars, procureur.

Daniel Le Vasseur, marchand.

Jean Cornet, marchand.

François Aubrelicque, médecin.

Robert Pincepré, advocat.

Jean Bédu, procureur.

Jean Delacherois, bourgeois.

A cette date, dit Puységur, « la cour était à Amiens, qui se préparait pour aller à Péronne ; et dans la route que l'on prenait, quand les logements étaient petits, Monsieur le Cardinal partait un jour devant ; de sorte qu'il était à Corbie quand j'y arrivai le ma-

---

Guillebert a estre battu et fustigé nud de verges par les carrefours dud. Péronne, et ce faict la banny et bannist *pour cinq ans* de lad. ville et banlieue de Péronne. Et où il y sera trouvé pendant et durant led. temps sera reprins prisonnier et contre luy procedé ainsy qu'il appartiendra. Et pour faire mettre le présent arrest à exécution, a renvoyé et renvoye led. prisonnier par-devant lesd. mayeur et eschevins. Faict en parlement le hui tiesme jour d'avril l'an mil cinq cens soixante-cinq, avant Pasques. Ainsy signé, par collation : MALON. »

tin... (1) » Les ducs de Bouillon et de Guise,
et le comte de Soissons, venaient de lever
l'étendard de la révolte, et de traiter à
Bruxelles avec le Saint-Empire et l'Espagne
pour en obtenir des subsides et des soldats.
Le maréchal de Châtillon, à la tête d'une
petite armée, était cantonné dans la campagne, d'où il observait Sedan, quartier-
général des rebelles.

Puységur fut introduit par De Noyers,
secrétaire d'Etat à la guerre, auprès de
Richelieu, auquel il soumit un plan destiné
à faire tomber la forteresse ardennaise au
pouvoir de l'armée royale : « et sur les neuf
heures, le cardinal partit pour Péronne (2), »
où la réception suivante lui fut faite : « Le
sabmedy vingt-neufviesme jour de juin 1641,
sur les six heures du soir, Monseigneur le
Cardinal duc de Richelieu est venu en ceste

---

(1) *Mémoires de Puységur*, I, 256. — Parlant du
voyage de Louis XIII et de Richelieu dans le
Roussillon en 1642, Henri Martin constate le même
fait : « ... Il suivait le roi à *une journée de distance* ; son cortège était plus splendide et plus
nombreux que celui du roi, *et les mêmes gîtes
pouvaient rarement* suffire aux deux équipages. De
temps en temps, le roi et le ministre se rejoi-
gnaient dans les principales villes... » *Hist. de
France*, livre LXXI.

(2) *Mémoires de Puységur*, I, p. 259 et suivantes.

ville par la porte de Paris et a esté loger au
logis de Monsieur de Sormont et sy sesjourné
jusques au mardy ix⁰ jour de juillet sur les
onze heures du matin qu'il en est party par
la mesme porte pour aller à Nesle, devant
son arrivée l'on a mis les armes du roy à lad.
porte de Paris, et les armes de son Eminence
à la porte de son logis. Messieurs les gens
du roy ont esté au-devant de luy jusques à la
porte du faulxbourg, et Messieurs de la ville
jusques à la porte de la ville au-devant du
corps de garde des bourgeois, auquel lieu ilz
l'ont salué et présenté les clefs de la ville et
paravant qu'il entrast en la ville et lorsque
on l'a apperceu à la campagne, on l'a salué
de plusieurs coups de canons comme on a
aussy faict incontinent après qu'il est entré
dans la ville ou en passant par-devant l'église
de Saint-Fursy Messieurs du Chapître l'ont
aussy salué et luy a esté faict un compliment
par Monsieur Letellier, chantre, pour l'absence de Monsieur le doien (1) ».

Pendant ce temps, Puységur dînait à Corbie avec M. De Noyers, « en attendant le roi.
qui arriva sur les quatre heures du soir. »
Louis XIII décida qu'on n'assiégerait pas
Sedan de vive force, mais que M. de Châ-

_____

(1) Reg. aux résolutions de la ville, *hoc anno*.

tillon devrait se borner à construire un fort en deçà du pont, sur la Meuse, vers l'est, pour la tenir en respect ; « puis, il donna ordre à M. De Noyers d'aller à Péronne trouver M. le Cardinal pour l'instruire de ce qui avait été résolu » et l'inviter à rédiger, dans le sens des instructions ci-dessus, une dépêche que Puységur remettrait au commandement de l'armée de Champagne. « M. De Noyers partit pour Péronne, ajoute le major du régiment de Piémont, et je demeurai avec le Roi, qui était brouillé ce jour-là avec monsieur le Grand (Cinq-Mars) son favori, ce qui fut cause qu'il m'entretint toujours jusques au lendemain midi... Je partis de Corbie à deux heures après-midi et fus à Péronne pour prendre ma dépêche que je trouvai faite. Monsieur le Cardinal me fit cent amitiés, et commanda à monsieur De Noyers de me bien faire payer mon voyage ; ce qui fut fait, et on me donna huit cents écus d'or. Sortant de Péronne, je rencontrai un des valets de chambre de monsieur de Sourdis, qui était venu en grande diligence. Il me dit qu'il n'y avait rien de nouveau à l'armée... (1). »

Le dimanche 30 juin, « messieurs de

(1) *Mémoires de Puységur*, I, page 259 et suivantes.

l'échevinage procèdent à l'élection des chefs pour conduire la Jeunesse au-devant du Roi qui doibt venir en ceste ville. Louis Dournel est élu capitaine, Charles Samyer, lieutenant et Claude Moillet, enseigne. »

« Le mardy second jour de juillet aud. an (1). sur les cinq heures après-midy, le Roy est arrivé en ceste ville par la porte de Paris, lorsque on a apperceu Sa Majesté on l'a salué de plusieurs coups de canons. Messieurs les gens du roy ont esté au-devant de luy jusques à la Chapelette et messieurs de la Ville jusques à la porte et au-devant du corps de garde des bourgeois où monsieur le mayeur lui auroit faict un compliment et présenté les clefs de la ville, et Sa Majesté estant entré dans la ville on auroit de rechef tiré le canon et auroit esté aussi salué par Messieurs de Chapitre, au-devant du grand portail Saint-Fursy et seroit allé loger chez M° Romain Regnart, président en l'eslection. Toute la Jeunesse et tous les habitans ayant pris les armes, se seroient mis en haye depuis la porte de Paris jusques à lad. église

(1) Ce même jour, les princes rebelles répondaient par un manifeste d'une extrème violence contre le cardinal, à la déclaration royale du 8 juin qui les proclamait ennemis de l'Etat. (V. Henri Martin, *loc. cit.*)

Saint-Fursy, ce qu'ilz auroient aussy faict à l'arrivée de monseigneur le cardinal duc de Richelieu. Sa Majesté auroit séjourné à Péronne jusques au mardy neufviesme dud. mois qu'il en seroit party pour aller à Nesle, le jour précédent vindrent les nouvelles de la déffaicte de monsieur le mareschal de Chastillon par Messieurs les princes, auquel combat monsieur le comte de Soissons a esté tué. »

Les conjonctures étaient graves : la bataille de la Marfée avait été pour l'armée royale une débâcle complète. Le maréchal de Châtillon, abandonnant à l'ennemi les bagages et la solde de l'armée, avait dû fuir jusqu'à Rethel. Mais en revanche le comte de Soissons n'était plus à redouter : « le roi gagnait plus à sa mort que s'il eût gagné la bataille », suivant l'expression de Châtillon lui-même, qui dépêcha son capitaine des gardes vers le roi, pour lui annoncer la nouvelle. « Ce capitaine partit sur l'heure (de Rethel) et fit si grande diligence, qu'il arriva dans Péronne à une heure après minuit ; et sitôt qu'il fut dans la ville, il s'en alla droit chez monsieur De Noyers, qui ne lui voulut point parler, disant qu'il savait fort bien que la bataille était perdue... » L'officier ayant insisté, et justifié de la mort du comte de Soissons, De Noyers « s'en alla chez M. le cardinal... lequel fut chez le roi qu'il éveilla, et incontinent on envoya ordre à toutes les troupes qui devaient marcher du côté de Paris, de tourner vers Rheims, dont Sa Majesté prit elle-même la route (1) ». Cette fois le cardinal accompagnait le roi ; toutes les forces disponibles furent concentrées en Champagne, mais le duc de Bouillon préféra négocier, plutôt que de compromettre son premier succès dans de nouveaux combats.

C'est à cette même date qu'il convient de rapporter le fait suivant, raconté par notre vénérable historien du Santerre et du Vermandois (2), d'après Dom Grenier : « Au mois de juillet 1641, la garnison de Péronne détacha une douzaine de cavaliers sur Allaines pour y faire des prisonniers et du butin. Ils pénétrèrent à l'improviste dans les basses-cours et s'emparèrent de tous les porcs qu'ils purent y rencontrer. A cette nouvelle, les habitants armés de fourches, de fléaux et de fusils, coururent les attendre au-dessus de la montagne, auprès du bois de l'abbaye, en criant de loin : *tue ! tue ! tue !* A ces cris, les cavaliers qui ne se sentaient

(1) *Puységur*, I, 270.

(2) M. l'abbé De Cagny, *Hist. de l'arrondissement de Péronne*, 1, 140-141, d'après D. Grenier, *Topog.* tome XCXII, folio 168.

pas assez forts pour résister. prirent la fuite
en abandonnant leur butin. Le roi, informé
de cette prouesse, se fit présenter un des
paysans qui avaient poursuivi les pillards
et loua le courage des habitants d'Allaines. »

Vendredi 12 juillet. — L'échevinage
décide « qu'on achepiera quelques services
de dames pour faire présent à M. de Bellejamme, intendant de la justice en Picardie,
et que les bans différés par l'arrivée du roy
auraient lieu le dimanche 14 juillet. »

Après la prise de Donchery (2 août) « le
roi partit de Mézières pour aller à Nesle, et
monsieur le cardinal à Chaulnes ; l'armée
s'achemina vers Péronne (1).

Lundi 9 novembre — « Ledict jour la
ville de Bapaulme en Arthois a esté siégée
par les deux armées commandées par messieurs les mareschaux De Brizay et La
Meilleraye ayant esté investie le jour précédent
par la cavalerie et quelque infanterie (2) ».

L'investissement de Bapaume avait été
précédé de la prise de La Bassée par La
Meilleraye et de Lens par le maréchal de
Brezé.

(1) *Puységur*, I, 291.
(2) Reg. aux rés. de l'Hôtel-de-Ville de Péronne.

Ce dernier, chargé, en qualité de vice-roi, du commandement de l'armée de Catalogne, était parti pour rejoindre son poste quelques jours avant le siège de Bapaume, où le comte de Guiche l'avait remplacé à la tête de l'armée dite de Champagne.

« Le mercredy XIe jour dud. mois de septembre..., jour de la procession du siège sur les cinq heures du soir, le Roy est arrivé en ceste ville par la porte du faubourg de Paris, venant de Corbie, Messieurs de la ville ont esté au devant de S. M. jusques au corps de garde des bourgeois comme il est accoustumé, et Sad. Majesté y estant arrivée, Monsieur le mayeur luy a faict un compliment et présenté les clefs de la ville. Messieurs du bailliage ont esté aussy au devant jusques à la Chapelette et les habitans ont pris les armes et se sont mis en haye jusques à lad. porte de Paris, et lorsque l'on a apperceu Sa Majesté, en descendant de l'abbaye de Biache. on l'a salué de plusieurs coups de canon, on a mis aussy ses armes à lad. porte et au-dessus de la porte de l'hostel de Me Romain Regnart où Sa Majesté avoit esté loger.

« Monseigneur le Cardinal est aussy venu en ceste ville une heure après Sa Majesté. MM. de la ville ont attendu Son Eminence à lad. porte de Paris et sy luy a esté faict un compliment par Monsieur le mayeur et sy ses armes ont esté posées à la porte du logis de M. de Sormont où il a esté loger (1). »

Deux jours après, « c'est-à-dire le 13 du même mois, le chapitre ayant résolu de faire un reliquaire particulier pour le chef de son glorieux patron, avoit ouvert l'ancienne châsse où cette principale partie du saint étoit renfermée depuis le temps de Saint-Louis. On regarda comme une grande merveille que le chef se trouva au même état que s'il ne se fût écoulé qu'une année depuis la mort de Saint-Fursi. Tout le peuple de Péronne accourut au spectacle.... Il est très probable que Louis XIII assista en personne, avec son futur ministre Mazarin, à cette translation, puisque, selon Aubéri, auteur de la vie de ce cardinal, le traité entre le roi et Honoré Grimaldi, prince de Monaco, fut conclu à Péronne, le lendemain 14 septembre, tandis qu'il faisait assiéger Bapaume (2). »

(1) Reg. aux Résol. de la Ville.

(2) De Sachy, *Essais sur Péronne*, p. 296. — « Le 14 septembre, fust faict et conclud à Péronne un traité entre le Roy et le prince de Monaco, qui fust enregistré au Parlement de Paris le 6 février 1643. » Ms Dehaussy.

« Le mercredy dix-huictiesme dud. mois
au matin, on a apporté nouvelles à Sa Majesté
que la ville de Bapaulme s'estoit rendu à son
obéissance sur la minuit, en resjouissance
de quoy le lendemain jœudy xixe dud. mois,
Sad. Majesté auroit faict chanter le *Te Deum*
en l'église Sainct-Fursy sur les neuf à dix
heures du matin, auquel elle auroit assisté
après y avoir faict dire la messe et
faict tirer le canon, et sur le soir auroit
esté faict un feu de joye au milieu de
la place quy auroit esté allumé par Monsieur le mayeur seul accompagné de Messieurs les eschevins, y ayans esté conduictz
par deux tabours selon qu'il est accoustumé. »

« Et le sabmedy 21 dud. mois l'on a encore chanté le *Te Deum* dans lad. église
Saint-Fursy sur les neuf heures du matin et
durant icelluy tiré le canon pour la resjouissance de la prise de la ville de Conye en
Italie par Monsieur le conte de Harcourt (1).
Sa Majesté y a aussy assisté et faict
chanter la messe et ledict jour sur les
trois heures après-midy Sad. Majesté
seroit party de ceste ville et seroit allé

(1) La prise de Coni, la plus forte place des
Alpes piémontaises, datait du 15 septembre. (H.
Martin, *loc. cit.*)

coucher à Nesle, et Monseigneur le cardinal à Chaulnes (1). »

La prise de Bapaume valut au comte de Guiche, alors lieutenant-général de l'armée, le bâton de maréchal de France (21 septembre) : « Dans le temps que la garnison sortit de Bapaume, à qui on avait donné escorte pour la conduire à trois lieues, et de là un trompette la devait mener jusques à Douay, Monsieur de Saint-Preuil, qui était gouverneur d'Arras, et qui jour et nuit était en parti, se trouva en embuscade; et ces troupes qui étaient sorties de Bapaume, allèrent camper à quatre lieues de là, et ne voulurent pas que le trompette demeurât avec eux. Monsieur de Saint-Preuil qui était en embuscade dans le lieu où elles étaient, les chargea sans savoir que c'étaient celles de Bapaume, et les tailla en pièces. Monsieur le maréchal de la Meilleraye, se trouva tellement choqué de cette action, et en fit si grand bruit que l'on

---

(1) Reg. aux Résol. de la Ville. — « Lors de la prise de Bapaume.... le roi Louis XIII qui était à Nesle, envoya un courrier à Roye, annoncer cette bonne nouvelle qui fut accueillie avec des témoignages d'allégresse. On alluma des feux de joie, d'après les ordres de Richelieu, adressés du château de Chaulnes, où il se trouvait, et on chanta un *Te Deum*. » E. Coët, *Hist. de Roye*, I, 349.

résolut d'arrêter M. de Saint-Preuil, qui
était dans Arras, où l'on fit marcher l'armée.
(24 septembre) Monsieur de Saint-Preuil,
averti par ses amis, du dessein qu'on avait
formé contre lui, laissa venir Monsieur de
la Meilleraye jusques à Arras, et alla même
au devant de lui.... Dans le temps qu'il allait
au devant de Monsieur le Grand-Maître, cinq
régiments entrèrent dans la place, et lui fut
arrêté. Son régiment fut mis hors d'Arras.
Deux jours après il fut conduit à Dourlans,
où on le laissa pendant quelque temps, et
de là mené à Amiens, où son procès lui fut
fait. (29 septembre) Il fut condamné, non
pour avoir défait la garnison de Bapaume,
mais pour les impôts que l'on disait qu'il
avait mis sur les entrées d'Arras, de son
autorité privée, et pour les grandes contri-
butions qu'il avait tirées du pays. Il se justi-
fiait fort bien de ces deux accusations. et faisait voir qu'il n'avait rien pris ni levé que par
ordre exprès du Roi. Il eut néanmoins la tête
tranchée (le 9 novembre). C'était un des plus
braves et des plus hardis hommes qui aient été
en France depuis plusieurs siècles, et l'un des
plus libéraux et des plus généreux. » (1)

Vendredi 4 octobre. — L'échevinage ar-

(1) Mém. de Puységur, 11, pages 2 et 3.

rête « qu'on fera fournir du linge à M. de Cressy, lieutenant au chasteau, par ceulx de la banlieue comme il est accoutumé. »

Lundi 2 *décembre*. — Défense est faite aux habitans d'aller à Manancourt ni d'en recevoir personne à cause de la maladie contagieuse.

Vendredi 6 *décembre*. — La ville accorde, à titre de bail, à Claude Yver et à Philippe Hochepied, poissonniers à Sobotécluse, pour 9 ans, moyennant 40 livres par an, « les eaues des fossez depuis le bastion *de Richelieu* jusques au bastion de Vendosme et la digue estant derrière la maison du *Soleil*, ensemble celles de la fontaine Villette et des fossés du faulxbourg de Bretagne du costé du Mont-Saint-Quentin. »

Lundi 16 *décembre*. — « Sur les trois heures après midy, l'on a receu lettres de M. le (trésorier) général de Herte par lesquelles il estoit mandé de fournir l'estappe aux compagnies suisses du régiment des gardes estans en garnison à Bapaulme quy doibvent venir en ceste ville et y loger. » Quatre échevins sont députés pour « faire le nécessaire en vivres et en autres choses. » (1)

(1) Reg. aux Résol. de la ville.

1642

Vendredi 4 janvier. — L'échevinage députe en cour, vers M. De Noyers, l'avocat de la ville Simon Lévesque, pour obtenir la décharge des bois et chandelles demandés par les deux compagnies de chevau-légers du régiment du sieur Notaph, en garnison à Péronne. En attendant, une somme de 300 livres est avancée aux capitaines de ces compagnies, par l'entremise de M. de Méreaucourt.

« Le mardy IIIIᵉ jour de mars aud. an jour du mardy-gras, sur les cinq heures du soir, Monseigneur le Conte de Harcourt, gouverneur de la Guyenne et général de l'armée du roy en Picardie, venant de Saint-Quentin, est venu en poste et arrivé en ceste ville par la porte de St-Sauveur accompagné de M. de Gassion et de M. le comte de Quinçay gouverneur de Guise et s'est logé au logis de Mᵉ Romain Regnart où Messieurs de la ville l'ont esté saluer et porter douze cannes de vin de présent, et le lendemain est party sur les huict heures du matin pour Bapaulme et Arras.

« Et suivant son ordre, Messieurs ont accordé, avec les chefs des deux compagnies de chevaulx-légers allemans estans en garnison, pour leur bois et chandelles, à la

22

somme de douze livres par jour pour les deux compagnies, chefs compris. »

« Et le sabmedy VIIIe dud. mois, led. seigneur comte de Harcourt est revenu en ceste ville, venant de Bapaulme et à son arrivée l'on a tiré le canon, et sy Messieurs de la ville lui ont esté faire la révérence et présenté douze cannes de vin de présent, et le mesme jour seroit party pour Chaulnes et à sa sortye l'on a derechef tiré le canon. » (1).

Vendredi 2 mai. — L'échevinage enregistre les lettres royales données à Paris le 4 janvier 1642, nommant Jacques Le Peletier, sieur de la Nouë, comme capitaine des portes de la ville de Péronne, au lieu du sieur Jolly, démissionnaire. Le nouveau fonctionnaire avait à cette date 35 années de service aux armées. La ville lui donne le logement à son choix chez Maurice Lecointe ou chez Adrien Gossart, hôte du *Nouveau-Monde.*

---

(1) *Reg. aux Résol. de l'échevinage.* — « L'an 1642, les religieuses de l'Hostel-Dieu de Péronne ont pris la réforme et ont esté grillées et ensuitte de ce, MM. de la ville ont transigé avec elles pour toutes choses quelconques, et particulièrement pour ce qu'elles doibvent avoir pour prendre soin et sollicitude des pauvres malades et pour les entretènemens de leur maison, ansy qu'il se voit par le contrat de transaction du 30 avril audict an. » — Ms. Dehaussy.

Lundi 5 mai. — La ville loue, à la redevance annuelle de huit livres, « les herbes
du bastion royal et celles quy sont jusques à
la *vieille* porte de Saint-Sauveur, » et le
vendredi 30 du même mois, elle ordonne le
pavage « de la montée quy va aux remparts
joignante la porte Saint-Sauveur et l'abord
de la porte du faulxbourg de Soibotécluse
hors la demye-lune. » (1).

Le 25 janvier 1642, Louis XIII était parti
pour le Roussillon, laissant dans le Nord
deux armées; la plus importante, composée
de 18,000 hommes, était cantonnée proche
de Péronne, sous les ordres du comte
d'Harcourt, et l'autre, comprenant environ
10,000 hommes, occupait les environs de
Saint-Quentin sous le commandement du
comte de Guiche, plus connu sous le nom
de maréchal de Grammont. Les Espagnols
avaient pris Lens le 19 avril, après vingt-
quatre heures de siège, avant que leurs ad-
versaires n'eussent eu le temps de secourir
cette place. Les deux armées françaises réunies se dirigèrent sur Arras dans le but de
faire lever le blocus de la Bassée, mais on
n'osa pas attaquer l'ennemi dans ses retranchements, et la ville dut se rendre le 19 mai.

(1) Reg. aux Résol. de la ville.

L'armée du comte d'Harcourt se retira alors vers Calais et Ardres, que menaçait un fort détachement espagnol, tandis que le comte de Guiche vint camper avec la sienne à Honnecourt, sur l'Escaut. L'armée de don Francisco de Mello, gouverneur général des Pays-Bas, était deux fois et demie plus nombreuse que la nôtre : elle comptait 27,000 combattants, contre 11,000 à peine. Conduite par le baron de Beck, un des meilleurs élèves de Piccolomini, elle surprit et défit entièrement le comte de Guiche. Le champ de bataille, situé entre Villers-Guislain (1), Honnecourt et Epehy, a conservé les dénominations de « *les Tranchées* » et de « *Taille-gueule.* » Le comte de Guiche avait ordonné, malgré les observations du major de Puységur, qu'on se retranchât à la tête du camp, dans une position absolument défavorable, n'ayant pour couvrir son aile droite qu'un petit bois, voisin de l'abbaye d'Honnecourt, et qui s'étendait jusqu'à la rivière, alors que

(1) Le malheureux village de Villers-Guislain avait été brûlé presque en totalité, le 4 mai 1634, par les événements de la guerre. En considération de ce désastre, il fut exempté de la taille et de tous autres impôts par un arrêt du conseil d'Etat du 19 juillet 1636. Ce privilège subsista jusqu'à la Révolution. (Ad. Bruyelle, *Ephémérides du Cambrésis*, p. 91).

son aile gauche était fermée seulement par un ravin qui joignait également l'Escaut. Nous étions campés, il est vrai, sur une hauteur, mais nous avions en face, à portée de mousquet, deux autres hauteurs plus élevées, d'où l'ennemi pouvait impunément couvrir l'armée royale de ses feux. « Les irrésolutions du général espagnol, sur ce qu'il feroit après sa victoire, sauvèrent Péronne et le reste de la province d'un ravage total. Tout lui étoit facile dans la consternation où cet échec nous avoit jetés. Le roi étoit alors dans le Roussillon avec sa principale armée (1). »

Mardi 24 juin. — LOY RENOUVELÉE.

Mayeur :   Claude Vaillant, continué en sa charge.

Lieutenant : Me Quentin Dournel, advocat.

Echevins : Jean Lefebvre, bourgeois.
            Louis Le Caron, advocat du roy en l'eslection.
            Anthoine Journel, advocat.

---

(1) Mézeray, *Abrégé de l'Histoire de France,* tome VII, p. 487). — Mézeray oublie que l'armée du comte d'Harcourt était encore intacte dans le Calaisis et aurait pu défendre le passage de la Somme.

Jacques de Frémicourt, advocat en Parlement.

Louis Goubet, marchand.

Jean Bertrand, procureur.

Pantaléon de Gauchin l'aîné, chirurgien.

Nicolas Belot, marchand.

Michel Postel, marchand.

Charles Lefebvre, marchand.

Lundi 8 septembre. — Un service religieux est célébré en l'église collégiale de Saint-Fursy pour le repos de l'âme de la reine-mère, Marie de Médicis. (Ms. Dehaussy.)

Vendredi 19 septembre. — L'échevinage arrête « que l'on fera un feu de joye et qu'on assistera au *Te Deum* quy se chantera en l'église Saint-Fursy sur les cinq à six heures du soir en resjouissance de la prise de Perpignan.

« Les musquiniers, ne s'estant pas trouvés à la procession du siège avec leur drappeau selon qu'il est de tous temps accoutumé, sont condamnez en dix sols d'amende chacun, le quart aux sergens, et à eux enjoinct d'eux trouver à l'advenir à la porte de celuy qui porte leur enseigne le jour de lad. procession à peine de plus forte amende. »

Le lundi 13 octobre, le maréchal comte

d'Harcourt, par ordre du roi, fait démanteler la place du Câteau.

Vendredi 7 novembre. — L'échevinage reçoit l'ordre « de fournir l'étape à cinq régiments tant de cavalerie que d'infanterie quy passeront en cette ville. » Des députés sont envoyés pour tâcher d'en obtenir décharge.

Samedi 6 décembre. — « A été arresté que l'on fera présent d'une pièce de toilette à Monsieur de Bellejamme, intendant de la justice en Picardie afin qu'il nous fasse rembourser des deniers que nous avons advancez pour les estappes... » L'argentier Jean Lefebvre est délégué à cet effet à Montdidier, où l'intendant se trouvait alors.

Mercredi 10 décembre. — Sur l'avis reçu que le sieur Duplessier *de Biach* avait fait élever une hutte sur les eaux de la commune appartenant à la ville pour tirer aux oiseaux de rivière, Messieurs ordonnent « que cette hutte sera rompue, brisée et bruslée le plus tost que l'on pourra, à la diligence de la ville. »

Puis ils décident de composer avec les capitaines des deux compagnies du régiment de Notaff, allemand, pour leur bois et chandelles, moyennant trois cents livres par mois pour leur quartier d'hiver.

Vendredi 12 décembre. — Sur la requête verbale de Renée et Anne Dehaussÿ, héritières de feu Mᵉ Jean Dehaussy, vivant greffier de la ville, « pour recevoir le remboursement de 300 livres que le défunt devait à lad. ville pour solde d'un pain et demy qu'on avait accordé à Anthoine Dehaussÿ, son fils, décédé sans avoir jouy beaucoup dudit pain et demy. — Messieurs réduisent cette somme à 250 livres quy sont payées à Mᵉ Jean Bertrand, receveur de la maison et hostel St-Lazare. »

1643

Lundi 5 janvier. — « L'advocat de la ville s'étant plaint des abus et malversations quy se commettent aux poidz de l'or et argent par les orfèvres, a esté ordonné qu'il sera informé desdits abus par 2 eschevins et cependant qu'il sera commis et establÿ ung homme de preudhomie pour l'effect desd. poidz. »

Vendredi 30 janvier. — Nouvelle plainte de l'avocat de la ville, relative à la cherté du blé, qui provient des revendeurs « et cause une grande oppression au pauvre peuple; déffence leur est faicte à l'advenir d'achepter aucun bled pour le revendre en plus grande quantité que celle quy est nécessaire pour leur maison et famille à peine de confiscation dud. bled et amende, et de se trouver sur le marché comme d'arrester le bled passé pour être mis au marché. » Les mêmes prohibitions sont appliquées aux autres grains.

Lundi 9 mars. — « Sur la remonstrance de l'advocat de la ville, l'échevinage ordonne que tous les habitans de ceste ville et faulx-bourgs quy ont pris l'espée et portent les armes et ne font faction comme les autres habitans et ceulx quy porteront les armes à l'advenir seront privez du droict de bourgeoisie et ne pourront tenir bouticque ouverte ny vendre publicquement aucunes denrées ny marchandises. » La publication de cette résolution est ordonnée.

Mardi 21 avril. — Jean Lefebvre, échevin, et l'avocat de la ville sont chargés d'aller à Amiens vers monseigneur le duc d'Enghien, généralissime des armées du roi en Picardie, pour obtenir décharge de la fourniture de bois et chandelles à 20 compagnies du régiment de Persan, attendues pour tenir garnison à Péronne pendant quelques jours.

Vendredi 8 mai. — « Sur les sept heures du soir, le corps du Cardinal-Infant est arrivé en ceste ville pour aller en Espagne, et a esté receu suivant l'ordre du roy. »

Jeudi 14 mai. — « Le jœudy 14e jour de may aud. an, jour de l'Ascension, sur les quatre heures après midy, le Roy est deceddé à Saint-Germain-en-Laye, quy est le mesme jour et la mesme heure que le Roy Henry le Grand son père est mort. »

Dimanche 17 moi. — « Sur les six à sept heures du soir madame la duchesse d'Orléans (1), femme de Mgr le duc d'Orléans, oncle du roy Louis Quatorziesme à présent régnant, venant de Flandre, est arrivée en ceste ville. Monsieur le Gouverneur et madame la, duchesse de Chaulnes ayant esté au devant de Son Altesse jusques aux confins de la France avec deux cens chevaux, Messieurs les officiers du bailliage ont esté aussy au devant jusques à la porte du faulxbourg et luy a esté faict harangue par Mᵉ Jean Chocquel, lieutenant général; Messieurs de la ville ont esté aussy jusques au corps de garde des bourgeois, ainsy qu'il est accoutumé l'attendre; y estant arrivés, monsieur le mayeur luy a faict un compliment et présenté les clefs de la ville avec Monsieur le gouverneur et de là on a esté à l'esglise de St-Fursy où l'on auroit chanté le *Te Deum* après avoir esté receue au portail par Messieurs de chapitre avec la croix et eaue béniste et de là

(1) Marguerite de Lorraine, seconde femme de Gaston, troisième fils de Henri IV et de Marie de Médicis.

chez M. Regnart où elle auroit logée où l'on auroit posé ses armoiries et à la porte de la ville, et incontinent après on auroit tiré tout le canon de la ville et puis Messieurs en corps luy auroient esté faire la révérence et présenté douze bouteilles d'ypocras (1) enjolivées de petits rubans bleus, les bourgeois et les soldatz de la garnison ayans pris les armes se seroient mis en haye depuis le faulxbourg jusques à son logis. Et le lendemain elle en seroit partye sur les une heure après midy pour Roye et à son départ on auroit tiré de rechef le canon.

Sera notté que des huict à dix jours auparavant Mondseigneur le duc d'Orléans avoit envoyé en ceste ville une grande partie de ses officiers pour la recevoir et lesquelz y ont séjourné jusques aud. jour. »

« Le jœudy IIIIᵉ jour de juin, jour du Saint-Sacrement, l'on a chanté le *Te Deum* en l'église de St-Fursy sur les six heures du soir, et tiré tous les canons pour la resjouissance de la bataille de Rocroi. » (2).

(1) Liqueur aromatisée dont la base était un vin léger et délicat, additionné de sucre ou miel, anis et gingembre. Le peuple se contentait d'un mélange de cannelle, poivre et miel, clarifié avec le clairet ordinaire.

(2) Le duc d'Enghien, qui allait être le grand Condé, avait alors 22 ans. Son adversaire était

Jeudi 11 juin. — Le jœudy XIe dud. mois, jour de Saint-Barnabé, sur les six heures du soir, madame la duchesse de Chevreuse venant de Flandres est arrivée en ceste ville. Monsieur le gouverneur a esté au devant jusques aux confins de la France et à son entrée on a tiré le canon et a esté loger chez monsieur Regnart, où Messieurs de la ville l'ont esté saluer et porté douze cannes de vin et en est partye le lendemain sur le midy. » (1).

don Francisco de Mello, gouverneur des Pays-Bas catholiques, qui, à la tête d'une belle armée de 17,000 fantassins et 8,000 chevaux réunie en Flandre, feignit de menacer Arras, puis fila vers les Ardennes, suivi par les troupes françaises en ce moment massées sur la Somme, qui comptaient environ 14,000 fantassins et 6,000 chevaux. L'ennemi perdit 7,000 hommes tués et à peu près autant de prisonniers. Deux cent soixante étendards espagnols, conquis à Rocroi, furent suspendus aux voûtes de Notre-Dame de Paris. De notre côté, nous perdîmes environ 2,000 soldats. (V. Henri Martin, *Hist. de France*, livre LXXV).

(1) Marie de Rohan-Montbazon, née en décembre 1600, était fille d'Hercule de Rohan, duc de Montbazon et de Madeleine de Lénoncourt. En 1617 elle épousa Charles-Albert duc de Luynes, le favori de Louis XIII et devint veuve 4 ans après. En 1622, elle donna sa main à Claude de Lorraine, duc de Chevreuse, l'un des fils de Henri de Guise. Ses intrigues amoureuses et politiques, commen-

Dimanche 14 juin. — « Le dimanche quatorziesme jour dud. mois sur les quatre
heures après midy, Monsieur le duc d'Elbœuf,
venant aussi de Flandres, est arrivé en ceste
ville. Monsieur le gouverneur ayant été au
devant de luy jusques sur la frontière et à
son arrivée on a tiré le canon et Messieurs
de la ville l'ont esté saluer et en est party le
même jour après avoir pris la collation chez
monsieur le gouverneur. » (1).

Lundi 15 juin. — L'échevinage enregistre
une lettre de cachet, datée de Paris le 6 juin,
et signée LOUIS, par laquelle M. de Rogles,
ayant terminé la mission qui lui avait été

cées sous Richelieu et continuées pendant la Fronde,
ne prirent fin qu'après 1661, à la suite de la chute du
surintendant Fouquet. Dans ses vieux jours, le
Diable — c'est le surnom que lui avait donné
Louis XIII — se fit ermite. Madame de Chevreuse
mourut retirée du monde, le 12 août 1679, a
Gagny, près de Chelles, et fut inhumée dans là
vieille église de cette obscure paroisse.

(1) Louis XIII venait de mourir : les portes de
la France furent rouvertes par la reine régente à
tous ces Lorrains (duchesse d'Orléans, duchesse
de Chevreuse et duc d'Elbeuf) dont nous voyons
fêter ici le retour, et qui furent réintégrés dans
toutes leurs charges ; ils avaient été cependant des
ennemis permanents de l'Etat, que Richelieu avait
punis de l'exil, — peine trop douce pour des
conspirateurs, criminels de lèse-patrie...

confiée, est remis dans sa charge de lieutenant du gouverneur. En conséquence M. de Méreaucourt cesse ses fonctions intérimaires.

Mercredi 24 juin. — LOY RENOUVELÉE.

Mayeur : Anthoine Louvel, escuyer, sieur de Fontaine, conseiller du roy et lieutenant particulier au gouvernement et prévosté de Peronne.

Lieutenant : Guillain de Driencourt, marchand.

Echevins : Robert Ducroc, advocat.
Guilleaume Roussel, marchand.
Louis Caudron, advocat.
Robert Le Caron, advocat au parlement.
Aaron Chastellain, greffier au bailliage.
Vincent Maryé, procureur.
Jean Desmonceaulx, bourgeois.
Estienne Guénin, marchand.
Georges Harlé, marchand.
Pierre Laurent, marchand.

Le dimanche 28 juin, jour des bans, et sur sa requête, Basile Vaillant, bourgeois, est nommé capitaine des canonniers de Péronne, en remplacement de Me Jean Vaillant, son oncle, décédé conseiller du roi au bail-

liage, « et en considération des services rendus à la ville par noble homme Claude
Vaillant, antien mayeur, son père. » —
Basile Vaillant était le mari de Catherine
Lévesque, l'illuminée dont nous avons rappelé la vie et les œuvres dans un précédent
travail. (1)

Vendredi 3 juillet. — Messieurs confient
aux commis aux ouvrages la garde des munitions de guerre « dont estoit chargé deffunct
Me Jean Vaillant, conseiller et capitaine des
canonniers et entr'autres de 40 tonneaux de
pouldre que l'on dit estre de cent livres
chacun.

« Sur la plaincte faicte par le procureur du
roy qu'Adrien Gueulette, quinqualier, auroit
dimanche dernier sur les dix heures du soir,
esté à la porte de la maison de monsieur le
curé de Saint-Jean (2) où sa femme le garde
malade depuis six sepmaines, faire plusieurs
insolences et proférer plusieurs paroles injurieuses contre l'honneur dud. sieur curé et
de Me Vincent Maryé eschevin quy luy fesoit
remonstrances afin d'y donner ordre et que
n'ayant voulu s'abstenir led. Maryé l'avoit

(1) V. *Chroniques péronnaises,* sur Catherine
Lévesque, pp. 295 et suiv.
(2) Claude de Franqueville, curé de Saint-Jean,
de 1637 à 1650.

faict constituer prisonnier jusques au lendemain matin que sur la prière dud. sieur curé il l'auroit faict mettre hors de prison, sur quoy led. Gueulette ayant esté mandé en la Chambre et après avoir dict qu'il estoit marry d'avoir commis les insolences dont est cydessus parlé, Messieurs ont admonesté led. Gueulette de plus commettre à l'advenir telles insolences et estre plus sage à peine d'estre puny exemplairement. »

Dimanche 6 juillet — « Le dimanche 6e jour dud. mois de juillet après vespres, et le lendemain lundy 6e, sur les neuf heures du matin, on a chanté en l'église de St-Fursy le service pour l'âme du roy deffunct Louis le Juste, XIIIe du nom, déceddé le XIIIe jour de may dernier, auquel tous les prestres des paroisses ont assisté, ensemble tous les religieux quy se sont mis dans le pulpitre comme aussy faict Messieurs de la ville tant de la nouvelle que antienne loy après qu'ilz ont esté advertis vendredy dernier de la part de Messieurs de Chapître par Me Jacques Warpot, leur notaire. La noblesse et les gens du roy y ont aussy assisté et se sont mis dans les formes, savoir la noblesse à la droicte et les gens du roy à la gauche et Messieurs de la ville après s'estre assemblez en la Chambre et marchez en corps avec l'antienne loy, se sont mis au hault du chœur, proche l'autel sur des bancs couverts de noir, scavoir la nouvelle loy à la droicte et l'antienne à la gauche ; le chœur estoit tendu de frize noire parsemée des armes du roy et au milieu d'icelles estoit le tombeau couvert d'un drap de velours entouré de cierges avec les armes du roy, le candélabre et les autres chandeliers estoient aussy garnis de cierges quy ont esté fournis et payés par Messieurs de la Ville avec douze torches et les frais de la tenture ; tous les corps de mestier ont aussy fourny chacun deux torches auxquelles on a mis les armes du Roy et les ont faict porter par deux pauvres garçons et se sont mis dans la nef durant le service. Et à la messe le Père Correcteur des Minimes a faict une oraison funèbre. » (1)

Lundi 20 juillet. — M. Louvel, mayeur, l'échevin Ducroc et l'avocat de la ville sont députés « pour aller renouveler le serment de fidélité au roy et faire raffraischir les privilèges de la ville. » Ces privilèges furent confirmés, suivant la coutume, par le roi Louis XIV, à la suite de la démarche de ces notables Péronnais.

---

(1) Le ms. Dehaussy, qui reproduit presque textuellement ce compte-rendu, transcrit sur les registres de l'échevinage, trouve « fort belle » cette oraison funèbre du P. Arbelast : elle ne nous a pas été conservée.

Vendredi 31 juillet. — « Sur la plainte du procureur du roy en l'échevinage, à l'encontre de Jean Bonin, commis pour réveiller la nuict et pour recommander les âmes des deffunctz, quy se gouvernoit fort mal et avec scandal et qu'il rescidivoit journellement, icelluy mandé, Messieurs ont ordonné que led. Bonin raportera la clochette et icelluy admonesté de mieux vivre à l'advenir à peine d'estre puny exemplairement, à quoy il a satisfaict. Et le 7e jour du mois d'aoust ensuivant, sur la requeste et prière dud. Bonin et après qu'il a promis de bien vivre à l'advenir et sans aucuns reproches, MM. luy ont remis la clochette entre les mains et a luy enjoinct de bien faire sa charge, de vivre en telle sorte qu'il n'y ait plus aucune plainte à l'encontre de luy à peine d'estre dépossédé de sa charge et puny exemplairement sans espérance d'aucune miséricorde. Ce que led. Bonin a promis faire. Dont le procureur du roy en l'eschevinage a protesté d'appeler. » (1)

Mardi 25 août. — Le jour de la Saint-Louis, sur les sept heures du soir, un *Te Deum* fut chanté à Saint-Fursy en l'honneur

---

(1) V. à l'Appendice nos documents inédits sur cette charge de *cloqueman*, supprimée par l'intendant de Chauvelin, en 1748.

de la prise de Thionville. L'échevinage y
assiste en corps.

Vendredi 28 *août.* — Les commis aux ouvrages reçoivent l'ordre de faire « raccommoder de maçonnerie la *tour aux vaches,*
proche Sainte-Claire ».

Mardi 22 *septembre.* — Un certificat, délivré à cette date par le gouverneur d'Hocquincourt, atteste que durant le quartier
d'hiver 1642-1643 il n'y a eu d'autre garnison
en la ville de Péronne « que son régiment
de gens de pied composé de 10 compagnies
de 40 hommes chacune, avec la compagnie
ordinaire des Suisses du château et deux
compagnies de cavalerie du régiment de
Notaf, composée aussy de 40 hommes, l'une
desquelles a esté logée ès-maisons des chanoines. » (1)

Vendredi 30 *octobre.* — L'échevinage
enregistre les lettres royales qui réintégraient
le duc d'Elbeuf, *oncle du roi,* dans le gouvernement général de Picardie : « s'estant
absenté de nostre royaulme sans le congé et
permission du feu roy... il auroit esté, pour
raison de ce, procedé contre luy en nostre
cour de parlement de Dijon, et par arrest du

(1) Livre Rouge de la ville.

14 janvier 1633, condamné par contumace comme criminel de lèze-majesté. Pendant son absence, nostre cousin le duc de Chevreuse auroit esté gouverneur, et ensuitte sur sa démission nostre cousin le duc de Chaulnes. » Ces lettres sont datées de Paris le 1er septembre, et signées : *Louis*, en présence de la reine régente, du duc d'Orléans, du prince de Condé et du cardinal de Mazarin. L'arrêt de Paris, qui levait la condamnation de 1633, est du 17 juillet 1643.

Le sieur de Clermont, commissaire député par S. M. pour la fourniture des fourrages des places frontières de Picardie, ordonne de tenir prêts, dans la ville de Péronne, des magasins suffisants « pour recevoir 64,800 bottes de foin du poids de dix livres la botte, et 27,000 bottes ou *jarbées* de paille pezant aussy 10 livres la jarbée, que les villages de l'élection de Péronne doivent fournir. »

Vendredi 6 novembre. — Messieurs arrêtent que l'on fera faire les armes de Mgr le duc d'Elbeuf, gouverneur général de la province de Picardie.

Jeudi 3 décembre. — Une ordonnance de M. de Chaulnes, intendant de Picardie, décharge le chapitre de Saint-Fursy de la contribution des gens de guerre, dont le faix retombe tout entier à la charge de la ville.

Vendredi 4 décembre. — L'échevinage décide que « l'on composera avec les trois compagnies de cavalerie en garnison pour le bois et la chandelle, à raison de 225 livres par mois, de l'advis de M. de Rogles, lieutenant de roy. »

Chapitre IV

1644-1648

Lundi 4 janvier 1644. — Sur la plainte portée contre Jean Millet, couvreur, « quy ces jours passés avoit commis quelques insolences mesme mis la main à l'espée dans le corps de garde la nuit où il estoit de garde avec les bourgeois, l'échevinage le condamne à tenir prison 24 heures, avec deffences de plus rescidiver à peine de plus grande punition ny de boire d'eau-de-vie dans le corps de garde sur les mesmes peines. »

Lundi 11 janvier. — Messieurs décident qu'on offrira deux feuillettes de vin, l'un blanc et l'autre clairet, à Mgr le duc d'Elbeuf, gouverneur général de Picardie, dont l'arrivée à Péronne était imminente, et une pièce de toilette à Madame de Chaulnes, femme de M. l'intendant de la province.

Mᵉ Guillain de Driencourt est nommé capitaine des bourgeois, pour aller au devant du duc d'Elbeuf, et Antoine Pourcel lieutenant, ce dernier par résolution du 13 janvier.

Vendredi 15 janvier. — « Sur la plaincte

faicte par M⁰ Bazile Vaillant, capitaine des
canonniers que le... jour de ce présent mois
et an, faisant travailler au canon quy est
dessus le rempart, le nommé Quentin Dequeux, auquel il avoit commandé de travailler
audit canon avecq aultres personnes quy y
travailloient, icelluy Dequeux en auroit faict
reffus, mesme l'auroit menacé et injurié de
plusieurs parolles injurieuses et scandaleuses,
ouy ledict Dequeux sur ce que dessus, ensemble plusieurs personnes dignes de foy,
Nous avons ordonné que ledict Dequeux
seroit mis et constitué prisonnier dans le
belfroy de la ville dans lequel il sera jusques
à lundy prochain pour estre ledict jour amené
desd. prisons en la chambre du conseil de la
ville pour en l'audience tenante demander
pardon audict Vaillant, faisant deffences aud.
Dequeux de plus rescidiver. »

Jeudi 28 *janvier*. — Messieurs ordonnent
à M⁰ Robert de Parviller, enseigne de la ville,
de porter cejourd'huy lad. enseigne au devant
de Mgr le duc d'Elbeuf, gouverneur général
de la province, quy doibt arriver en ceste
ville, à peine de 50 livres d'amende.

« Ledict jour, sur les quatre à cinq heures
du soir, Mgr le duc d'Elbeuf, gouverneur
général de la province de Picardie, venant
de Bapaulme, accompagné de Messieurs le

comte d'Harcourt et le chevalier, ses enfans et de plusieurs grands seigneurs, est arrivé en ceste ville et a esté loger chez Monsieur Regnart, président en l'eslection, à la porte duquel l'on a mis ses armes, comme aussy à la porte de la ville avec celles du roy, de Monsieur le Gouverneur et de la ville, et lorsqu'on l'a apperceu au dessoubz du Mont-Saint-Quentin, on l'a salué avec le canon et boettes que l'on a tiré, comme aussy lorsqu'il est arrivé au milieu du faulxbourg et est entré dans la ville. Messieurs de la justice ordinaire ont esté au devant jusques hors de la porte du faulxbourg, et Messieurs de la ville, tant de la nouvelle que antienne loy, ont esté jusques au corps de garde des bourgeois, où Monsieur le mayeur luy auroit faict harangue et estant descendu chez luy Messieurs l'auroient esté de rechef saluer et présenter deux demy-poinçons de vin l'un blanc l'autre clairet luy en ayant présenté l'essay dans deux petites bouteilles, et le lendemain au matin Messieurs en corps luy auroient faict présent de deux grands brochetz, deux grandes carpes et quelques aultres poissons qu'il auroit eu pour agréables, et auroit sesjourné aud. Péronne jusques au lundy ensuivant premier jour de febvrier qu'il en seroit party sur les dix heures du matin par la porte de Paris pour aller à Ham, et au mesme instant qu'il seroit sorty de la porte on auroit de rechef tiré le canon et les boettes. A son arrivée, tous les bourgeois de la ville auroient pris les armes et auroient esté au devant et se seroient mis en haye vers le corps de garde des bourgeois, ce qu'ils auroient aussy faict à sa sortye. »

Vendredi 26 *février*. — « Sur les quatre à cinq heures après midy Monsieur le mareschal Gassion est venu en ceste ville, venant d'Amyens et à son entrée on l'a salué de plusieurs coups de canon et des boettes et a esté loger chez Monsieur Regnart où estant, Messieurs en corps l'ont esté saluer et faict présent de douze cannes de vin, Messieurs de Chapitre et Messieurs de la justice ordinaire l'ont esté aussy saluer le lendemain au matin. Monsieur de Rogles, lieutenant de roy en ceste ville, a esté au devant de luy avec la cavalerie de la garnison et a faict mettre toute l'infanterie en armes sur la place. »

Vendredi 20 *mai*. — « Sur les deux heures après midy, Monsieur le duc d'Orléans, général des armées du roy en Picardie, est arrivé en ceste ville par la porte de Paris et a esté loger chez monsieur Regnart. Messieurs les gens du roy ont esté au devant de Son Altesse royale jusques à la Chapelette et

Messieurs de la ville tant de la nouvelle que antienne loy ont esté aussy l'attendre à la porte au devant du corps de garde des bourgeois où il a esté faict harangue par monsieur le mayeur, et lorsque on l'a apperceu et qu'il est arrivé à la Chapelette on l'a salué de coups de canon et boettes. Les habitans ont esté aussy au devant et pris les armes et se sont mis en haye depuis la porte jusques à Saint-Fursy. Et il est party le dimanche ensuivant sur les cinq heures du matin pour aller à l'armée quy estoit campée à Moislain. Et à sa sortye on a de rechef tiré le canon. »

Le rendez-vous de l'armée royale était en effet aux environs de Péronne (1). De là, on marcha sur Gravelines, où le duc d'Orléans arriva le 1er juin : « On prit deux ou trois forts qui étaient autour de la place, même le fort Philippe, qui était un grand fort royal à la portée du mousquet de Gravelines... » (2) La ville assiégée fut prise le 28 juillet.

Vendredi 24 juin. — Loy renouvelée.

Mayeur : Mᶜ Louvel de Fontaine, continué en charge.

Lieutenant : Jean Le Vasseur, adjoint.

---

(1) Puységur, *Mém.* 11, 20.
(2) Puységur, *Mém. Eod. loc.*

Echevins : Abraham Desjardins, esleu.

Louis Le Caron, advocat du roy
en l'eslection.

Charles Lescars, procureur.

Romain Bouteville, grenetier.

Daniel Le Vasseur, marchand.

Jacques de Frémicourt, advocat.

Louis Goubet, marchand.

Jean Cornet, bourgeois.

Michel Postel, marchand.

Pierre Du Croc, procureur. (1)

Vendredi 8 juillet. — L'échevinage arrête « qu'on fera rempiéter la muraille quy est vers le jardin du *Bon Vouloir* sur les remparts, de la longueur de huict à neuf thoises, comme aussy que l'on fera faire une palissade dans le corps de garde du bastion royal pour tirer un magazin afin d'y pouvoir mettre les ustensilz servans au canon. »

Lundi 11 juillet. — Le prix du pain blanc est fixé à 13 deniers, celui du pain bourgeois à 14 deniers, et celui du pain bis à 11 deniers.

Mercredi 15 août, jour de l'Assomption, à

---

(1) « L'an 1644, MM. de la Ville, au nom des habitans, ensemble tous les corps de maistrises ont payé au Roy le droict à luy deub pour son joyeux avènement suivant le roolle de la taxe qui en a esté faicte au Conseil, la quittance estant aux archives de la ville. » — Ms Dehaussy.

quatre heures du soir, un *Te Deum* est chanté
à Saint-Fursy, en réjouissance de la prise de
Gravelines. A huit heures, feu de joie sur la
place, au bruit des salves d'artillerie.

Samedi 20 *août.* — Par arrêt du Conseil
d'Etat du roi, rendu ce jour à Paris, Louis XIV
permet « aux habitans des bourgs et villages
du gouvernement de Péronne d'apporter en
ville leurs bleds et denrées ès jours de mardy,
jeudy et samedy de chaque semaine que s'y
tient le marché, faisant S. M. deffence aux
receveurs des taillons, gabelles subsistantes
et autres impositions, et à tous huissiers,
sergens et archers d'exécuter ni faire aucune
contrainte à l'encontre d'eux pendant lesd.
jours, sous peine de 3,000 livres d'amende,
dépens et dommages-intérêts. » (1).

Vendredi 2 septembre. — Les commis aux
ouvrages sont chargés par l'échevinage de
faire pratiquer une ouverture *à la tour de
Hangard* pour aller à la demy-lune de Saint-
Fursy et au bastion quy est proche le chasteau
en cas de nécessité, suivant le commandement de M. le gouverneur.

Lundi 5 septembre. — Vingt soldats malades, déposés à l'Hôtel-Dieu lors du passage

(1) Ms. Dehaussy.

de l'armée par **M.** Magaloti, se trouvaient encore dans cet établissement hospitalier. Messieurs leur allouent 60 sols par jours pour leur nourriture, mais pour six jours seulement.

Louis Cornet, bourgeois, est élu enseigne de la ville, avec charge de la porter aux processions du siège, et entrées des rois, princes et gouverneurs. Il prête le serment accoutumé.

Vendredi 9 *septembre*. — Messieurs ordonnent « de faire rempiéter la muraille entre le bastion de Vendosme et celuy de Richelieu. »

Une ordonnance de Richelieu (mai 1630) avait fondé la poste aux lettres : « des maîtres des courriers, contrôleurs provinciaux des postes, avaient été établis dans les principales villes, avec autorisation d'organiser des bureaux de dépêches partout où il y avait des postes. L'Etat se chargea des transports et mit ainsi à la disposition de tous les citoyens une institution que Louis XI n'avait créée que pour les besoins du gouvernement. Il y eut d'abord deux courriers de Paris par semaine. » (1) Nous retrouvons les traces de

(1) H. Martin, *Hist. de France*, liv. LXIX. — En 1662, Louis XIV supprima les offices de maîtres des courriers, et réunit à son domaine le produit de la taxe des lettres.

cette organisation, encore nouvelle, dans la résolution qui suit :

Vendredi 16 septembre. — Comparaît M° François Mynard, demeurant à Paris, porteur d'une commission de M. de Nouveau, grand maître des courriers et surintendant général des postes et relaiz de France, du neuf courant, le commettant de faire adjonction à Péronne d'un courrier ordinaire trois fois par sepmaine pour venir joindre le courrier ordinaire de Saint-Quentin à Paris en la ville de Ham, lieu de son passage, pour se charger des despesches quy luy seront consignées par le courrier de ceste ville. Eu égard au bien publicq — dit la lettre de commission — nous avons permis audit Mynard d'establir son bureau pour la réception et envoy des despesches du roy et des particuliers avec un commis pour la fonction dud. bureau et de faire afficher le partement desd. courriers. Suivant laquelle permission ledict Mynard a déclaré qu'il establissoit son bureau en la ville de Paris, rue Saint-Martin, *aux Trois-Perruques,* vis-à-vis la rue Aubry-Bouché, et en ceste ville de Péronne, à la poste, et commis pour la fonction dudict bureau en ceste ville la personne de Louis Cornet, maistre de la poste de ceste ville, et qu'il feroit partir son courrier trois fois la sepmaine, sçavoir les lundy, mercredy et sabmedy. »

Lundi 26 septembre. — Un *Te Deum* est chanté à Saint-Fursy sur les cinq heures du soir, et le canon tiré sur les huit heures, en réjouissance de la prise de Philipsbourg en Palatinat, par Mgr le duc d'Enghien.

Mercredi 5 octobre. — Procès-verbal de la réception d'un membre de la maison de Bragance, don Francisco de Mello, — le vaincu de Rocroi, — de passage à Péronne :

« Le mercredy cinquiesme jour dud. mois d'octobre aud. an 1644 sur les cinq heures du soir domp Francisco de Meloc (*sic*), gouverneur général des Pays-Bas, s'en retournant en Espagne et venant de Cambray, est arrivé en ceste ville avec sa femme et ses enfans ayant un grand train. Et suivant leur lettre escripte à Monsieur le Gouverneur par Monsieur de la Vrillière secrétaire d'Estat en datte du Xe septembre dernier, de laquelle il nous auroit baillé coppie, on luy a faict une honorable réception. Premièrement Monsieur de Rogles, lieutenant de roy en ceste ville pour l'absence de Monsieur le Gouverneur, accompagné de plusieurs gentilzhommes, a esté au devant jusques au vilage de Mesencoutures pays ennemy d'aultant qu'il y avoit cessation d'armes de part et d'autre pour ce jour-là et lorsque on l'a apperceu sur la montagne descendant à la fontaine Vilette on l'a

salué de plusieurs coups de canon, ce que
l'on a réitéré lorsqu'il fust entré dans le faulxbourg. Messieurs les officiers du roy ont esté
aussy au devant jusques au corps de garde
des bourgeois ainsy qu'il est accoustumé, où
estant parvenu Monsieur le mayeur luy a aussy
faict un compliment et delà estant monté sur
un cheval noir est entré dans la ville et a esté
descendre au logis de M. Regnart, président
en l'eslection, où Messieurs de Chapitre l'attendoient pour le saluer et luy faire harangue,
ce quy auroit esté faict par monsieur le doyen.
Tous les soldatz de la garnison se sont mis
en haye dans le faulxbourg, les habitans
depuis le corps de garde des bourgeois jusques à la porte de la ville, et la compagnie
suisse depuis lad. porte jusques à son logis
à la porte duquel il auroit esté faict la garde
toute la nuict et jusqu'à son départ. Messieurs
de la ville luy ont faict porter les vins de
présent au nombre de douze cannes et sy
Monsieur de Rogles luy ayant faict donner
l'ordre pour ceste nuict-là, il la donné Sainct-
Louis que led. sieur a pourtant changé et
donné Sainct-Laurent. Et le lendemain sur
les neuf heures du matin, led. sieur de Rogles
et Messieurs de la ville luy ont esté donner
le bon jour et après avoir faict dire la messe
en sa chambre en ayant faict donner advis à
Monsieur le doien et disné il seroit party pour

Roye et en sortant on a tiré de rechef les boettes et le canon, et le sieur de Rogles accompagné de quelques gentilzhommes l'auroit esté conduire jusque hors de la ville une grande partie des habitans estans en armes vers la porte de la ville. Est à notter que plusieurs personnes l'ont esté veoir disner, d'aultant qu'il mangeoit seul avec sa femme et ses enfans sur une table fort basse estant assis seulement sur un carreau de velours rouge cramoisy estendu sur un tappy en un coing de la chambre et sy on le servoit à genoulx et à platz couvertz.

Lundi 14 *novembre.* — L'échevinage fait commandement « à Philippe Prévost, hoste du *P couronné*, à M⁰ Anthoine Samyer, M⁰ Louis Boitel, Claude Le Dieu et autres quy ont des chambres à gens de guerre, respondantes dans la rue des Juifs, de nettoyer ladicte rue quy est pleine de fumier, dans la huitaine, à peine de dix livres d'amende. »

Vendredi 25 *novembre.* — « Sur l'advis que Messieurs ont eu que Monsieur de Gassion arrivoit cejourd'huy avec son armée à Athies pour y faire et donner les quartiers d'hyver, ont député M⁰ Jean Le Vasseur, lieutenant de l'échevinage et Jean Wallet, procureur du roy, pour l'aller saluer de la part de la ville et luy présenter une douzaine de bouteilles

24

de vin avec quelque pièce de beau poisson, et le supplier par le mesme moien qu'il luy plaise avoir la ville en considération et que il ne nous donne pas beaucoup de cavallerie en garnison ce quartier d'hyver. »

Jeudi 29 *décembre*. — Le régiment de cavalerie de Bussy-Elmont, composé de cinq compagnies, arrive à Péronne pour y tenir garnison, au lieu des quatre compagnies du régiment de Craslin. L'échevinage envoie une députation en Cour pour en obtenir la décharge.

1643.

Lundi 13 *mars*. — « Sur l'advis que Messieurs ont eu que M. le Gouverneur estoit décéddé mardy dernier, et que Monsieur d'Hocquincourt, son fils, estoit pourveu du gouvernement, ils ont député Mes Jean Le Vasseur, lieutenant, et Romain Bouteville, eschevin, pour l'aller saluer de la part de la ville et luy faire remontrance de l'oppression en laquelle sont tenus les habitans à cause du logement des cavaliers quy sont en garnison en ceste ville. »

Lundi 20 *mars*. — « Le lundy XXe jour dud. mois, Monseigneur d'Hocquincourt, gouverneur de Péronne, est arrivé en ceste ville sur les cinq heures du soir, Messieurs de la ville ont esté au devant de luy jusques au corps de garde des bourgeois de la porte de Paris où estant arrivé Monsieur le mayeur luy a faict le compliment et présenté les clefs de la ville, et estans chez lui mesdits sieurs luy ont envoyé douze cannes de vin de présent, on l'a salué aussy de plusieurs coups de canon et des boettes que l'on a tiré lorsqu'il est arrivé dans les faulxbourgs. »

L'échevinage enregistre ensuite les lettres patentes, datées de Paris le 10 mars 1645, et nommant gouverneur de Péronne Charles de Monchy, seigneur d'Hocquincourt, maréchal des camps et armées « quy a déjà exercé lad. charge au contentement du feu roy, et pour les bons et recommandables services à la couronne dans tous les emplois... tant en Flandre, Catalogne, qu'ailleurs. » (1)

Le nouveau gouverneur avait prêté le serment d'usage le 16 mars, entre les mains de Mgr Séguier, comte de Gien, chancelier de France.

Mercredi 29 *mars.* — Un service solennel, auquel assistent en corps Messieurs de la nouvelle et de l'ancienne loi, est chanté à

(1) Charles de Monchy, marquis d'Hocquincourt, grand prévôt de l'hôtel du roi en 1642, maréchal de France le 5 janvier 1651, mourut le 13 juin 1658, et fut inhumé à Notre-Dame de Liesse.

St-Fursy pour le repos de l'âme du feu gouverneur.

Mercredi 19 *avril.* — « Sur les cinq heures du soir, le comte de Pigneranda, plénipotentiaire du roy d'Espagne pour le traicté de la paix, est arrivé en ville et party le lendemain sur le midy pour aller à Münster, Monsieur de Rogles, lieutenant de roy en ceste ville, a esté à cheval au devant de luy avec plusieurs officiers de la garnison. Les habitant ont pris les armes et se sont mis en haye depuis l'église de St-Fursy jusques à la porte de Paris. Messieurs les officiers du roy ont esté au devant jusques à la porte du faulxbourg et Messieurs de la ville jusques au corps de garde des bourgeois où il luy a esté faict compliment par Monsieur le mayeur ; à son arrivée on l'a salué de plusieurs coups de canon et boettes et sy Messieurs luy ont envoyé douze cannes de vin de présent chez monsieur Regnart où Messieurs de Chapitre l'ont esté saluer en corps, et à la sortie on a de rechef tiré le canon, le tout ensuitte de la lettre du roy escripte à M. le Gouverneur. » (1).

(1) « Luy a esté faict une harangue par M. le lieutenant général, ayant ledict sieur comte Pigneranda descendu de cheval et mis pied à terre pour l'entendre et luy a faict faire response par un Cor-

Vendredi 12 mai. — Antoine Sérizy est nommé capitaine, et Jean Détré lieutenant du quartier *de la vieille porte de St-Sauveur.*

Vendredi 26 mai. — « Sur la plaincte faicte par M⁰ Bazile Vaillant, capitaine des canonniers, contre Pierre Blondel, canonnier, de ce qu'il l'avoit méprisé et proféré plusieurs injures, Messieurs ont interdit ledict Blondel de sad. charge de canonnier pour six mois, et pourquoy sy est ordonné de rendre les clefs de son quartier avec deffences de plus rescidiver à peine de plus grande punition. »

Lundi 29 mai. — L'échevinage adjuge la ferme des cuvelles d'eau douce à Pierre Denis, tonnelier, pour six années, moyennant soixante livres par an, à la charge de fournir toutes les cuvelles à ses dépens, et de les rendre en bon état à la fin du bail.

Vendredi 9 juin. — « M⁰ Jacques de Frémicourt, eschevin, dit qu'il y a quelque temps qu'estans à Paris pour quelques affaires, il avoit esté arresté prisonnier en la Conciergerie avec M⁰ Jacques Gonnet, pour raison du droict de l'advènement à la Couronne

dellier quy luy servoit de truchement, ne sçachant pas parler françois. Le dimanche 22 mai 1650 led. sieur est repassé par ceste ville pour retourner en Espagne. » Ms. Dehaussy.

deub par la ville, pourquoy ils auroient esté contraintz de s'obliger par escript de payer en leur nom la somme prétendue, laquelle auroit esté payée par M° Louis Goubet, argentier... Il est ordonné que les frais et despens souffertz par eux leur seront remboursés après avoir été arrestés par le mayeur. »

24 *juin* 1645. — LOY RENOUVELÉE.

MAYEUR : M° Louvel de Fontaine, continué.

Lieutenant : M° Romain Regnart, président en l'élection.

Eschevins : Louis de Parviller, advocat.
Sébastien Eudel, contrôleur au magazin à sel.
François Aubrelicque, médecin.
Jacques Vitte, procureur.
Aaron Chastellain, procureur.
Vincent Maryé, procureur.
Nicolas De Mametz, advocat en parlement.
Abraham Lebrethon, advocat.
Louis Cornet, marchand.
Jean-Baptiste Le Leu, marchand.

La prestation de serment a lieu en l'auditoire royal, devant le gouverneur, assisté de M° Jean Chocquel, lieutenant général, François Waubert, conseiller, et Robert Dournel, advocat du roy.

Les échevins Cornet et Le Leu étant oncle et neveu par alliance, le gouverneur décide que leur nomination doit tenir, « attendu qu'ils n'estoient parens, mais seulement alliés à cause de leurs femmes. »

Ce fait, et après avoir entendu les harangues de l'avocat de la ville et de l'avocat du roi, le mayeur est reconduit à son logis avec les honneurs accoutumés.

Le *lundi* 26 *juin*, un *Te Deum* est chanté à St-Fursy, sur les cinq heures après midi, en réjouissance de la prise de la ville de Roses en Roussillon. (1)

Vendredi 30 *juin*. — M. de Maricourt, lieutenant au château, ayant demandé quelques fournitures, tant pour lui que pour les soldats de la garnison dud. château, les commis aux gens de guerre sont envoyés vers lui, pour savoir ce qu'il désire et le faire fournir, *suivant l'usage*, par les habitants de la banlieue.

Lundi 17 *juillet*. — L'échevinage enregis-

(1) La forteresse de Rosas, en Catalogne, était tombée le 26 mai 1645 aux mains du comte du Plessis-Praslin.

tre les lettres royales de provision données
à Paris le 7 du même mois à Daniel du Faux,
escuyer, sieur de Montanègre, pour remplacer
en qualité de sergent-major de la ville le
sieur de Fécamp, démissionnaire. Ces lettres,
dans lesquelles il est toujours fait mention
de « l'importance de la place » avaient été
visées à Paris, le 11 juillet par Charles de
Lorraine, duc d'Elbeuf, pair de France, gouverneur et lieutenant général pour le roy en
Picardie, Arthois, Boulonnois, Callais, pays
reconquis et comté d'Hainault. M. de Montanègre prêta serment le 17, entre les mains
du gouverneur d'Hocquincourt.

Lundi 24 *juillet.* — Le greffier de la ville
mentionne à cette date, sur le registre aux
résolutions, que deux *Te Deum* avaient été
chantés, « dans ce mois, à St-Fursy, l'un
pour la prise de Roses en Catalongne, et l'autre, pour la prise du fort de Mardick. » (1)

Mardi 8 *août.* — Messieurs de la Ville
décident d'acheter « la grange appartenant à
Nicolas de la Forge ou ses ayans-cause,

(1) La prise de Mardyck, aujourd'hui chef-lieu
de canton de l'arrondissement de Dunkerque, à
dix kilomètres de cette ville, est du 10 juillet. Le
duc d'Orléans, qui emporta ce fort, avait sous ses
ordres les maréchaux de Gassion et de Rantzau.

scéante en ceste ville proche l'église Saint-Quentin-Capelle (1), dans laquelle il y a à présent plusieurs affustz à canons délaissez lors des passages des armées, à meilleur marché que faire se pourra, pour s'en servir de magazin à l'advenir. »

Lundi 18 *septembre.* — Il est ordonné que l'on fera publier avant la ville et faulxbourgs que doresenavant et à l'advenir la foire de la ville ne se commencera que le lendemain de la feste de St-Michel, suivant la volonté du roy, ce quy a esté publié le jour de la foire par Tourbier, sergent à verge de lad. ville.

Lundi 16 *octobre.* — « Sur les quatre heures après midy, l'évesque de Warmy, et sur les sept heures du soir, don Christophe Opaliski, ambassadeurs du roy de Polongue, sont arrivez en ceste ville et party le lendemain pour Paris pour aller traicter le mariage d'entre led. roy de Polongne et madame la princesse Marye, et à leur arrivée l'on a tiré le canon (et les boettes — ms. Dehaussy). Et sy monsieur de Rogles, lieutenant de roy en ceste ville pour l'absence de Monsieur le

(1) Ce bâtiment, qu'on appela depuis la *grange royale,* existait encore à l'époque de la Révolution.

Gouverneur, a esté au devant jusques à la fontaine Vilette (1). »

Jeudi 2 novembre. — « Sur les huict heures du soir Monsieur le mareschal de Rantsau, général de l'une des armées du roy en Flandres est venu en ceste ville et a esté loger

---

(1) *Warmie*, ou Emerland, était un petit pays de l'ancien royaume de Pologne, compris aujourd'hui dans la province de la Prusse-Orientale, où il forme trois cercles ou circonscriptions administratives. — Don Christophe *Opalinski*, palatin de Posnanie, d'après *la Biographie universelle*, était un écrivain qui composa et publia, en langue polonaise (à Cracovie, en 1652), sans nom d'auteur, des satires dans lesquelles il attaqua les abus du gouvernement, la corruption des mœurs et en particulier, celle du clergé et des moines, — ce qui paraît expliquer pourquoi les deux ambassadeurs, ne voyageant pas de concert, firent séparément leur entrée dans Péronne. — Marie de Mantoue, princesse de Gonzague et sœur de la princesse palatine dont Bossuet devait prononcer plus tard l'oraison funèbre, épousa par procuration à Paris, le 6 novembre 1645, le vieux roi Vladislas IV, de la dynastie des Jagellons, qui régna de 1632 à 1648.

C'est bien à ce passage que se rapporte le fait suivant, raconté par De Sachy (*Essais...* p. 297) mais avec une grave erreur de date : « *Le jeudi 15 septembre 1644*, deux cens Polonois arrivèrent à Péronne par la porte de St-Sauveur. Chacun d'eux portoit au col un sac rempli d'or et d'argent. Ils devoient escorter la princesse Marie de Gonzague, fiancée à Ladislas IV, roi de Pologne... »

chez monsieur Regnart président en l'élection et à son arrivée et sortie on a tiré le canon et boettes et sy Messieurs de la ville l'ont esté saluer chez luy et faict présenter douze kennes de vin de présent. »

Lundi 27 novembre. — Une assemblée générale est convoquée à l'hôtel de ville pour aviser au mode d'acquitter une taxe nouvelle. Il est arrêté « de prendre quelque somme sur la pièce d'eau-de-vie quy entrera en la ville et sur celle quy sy façonne, plus sur la livre de tabac, plus sur le foin quy entrera aussy, sur les porcqs, sur le baril de harans, sur les fromages de Hollande, sur le baril de vinaigre, sur les escorces, sur le bois de charpente et soyrie et sur le bois.

« Led. jour a esté receu lettres du roy mandant de recevoir la reyne de Polongne quy doibt passer par ceste ville et luy rendre les honneurs comme à sa propre personne (1).

---

(1) Voici, d'après le ms. Dehaussy, la teneur de la lettre du roi, qui n'a pas été transcrite sur le registre aux résolutions :

« Chers et bien amés, — la royne de Polongne ayant à passer par vostre ville en s'en allant, nous vous avons bien voulu faire ceste lettre de l'advis de la royne régente nostre très honorée dame et mère, pour vous mander et ordonner très expressément de luy rendre et déférer les mesmes honneurs que à nostre personne, ainsy que vous fera

« Arresté que l'on fera faire un dez de taffetas bleu, et qu'on luy fera pareils honneurs comme à la personne du roy. »

Samedi 2 décembre. — Trois compagnies du régiment de cavalerie de Roquelaure viennent prendre garnison à Péronne, suivant les ordres du roi.

Mardi 5 décembre. — « Le mardy 5ᵉ jour dud. mois, sur les deux heures après midy, la reyne de Polongne estant partye de Paris pour aller en son royaulme, est allée coucher à St-Danis, de St-Denis au Louvre, de là à Senlis, à Compiègne, à Noyon, à Nesle, et de Nesle est arrivée en ceste ville accompagnée de Madame la maréchale de Guébrian, de Monsieur de Berlize, introducteur des ambassadeurs, de M. de Rodes, grand maître des cérémonies, de M. de Sainctost son lieutenant et maistre des cérémonies, et de plusieurs gentilzhommes et dames de la Cour, de dix ou douze gardes du corps du Roy, six

plus particulièrement entendre le sieur de Roddes, grand maistre des cérémonies ou le sieur de Sainctot son lieutenant, ny faictes donc faulte, car tel est nostre plaisir. Donné à Paris le 9 novembre 1645. *Signé :* Louis, et plus bas : *Phélypeaux.* » Et sur le dos est escript : A nos chers et bien amés les officiers mayeur et eschevins habitans de Péronne.

Suisses des cens Suisses du Roy, de quelques
gardes du prévost de l'hostel et de plusieurs
officiers de la maison du Roy quy l'ont servy
et traicté durant son voiage et pendant le
temps que Sa Majesté polonnoise a faict
séjour en ceste ville, et sytost qu'elle avoit
esté aperçeu de dessus le rempar de la ville
on l'auroit salué de tous les canons et boettes
de la ville que l'on auroit tiré à balles. Monsieur le Gouverneur accompagné de toute la
noblesse de son gouvernement et de plusieurs
autres gentilzhommes entre autres de Monsieur de Genlis lieutenant de la compagnie
des gens d'armes de Monsieur le duc d'Orléans, de Monsieur le comte de Quincy, mareschal des camps et armées de S. M. et
gouverneur du Castelet, et de Monsieur Du
Buisson, gouverneur de Ham, a esté au devant
deux ou trois lieues. Messieurs les officiers
du roy ont esté aussy au devant jusques hors
des portes du faulxbourg où luy a esté faict
harangue par Monsieur le lieutenant général,
Messieurs de la ville tant de la nouvelle
qu'antienne loy s'estans assemblez en la
Chambre y ont esté aussy jusques à la porte
de la ville au devant du corps de garde des
bourgeois ayant faict porter devant eux un
daiz de taffetas bleu auquel estoient attachées
ses armoiries par les quatre sergens de la
ville auquel lieu Sad. Majesté polonnoise quy

estoit dans une litière couverte de velours
rouge cramoisy garny de larges passemens
d'or y estant arrivée Monsieur le Gouverneur
quy estoit revenu peu paravant luy auroit
faict un compliment et présenté la moitié des
clefs de la ville, et puis après Monsieur le
mayeur luy avoit faict une harangue et présenté l'autre moitié des clefs, et le daiz. Ce
faict lesd. sieurs de Berlize de Rodes et de
Sainctost quy estoient présents auroient
donné les ordres de marcher pour entrer
dans la ville en ceste façon les gardes du corps
du roy estans à cheval marchoient devant,
puis les six Suisses avec leurs hallebardes,
en après les trompettes puis Messieurs de la
ville quatre desquels scavoir M\ es Sébastien
Eudel et Jacques Ville eschevins de la loy
présente pour l'indisposition de M\ e Romain
Regnart et Louis de Parviller, premiers eschevins, et M\ es Jean Le Vasseur et Abraham
Desjardins, eschevins de l'antienne loy, auroient porté le daiz immédiatement devant
la litière de Sad. Majesté polonnoise, lesd.
sieurs de Berlize de Rodes et de Sainctost
estant aux costez d'icelle ; les habitans et les
soldatz de la garnison estans en haye d'un
costé et d'aultre, depuis la porte de la ville
jusques à son logis, laquelle marche et céré-
monie auroit duré et continué jusques au
devant du grand portail de l'église St-Fursy

où estant arrivez Sad. Majesté seroit descendu de sa litière et pris le daiz jusques à
l'entrée de lad. église où Messieurs du Chapitre l'attendoient avec la croix et eaue béniste, et Monsieur le doyen luy ayant présenté la croix à baiser et donné de l'eaue
béniste il luy auroit faict une harangue après
laquelle lesd. sieurs de Chapitre l'auroient
conduict dans le chœur de lad. église où l'on
auroit chanté le *Te Deum* en musique avec
les orgues durant lequel et jusques à ce que
Sad. Majesté ait esté parvenue jusques à son
logis l'on a sonné et carillonné par toutes
les églises, après lequel *Te Deum* chanté
mesd. sieurs de Chapitre auroient reconduit
Sad. Majesté jusques au portail de leur église
et se seroit remise dans sa litière et auroit
esté conduicte au logis de M. Regnart préparé pour Sad. Majesté, au dessus de la porte
duquel on avoit mis et posé ses armoiries
entourées de lierre et où la compagnie du
capitaine Strucq, Suisse, estant en garnison
en ceste ville seroit demeurée et faict la garde
pendant le séjour qu'elle auroit faict en ceste
ville.

» Ce faict Messieurs de la ville en corps
auroient esté de rechef saluer Sad. Majesté
en sa chambre et faict présent de douze
bouteilles d'hypocras six blanc et six de clairet qu'elle auroit receu pour agréable. Et sy

Monsieur le Gouverneur auroit traicté pendant led. séjour les ambassadeurs et les gentilzhommes polonnois quy accompagnoient la reyne ausquelz il auroit faict grande chère et sy auroit faict tirer tout le canon de la ville et les harquebuzes à croc du belfroy le jour de leur arrivée au souper lorsqu'ils beuvoient la santé du roy et de la reyne de Polongne avec du vin musquat qu'il avoit faict venir exprès de Paris.

« Et le jœudy ensuivant VIIe dud. mois sur les neuf heures du matin, Sad. Majesté seroit party de ceste ville pour Cambray où Monsieur le Gouverneur accompagné de la noblesse susdicte et de toute la cavallerie quy estoit en garnison dans les villes d'Amyens, Dourlens, Corbie, Roye, Montdidier, St-Quentin, Bapaulme, Ham et en ceste ville qu'il avoit levé suivant l'ordre qu'il en avoit du roy, ensemble de tous les paisans du Vermandois et de la frontière l'auroit esté conduire jusques hors du royaulme de France où Monsieur le Comte de Bricquois, général de la cavallerie des Pays-Bas et le gouverneur de Cambray l'attendoient avec sept esquadrons de cavallerie, où estans arrivez mond. sieur le Gouverneur auroit faict et composé à l'opposite de la cavallerie des Pays-Bas neuf escadrons de cavallerie et deux mil hommes de pied tous bien armez puis auroit donné la collation tant aux ambassadeurs et gentilzhommes polonnois que au comte de Bricquois et gouverneur de Cambray et aultres qay ont voulu manger ayant à cest effect faict mener et conduire plusieurs viandes et trois poinçons de vin ; et sy Madame la Gouvernante accompagnée de plusieurs dames du gouvernement ayant aussy esté conduire la Reyne jusques au lieu susdict lui auroit donné la collation dans sa litière de confitures et à toutes les autres dames sur des tables que l'on auroit faict dresser au milieu de la campagne. Et lorsque sad. Majesté polonnoise seroit sortye de la ville ou auroit tiré tous les canons de la ville. Et sy Messieurs de lad. ville luy auroient faict compliment à la porte au devant du corps de garde des bourgeois où ils l'auroient esté attendre. Et est à notter que Monsieur l'evesque de Warmy l'un des ambassadeurs polonnois lorsqu'il auroit pris congé et dit adieu à Monsieur le Gouverneur sur les limittes du royaulme il luy auroit faict présent d'un beau cheval turcq de la valeur de deux mil livres et en revanche M. le Gouverneur auroit donné à son escuyer une belle espée de grand prix. »

1646.

Vendredi 12 janvier. — En l'absence du gouverneur et du lieutenant de roi, le mayeur commande la place et donne l'ordre, en vertu des privilèges accordés à la ville.

Lundi 19 *février.* — Mᵉ Robert Du Croc, avocat, est nommé avocat de la ville, en remplacement de Mᵉ Simon Levesque, décédé.

L'échevinage arrête « que l'on fera présent de quelques pattez de carpes à M. le gouverneur et à d'autres personnes de qualitez à Paris ainsy et selon qu'il est accoustumé. »

Lundi 19 *mars.* — Le greffier de la ville est chargé d'encaisser une somme de trois mille livres que le sieur Lenain, ingénieur ordinaire du roi, doit verser de la part de l'intendant, pour la réparation du bastion de Richelieu.

Lundi 23 *avril.* — L'hôtelier de l'*Epée royale*, Vincent Lhomond, reçoit de l'échevinage l'ordre de cesser, à peine de cent livres d'amende, la démolition d'une chambre servant aux gens de guerre, et dépendant de son logis, situé rue des Juifs, proche l'hôtel de la poste.

Le 20 avril, d'après le manuscrit Dehaussy, « la châsse de St-Ultain a esté ouverte pour en tirer des reliques envoyées au prieuré de St-Pierre d'Abbeville en échange des reliques de St-Foillain qui ont esté receues solennellement le 4 mai 1646 par M. Le Vasseur chanoine et le chapitre et les officiers de justice avec le clergé et les religieux au faubourg de Paris où elles estoient sur un reposoir à la maison de Jean Debucourt, poissonnier. »

« Ce fut ce même Noël Levasseur, — dit de son côté le chanoine de St-Léger, — qui crut dix ans auparavant devoir exciter ses confrères ainsi que la bourgeoisie à rendre à Dieu de solennelles actions de grâces pour la délivrance de tous les dangers qu'on venoit de courir... Ce fut pour le trois du mois d'août que M. Le Vasseur fonda une messe à perpétuité dans l'église de Saint-Fursy en l'honneur de la très-sainte Trinité. On l'appelle la *messe des trembleurs*, et il y a apparence qu'elle fut ainsi dénommée dès le commencement. Elle doit se célébrer au jour susdit après la messe du chœur, dans la Chapelle du Saint Sépulcre, et il y a orgue. » (1)

Le registre de l'échevinage relate en outre cette résolution, en date du vendredi 4 mai : « Sur ce que Monsieur le mayeur a remonstré que Messieurs de chapitre avoient député leur notaire vers luy pour suplier Messieurs de la ville de leur faire l'honneur de se trouver en corps à une procession solennelle qu'ils désiroient faire ce jourd'huy l'après disnée à

(1) *Essais...* page 298.

la réception des reliques de St-Foillain, frère de St-Fursy, patron de la ville, que leur député debvoit apporter d'Abbeville, Messieurs ont arresté qu'ilz assisteront en corps avec l'antienne loy à ladite procession dans le mesme ordre et rang qu'ils tiennent à la procession quy se faict le jour du Saint-Sacrement. Et ensuitte de ce, a esté arresté que l'on fera commandement aux habitans quy demeurent depuis la porte de Paris jusques à l'église de St-Fursy de tendre devant leurs portes à peine d'amende.

Mercredi 9 mai. — Messieurs enregistrent les lettres de provision données par le roy à Paris le 18 avril à Louis d'Estourmel, sieur de Fouilloy, comme lieutenant au gouvernement de Péronne ; par suite de la démission de M. Gabriel de Montfaucon, sieur de Rogles. Le nouveau lieutenant de roi loge dans la rue des Chanoines, près de Me Michel Galliot.

Louis 1er d'Estourmel, de la branche de Fouilloy, appelé aussi M. de Bana, d'un fief de ce nom qui fait encore partie du domaine de Cappy, était chevalier, seigneur de Fouilloy, St-Martin, Halln, Movebille, Hébuterne, Bana, Suzanne, Billon, baron de Cappy, etc. « Dès l'âge de 24 ans, Louis d'Estourmel commence à se distinguer dans la carrière des armes par un courage éclatant et par des

talents militaires qui lui méritent un avancement rapide et les faveurs signalées des
deux rois Louis XIII et Louis XIV.

« Ainsi Louis XIII lui donne en 1621, et
lui renouvelle en 1625 la commission d'une
compagnie de cent hommes de pied dans le
régiment du vidame d'Amiens pour la conduire et exploiter sous le duc d'Epernon ; il
lui accorde en 1638 la provision de lieutenant-
colonel au même régiment sous les ordres
des ducs d'Epernon et de La Valette ; et en
1641, il lui fait don de cent journaux de bois
situés près de Combles et appartenant au roi
d'Espagne, pour en jouir sans en rendre
compte tout le temps que durera la guerre
contre les Espagnols.

« Louis XIV, de son côté, lui accorda :
1° en 1646, la lieutenance au gouvernement
de Péronne... et une pension de deux mille
livres, en récompense des services qu'il avait
rendus pendant vingt années à S. M. et au
Roi, son prédécesseur, comme le constate un
certificat du vidame d'Amiens, en date de la
même année, où il atteste « que Louis d'Estourmel a servi fidèlement le Roi en la charge
de capitaine, puis de lieutenant-colonel dans
son régiment, surtout aux sièges de Landrecies, La Capelle, Le Câtelet, Saint-Omer
et autres places... à la bataille de Rocroi où
il a perdu huit chevaux et reçu deux coups

de mousquet, etc... » 2° en 1650, le brevet
de maréchal-de-camp... 3° enfin il récom-
pensa ses longs et signalés services par le
titre de gentilhomme de sa chambre, en 1654.

« Le 21 juin 1625, Louis avait fait à Suzanne un mariage aussi riche que distingué,
en épousant Louise de Valpergue, dame de
Suzanne, Billon, et fille de Georges de Valpergue et de Françoise de la Pierre... Louis
était plus âgé que son épouse, comme on
peut en juger par une dispense du pape
Urbain VIII, du 13 septembre 1626, qui le
maintient dans son mariage et le relève de
l'empêchement (d'affinité spirituelle) qu'il
avait contracté en tenant sur les fonds bap-
tismaux, comme parrain, ladite dame de
Valpergue... (1)

« Louis d'Estourmel mourut avant 1667. » (2).

D'après Puységur, le rendez-vous de l'ar-

(1) V. *suprà*, page 153, en note. — En 1548,
Georges de Valpergue, établi en Picardie depuis
1527, céda ses droits sur le comté de Valpergue
à ses cousins restés en Italie, où l'on retrouve
encore leurs descendants. La mère de Françoise
de la Pierre était une Cerny-Suzanne dont elle
avait apporté le domaine au comte de Valpergue,
par suite de son mariage avec lui.

(2) *Notice historique sur le château de Suzanne*,
par M. l'abbé De Cagny, Péronne, imp. J. Quentin.
1857, pp. 72 et suivantes.

mée de son Altesse royale (le duc d'Orléans)
fut encore, en 1646, aux environs de Péronne.
Elle se réunit aux troupes du duc d'Enghien,
près de Pont-à-Vendin, et toutes deux allèrent
mettre le siège devant Courtrai. (1)

Vendredi 18 *mai*. — Messieurs députent
le mayeur, M. Regnart, lieutenant et M. De
Mametz échevin, pour aller saluer Sa Majesté, ce qu'ils ont fait, en la ville de Montdidier, après avoir été présentés par le duc
d'Elbœuf, gouverneur général de Picardie.

Dimanche 24 *juin* 1646. — Loy renouvelée.

Mayeur : Me Claude Vaillant, ancien
         mayeur.
Lieutenant : Jean Le Vasseur, adjoint.
Echevins : Louis Le Caron, advocat du roy
         en l'élection.
         Anthoine Journel, advocat.
         Romain Bouteville, grenetier.
         Louis Goubet, marchand.
         Robert de Parviller, bourgeois.
         Jean Cornet, bourgeois.
         Guillaume Roussel, marchand.
         Charles Tournet, procureur.
         Jacques Gonnet, bourgeois.
         Anthoine Pourcel, marchand.

(1) *Mémoires*, II, p. 30.

« Le dix septembre, arriva le chef d'argent pesant dix marcs donné par les poissonniers pour les reliques de St-Foillain à la charge de l'avoir le jour de St-Pierre, leur patron, et le jour de la procession du siège. (1) »

« Le jœudy IIIIe jour d'octobre, sur les cinq heures du soir, Monsieur l'Archevesque de Rheims, oncle de Madame la gouvernante, est arrivé avec elle en ceste ville. Monsieur de Fouilloy, lieutenant de roy en ceste ville, accompagné de quelques gentilshommes du pays et de plusieurs cavalliers jusques au nombre de cent et tant, a esté au devant de luy jusques à un quart de lieuë de la ville, et sytost qu'il auroit esté apeŕceu on l'aurait salué de quatre ou cinq volées de canons comme on auroit aussy faict lorsqu'il est entré dans la ville. Et sy led. sieur de Fouilloy auroit faict mettre tous les soldatz de la garnison soubz les armes et faict mettre en haye depuis la porte de Paris jusques à son logis, le tout suivant la prière que luy en avoit faicte mad. dame la gouvernante par une lettre missive qu'il avoit receue, le jour précédent, et depuis son entrée dans la ville jusques à ce qu'il est descendu dans le logis de M. le gouverneur, l'on a sonné et carillonné toutes les cloches de St-Fursy et St-Jean.

(1) Ms. Dehaussy.

Et sytost son arrivée Messieurs de la ville l'ont esté saluer comme aussy Messieurs les officiers du roy, et Messieurs de Chapitre en corps revestus de leurs surplis et aumusses, conduictz par leurs massiers quy luy ont présenté douze quesnes de vin et douze pains moletz dans une petite corbeille. Messieurs de la ville luy ont aussy envoyé douze quesnes de vin de présent et le lendemain luy ont esté donner le bonjour et faire la révérence à son lever, et sur les dix heures il seroit allé en l'église de St-Fursy, au portail de laquelle Mesd. sieurs de Chapitre revestus de chappes l'attendoient avec croix et eaue béniste avec lesquelz estoit un de ses aulmosniers quy tenoit sa croix, où estant arrivé et descendu de son carrosse sond. aulmosnier l'auroit esté prendre et conduict jusques aux degrés dudit. portail où Monsieur le doien luy auroit baillé la croix à baiser, puis luy auroit présenté l'*asperges* avec laquelle il auroit donné de l'eaue béniste à tous les assistans d'auprès de luy, puis luy auroit présenté l'encensoire dans laquelle ayant mis de l'encens led. sieur doien l'auroit encensé par trois fois, puis luy auroit donné à baiser le livre des Saints Evangiles, ce faict ilz seroient tous entrés dans l'église, et chantans auroient conduict led. sieur archevesque processionnellement dans le chœur dans lequel auprès et devant l'autel ilz auroient préparé un dez et un coussin pour le recevoir, ou ayans esté un peu de temps et y ayant commencé le *Te Deum* il seroit retourné au fond dud. chœur dans une place préparée à cest effect, led. *Te Deum* finy et l'antienne de St-Fursy il auroit chanté l'*Oremus* et faict la bénédiction, delà il seroit allé à l'autel commencer l'introït de la messe quy auroit esté chantée en musique et achevée par monsieur le doïen jusques à la dernière bénédiction quy auroit esté aussy donnée par led. sieur archevesque, lequel a pareillement donné la bénédiction au diacre pour chanter l'évangille, bénist l'eaue pour mettre dans le vin et bénist l'encens pour encenser l'autel. Et ledit jour après midy il a esté visiter les couventz de ceste ville d'où il en est party le dimanche ensuivant sur les onze heures pour aller à Magny.

Vendredi 12 octobre. — Deux échevins et l'avocat de la ville sont députés pour aller par la ville et les faubourgs « à la recherche de lieux commodes pour loger les officiers et soldats prisonniers faits sur les armées d'Espagne quy doibvent arriver en ceste ville dans le quinzième de ce mois pour être échangés à l'encontre des officiers et soldats des armées du roi. »

Lundi 15 *octobre*. — Les munitionnaires sont chargés de fournir aux boulangers le blé nécessaire à la fabrication du pain destiné aux prisonniers de guerre.

Mercredi 7 novembre. — «... Sur les onze heures du matin, monseigneur le duc d'Anguien, général des armées du roy en Flandres, venant de Bapaume, est venu en cette ville. Monsieur de Fouilloy, lieutenant de roy en ceste ville, a esté au devant de son Altesse jusques au Mont-Saint-Quentin, et Messieurs de la ville jusques à la porte de Saint-Sauveur où ils l'ont salué et présenté les clefs de la ville comme a aussy faict Monsieur de Fouilloy quy avoit faict mettre tous les soldatz de la garnison à la porte et la compagnie des Suisses en haye depuis la porte de Saint-Sauveur jusques au logis de M. Regnart où il a esté loger. Et sy à son arrivée on l'a salué de tous les canons et boëttes de la ville, et est party le vendredy ensuivant sur les dix heures du matin pour Ham. et Messieurs luy ont envoyé douze cannes de vin de présent, et un grand brochet et une grande carpe. » (1)

(1) Le 26 décembre 1646, le duc d'Enghien devenait prince de Condé, par suite de la mort de son père — Le 7 octobre précédent, la place de Dunkerque avait capitulé, et le duc d'Enghien y était entré le 12.

Mardi 13 *novembre*. — L'étape est refusée au capitaine de Moulins, commandant une compagnie du régiment de cavalerie de M. le marquis de Cœuvres, (1) qui venait prendre logement à Péronne par ordre du maréchal de Gassion.

« En ladite année, Messieurs de la ville ont payé la somme de 3,400 livres à quoy la ville a esté taxée pour les aides, ensuitte de quoy le roy leur a permis de faire imposition sur telle marchandise et denrée entrant dans la ville pour y estre consommée de tel droict qu'il leur plairoit pour se remplacer de lad. somme avec intérest d'icelle jusques au jour du remboursement, ce qu'ils ont faict ainsy qu'il se peut veoir par le tarif qu'ils en ont dressé. Messieurs de la ville ont aussy payé en lad. année la somme de 4,500 livres pour jouir du quartier et demy retranché de leur denier d'octroy laquelle somme a esté obtenue par M. le gouverneur pour estre employée à la réfection du pont dormant de la porte Saint-Sauveur et pour le curement des fossés de la ville du costé de Flamicourt (Ms. Dehaussy). »

---

(1) François-Annibal, duc d'Estrées, marquis de Cœuvres, pair et maréchal de France, mort le 5 mai 1670.

1847.

Lundi 4 février. — « Est comparu Claude Hombert, poissonnier, demeurant à Soibotécluze, lequel de nouvel adverty des plaintes à nous faictes par le procureur du roy en l'eschevinage des juremens, blasphemes et reniemens faictz par luy, nous a dict et déclaré qu'il n'est besoing d'informer ny procedder plus avant pour ce faict, advouant qu'estant espris de vin et en colère il a usé de plusieurs juremens blasphemes et reniemens du Saint-Nom de Dieu dont il est grandement fasché et marry, en demandant pardon à Dieu, au roy et à justice s'attendant à nous d'en juger et ordonner, sur quoy faisant droict et sur ce ouy led. procureur du roy en l'eschevinage et attendu que c'est une rescidive à pareils juremens et blasphemes dont il a esté cy devant sentenlié, avons icelluy condamné à déclarer genouilz fléchis, teste ñue, devant l'image de la Vierge qu'à tort et meschamment il a usé de tels juremens blasphemes et reniemens, qu'il en demande pardon à Dieu, au roy et à justice et sy l'avons en outre condamné en soixante solz parisis d'amende applicable en un cierge quy sera bruslé et consommé devant le Sainct-Sacrement. Deffences à luy de plus rescidiver à peine d'encourir la rigueur de l'ordonnance.

A quoy led. Hombert a satisfaict et a signé. » (1).

Les anciennes ordonnances, aussi barbares que les lois des âges antiques, punissaient de mort, sous Louis le Débonnaire, Philippe-Auguste, et au début du règne de Saint-Louis — plus implacable en cette occasion que le pape Innocent IV — quiconque s'était rendu coupable d'un blasphème ou d'un simple jurement. L'humanité n'avait pas fait un pas depuis Justinien, ni même depuis Moïse : « Si quelqu'un, de quelque façon que ce soit, blasphème contre Dieu, qu'il soit condamné au dernier supplice, *par ordre du magistrat de sa ville*, et que le témoin de ce blasphème qui ne l'aura pas dénoncé reçoive le même châtiment. » (2). Les exhortations du souverain pontife amenèrent Louis IX à supprimer la peine capitale, et à décider que, pour la première fois, les blasphémateurs seraient marqués au front d'un fer chaud, et qu'en cas de récidive on leur couperait la langue ou les lèvres ; puis. en 1268. l'amende et la prison furent substituées aux peines corporelles.

La pénitence fut jugée trop douce par Phi-

_____

(1) Reg. aux résolutions de l'hôtel-de-ville, BB-18, à cette date.

(2) Loi de Louis le Débonnaire.

lippe VI, Louis XII et les derniers Valois,
qui rétablirent l'usage des mutilations ;
Henri IV laissa subsister encore une punition
corporelle, mais seulement en cas de troisième
récidive, par édit du 6 avril 1594, dont les
peines furent de 10 et 20 écus d'amende pour
les deux premiers méfaits. Louis XIV, en
plein XVIIe siècle, ressuscita les brutales
coutumes du moyen-âge, en promulguant la
déclaration suivante, le 30 juillet 1666 :
« Nous avons, en confirmant et autorisant
les ordonnances des roys nos prédécesseurs,
...défendu et défendons très-expressément à
tous nos sujets, de quelque qualité et condition qu'ils soyent, de blasphémer, jurer et
détester le saint nom de Dieu, ni proférer
aucunes paroles contre l'honneur de la Sainte-
Vierge, sa mère, et des saints ; voulons, que
ceux qúy y contreviendront soyent condamnés, pour la première fois, en une amende
pécuniaire, selon leurs biens, grandeur et
énormité du serment et blasphème ; les deux
tiers de l'amende applicables aux hôpitaux
des lieux, et où il n'y en aura, à l'Eglise, et
l'autre tiers au dénonciateur ; et sy ceux qúy
ont esté ainsy punis retombent à faire lesd.
sermens, seront pour la seconde, tierce et
quatriesme fois, condamnés en amende double, triple et quadruple ; et pour la cinquiesme
fois, seront mis au carcan aux jours de festes

et dimanches ou autres, et y demeureront
depuis huict heures du matin jusques à une
heure de l'après midy, sujets à toutes injures
et opprobres et en outre condamnés à une
grosse amende ; pour la sixiesme fois seront
conduits et menés au pilori et auront la lèvre
de dessous coupée, et sy, par obstination et
mauvaise coutume invétérée, ils continuent,
après toutes ces peines, à proférer lesd. juremens et blasphemes, voulons et ordonnons
qu'ils aient la langue coupée tout juste, afin
qu'à l'advenir ils ne puissent plus les proférer ; et en cas que ceux quy se trouveront
convaincus n'aient pas de quoy payer lesd.
amendes, ils tiendront prison pendant un
mois au pain et à l'eau, ou plus longtemps,
ainsy que les juges le trouveront plus à propos, selon la qualité et l'énormité desd. blasphemes ; et sera faict registre particulier de
ceux quy auront esté pris et condamnés.
Voulons que tous ceux quy auront ouï lesd.
blasphemes aient à les révéler dans les vingt-
quatre heures ensuivans, à peine de 300 livres
parisis d'amende, et plus grande s'il y échet.
Déclarons que nous n'entendons comprendre
les énormes blasphemes quy, selon la théo-
logie, appartiennent au genre d'infidélité et
dérogent à la bonté et grandeur de Dieu et
ses attributs. Voulons que lesd. crimes soient
punis de plus grandes peines que celles que

ci-dessus, à l'arbitrage du juge et selon leur énormité. Sy donnons en mandement... » (1)

Samedi 30 *mars.* — « Sur les cinq heures du soir, il est arrivé en ceste ville un ambassadeur du roy de Dannemark (Christian IV), que l'on dit estre son gendre, lequel avoit sa femme et deux petits enfans avec luy, et pour luy faire honneur, M. de Fouilloy, lieutenant de roy en ceste ville, accompagné de trente à quarante cavalliers fust au devant de Son Excellence jusques à une lieue hors la ville et fit mettre tous les soldatz de la garnison soubz les armes et en haye depuis leur corps de garde quy est à la porte de St-Sauveur par où il est entré jusques à la porte du logis de M. Regnart préparé pour son logement, et s'il avoit faict tirer tous les canons et boettes tant à son arrivée qu'à sa sortie quy fust le lendemain au matin. »

(1) Plus heureux que l'humble poissonnier de Sohotécluse, ou par grâce d'état, l'ingénieur Midorge eut la satisfaction de voir son juron favori, bien et dûment tabellionné, sans qu'il lui en coûtât ni amende ni dépens. (V. *suprà*, p. 102) Quoique « *Par la mort-Dieu* » fût autrement sacrilège que les *tête-bleu, corbleu, sangbleu* et *ventrebleu* si cruellement châtiés par nos rois, Charles IX lui-même n'en faisait pas moins un abus aussi fréquent que le bon Henri IV de son légendaire *ventre-saint-gris.*

Lundi 24 juin 1647. — LOY RENOUVELÉE.

MAYEUR : Me Claude Vaillant, continué.
Lieutenant : Me Quentin Dournel, advocat.
Echevins : Louis de Parviller, advocat.
        Charles Lescars, procureur.
        Louis Le Père, procureur du
          roy en l'élection.
        Sébastien Eudel, contrôleur au
          grenier et magazin à sel.
        Robert Pincepré, advocat.
        Abraham Le Brethon, advocat.
        Jean Bertrand, procureur.
        Louis Le Matte, bourgeois.
        Jean Postel, marchand.
        Pierre Hugot, marchand.

Le même jour, à deux heures de relevée, nomination des mayeurs et lieutenants des mairies. Charles Mareschal, nommé lieutenant de la mairie du vin, est condamné à trente livres d'amende, applicables au profit de la mairie, pour défaut de présence. Lorsqu'arrive le tour de la mairie des marchands tanneurs (cuir à poil), la justice échevinale rend la curieuse sentence qui suit : « Sur la requeste verballe de Claude Lefèvre, cordonnier de lad. mairrie, afin d'estre réparé de ce que un nommé Claude De Lattre, aussy de lad. mairrie, l'avoit injurié publiquement et l'avoit appellé *bastard et filz de putain,*

et sur ce ouy le procureur du roy en l'eschevinage et Jean Dettré et François Vincent,
lesquelz après serment par eux faict ont dit
qu'il estoit vray que led. de Lattre avoit
injurié led. Lefèvre et l'avoit appellé *bastard
et filz de putain*, Messieurs ont condamné
led. de Lattre à dire et déclarer présentement
en la présence de toute la mairrie que a tort
il a injurié led. Lefebvre et qu'il le tient pour
homme de bien et d'honneur, et icelluy condamné en soixante sols parisis d'amende et
à tenir prison jusques au plain payement. Et
pour n'avoir pas ledict De Lattre faict lad.
déclaration et obey à justice, icelluy a esté
mené et conduict prisonnier dans le belfroy
de lad. ville. Et depuis l'amende a été modé-
rée à quarante sols (1).

Vendredi 5 juillet. — « Ordonné que le
marché au fillé se fera doresnavant vers la
croix du puys vert, attendu qu'il n'y a pas de
place pour faire les marchez au bœure et
aux herbes dans la place où il est à présent. »

Lundi 29 juillet. — « Doresnavant le mar-

(1) Le sol tournois valait 0.4938 de notre mon-
naie actuelle, et la livre tournois 0.9876. Le sol
parisis valait un quart en plus, soit 0,0617259 et
la livre parisis 1 franc 2345.

ché aux herbes se fera à l'environ du puits vert pour la commodité du public. »

Samedi 10 *août*. — Jour de la fête de St-Laurent, après les vêpres, un *Te Deum* est chanté à St-Fursy, en réjouissance de la prise, par le maréchal de Gassion, de la ville de La Bassée, le 19 juillet précédent.

Mercredi 14 *août*. — L'échevinage enregistre le décès, arrivé ce jour, sur les trois à quatre heures de l'après-midi, de M° Quentin Dournel, avocat, lieutenant de la mairie, bailli de St-Lazare et commis aux ouvrages.

Lundi 9 *septembre*. — La ville accepte le legs de la somme de deux mille livres, fait par feu Pantaléon de Gauchin l'aîné, pour distribuer chaque année cent livres de rente « *à un de la race des Gauchin* quy vouldra estudier, et quy sera nommé par son plus proche parent ». Le testament olographe du défunt portait les dates des 18 avril 1645 et 15 août 1646.

Lundi 29 *septembre*. — Une résolution échevinale arrête que les travaux restant à faire à la grosse muraille entre la porte de Saint-Sauveur et le bastion royal, du côté de ce dernier, sur une longueur de dix-neuf toises et demie seront entrepris pour le compte de la ville, à la charge de l'exhausser de deux toises. Elle arrête de faire enlever les déblais, « fournir tous les matériaux et deflaqques, et piloter s'il en étoit besoin » moyennant trois mille livres le tout pour le service du roi et la sûreté de la place.

Ces travaux, d'après le ms. Dehaussy, ont été achevés en 1647 « jusqu'à la hauteur de douze pieds, des deniers que le roy avoit donnés pour les fortifications de la ville. »

« Durant lad. année, suivant le même auteur, Messieurs de la ville ont payé la somme de 4,500 livres pour taxe faicte sur eux pour le demy-quartier retranché des dons et octrois de la ville, pour remplacer laquelle somme le roy leur a permis de faire quelques impositions sur les denrées entrant dans la ville, ensuitte de quoy on a continué à lever l'imposition faicte l'année précédente, de laquelle somme M. le gouverneur a obtenu la somme de trois mille livres pour estre employée aux fortifications de la ville. »

Vendredi 4 octobre. — Messieurs de la ville arrêtent qu'il sera permis à tous les échevins de faire captures, informations, et interrogatoires lorsqu'il se rencontrera un flagrant délit.

Mercredi 20 novembre. — Les chevau-légers du régiment de cavalerie de Villette, avec leurs bagages, viennent prendre leurs quartiers d'hiver à Péronne.

Jeudi 21 *novembre.* — « Sur les trois à quatre heures après-midy, don Pèdre Castel-Rodriguez, naguère gouverneur-général des Pays-Bas, s'en retournant en Espagne, est arrivé en ceste ville, accompagné de don Pèdre de Léon et du baron des Anguions fils (?) du comte des Anguions, commandant les armées du roy d'Espagne, où il a esté receu fort honorablement par monsieur de Nielle, l'un des maistres d'hostel du roy envoyé exprès pour ce subject. Et à son entrée en la ville on a tiré les canons et boëtes et sy monsieur de Fouilloy, lieutenant de roy pour l'absence de Monsieur le Gouverneur, a faict mettre tous les soldatz de la garnison soubz les armes, quy se sont mis en haye depuis le faulxbourg jusques à la porte du logis de M. Regnart préparé pour son logement, où sy tost son arrivée Messieurs de la ville en corps luy ont esté faire compliment et puis après faict présenter six kannes de vin par l'advocat de la ville, et le lendemain sur les neuf heures du matin, après avoir esté à la messe aux Capucins, il en est party pour aller à Roye et à sa sortie on a de rechef tiré le canon et boettes, le tout suivant l'ordre du roy qu'en avoit led. sieur de Nielle. »

Lundi 16 *décembre.* — Le gouverneur ayant ordonné aux commis aux ouvrages de faire démonter les quatre pièces de canon qui se trouvaient dans le bastion de Richelieu, et mettre les affûts à couvert « pour éviter la perte d'iceulx durant l'hyver, » l'échevinage ordonne de faire construire une halle couverte de chaume dans led. bastion, pour abriter ces pièces d'artillerie.

1648.

Dimanche 29 *mars.* — « M. le mareschal de Gramont est venu en ceste ville et à son arrivée on a tiré tous les canons et boettes de la ville, et a esté loger chez M. Regnart, président en l'élection. » (1)

Jeudi 30 *avril.* — « M. de La Ferté-Imbault, maréchal de camp à l'armée de Flandre, est venu à Péronne, et à son arrivée

(1) Antoine de Gramont, qui, nous l'avons vu plus haut, s'était fait surprendre et battre à Honnecourt, le 26 mai 1642, par l'espagnol don Francisco de Mello, était né en 1604. Connu d'abord, du vivant de son père, sous le nom de comte de Guiche, il fit ses premières armes en Italie. Maréchal de camp en 1635, il combattit en Allemagne, en Alsace, en Flandre et en Italie. Lieutenant général en 1641, il se distingua de nouveau la même année dans la campagne de Flandre, qui

on a tiré le canon, et Messieurs de la ville luy ont esté faire la révérence en son logis et faict porter six kannes de vin de présent. Le dit jour, il est arrivé en la ville dix compagnies du régiment des gardes. » (1)

Samedi 2 mai. — « M. le mareschal de Gramont, général d'une des armées du roy en Flandre, est aussy venu en ceste ville, accompagné de M. de Chastillon, son lieutenant, de Monsieur le marquis de Gesvres, mareschal de camp et de plusieurs autres officiers de son armée. »

Dimanche 3 mai. — Toute l'armée royale était alors massée dans la partie orientale de la Haute-Picardie, c'est-à-dire dans le Ver-

luy valut le bâton de maréchal (21 septembre). Il fit avec le grand Condé la campagne d'All·magne en 1644–1645, puis celle de Flandre et de Catalogne (1647), et commanda l'aile gauche à la bataille de Lens (1648), gagnée par Monsieur le Prince. L'année suivante, il dirigea les opérations devant Paris, toujours sous les ordres de Condé. Gouverneur de la Navarre et du Béarn, il fut nommé duc et pair en 1663 Le maréchal de Gramont a laissé d'intéressants *Mémoires* qui virent le jour en 1716. Il mourut à Bayonne en 1678.

(1) Jacques d'Etampes, marquis de La Ferté-Imbault, maréchal de France le 5 janvier 1651, était né en 1590. Il mourut le 20 mai 1668.

mandois et le Santerre, d'où elle allait marcher sur la Flandre flamingante, et assiéger,
le 12 mai, la forteresse d'Ypres, qui capitula
le 29 : «... Monsieur le Prince, généralissime
des armées du roy en Flandre, est aussy venu
en ceste ville (1). au devant duquel ont esté
tous les sus-nommez ; messieurs les gens du
roy ont esté aussy au devant de Son Altesse
jusques à la porte du faulxbourg de Bretagne,
et Messieurs de la ville jusques à la porte de
St-Sauveur au devant du corps de garde des
bourgeois, où Monsieur le mayeur luy a faict
un compliment et présenté les clefs de la
ville, puis estant dans son logis luy ont envoyé
vingt-quatre kannes de vin de présent. Messieurs de Chapitre luy ont esté aussy faire la
révérence, et à son arrivée on a tiré toutes
les boettes et canons de la ville à balles. Et
y est demeuré avec tous les susnommez
jusques au vendredy ensuivant qu'il en est
party et durant le temps qu'il a esté à Péronne, son armée a demeuré dans le Sangterre et celle de Monsieur le mareschal de
Grammont dans le Vermandois. » En quatre
journées de marche, le grand Condé avait
donc amené toutes les troupes de Péronne à
Ypres, à l'extrémité des Pays-Bas. Le ma-

(1) « Sur les 5 heures du soir, venant d'Arras. »
(Ms. Dehaussy).

nuscrit Dehaussy relate le même séjour en
d'autres termes : « Durant le temps que
S. A. a faict séjour en la ville avec tous les
officiers des armées et dix compagnies du
régiment des gardes, son armée s'est assemblée dans le Sangterre et celle de M. le mareschal de Grammont qui s'estoit assemblée
aux environs de Marle est allée camper dans
le Vermandois, à deux lieues de la ville, et
y sont demeurées jusques au vendredi ensuivant (8 mai) qu'ils ont esté camper à Clary
et à Moillains, et le lendemain à Laueste et
Le Marquion auprès d'Arras. »

Mercredi 20 *mai*. — M. le comte d'Avaux,
surintendant des finances, plénipotentiaire
français « qoy estoit à Munster pour traiter
de la paix, en revenant par les Pays-Bas, est
arrivé en ceste ville et descendu au logis de
M. Regnart, où Messieurs de la ville luy ont
esté faire la révérence et puis faict porter
douze kannes de vin de présent, MM. de
Chapitre et les officiers du roy luy ont esté
aussy faire la révérence. »

Lundi 8 *juin*. — Les grands moulins sont
donnés a bail, pour neuf ans, à Henry Pieffort, à la redevance de 116 muids de bled,
mesure de Péronne, et de 1500 livres en
argent par chacun an, et encore moyennant

la somme de 3000 livres pour une fois payées
et aux charges anciennes et accoutumées. (1)

Mercredi 24 juin 1648. — LOY RENOUVELÉE.

MAYEUR : Me Claude Vaillant, continué.

Lieutenant : Me Guislain de Driencourt,
marchand.

Echevins : Louis Le Caron, advocat du roy
en l'eslection.
Romain Bouteville, grainetier.
Louis Goubet, marchand.
Charles Lefèbvre, md brasseur.
Vincent Maryé, procureur.
Pierre Ducroc, procureur.
Jacques Gonnet, bourgeois.
Fursy Leclercq, marchand.
Luc Merlen, marchand.
Philippe Hutellier, md brasseur.

Vendredi 3 juillet. — « Ordonné que doresnavant le marché du bœurre et des herbes
et des fromages se fera dans le marché aux
fromages, scavoir : celuy des herbes vers la
maison de Jean Dion et celuy du bœurre au
bas dud. marché, sans se pouvoir mettre
dans la rue Sainct Jean, le tout en peine de
confiscation des denrées et de soixante sols

(1) Ms. Dehaussy.

parisis d'amende. Et pour les fromages, ilz se vendront auprès du puis verd. »

La publication de cet arrêté est ordonnée.

Mercredi 2 septembre. — «... Monsieur le gouverneur a receu lettres du Roy portantes ordre de chanter le *Te Deum*, faire un feu de joye et tirer le canon pour rendre grâces à Dieu et pour tesmoigner la resjouissance que chacun doibt avoir de la victoire très signallée en la bataille que M. le prince de Condé a guagné le xxᵉ jour du mois passé près de Lens contre l'Archiduc Léopold d'Autriche en laquelle toute l'infanterie des ennemis et la meilleure partie de leur cavallerie a esté défaicte, quarante pièces de canon prises avec tout leur atirail et munitions, et quatre cens drappeaux ou cornettes, trois à quatre mille hommes tués sur la place, six à sept mil prisonniers entrelesquels sont le lieutenant général Bek qui avoit le commandement principal après l'archiduc (1), le fils dud. Bek, le prince de Ligne, le comte de St-Amour, gouverneur de la Franche-Comté, vingt colonelz et autres officiers. Ensuitte de quoy ledict jour sur les quatre heures après midy le *Te Deum* a esté chanté dans l'église de St-Fursy auquel ont assisté M. de Fouilloy,

_____

(1) Le général Beck était au nombre des morts.

lieutenant de roy, MM. les officiers du roy et
Messieurs de la ville en corps, et sur les sept
à huict heures du soir, après les portes de la
ville fermées, on a faict un feu de joye au
milieu de la place auquel led. sieur de
Fouilloy et Monsieur le mayeur accompagnez
de MM. les eschevins estans partis de l'hostel
de la ville et conduitz à son de tambours ont
mis le feu durant lequel tous les canons de
la ville et les harquebuzes à croc du belfroy
ont esté tirez avec le carillon ordinaire et en
tesmoignage d'une grande réjouissance publique. »

D'après le manuscrit Dehaussy, le chapitre
de St-Fursy avait déjà fait, le mardi 25 août,
une procession solennelle autour de la collégiale, et chanté une grande messe en musique, pour rendre grâce à Dieu de la victoire
de Lens.

Au début de l'année 1648, suivant le même
manuscrit, « le sieur Vaillant, mayeur et les
eschevins, par leur timidité, ont laissé dé-
puceler cette belle pucelle par la perte du
plus beau de ses privilèges quy estoit que le
mayeur commandoit dans la ville et donnoit
le mot du guet en l'absence du gouverneur
et de son lieutenant en ce que M. d'Hocquincourt *homme fort altier, peu populaire et
opiniâtre*, ayant esté flatté et suscité par le
sieur de Fécan, fort ambitieux pour avoir

espargné quelqu'argent dans le trafic qu'il faict continuellement avec l'ennemy dans les Pays-Bas et prenant sur le tiers et sur le quart, premier capitaine et cy devant major de son régiment estant en garnison en ceste ville en estant le plus souvent absent, et M. de Fouilloy son lieutenant désirant aussy de s'absenter et aller à Paris solliciter et faire quelques affaires. Au lieu de maintenir et garder les privilèges de la ville et nonobstant toutes les prières et supplications et remonstrances à luy faictes par les mayeur et eschevins, il auroit voulu que le sieur de Fécan commandast et donnast le mot du guet en leur absence à l'exclusion du mayeur, il a faict en sorte d'obtenir une commission du roy adressante aud. Fécan pour commander en son absence pendant le temps de son absence pendant le tems de six semaines, pendant laquelle led. Fécan a commandé durant le tems et encore davantage, parce que led. sieur de Fouilloy n'estoit revenu lorsque les six semaines ont été expirées, led. seigneur d'Hocquincourt a faict escrire aud. sieur mayeur qu'il désiroit que led. Fécan commandast jusques à ce que ledict sieur de Fouilloy seroit de retour en ceste ville. Ce que lesd. mayeur et eschevins ont esté contrainctz de souffrir de crainte qu'il ne fist envoyer plusieurs gens de guerre en garnison dans la ville pour tourmenter et fatiguer les habitans.

« Louis par la grâce de Dieu roy de France et de Navarre. A nostre cher et bien aimé sieur de Fécan capitaine au régiment du sieur Hocquincourt et cy devant major de nos ville et chasteau de Péronne, salut : Ayant permis aud. sieur d'Hocquincourt gouverneur et au sieur de Fouilloy lieutenant de venir pour quelque temps en ces quartiers vacquer à leurs affaires particulières et comme il est très important de ne laisser lad. place sans un homme de commandement, nous avons estimé ne pouvoir faire de meilleur choix et eslection que de vous en ceste occasion pour la confiance que nous avons en vostre personne et sur l'assurance mesme que led. sieur d'Hocquincourt nous a donné de vostre affection et fidélité à nostre service. A ces causes et aultres à ce nous mouvans, de l'advis de la royne régente nostre très honorée dame et mère, vous avons commis, ordonné, commettons et ordonnons et députons par ces présentes signées de nostre main pour durant 6 semaines commander en nostre ville tant aux habitans de quelque qualité et condition qu'ils soient que aux gens de guerre quy y sont à présent et seront cy-après en garnison tout ce qu'ils auront à faire pour le bien de nostre service et la seureté et conservation de lad. place en nostre obéissance lont ainsy que pourroient faire lesd. sieur d'Hocquincourt et de Fouilloy s'ils y estoient en personne pendant led. temps ; de ce faire vous donnons pouvoir, commission et mandement spécial, mandons et enjoignons auxd. habitans et gens de guerre recognoistre et obeir en ceste qualité sans difficulté. Car tel est nostre plaisir. Donné à Paris le 15 janvier 1648 et de nostre règne le 5e. » Signé : Louis, et plus bas par le roy la royne régente sa mère présente, Phélypeaux. Et scellé en simple queue du grand sceau de cire jaune. »

Un accommodement survint plus tard, car le lundi 19 octobre 1648, « M. le gouverneur estant en ceste ville, M. de Fouilloy son lieutenant absent, et désirant s'en retourner à Paris, quoiqu'il eust esté sollicité par le sieur de Fecan de vouloir encore obtenir des lettres patentes du roy pour le faire commander en la place et luy faire donner le mot du guet, après plusieurs contestations, il a esté ordonné que M. le mayeur donneroit le mot du guet et commanderoit aux habitans de la ville, et que le premier capitaine de son régiment qny estoit aud. Péronne commanderoit à la place, et que s'il arrivoit quelque chose de conséquent, il seroit obligé d'en conférer et d'en résoudre avec

M. le mayeur, ce qui a été exécuté. » (1).

Vendredi 11 *décembre.* — Le mayeur se démet de la charge de capitaine des canonniers de la ville, au nom de Mᵉ Basile Vaillant, son fils, qui en était pourvu. François Vaillant, conseiller du roi au bailliage, son second fils, est nommé à sa place.

« Durant lad. année, M. le gouverneur a fait approfondir et rélargir à corvée par les habitans le fossé de la pièce appelée le *bonnet à prêtre* (à l'extrémité du faubourg de Paris, proche l'église de St-Quentin en l'eau) lequel a, à présent 7 à 8 pieds d'eaue ; il a aussi faict rélargir le fossé de la demy-lune quy est à la teste du faubourg de Bretagne par les païsans du gouvernement. Il a auss y faict palissader le bastion royal et les remparts du faulxbourg de Bretagne avec des bois qu'il a imposés sur tous les villages du gouvernement de Péronne, Montdidier et Roye. » (2).

Le 24 octobre précédent, les deux traités de Westphalie avaient été signés à Münster, après quatre ans et demie de négociations. La GUERRE DE TRENTE ANS était finie. (3). — La Fronde commençait.

(1) Ms. Dehaussy.
(2) Ms. Dehaussy.
(3) H. Martin, *Hist. de France*, livre LXXV.

ANNEXES

I.

Philippe, par la grâce de Dieu, duc de Bourgongne, de Lorraine, de Brabant et de Limbourg,
com'e de Flandres, d'Artois. de Bourgongne, palatin de Haynaut, de Hollande, de Zélande et de
Namur, marquis du St-Empire, seigneur de Frise,
de Salins et de Malines, à nostre gouverneur de
Péronne ou à son lieutenant à Péronne. et à nostre
receveur illec, salut. Receu avons l'humble
supplication de nos bien amez les maire eschevins bourgois et habitans de nostre ville de Péronne, contenant comme à cause des guerres et
divisions qui ont longuement régné en ce royaulme
ils ayent soustenu et supporté plusieurs pertes et
dommages, et aussy payé et fourni grosses sommes
de deniers pour le recouvrement de plusieurs villes
places et forteresses lors occupées par nos ennemis, et mesmement payé continuellement les qua-
triesmes impositions et tous aultres subsides qui
n'avoient ne n'ont eu cours en plusieurs bonnes
villes de ce dict royaulme et à l'environ de lad.
ville, et il soit ainsy que de présent soit ordonné
de par Monsieur le Roy et Nous de mettre sur et
imposer en nos villes prévostez et chastellenies
de Saint Quentin icelle ville de Péronne Montdidier et Roye la somme de cinq mil francs monnoye

royale, pour tourner et convertir en certain ayde
pour le faict du siège et recouvrement de nostre
ville de Calais, à présent détenuë et occuppée par
les Anglois nos ennemis, qui est nostre propre
héritage, pour portion de laquelle somme de cinq
mil francs, nos gens et officiers à ce commis et
députtez ont assis icelle nostre ville de Péronne à
la somme de six cens vingt et cinq francs, et avec
ce veullent mettre sur certaine composition sur
lesd. habitans de la dite ville à cause d'aucuns
fiefs et ténemens que les aucuns d'eulx ont, dont
les plusieurs d'iceulx fiefs et tènemens sont de
très petite valeur, et ne doibvent quelque service,
sinon de court et de plaids, et ce soubz umbre de
ce que naguères par nos lettres patentes a esté
publié que tous fiefvez et arrière-fiefvez venissent
en nostre service et compagnie en nostre présente
armée que au plaisir de nostre sire faisons devant
nostre dicte ville de Calais pour la recouvrance
d'icelle, qui leur seroit chose très grevable et im-
portable, veu leur faculté et puissance, et que
parcy devant ilz ont esté, et sont mengiez de gens
d'armes et tellement diminuez de leurs chevauches,
que à grand'peine ont les plusieurs d'icelle nostre
ville de quoy vivre, et aussy ne fut oncques veu
de quelque temps que lesd. fiefvez et arrière-fiefvez
dont lesdictz fiefs ne sont d'aultre service que
dessus est dict, fussent traiclez pour non service
à quelque composition de finance sy comme ilz
dient requérans sur ce nostre grace et convenable
provision. Pourquoy Nous, les choses dessusdites
considérées, et la grande diminution et suppors
que lesd. supplians ont soustenuz et mesmement
que ilz ont tousjours libéralement subvenu à tous
nos affaires quelconques dont requeste leur a esté
faicte de par nous selon leur possiblité, A iceulx
supplians avons octroyé et consenty, octroyons et
consentons de grâce spéciale par ces présentes que

ils soient et demeurent quittes envers nous pour
la contribution dudict ayde pour tout nostre dict
siège de Calais, et ce que on leur volroit et pourroit demander à cause d'iceulx fiefz et arrière-fiefz
pour la somme de cinq cens franqs à payer à deux
termes, c'est à scavoir deux cens et cinquante
francs le premier jour d'aoust prochain venant,
et les autres deux cens et cinquante francs le dernier jour dudict mois d'aoust, sy voulons et vous
mandons très expressément et à chacun d'eux en
la manière que dict est pleinement et paisiblement
joir et user sans leur faire ou donner en corps, ne
en biens fiefz ou tènemens aucun arrest, moleste
grïef destourbier ou empeschement au contraire.
Car ainsy nous plaist il estre faict nonobstant
quelconque ordonnance mandemens ou deffences,
et lettres subreptices impétrées ou à impétrer à ce
contraires.

Donné ost lès Mercq (1) le viii° jour de juillet
l'an de grâce 1436, soubz nostre scel de secret en
absence du grand chancelier. *Ainsy signé* : Par
Monsieur le duc, l'arcediacre de Veuguan, Le
Prévost de St–Omer et plusieurs aultres présens :
Hugues, et scellé en simple queue de cire rouge.
(Parchemin original).

II.

Lettres du roy Henri II portant exemption aux
habitants de la ville de Péronne de fournir
le bois aux soldats estant en garnison en
ladite ville.

Henry, par la grâce de Dieu, roy de France, au

_____

(1) Au camp de Marck, devant Calais.

gouverneur de Péronne, Montdidier et Roye ou
son lieutenant, salut : scavoir faisons que Nous
ayans regard à la requeste à Nous en nostre privé
conseil présentée par nos chers et bien amez les
manans et habitans de nostre ville dud. Péronne,
et aux grans foules pertes et dommages qu'ilz ont
souffert à l'occasion des dernières guerres et les
voulans pour ce favorablement traicter iceulx pour
ces causes et aultres bonnes justes et raisonnables
considérations à ce nous mouvans, avons de nostre
certaine science plaine puissance et authoritez
royale quitté exempté et affranchy, quittons,
exemptons et affranchissons par ces présentes de
la fourniture de bois que par nos ordonnances ilz
sont tenus foornir aux hommes d'armes et archiers
de la compagnie de nostre très cher et bien amez
filz le daulphin de Viennois par nous establie en
garnison en nostre ville de Péronne et aultres qui
cy après y pourront estre mis et establis, sans
que lesd. hommes d'armes, archiers ne leur gens
leur puissent au moyen de nos dictes ordonnances
demander ledict bois ne aucune chose pour icelluy.
Sy vous mandons et enjoignons par ces présentes
que de nostre présente grâce quittance descharge
et exemption vous faictes souffrez et laissez lesdictz
supplians habitans de lad. ville de Péronne joir
et user plainement et paisiblement sans leur faire
mettre ou donner ne souffrir estre faict mis ou
donné aucun empeschement au contraire. Lequel
sy faict mis ou donné estoit l'ostez et remettez
incontinent et sans délay au premier estat et deub.
Car tel est nostre plaisir, nonobstant nosdites
ordonnances ausquelles nous n'entendons lesd suppli-
plians estre comprins, ains les en avons exemptez
et réservez, exemptons et réservons par ces présentes et quelconques autres ordonnances restrictions mandemeus deffences et lettres à ce contraires.

Donné à Fontainebleau le XII* jour du mois de décembre l'an de grâce 1547 et de nostre règne le premier. *Ainsy signé*: Par le roy, *Burgensis*, et scellé en simple queue de cire jaune.

(Parchemin original).

III.

LETTRES D'ABOLITION DONNÉES AUX HABITANTS DE LA VILLE DE PÉRONNE PAR LE ROY HENRI III DE CE QUI S'EST PASSÉ DURANT LES GUERRES, AVEC EXEMPTION DE GARNISON, SAUF EN TEMPS DE GUERRE.

Henry, par la grâce de Dieu, roy de France et de Pollogne, à tous ceulx quy ces présentes lettres verront, salut. Nous avons tousjours entendu et depuis que Dieu nous a donné aage de cognoissance esprouvé tant de fidélité et obéissance accompagnée d'une sincère dévotion et affection envers les deffunctz roys nos prédécesseurs (que Dieu absolve) et nous jusques icy, de nos chers et bien amez les manans et habitans de nostre ville de Péronne ainsy mesme que pendant les guerres qui estoient entre le deffunct roy Henry nostre très honnoré seigneur et père (que Dieu absolve) et l'Empereur Charles Quint (1) ilz en ont rendu trèsbon et suffisant tesmoignage que ne pouvons nous addonner aisement a croire quilz ayent jamais eu aultre volonté que de continuer en ceste ferme fidélité et affection envers nous. Toutesfois d'aul-

(1) Il s'agit ici du siège de 1536 que, par un singulier anachronisme, le royal signataire de l'édit croit être contemporain du règne de son père Henri II, alors qu'il remonte à celui de son aïeul François Ier.

tant que en ce qui est depuis naguères advenu, (1)
et que peu de temps après l'édict dernièrement
faict de la pacification des troubles de nostre
royaulme ilz auroient différé et se seroient rendus
tardifs et négligens à l'effect et exécution des commandemens que nous leur aurions faictz de laisser
transporter de ladicte ville les pièces d'artillerie
que nous y avons et de recevoir en icelle les gens
de guerre que nous avions ordonné y aller, et
mesme pour la deffiance en laquelle ilz seroient
entrez soubz certains rapports qui leur avoient
esté faictz que l'on les voulloit offencer de s'estre
rendus Maistres de nostre chasteau estant en lad.
ville, sans toutefois avoir frappé offencé ny exceddé
aucun quel qu'il fust, avoir faict levée de gens et
deniers tant pour la solde et entretènement desd.
gens par eux levez que pour la fortification qu'ilz
ont estimé estre besoing de faire en lad. ville pour
la seureté et deffence d'icelle tant sur eux habitans
que sur ceulx qui avoient maisons à eux appartenans assises en lad. ville l'on pourroit interpréter
leurs actions à mauvaise part, les taxer d'infidélité
et rébellion envers nous. Et en ce faisant, les
rechercher et travailler tant en leurs personnes
que de ceulx qu'ilz ont appellez à leur ayde et
assistance, et de leurs biens, s'ilz n'avoient sur
ce nos lettres déclaratives de nostre intention et
volonté. Comme lesd. manans et habitans nous
ont très humblement faict supplier et requérir de

---

(1) Le chanoine de Sachy (pp. 210 et suivantes de ses
Essais) a donné, d'après les mémoires imprimés et
manuscrits de l'époque, de curieux détails sur les
troubles de 1576. Ce mouvement populaire, précurseur
de la Ligue, avait pour cause la nouvelle, arrivée le
9 mai à Péronne, que le roi Henri III venait d'accorder
cette ville au parti huguenot pour lui servir de refuge.

les leur octroyer et faire expédier, scavoir faisons
que nous recognoissons iceulx manans et habitans
pour nos très bons et très fidelles obéissans et
affectionnez subjectz et serviteurs. Avons approuvé
et advoué, approuvons et advouons par ces présentes signées de nostre main les difficullé et re-
tardement par lesdictz habitans faictz de laisser
sortir ladicte artillerie de ladicte ville. saisie dudict
chas'eau, amas et levée de gens de guerre. de
deniers, fortification d'icelle. et tous aultres actes
qui peuvent avoir été commis pour ce regard tant
par eux que les sieurs Destourmel Dhaplaincourt
et aultres qui les ont assistez en ceste affaire
comme choses faictes pour le bien de nostre service, et sy on en vouldroit interpréter au contraire
tous lesdictz actes par eux et chacun d'eux en cest
endroict commis. voulons iceulx actes estre et
demeurer entièrement ensevelis assopis et comme
non advenus, et en ce faisant tant iceulx manans
et habitans que sieurs Destourmel, Dhapplaincourt
et aultres entièrement deschargez, comme nous
les en deschargeons de nostre grâce spéciale pleine
puissance et authorité royale par cesd. présentes,
ne voulans qu'ilz ou aucuns d'eux en soient ou
puissent estre recherchez, inquiétez, travaillez et
molestez ores ny pour l'advenir en façon ni manière que ce soit et sur ce avons imposé et impo-
sons silence perpétuel à nostre procur ur général
présent et advenir et à tous nos aultres justiciers
et officiers quelconques, et afin de faire cognoistre
ausd. habitans la fiance que nous avons en eux et
leur fidélité à la seureté de lad. ville et pour leur
donner moyen d'éviter à toute surprinse que l'on
pouvoit pratiquer à l'encontre d'eux pour raison
des difficultez ou refus susdits, nous avons ordonné
et ordonnons qu'ilz soient et demourent exemptz
de tous logis et garnisons de gens de guerre, soient
de cheval ou de pied, de quelque nation qu'ilz

soient, fors et excepté toutes fois où il sera question de la deffence et conservation d'icelle ville en faict de guerre contre un Roy, Prince ou autre estranger, auquel cas nous n'entendons leur accorder lad. exemption, mais voulons qu'ilz reçoivent autant et tel nombre de gens de guerre qui leur sera par nous commandé et ordonné, et à la charge de nous estre bons fidelles et très loyaulx subjectz et de faire et exécuter d'icy en avant nos commandemens et ordonnances. Sy donnons en mandement à nos amez et féaux les gens tenant nostre cour de parlement à Paris, gouverneur, et nos lieutenans généraulx en nos re province de Picardie, mareschaulx de nos camps et armées, baillifs, sénéchaux, prévo-tz ou leurs lieutenans. et à tous nos aultres justiciers et officiers qu'il appartiendra que de nos présens vouloir intention et déclaration susdictz ilz facent souffrent et laissent jouir et user nosd subjectz manans et habitans de lad. ville de Péronne plainement et paisiblement, sans en ce faire, mettre, ne donner ne souffrir estre faict mis ou donné a eux ny aucun d'eux, ou des sieurs Desto rmel et Dhapplaincourt susnommez ou aultres qui les ont assistez comme dict est. à l'occasion susdicte, trouble, destourbier. fascherie ny empeschement au contraire, et le contenu en cesd. présentes lire et registrer en leurs registres sy besoing est, sans y faire aucune dificul é ny refus. Car tel est notre plaisir. En tesmoing de ce nous avons faict mettre nostre scel à cesd. présentes, données à Blois le xie jour de febvrier l'an de grâce mil cinq cens soixante et dix sept. et de nostre règne le troisième. *Ainsy signé* : HENRY ,et sur le reply : Par le roy, *Deneufville.* Et scellé du grand sceau de cire jaulne, at aché à une languette fort large de parchemin.

Registré en Parlement à Paris le 15 m rs 1577. *Signé* : Dutillet, avec paraphe.   (Parchemin original).

IV

TILTRES pour monstrer que les gens d'Eglise sont obleigez à la garde tant de nuict que de jour en temps de guerre.

I. — JEHAN DE BRUGES, seigneur de la Gratuse, prince d'Esternubuse, conseiller chambelan ordinaire du roy nostre sire et chevalier de son ordre lieutenant général et gouverneur pour ledit seigneur au pays de Picardie, A tous ceux qui ces présentes lettres verront, salut. Sçavoir faisons que pour terminer et mettre fin au différend qui puis naguères s'est meu entre les doien chanoines et chapitre de l'église collégialle monsieur Saint-Foursy en la ville de Péronne et les prestres résidans et demourans en icelle, d'une part, à l'encontre des maïeur, eschevins, jurez, bourgeois, manans et habitans de lad. ville d'autre part pour raison des guet et porte qu'il convient et est nécessaire faire journellement en lad ville pour la garde et tuition d'icelle, et oy par nous sur le tout verballement lesd. parties, et considéré sur ce et en regard à ce qui estoit à considérer en la personne de noble seigneur Lois de Halwin, chevalier dudict ordre (1) seigneur de Piennes, gouverneur et capitaine dud. Péronne, Montdidier et Roye ayant soubz sa charge les gens de guerre, estant de présent en garnison audict Péronne, Avons ordonné et appointé, ordonnons et appoin-

(1) Louis d'Halluin, chevalier de l'ordre de St-Michel, chambellan ordinaire du roi, était capitaine de Péronne depuis 1496. Il gouverna pendant deux années la province de Picardie, sans abandonner pour cela sa capitainerie.

tons par ces présentes que doresnavant toutesfois
et chacun jour que les bourgeo's manans et habitans de ladicte ville iront au guet et à la porte en
personne par le commandement dudict sieur de
Piennes ou de son lieutenant comme capitaine
de lad. ville, lesd. de chapitre et prestres résidens
et demeurans en lad. ville pour la tuition et garde
d'icelle seront tenus et de leur consentement se
sont submis aller et comparoir en personne. C'est
a scavoir deux d'entre eux à chacune porte d'celle
ville et continueront à ce tant et si longuement
que lad. ordonnance et commandement leur sera
par nous restrainct, sans ce qu'ilz soient tenus
aller ou envoyer au guet, laquelle porte se commandera ausdictz de Chapitre et prestres par l'un
des sergens desd. de chapitre, lequel sera tenu
apporter un billet des gens à qui il aura commandé
ladicte porte et le mettre ès mains de celuy qui
aura la charge de par la ville d'appeler ceux venans
à lad. porte du soir pour le lendemain et en deffaulx de ce non tenir fournir et accomplir par
lesd. doien, chanoines et chapitre aussi les prestres
résidens en ce te dicte ville de Péronne, et que à
cause de leursd. deffaulx il convinst mettre gens
au lieu des défaillans, Nous voulons et entendons
que iceulx deffaillans pour le salaire et payement
des gens mis au lieu d'eulx ausd. portes soient
contrainctz par ordonnance desd. majeur et jurez
par la prinse de leurs biens et autres voyes et
manières deubes et raisonnables et en tel cas requises et comme les autres bourgeois manans et
habitans en icelle vil e. Toutes voies avant que
aucune contraincte et prinse de biens s'en puisse
faire à cause desd. défaillans. lesd. majeur et jurez
seront tenus demander ou faire demander ledict
payement aud. doien de ladicte église où à son
commis. Donné à Péronne soubz le seing de nostre
nom avec le scel de nos armes, le septiesme jour

de septembre l'an mil cinq cens huict. *Signé:* GRATUSE, et sur le reply, par commandement de monseigneur : *Perrin.*

II. — *Lettres de Mgr le mareschal de Sainct-André, lieutenant général du roy en Picardie au lieutenant civil de Péronne :*

Monsieur le lieutenant, ayant entendu la faulte qua faict Jean de Levrepiere soy disant sergent de Messieurs de Chapitre à soy trouver au guet et garde de la porte de vostre ville quelques commandements qui luy en aient esté faicz, et que outre çela il a refusé de payer le salaire de celuy qui a faict ladicte garde pour luy et que du commandement qui luy en a esté faict il s'est porté pour appellant et en veult relever son appel pardevant vous, délibérant en cela de faire plus de peine qu'il pouroit à ceulx qui luy ont faict faire ledict commandement, Et pour ce que c'est chose qui pourroit tourner à fort grande conséquence, aussy que la cognoissance de telle matière m'appartient, je vous ay bien voulu faire ceste despesche pour vous prier de vous déporter de lad. matière et remettre la vuidange d'icelle a quant je seray par delà pour entendre comme le tout aura passé et en ordonner en bonne justice ce qui sera pour ce requis et nécessaire. Et m'asseurant que le ferez ainsy, je ne vous en diray davantage. Mais pour la fin priray Dieu, Monsieur le Lieutenant, qu'il vous donne ce que désirez.

De Montcornet ce 19e juin 1555.

Vostre bon amy,

St-ANDRÉ. (1)

(1) Livre Rouge de la ville de Péronne.

V

LE RÉVEILLEUR DES MORTS

« Les Messieurs de ville, selon une très ancienne coutume et la pieuse intention des fondateurs, entretenoient, il n'y a pas encore longtems, un homme qui, les lundi, mercredi et vendredi de chaque semaine, vers minuit, parcouroit les rues et s'arrêtoit à tous les carrefours, avec une cloche du poids de trente à quarante livres, qu'il faisoit retentir à différentes reprises et en criant à haute voix :

Réveillez-vous, gens qui dormez,
Priez Dieu pour les trépassés.

« Ce fut environ l'an 1750 que M. Chauvelin, intendant d'Amiens (1), interdit pour jamais cette singulière coutume, et voici ce qui y donna occasion : M. l'intendant logeoit chez le sieur Grenier, receveur des tailles, près de l'ancienne porte de Saint-Nicolas (2). Après un splendide souper,

(I) Jacques-Bernard Chauvelin, chevalier, seigneur d'Inqueson et autres lieux, conseiller du roy en ses conseils, maître des requêtes ordinaire de son hôtel, intendant de justice, police, finances et des troupes de Sa Majesté en Picardie, Artois, Boulonnais, pays conquis et reconquis.

(2) M⁰ François-Jean Grenier, conseiller du roy, receveur des tailles de l'élection de Péronne, et en même temps tresorier de l'extraordinaire des guerres et subdélégué de l'intendant de Picardie. Son hôtel, qui servit de Louvre, c'est-à-dire de logis, au roi Louis XV, lors de son passage à Péronne le 3 mai 1744, existe encore actuellement près de la porte neuve Saint-Nicolas. Le 1ᵉʳ mars 1746, M. Grenier sollicita de la ville l'autorisation de prendre à cens des terrains vagues

poussé fort avant dans la nuit, où entre autres se
trouvèrent plusieurs dames étrangères qui igno-
roient absolument nos usages, l'intendant recon-
duisoit deux ou trois de ces dames au logis où
elles devoient se rendre. Le réveilleur faisoit alors
sa ronde ordinaire, armé de sa lugubre lanterne et
de sa cloche funèbre, vêtu d'ailleurs comme nos
gagne-deniers peuvent l'être pendant une nuit
d'hyver ; il achevoit de sonner et entonnoit déjà
d'une voix sépulcrale son refrain ordinaire :
*Réveillez-vous, gens qui dormez ; priez Dieu pour
les trépassés !* lorsqu'il fut rencontré par M. Chauvelin et sa craintive compagnie. À cet aspect
insolite, on peut juger quelle fut leur épouvante.
Pour le coup, sinon jamais, nos timides étrangères crurent voir un spectre échappé des rives
du Ténare ; elles en furent si effrayées, que vous
les auriez vues s'échapper et courir comme des
folles, à droite et à gauche, fuyant à toutes jambes

situés vis-à-vis sa maison, tenant d'un long à la rue
des Juifs, d'autre au rempart, d'un bout par derrière
à l'hôtellerie où pend pour enseigne l'image de saint
Martin, d'autre par devant faisant face à la rue de la
Poissonnerie (aujourd'hui rue Saint-Nicolas) vis-à-vis
l'aqueduc qui déversait dans les fossés des fortifications
les eaux du ruisseau de la poissonnerie, avec faculté
de bâtir au-dessus dudit aqueduc, aux offres de payer
à la ville trois sols de cens annuel, seigneurial et primitif, outre le cens par lui dû à cause de ses maison
et bûchers, sans indemnité. Ce qui lui fut accordé, à la
charge notamment par lui de « souffrir et permettre
aux enfants de chœur annuellement, le jour de la
procession du siège, l'entrée dans le bâtiment au-dessus
dudit aqueduc pour y chanter aux fenestres qui y
seront construittes donnant sur ladite rue, l'antienne
ou motet qui a coutume d'être chanté chacun an à
pareil jour lors de lad. procession au-dessus d'iceluy
acqueduc, ce accepté. »

celui qui n'avoit garde de penser à elles. On eut
toutes les peines du monde à les faire revenir de
l'étonnement et de la frayeur qui les saisissoient ;
on a même affirmé qu'elles s'étoient évanouies
après avoir fait quelques pas pour s'enfuir. Quoiqu'il en soit, l'intendant, qui peut-être n'avoit
pas eu moins de peur que ces dames, s'écria
d'abord et demanda d'une voix entrecoupée :
« Quel est donc cet original ? » On lui répond que
c'est le réveilleur, et l'on alloit lui détailler toutes
les fonctions de ce messager des morts... Mais
sans vouloir rien entendre, il interrompt le nar-
rateur, et dit tout haut : « Je l'interdis, je l'interdis ! Je ne veux plus qu'il soit parlé ni de réveil
ni de réveilleur. » Depuis ce tems-là, *les huit
septiers de blé* (1) et l'argent qu'on donnoit pour
gages à cet homme, rentrèrent dans la manse des
pauvres de la ville. Il en est beaucoup à Péronne
qui souhaiteroient de voir renaître cet usage de
réveiller pour la prière des morts, et qui ne se
rappellent qu'avec regret le tems où l'on venoit
interrompre leur sommeil et les engager à réciter
un *De Profundis* pour leurs parents trépassés. Le
casuel de cette charge importante étoit au moins
de cinq sols pour chaque recommandation de ceux
qui décédoient dans la semaine. Averti la veille
par les parents du défunt, il ne manquoit pas la
nuit suivante, dans sa marche nocturne, de réciter
à leur intention un second *De Profundis* à chaque
station. Il alloit aux deux portes de la ville et
s'arrêtoit à tous les coins des rues et spécialement
à la porte du défunt. Cet usage se conserve encore
dans plusieurs villes du royaume, et notamment à

(1) C'est douze setiers qu'il faut lire. (V. la résol.
ci-après du 22 fevrier 1754).

Montdidier, mais la marche du réveilleur se fait avant dix heures du soir, en tous tems (1). »

C'est à la fin d'octobre 1748, comme l'indique la résolution échevinale que nous citerons plus loin, ou, plus exactement, à la nuit du 17 au 18 octobre de cette même année (2) qu'il convient de rapporter la date à laquelle Chauvelin supprima la charge de cloqueman ou de réveilleur des morts. Elle était alors occupée, depuis le lundi 6 mai 1743, par Nicolas Rousseau, maître tourneur, qui remplaçait le nommé Louis Grain, décédé, — aux charges et exemptions y attribuées (3). Le dimanche 30 juin 1748, jour des bans, après la nomination des égards des métiers, Rousseau comparaît comme les années précédentes, devant l'assemblée municipale, et suivant la for-

(1) De Sachy, *Suppl. aux Essais sur Péronne*, pp. 417 et suiv. — Cette ancienne coutume, en effet, n'était pas particulière à la cité péronnaise. Elle existait dans un certain nombre de villes de France, où les deux vers psalmodiés par le cloqueman étaient également les mêmes.

(2) En effet, le jeudi 21 novembre 1748, une résolution de l'échevinage constate que « le sieur Grenier, trésorier de l'extraordinaire des guerres, *ayant surpris à Mgr l'Intendant une ordonnance du 18 octobre* l'autorisant à avoir une sentinelle à sa porte, sans que sa requête ait été préalablement communiquée à Messieurs, le comte de Saint-Florentin a envoyé à MM. un ordre du roy daté de Fontainebleau le 13 novembre, portant que le roy a jugé inutile de donner une sentinelle bourgeoise à la porte du sieur Grenier par rapport à la caisse de l'ordinaire des guerres... »

(3) « La cloche est remise à l'instant audit Rousseau, qui a juré et promis de s'acquitter des devoirs de son employ au désir de la fondation et a signé... » — Le même jour, Marianne Hennebert, femme dud. Rousseau, est nommée revendeuse et crieuse de vieux

28

mule consacrée, « met sa cloche sur le bureau, se retire, est rappelé et remis en charge après avoir renouvelé son serment », en compagnie de Charles Leduc, chasse-gueux et des autres employés de la ville. A pareil jour de l'année suivante (1749), Nicolas Rousseau prêta bien encore le serment d'usage, mais une note marginale du registre aux résolutions porte ce qui suit : *Surcis à la prestation de serment*. Il en fut de même, le jour des bans de 1750 (28 juin). — En 1751, toute mention relative au réveilleur disparaît.

L'origine de cette charge remontait à l'année 1536-1537, demeurée la plus célèbre de nos annales. Il est certain que le désir de perpétuer le souvenir de la glorieuse défense de Péronne ne fut pas étranger à l'idée du généreux donateur, de même que cent ans plus tard (1636) la crainte d'un nouveau siège incita le chanoine Noël Le Vasseur, à fonder à perpétuité, dans la collégiale de Saint-Fursy, pour le 3 du mois d'août, *la messe des trembleurs*. L'intéressant extrait qui suit est le complément naturel, au point de vue historique, de l'agréable historiette si lestement tournée par le bon chanoine de Saint-Léger.

« Cejourd'huy vendredy 22 février 1754, Messieurs assemblés à l'heure ordinaire, le procureur

chapeaux, au lieu de Françoise Foulon, femme de Pierre Prudhomme, démissionnaire. Simon Hennebert se porte caution et fait les soumissions requises. La femme Rousseau prête serment et signe. (Résol. du 6 mai 1743). — « Celuy qui recommande les âmes des trépassés jouit de l'exemption par rapport à ses fonctions, » comme on le voit dans la *Liste générale des habitans exemptés de la garde bourgeoise et du logement des gens de guerre*, enregistrée à l'échevinage le mercredi 21 janvier 1739. (V. *Coutumes, ordonnances et usages locaux de la ville de Péronne*, p. 215).

du roy a remontré que messire Nicolle Théobaldy, vivant prêtre chanoine de Saint-Fursy de cette ville, auroit fondé vers l'an mil cinq cent trente-sept, un réveilleur pour, pendant les nuits de quelques jours de chacune semaine et certains jours de l'année à perpétuité, recommander les morts aux prières des fidèles et réciter à chaque recommandation vis-à-vis la croix du marché au bled, à genouil, et autres endroits de la ville, les prières ordonnées et indiquées dans ladite fondation, pour laquelle il auroit assigné, ceddé et abandonné *douze setiers de bled* francs-moulus qui luy appartenoient et qu'il avoit droit de prendre et percevoir sur les moulins bannaux de cette ville, pour être lesd. douze septiers de bled francs-moulus, payés par chacun mois de l'année à raison d'un septier de bled par mois par le fermier desdits moulins au profit de celuy qui seroit nommé par mesdits sieurs et leurs successeurs, pour faire lesdittes recommandations perpétuellement et à toujours ; que laditte fondation a esté fidèlement exécutée depuis ledit tems jusque *vers la fin du mois d'octobre mil sept cens quarante-huit*, que M. Chauvelin, lors intendant de cette province, deffendit cette recommandation nocturne comme contraire au repos public, capable de porter la frayeur dans l'esprit des personnes faibles et timides, et dangereuse par les accidents qui pourroient en résulter, en sorte que, de cette époque, cette fondation est anéantie et que les revenus y attachés ont été distribués depuis par mesd. sieurs, savoir : quatre setiers par acte de délibération du 12 janvier 1750 au nommé Duman (1) par aumône sa vie durante et les huit

(1) *Lundy 12 janvier 1750.* — Accordé à Antoine Dumans, concierge de l'arquebuze et servant le canon de la ville, quatre setiers de bled francs-moulus sur les

autres setiers à Jacques Masson l'aisné pour le
tèms de l'apprentissage expiré le 9 aoust dernier
au métier de perruquier du nommé Malafait, par
acte de délibération du 14 aoust de lad. année
1750 (1) ; que cette distribution étant entièrement
éloignée de l'esprit de laditte fondation, il étoit
nécessaire, même indispensable de pourvoir à ce
que lesdits revenus soient appliqués à quelques
autres œuvres pieuses, certaines et déterminées,
en suivant ou en se rapprochant autant qu'il est
possible de l'intention du fondateur quant à son
objet dans la circonstance des deffences de l'exécuter dans la forme prescritte par laditte fondation,
qu'en cet état et pour y parvenir il croioit du
devoir de son ministère de requérir la réunion à
perpétuité des douze setiers de bled francs-moulus
assignés par laditte fondation à la bourse des
pauvres Chartriers de cette ville pour être jointes
et faire partie des revenus y appartenant, en conséquence, que lesdits revenus seront chargés
annuellement de la somme de trente et une livres
quatre sols pour l'acquit d'une messe basse perpétuelle par semaine pour le repos de l'âme dudit
sieur Théobaldy et autres fidèles trépassés à l'effet

douze setiers affectez pour la rétribution du réveilleur,
et ce annuellement et pendant sa vie, à la charge par
lui de dire chacun jour, soir et matin, un *De profundis*
pour les morts.

(1) *Vendredy 14 aoust 1750.* — Accordé à Pierre-
Antoine Malafait, huit setiers de bled francs-moulus,
restant des douze setiers à reprendre sur le fermier des
grands moulins de cette ville qui se payoient cy-devant
au réveilleur... pour en jouir pendant trois années consécutives à compter du 9 de ce mois, pour l'ayder à
apprendre son mestier de barbier-perruquier chez
Jacques Masson père.

de quoy laditte somme sera portée sous le nom dudit sieur fondateur tant au cœuilleret du sieur échevin receveur desdits pauvres que dans le compte annuel des revenus d'iceulx au chapitre de dépense concernant les fondations... Le fermier des grands moulins est déchargé de la mouture gratuite des douze setiers, et ce droit de mouture viendra en accroissement de lad. fondation à raison d'un boisseau en plus par chaque setier, moyennant quoy il sera tenu compte audit fermier de la mouture entière.

« Il est résolu que les douze setiers douze boisseaux seront chacun an distribués la veille de Noël en nature à neuf pauvres de cette ville qui seront nommés par Messieurs, lesquels pauvres seront obligés de réciter le jour de la distribution dud. bled un *De profundis*, ou cinq *Pater* et cinq *Ave Maria* pour le repos de l'âme dud. sieur Théobaldy, fondateur et de celles des fidèles trépassés (1). »

V I

UN DÉFI SOUS LOUIS XIII

.... Lorsque les Espagnols prirent Corbie, Piccolomini, un de leurs généraux avait dit que s'il entrait à Paris il voulait pour son butin Mme de Montbazon, maîtresse du marquis. Pour le châtier d'avoir tenu ce propos, Charles de Monchy lui envoya un cartel ainsi conçu :

(1) Reg. aux Résol. de la Ville, BB-29.

« Moy, M. d'Hocquincourt, gouverneur de Pé-
« ronne, Montdidier et Roye, à toy, Piccolomini,
« lieutenànt général des armées de l'empereur,
« je te fais sçavoir que ne pouvant souffrir davan-
« tage les cruautés exercées dans mes gouverne-
« ments, je désire en tirer raison par l'effusion
« de ton sang. J'ai choisy le lieu où je veux voir
« l'épée à la main. Mon trompette vous y conduira.
« Ne manquez pas de vous y trouver si vous êtes
« un homme de bien, avec une butte de quatre
« pieds de long pour terminer nos différends. »

Thomas Piccolomini répondit :

« M. d'Hocquincourt demeurez dans votre gou-
« vernement. Je souhaiterais pour ma satisfaction
« que vous vous fussiez trouvé à onze batailles et
« soixante-douze sièges, comme moy, pour vous
« voir en lieu où je ne fut jamais qu'avec joye, et
« d'où je ne reviens jamais sans avantage..........
« J'ay deux cents capitaines dans mes troupes
« dont le moindre croirait se faire tort d'en venir
« aux mains avec vous. Toutefois, si vous per-
« sistez dans votre dessein, il s'en trouvera quel-
« qu'un qui, en ma considération, ravalera son
« estime jusque-là. Adieu, M. d'Hocquincourt,
« faites bonne garde ; vous savez que je ne suis
« pas loin de vous et que je scay aussi bien sur-
« prendre des plans que commander des armées. »

Cette provocation n'eut pas de suite.

(*Fragment d'histoire locale,* par
M. E. Coët).

VII.

CHARTRE DONNÉE PAR LE ROI FRANÇOIS Ier AUX HABITANS DE PÉRONNE *pour l'exemption des tailles affranchissement du ban et arrière-ban, avec permission de porter en leurs armes un P couronné, en l'an 1536.*

François, par la grâce de Dieu, roy de France, à tous présens et advenir, salut. Receu avons l'humble supplication de nos chers et bien amez les bourgeois, manans et habitans de nostre bonne ville de Péronne, constenant qu'au mois d'aoust dernier passé, l'empereur ennemy de Nous et de nostre couronne de France, se seroit élevé contre nous et venu avec ses forces, et entourner et assiéger ladicte ville de toutes parts et endroictz, en intention et vouloir de non-seulement icelle envahir et destruire, mais aussy nos royaulme, païs, terres et seigneuries, comme est patent et notoire à un chacun. Lesquelz supplians amplement et clairement démonstrant la grande fidélité et loyaulté et obéissance qu'ilz ont envers nous, se sont exposez leurs personnes et biens, et faict leur vray et loyal debvoir pour la répulsion dudict ennemy et sesdictes forces : de manière que à l'ayde de Dieu le Créateur et de nos bons et loyaulx capitaines, gens de guerre et desdicts supplians, la victoire nous en est demourée, et a esté virilement et vertueusement résisté auxdictes entreprinses ; tellement que ledict ennemy avec sesdictes forces, après avoir esté trente deux jours devant ladicte ville, a esté contrainct soy retirer avec sesdictes forces à sa grande honte et confusion. Que pendant et durant ledict siège il leur a convenu pour la seureté tuition et deffence d'icelle, porter et soustenir plusieurs grands frais, bouter le feu

et brusler les trois faulxbourgs d'icelle ville,
abbattre et desmolir grand nombre de maisons pour
employer aux rampars et fortifications où ilz ont
eu perte et dommage de plus de trois cens mille
escus, à raison de quoy se sont les manans et
habitans desdicts faulxbourgs absentez de ladicte
ville et du païs, et demeure ladicte ville dépopulée
et inhabitée ; nous requérans, lesdicts supplians,
que nostre plaisir soit pour les récompenser desdictes pertes, dommaiges et interestz par eux
soufertz et soustenuz, et à ce que ladicte ville ne
demeure inhabitée, attendu mesmement que depuis
ledict siège levé, et retraicte desd. ennemys,
plusieurs desdicts habitans sont allez de vie à
trespas, leur pourveoir de affranchissemens et
exemtions pour attirer les peuples des païs et lieux
circonvoisins à venir fréquenter, demeurer et résider en icelle, SCAVOIR FAISONS que nous inclinans
libéralement à la supplication et requeste desdicts
habitans supplians, à plain informez du bon et
loyal debvoir qu'ilz ont faict à la répulsion et
victoire que a l'ayde de Dieu avons eu de nostre
dict ennemy et de sesd. forces, et des pertes,
dommages et intérestz qu'ilz ont portez et soustenuz au moïen dudict siège, comme est notoire,
à ce qu'ilz ayent moïen de résouldre et restaurer
de leursdictes pertes dommages et interests et eux
repopuler et habituer à leur donner occasion de
continuer et persévérer à l'advenir, iceulx habitans
supplians et les demeurans en ladite ville, POUR
CES CAUSES et aultres bonnes et grandes considérations à ce nous mouvans, avons, suivant l'advis
et délibération d'aucuns princes et seigneurs de
nostre sang et gens de nostre conseil, affranchis
quittez et exemtez et par la teneur de ces présentes,
de nostre certaine science grâce spéciale plaine
puissance et authorité royalle, affranchissons,
quittons et exemtons du faict et contribution de

nos tailles et creues. Voulons et nous plaist que
doresenavant perpétuellement ilz et leurs successeurs de ladicte ville soyent dictz et nommez francs
quittes et exemtz d'icelles et a tousjours sans qu'ilz
soyent tenus par cy après en leurs aultres lettres
d'affranchissement et exemtion, par ces dictes
présentes, Voulons que pour raison des fiefz terres
et seigneuries nobles qu'ilz ont de présent et auront
à l'advenir ilz ne soyent tenus aller ou envoyer à
nostre ban et arrière-ban en quoy ilz pourroient
estre tenuz pour raison desdictz fiefz. Ains les en
avons pareillement exemtez et exemtons par ces
dictes présentes, à la charge toutesfois qu'ilz seront tenuz eux tenir suffisamment armez pour la
tuition et deffence de ladicte ville estans en frontière. Et afin qu'il soit perpétuelle mémoire de la
loyauté et fidélité desdictz suplians et de la victoire que, avec l'ayde de Dieu, de nos bons et loyaulx
capitaines, vassaux, subjectz et d'eux, nous avons
eu et obtenu à l'encontre de nostre dict ennemy et
sesdictes forces, avons ausdicts suplians permis
et octroyé, permettons et octroyons de nostre dicte
grace spécialle par cesd. présentes qu'ilz et leurs
successeurs présens et advenir puissent porter sur
eulx chacun en sa faculté en lieu insigne où bon
leur semblera pour devise un 𝕭 couronné.

. . . .

Donné à Chantilly au mois de febvrier l'an de
grâce mil cinq cens trente six et de nos're règne
le vingt troiziesme. *Ainsy signé* : FRANÇOIS et
sur le reply : *Par le roy*, BAYARD. Et scellé en lacs
de soye rouge et verde d'un grand sceau de cire verde.
(Enregistré au Parlement de Paris le 5 mars
1536, à la Cour des Comptes le 10, et en Cour de
justice le 17 des mêmes mois et an (1)

(1) La charte qui précède a été publiée à l'hôtel de
ville de Péronne à son de trompe et cri public, par

VIII.

Rebuffus (1), *ad concordata*, in prœfatione, ad rubricam : *De collationibus*, in fine :

Quando privilegium concessum est ob remune-rationem et pote quando princeps concessit ob laborum remunerationem, qui pro reipublicæ uti-litate subditi propessi sunt ut nuper habitatores Peronæ qui ob eorum bene merita exemptionibus tributorum seu talliarum, ac aliis privilegiis a rege hoc anno 1536 donati sunt in mense februario, Hi enim Saguntinos longo superant intervallo ; illi enim pertinacia quadam in foro igni extincto quidquid erat preciosarum rerum in eum conjece-runt, ac demum se suosque liberos, ne in hostium manus venirent ; hi vero eorum prudentia ac pro-videntia se ipsos liberos que, ac res suas a faucibus inimicorum eripuerunt, unde adagio dici potest « Peronensis defensio » id est mirabilis et pru-dens non potest revocari etsi pretextu ingratitu-dinis. (L. Si pater § fin. De donationibus).

IX.

Intention et déclaration du roy François 1er *touchant le ban et arrière-ban pour les habitans de la ville de Péronne.*

François par la grâce de Dieu, roy de France,

ordre de Fursy Morel, lieutenant du gouverneur et en présence des mayeur, jurés et plusieurs autres habitants de la ville le samedi 31 mars l'an 1536, veille de Pâques « avant le cierge bénist. » — Enregistrée en l'élection le même jour.

— L'année ne commençant alors qu'à Pâques, c'est 1537, au lieu de 1536, qu'il faut lire plus haut.

(1) Pierre Rebuffe, jurisconsulte, né à Montpellier en 1487, mort en 1557.

au gouverneur de Péronne, Montdidier et Roye ou à ses lieutenans et à tous nos aultres justiciers et officiers qu'il appartiendra, salut et dilection. Nos chers et bien amez les manans et habitans de nostre dicte ville de Péronne nous ont faict dire et remonstrer que des l'an mil cinq cent trente-six comme considération de la loyaulté et fidélité qu'ilz nous ont tousjours portée et le bon et louable debvoir quilz feirent à la deffence de lad. ville durant le dernier siège qui y fust mis devant, aussy pour aucunement les récompenser des pertes dommages et intérestz quilz avoient souffert durant ledict siège nous les affranchismes et exemptasmes du ban et arrière ban auquel ilz pouroient estre tenus pour raison de leurs fiefz nobles ou aultres à eux appartenans, à la charge qu'ilz seront tenus eux armer et mettre en équipage pour la deffence et tuition de lad. ville quy est seulement convertir le service quilz sont tenus faire pour raison de leurs fiefz hors lad. ville en aultre service dedans pour la seureté d'icelle, de laquelle exemption lesd. suppliant ont tousjours joy depuis ledict temps jusques à présent, Que en vertu des commissions que nous avons faict expédier pour l'assemblée dud. ban, par lesquelles est mandé y comprendre exempts et non exempts privillegez et non privilegez vous y voulez contraindre lesd. habitans, lesquelz pour ceste cause se sont retirez par devers nous, et nous ont humblement supplié et requis que ayant esgard aux bonnes et raisonnables causes qui nous meurent de leur octroyer ledict affranchissement nostre plaisir soit les en faire joir et a ceste fin faire déclaration de nos vouloir et intention, POUR CE est-il que nous, désirans subvenir ausd. suppliant en cest endroict et pourveoir à la garde seureté et deffence de lad. ville qui est frontière à nos ennemis, ainsy que l'importance d'icelle le requiert, POUR CES CAUSES et aultres à ce nous mouvans avons dict et déclaré disons et déclarons que nostre vouloir et intention est que lesd. habitans suplians subjectz aud. ban et arrière ban s'assemblent en lad. ville de Péronne en armes et en l'équipage qu'ilz doibvent estre et à quoy les oblige la nature de leursd. fiefs et en facent monstre pour servir et résider en lad. ville aud. équipage à la deffence et tuition d'icelle seulement, sans quilz en puissent estre tirez ne mis aux champs, ne aussy contraincts a aultre service ne contribution, pour raison dudict ban et arrière ban que celuy quilz feront en lad. ville. sy voulons et vous mandons que de nos présens déclaration vouloir et intention vous faictes, souffrez et laissez lesd. supplians joir et user plainement et paisiblement, cessans et faisans cesser tous troubles et empeschemens au contraire, non obstant que par nosd. commissions vous soit mandé y contraindre exemptz et non exemptz, privillegiez et non privillegiez, que ne voulons ausd. supplians nuire ne préjudicier pour l'effect de cesd. présentes en aucune manière et quelconques ordonnances restrictions mandemens ou deffences à ce contraires.

Donné à Villers-Costeretz le XIᵉ jour de juin l'an de grâce 1543, et de nostre règne le vingt neuviesme. *Ainsy signé* : par le roy, le sieur d'Ennebault, mareschal de France présent : DE LAUBESPINE, et scellé du grand sceau de cire jaulne.

(Parchemin.)

ERRATA

Page 62, *en note.* — Au lieu de : *sur les onze heures...*, lire : *sur les cinq heures...*

Page 73, *en note.* — Louis XIII ne se rendit pas de Château-Thierry à Saint-Mihiel, en mai 1635, comme nous l'avons dit à tort, d'après M. Coët. Le roi n'arriva que le 30 septembre devant cette dernière place, qui se rendit le 2 octobre suivant (H. Martin, *Histoire de France*, livre LXX).

Page 167, *en note.* — Au lieu de *1643*, lire : *1534*.

Page 216, ligne 10. — Au lieu de : *Claude Merlin*, lire : *Claude Merleu.*

Page 235, *note 1re* : au lieu de : *l'auteur*, lire : *l'éditeur* des *Mémoires de Puységur.*

Page 276. — Avant la date : *1637*, mettre : Chapitre III : 1637-1643.

NOTA

Tous les passages guillemetés, dont la source n'est pas indiquée, sont extraits des registres aux résolutions de l'hôtel-de-ville BB-17 et BB-18.

DU MÊME AUTEUR

L'Invasion en Picardie (1870-1871), 2 volumes in-8° — Péronne, 1873.

Le Siège de Péronne en 1870-1871, 1 vol. in-8°.

Coutumes, Ordonnances et Usages locaux de la ville de Péronne avant 1789.

Chroniques péronnaises.

La Révolution a Péronne :

1re   série. — *Fêtes, cérémonies et réjouissances révolutionnaires de 1789 à 1804,* 1 vol. in-8°.

2e   série. — *Les Cahiers de doléances et les États-Généraux de 1789,* 1 volume in-8°.

3e   série. — *Péronne de 1789 à 1791,* 1 volume in-8°.

4e   série. — *1792-1793,* 1 volume in-8°.

5e et 6e séries. — *La Terreur et le Comité révolutionnaire,* 1 volume in-8°.

SOUS PRESSE :

7e   série. — *L'armée du Nord, ses réserves et ses approvisionnements, le camp de Péronne.*

www.ingramcontent.com/pod-product-compliance
Lightning Source LLC
Chambersburg PA
CBHW070757030726
47504CB00003B/592